Dietmar Lykk, Jahrgang 1949, wurde in Kiel geboren und studierte Rechtswissenschaften, Soziologie und Philosophie in Kiel und Hamburg. Forschungstätigkeit und Veröffentlichungen zur Sprachsoziologie mit mehreren Auslandsaufenthalten in London. Er lebt und arbeitet bei Flensburg. Im Emons Verlag erschienen seine Kriminalromane »Totenschlüssel«, »Totenuhr« und »Totensand«.

Dieses Buch ist ein Roman. Handlungen und Personen sind frei erfunden. Ähnlichkeiten mit lebenden oder toten Personen sind rein zufällig.

DIETMAR LYKK

Totenuhr

KÜSTEN KRIMI

emons:

Bibliografische Information der Deutschen Nationalbibliothek
Die Deutsche Nationalbibliothek verzeichnet diese Publikation
in der Deutschen Nationalbibliografie; detaillierte bibliografische
Daten sind im Internet über http://dnb.d-nb.de abrufbar.

© Emons Verlag GmbH
Cäcilienstraße 48, 50667 Köln
info@emons-verlag.de
Alle Rechte vorbehalten
Umschlagzeichnung: Heribert Stragholz
Umschlaggestaltung: Tobias Doetsch
Druck und Bindung: Books on Demand GmbH, Norderstedt
Printed in Germany
Erstausgabe 2009
ISBN 978-3-89705-671-8
Küsten Krimi 4
Originalausgabe

Unser Newsletter informiert Sie
regelmäßig über Neues von emons:
Kostenlos bestellen unter
www.emons-verlag.de

The Middle of the Road Is a Very Dead End
Englische Redewendung

In Gefahr und größter Not bringt der Mittelweg den Tod
Deutsche Redewendung

»Matrosengefreiter Lüthje!«

»Scheiße«, zischte Heinz Lüthje. Hätte er doch vorhin bei der Probefahrt nicht wieder sein Maulwerk so weit aufgerissen. Er hatte sich jetzt zwar schon hundert Meter vom U-Boot entfernt, aber im riesigen U-Bootbunker Kilian hallte sein Name nach. Er konnte nicht so tun, als hätte er es nicht gehört, und seinen Gang zu den Toiletten im Außenbereich fortsetzen.

Während der mehrstündigen Probefahrt des neuen Elektro-U-Bootes U-4708 hatte er den Gang zur Toilette an Bord, solange es ging, hinausgeschoben. Der Anblick der U-Boot-Toiletten ließ jedes Mal Panik in ihm aufsteigen. Es war das Gefühl, in einem kleinen Stahlsarg zu sitzen. Ein Kindersarg, der in einen Familiensarg eingebaut war. Außerdem wurde die Toilette wegen des Platzmangels auch als Stauraum für Lebensmittel benutzt. Das kam Heinz beim Essen buchstäblich hoch. Aber als Elektriker mit Gesellenbrief brauchte man ihn hier, er musste nicht an die Front und nur manchmal zur Probefahrt raus. Leider war die Front der Werft und seiner Heimatstadt Kiel sehr nahe gekommen.

Ein frischer auflandiger Nordostwind trieb den Gestank der zerstörten Stadt Richtung Neumünster und Rendsburg. Die Kläranlagen funktionierten nicht mehr, und die Abwässer flossen ungeklärt in den Kleinen Kiel und in die Förde. Überall Berge von Trümmerschutt und Müll, auf denen Kinder spielten und Ratten reichlich Nahrung fanden. Ein Millionenheer von Fliegen hielt die Stadt schon seit Jahren besetzt. Die Vögel waren nach den unzähligen Bombenangriffen fast alle aus der Stadt geflohen. Die Ratten versuchten ihr Bestes, sie mit ihrem schrillen Pfeifen zu ersetzen.

»Matrosengefreiter Lüthje!«

Die schneidende Stimme war jetzt dicht hinter ihm. Der Alte war ihm nachgegangen. Heinz konnte sein Verhalten nicht einschätzen. Vielleicht war er ja immer so, der U-Boot-Kommandant Oberleutnant zur See von Stamm.

»Sind Sie schwerhörig, Mann?«, schrie der Alte. Heinz deutete mit schüchterner Bewegung in Richtung Toiletten. »Sie da!« Der Alte hatte ein neues Opfer, einen vorbeigehenden Werftarbeiter. »Melden Sie sich beim Obergefreiten Paustian auf U-4708. Sie vertreten bis auf Weiteres den Matrosengefreiten Lüthje.«

»Aber ich wurde von Oberbootsmann Pischke zur Tischlerei geschickt, um …«, sagte Karl Krützfeldt. Karl war ein erfahrener Werftarbeiter, fünfzig Jahre alt. Aber wenn ein U-Boot-Kommandant ihm einen Befehl gab, hatte er ihn sofort auszuführen, auch wenn zuvor ein Oberbootsmann ihm etwas anderes befohlen hatte. Karl warf Heinz einen mitleidsvollen Blick hinüber, der mit hängenden Schultern und verkniffenem Gesichtsausdruck unruhig hinter dem Alten stand. Wenn der Kommandant einen nach einer Probefahrt so rauszitierte wie seinen Freund Heinz, dann war der in großen Schwierigkeiten. Karl nickte ihm aufmunternd zu. Er war überzeugt, dass er es besser getroffen hatte. Schließlich war es ihm egal, ob er nun auf dem großen U-170 oder dem kleineren U-4708 nebenan irgendwelchen Befehlen folgte. Heinz winkte Karl noch einmal kurz zu, als der in den Turm des U-4708 einstieg. Morgen war die Abnahme des Bootes durch die Marineaufsicht. Das Aufbringen der neuen gelochten Kunststofffolie gegen Schallortung, »Alberich« genannt, hatte die Fertigstellung schon um eine Woche verzögert. Sie würden die ganze Nacht durcharbeiten müssen. Vielleicht konnte er Karl nachher wieder ablösen oder mit ihm zusammenarbeiten.

»Ich dachte, Sie müssen dringend scheißen, oder haben Sie wieder die Befehlsgewalt über Ihren Arsch erlangt, Lüthje?«

»Na endlich! Folgen Sie mir!« Der Alte hatte vor den Toiletten auf ihn gewartet. Heinz bekam Angst. Zwar hatte der Kommandant nur gesagt, er solle ihm folgen. Und nicht vor ihm hergehen. Er hatte nicht die Pistole gezogen und ihn mit vorgehaltener Waffe zum Gebäude des Stützpunktes befohlen. Aber das hieß im Grunde gar nichts. Heinz ahnte nämlich, welchen Fehler er gemacht hatte. Als sich der Kommandant auf der Rückfahrt nach Kiel lautstark darüber beschwerte, dass er den neuesten Wehrmachtsbericht nicht mehr hören könne, weil sein Volksempfänger nicht mehr funktioniere, hatte Heinz seinen Mund nicht halten können. Dabei war er in die Falle getappt. Er hatte den Kommandanten gefragt, was denn an dem Volksempfänger nicht stimme, ob die Senderabstimmung nicht funktioniere oder ob der Lautsprecher jaule oder man vielleicht nicht einmal mehr das Rauschen der Endstufe höre.

Darauf hatte der Kommandant mit komischem Unterton gesagt: »Das hört sich ja so an, als ob Sie sich mit Radiogeräten gut auskennen, Matrosengefreiter Lüthje.«

Das Schlimmste daran war: Heinz war nicht in der Partei. Er hatte sich rausgeredet. Er war ein politisch unzuverlässiger Spezialist, den man brauchte. Noch. Deswegen war er immer noch Matrosengefreiter. Das war so viel wie Schütze Arsch. Heinz, du bist ein Trottel. Wer sich mit Radios auskennt, kann auch unbemerkt Feindsender hören. Und genau das tat er, sooft er konnte. Er hatte so vielen Kameraden schon das Radio repariert. Einer von denen hatte bestimmt was erzählt. Und er hatte sich jetzt endgültig verraten.

Das bedeutete die Todesstrafe. Mindestens aber das Arbeitserziehungslager Nordmark in Russee. Was auf dasselbe rauskam. Ein KZ-Außenlager von Neuengamme war das, nichts anderes, das wusste doch jeder. Vor ein paar Jahren hatte er im Radio von einem Jungen gehört, Helmut hieß er, das wusste er noch, der war wegen Abhörens von Feindsendern zum Tode verurteilt worden. Sie hatten ihn in Plötzensee an der Wand aufgehängt. Siebzehn Jahre alt war er. Aber der hatte ja die BBC-Nachrichten mitgeschrieben und dann auf Flugblättern unter Arbeitskollegen verteilt. So dumm war Heinz nicht. Er hörte es allein in seinem Mansardenzimmer in der Tirpitzstraße, höchstens mal zusammen mit Karl.

Heinz hatte keine Freunde. Karl Krützfeldt aus Laboe war wohl so etwas wie ein Freund, wegen des Altersunterschiedes ein väterlicher Freund. Jedenfalls standen sie oft in den Arbeitspausen zu zweit, rauchten eine Zigarette und konnten auch dasitzen, ohne etwas zu sagen, nur zusammen Bier trinken oder BBC hören. Karl hatte einen eigenen Kopfhörer, den er mitbrachte, wenn er Heinz besuchte, und ein bisschen verstand er auch etwas von

Schaltplänen, Einkreisern, Superhets und modernen Drehkondensatoren. Das war wohl Freundschaft.

Der Alte ging auf das Wohnschiff Holtenau, das am Kai zur Schwentinemündung festgemacht war. Vielleicht wollte der Alte ihn hier erst mal allein verhören.

Hier wohnte er seit seinem Dienstantritt in Kiel. Nur wer am Stadtrand noch keinen Unterschlupf gefunden hatte, übernachtete hier. Bei Luftalarm hatte man höchstens eine Stunde Zeit, in einen Bunker zu fliehen. Der Alte war angeblich aus Pillau gekommen, nachdem russische Flieger sein U-Boot im Hafen mit einem Volltreffer versenkt hatten. Er war zufällig nicht an Bord gewesen. Er hätte als Einziger überlebt, hieß es.

»Da steht er!«, sagte der Alte, als sie in seiner Kajüte angekommen waren. Er deutete zum Volksempfänger auf einem kleinen Tisch vor der Luke. Es war ein VKE 301. Zur Stromversorgung mit Bleiakkus war das Netzteil überbrückt worden, da Originalbatterien nicht einmal auf dem Schwarzmarkt zu bekommen waren. Genau wie bei ihm in seiner Mansarde. Auch Karl kannte die Art der Überbrückung. Er schien für den Alten hier tätig gewesen zu sein. Ein Stück Hochfrequenzlitze hing als Antenne aus der angelehnten Luke. Die Antennenlitze war ein besonderer Luxus. Sonst hätte man in diesem Wohnschiff, das nichts anderes war als ein großer Eisenkasten, nur Rauschen aus dem Lautsprecher gehört. Die Luke ging nach Westen. Richtung BBC.

»Was gucken Sie so blöd, Lüthje? Sie haben doch gesagt, dass Sie was davon verstehen. Also los, frisch ans Werk, junger Mann!« Er schob die Mütze ein Stück in den Nacken und setzte sich mit verschränkten Armen erwartungsvoll auf einen hölzernen Schreibtischsessel, der sicher aus einem der zerbombten Verwaltungsgebäude auf dem Werksgelände stammte.

Heinz kannte die Macken dieses Gerätetyps. Der Abstimmknopf war von der Welle der Skalenscheibe gesprungen. Die Schraube, die das Rotorpaket des Drehkondensators auf der Antriebsachse festhielt, hatte sich gelöst. Ein derartiger Defekt trat nur auf, wenn man sehr oft den Sender wechselte. U-Bootkommandanten taten das nicht, weil sie nur den Großdeutschen Rundfunk hörten. Heinz dämmerte, dass der Kommandant ihn als Reparateur ausgewählt hatte, weil er irgendwoher wusste, dass

Heinz BBC hörte. Er suchte sich einen Mann, der auch den Feindsender hörte. Der würde ihn nicht verraten, weil er sonst Gefahr liefe, auch verraten zu werden. Eine stillschweigende Vereinbarung.

»Das kommt oft vor mit dieser Schraube, Käpt'n. Fertigungsmangel, der in den letzten Jahren häufig beobachtet wurde«, sagte Heinz. Sollte heißen: Ich habe verstanden, ich verrate dich nicht. Funktionsstörung.

Heinz fand den passenden Schraubenzieher im Sortiment in seiner Jackentasche, zog die Schraube fest und schob das Chassis wieder zu. Er schaltete das Radio ein, drehte am Abstimmknopf, das Rauschen wechselte, mehr hörte man nicht. Die Sendungen des Großdeutschen Rundfunks beschränkten sich mehr und mehr auf Übertragung von Wehrmachtsberichten und Sondermeldungen. Heinz widerstand der Versuchung, zur Frequenz BBC zu wechseln.

»Sie haben dienstfrei bis morgen früh, Matrosengefreiter Lüthje«, sagte der Kommandant. Sollte heißen: Wir haben uns verstanden, ich verrate dich auch nicht.

Einer, der ein Geheimnis mit mir teilt, ist ein Freund, dachte Heinz. Dann hatte er jetzt zwei Freunde, Karl und den Alten.

Als er aus dem Wohnschiff kam, blendete ihn die Nachmittagsonne in den Fenstern der Sanitätsbaracke. Er hob die Hand schützend vor die Augen und sah, dass sich das Sonnenlicht in den Splittern einer Fensterscheibe reflektierte, die, wie ein Strahlenkranz angeordnet, im Rahmen steckten. In der Mitte des Strahlenkranzes sah er ein Frauengesicht, eingerahmt von schwarzschweren Locken. Er blinzelte, das Gesicht verschwand. Ein paar Sekunden später trat eine schlanke Frau in sehr figurbetonter Schwesternuniform aus der offenen Tür der Baracke, sah noch einmal zu ihm hinüber, lächelte, wandte sich dann ab und rief einer Gruppe von Krankenschwesterhelferinnen etwas zu, die einen Lastwagen mit Wäschesäcken beluden. Plötzlich drehte sie sich wieder zu ihm um, als hätte sie seinen Blick im Rücken gespürt. Sie schloss für ein paar Sekunden die Augen. Es war, als ob sie direkt vor ihm stünde. Ihr Gesicht näherte sich seinem, so als ob sie ihn küssen wollte. Ihr starkes Parfüm stach ihm paradoxerweise als hoher Ton schmerzhaft in den Ohren. Ihr schwarzes, gelocktes Haar fiel in weichen Linien über die Schultern. Sie öffnete plötzlich wieder die Augen, und Heinz hörte sie Anweisungen rufen, die Helferinnen kletterten auf die Ladefläche, der Motor wurde angelassen. Die Frau hielt sich mit einem Arm am Türholm neben dem Beifahrersitz fest, zog ihren engen Rock etwas höher, wandte sich noch einmal zu ihm und schlug die Wagentür zu, der Lkw sprang zögernd an und verschwand in Richtung Werkstor.

Heinz war nach hundert Metern vom Fahrrad gestiegen, der Gleichgewichtssinn war ihm irgendwie abhandengekommen. Den Rest des Heimwegs schob er sein Rad und hing seinen Gedanken nach. Sie war zweifellos die schönste Frau der Welt. Dichte schwarze Locken, die bei jeder ihrer sinnlich-eleganten Bewegungen hin und her schwangen. Die schwarzen Strümpfe. Makellos geformte Beine. Wie die Dietrich.

Sie war offensichtlich Krankenschwester. Ärzte sah man nur noch selten auf dem Werftgelände. Man fand sie in den überbelegten Krankenhäusern oder an der Front. Krankenschwestern und ihre Helferinnen waren an ihre Stelle getreten. Sie versorgten täglich die verwaiste Krankenstation der Werft mit dem Nötigsten und behandelten kleine Arbeitsunfälle. Jeder wusste, dass die Frauen ihre überall gültigen Passierscheine auch zu anderen Zwecken nutzten. Sie hatten Zugang zu den Vorratslagern und schafften so viel raus, wie sie konnten. Vieles von dem tauchte in den mobilen Krankenstationen in der Stadt auf. Aber sie holten auch alles, was auf dem Schwarzmarkt begehrt war: Zigaretten, Lebensmittel, Decken und Alkohol.

»Junger Kerl, hast keine Augen mehr im Kopf?«, schimpfte eine alte Frau in einem speckigen Männermantel mit Fischgrätmuster, mit der er zusammengestoßen war. Heinz murmelte eine Entschuldigung und sammelte die aus ihrem Rucksack herausgefallenen Kartoffeln ein. Frühkartoffeln. Eine Delikatesse. Er widerstand der Versuchung, ein paar für sich einzustecken. Wahrscheinlich war sie dafür den ganzen Tag im Umland unterwegs gewesen. Zwischen den Kartoffeln lag eine angerostete Handglocke mit abgewetztem Holzgriff am Boden. Heinz hob sie auf und gab sie der Frau in die schwielige Hand. Ein kleines Gesicht wie ein vertrockneter Apfel sah ihn an, zerknittert und fleckig, trübgelbes Augenweiß. Ein paar Pflaster deckten notdürftig ein paar nässende Pickel ab. Sie wandte sich zum Gehen, dann drehte sie sich wieder um und sah Heinz prüfend ins Gesicht. »Du siehst glücklich aus. Warum?« Ihre Stimme klang brüchig und gleichzeitig überraschend jung.

Heinz öffnete den Mund. »Ich …« Ihr schien es Antwort genug, und sie schlug die Glocke mit der Hand, als ob sie der Stadt nun als Stadtruferin die wundersame Kunde von dem jungen, glücklichen Mann verkünden wollte, der nichts über sein Glück sagen konnte. Heinz gab ihr die Tasche mit den eingesammelten Kartoffeln und sah ihr nach, bis sie in die Allee einsturzgefährdeter Keller einbog, die einmal die Faulstraße gewesen war, und die Glockenklänge langsam erstarben.

Man sah in diesen Zeiten nur glücklich aus, wenn man den Verstand verloren hatte – vor Schmerz oder vor Glück? War er glücklich? Natürlich, immerhin war er der schönsten Frau der Welt begegnet. Und sie hatte ihm tief in die Augen gesehen. Wenn das kein Grund war, glücklich zu sein. Als er sich vorstellte, dass er sie irgendwann wiedersehen würde, verließ ihn der Mut.

Seit ein paar Wochen trug er einen Brief an Gerda in seiner rechten Jackeninnentasche. Beim letzten Streit mit Gerda hatte er ihr geraten, doch gleich mit dem spitznasigen Leutnant am nächsten Tisch anzubändeln, der würde doch schon ständig nach ihr schielen. Es war ihr letzter Streit gewesen. Er hatte sie überhaupt erst auf den Schönling aufmerksam gemacht. Am Kleinen Kiel, kurz vor der Bergstraße, zog er den Brief aus der Tasche, zerriss ihn und sah den beschriebenen Papierschnipseln zu, wie sie sich vom leichten Nordostwind auf das Wasser treiben ließen.

Als er sein Fahrrad müde die Bergstraße hochschob, fiel ihm wieder ein, dass er seit Monaten einen Umweg nahm. Im Winter hatte er dreimal vergeblich versucht, wie früher, den kürzesten Weg vom Kilian in Dietrichsdorf zu seinem Dachzimmer in der Tirpitzstraße 69 zu nehmen. Im Januar hatte er aufgegeben. Er ertrug das Gefühl der erneuten Niederlage nicht mehr. Davon hatte es in seinem jungen Leben schon genug gegeben. Es fing damit an, dass er sich irgendwann im vergangenen Herbst im Traum durch eine verbrannte Landschaft quälen musste. Das Atmen fiel ihm schwer, er konnte nicht richtig sehen. Er wollte schreien, aber aus seiner Kehle kam nur ein Röcheln. Er sah an sich herunter und merkte, dass er nackt war, faltige Hände voller Altersflecken, ein ausgemergelter Körper, dürre Beine, überall stachen Knochen heraus. Er begriff, dass er ein Greis war, mit verbrauchten Gliedern und Sinnen. Todesangst würgte ihn. Er erwachte mit einem Schrei in kaltem Schweiß auf. Am nächsten Morgen nahm er sich vor, den Traum zu vergessen.

Nach Dienstschluss musste er wie immer um die Hörn mit dem Fahrrad Richtung Seegarten fahren. Der Fährbetrieb war seit Langem eingestellt. Voriges Jahr waren die Fähranleger auf beiden Uferseiten zerstört worden. Die Fähre war mit einem Volltreffer versenkt worden, nur die Schornsteine ragten noch aus dem Wasser und riefen mit den drei aufgemalten Ringen immer noch den Namen des Schiffes: Tertius.

Als er ein paar Meter im Prinzengarten geradelt war, brach ihm wieder der kalte Schweiß aus. Vor ihm lag die Landschaft aus dem Traum. Er ging zwischen verbrannten Baumstümpfen, braungrünen Grasinseln, zerrissen von der tödlichen Glut neuer Bombenkrater und den Feuerfunken, die bei den nächtlichen Angriffen über die Stadt in jeden Winkel Feuer brachten, der bisher verschont geblieben war. Der Frühling nahte, und das Grün wagte einen neuen vergeblichen Anlauf. Die Vögel würden zurückkommen. Es würde noch entsetzlicher sein, weil alles beim nächsten Luftangriff wieder verbrennen würde. Auch viele Vögel, die schon beim Herannahen der Flieger jede Orientierung verloren.

Heinz war vom Fahrrad gestürzt. Er hatte sich die nach Halt suchende linke Hand aufgeschürft, sein Kinn hatte eine blutende Schramme, das Knie tat nur etwas weh. Er war also doch noch kein Greis. Aber er konnte diesen Weg im Prinzengarten nie mehr betreten.

Der von seinen Ängsten erzwungene Umweg führte am Fischmarkt vorbei, durch die Flämische Straße, auf den Alten Markt. Heinz blieb stehen und sah zu den Trümmern der im letzten Jahr zerstörten Nikolaikirche hoch, dem höchsten Punkt der Innenstadt. Er blieb jedes Mal so lange, bis das Gefühl von Traurigkeit ihn überwältigen wollte, bis er die Tränen tief aus der Brust aufsteigen fühlte. Im letzten Winter, als der Schnee sich wie ein Leichentuch über die Trümmerberge gelegt hatte und hier nur die

Reste des Kirchenschiffs als Mahnmal aufragten, meinte er für einen Moment, statt der Tränen so etwas wie Todessehnsucht aufsteigen zu spüren. Vielleicht war es auch einfach nur Resignation, also das, was man als junger Mensch von neunzehn Jahren schon für Todessehnsucht hielt. Wenigstens hatte ihn der Umweg von seinen Ängsten befreit.

Jetzt lag kein Schnee mehr, hier gab es keine leeren Versprechungen, nicht die Lüge eines Neubeginns im Frühling, wie im Park zwischen Prinzengarten und Schlossgarten am Kleinen Kiel. Die Straßen waren nur noch schuttgesäumte Schluchten. Dazwischen Häuserwände mit leeren Fensterlöchern, die vorher Kirchen, Kaufhäuser, Wohnhäuser gewesen waren. Als Ruinen glichen sie sich fast ununterscheidbar. Nur wer die Stadt vor dem Krieg gekannt hatte, konnte sagen, dies war die Kirche, hier standen die Persianischen Häuser, dort das Stadtcafé. Für Heinz war die tote Stadt ehrlich und schön. Wenn die Sonne schien, fasste der Himmel mit dürren Lichtfingern durch die leeren Fensterhöhlen und malte schmerzhaft verzerrte Muster auf die Schutthügel. Kinder spielten in den Lichtinseln auf den Hügeln und banden die Grenze zwischen Licht und Schatten in ihr lebensgefährliches Spiel ein. Wenn der Himmel über Kiel eisengrau und schwer wie eine Bunkerdecke hing, begrüßte Heinz die zerstörten Hausfassaden wie Theaterkulissen seiner verlorenen Jugend.

Heinz überlegte, ob er sich in Laboe ein Zimmer suchen und Fischer werden sollte. Der Gedanke gefiel ihm. Wenn er dann noch die richtige Frau dabeihätte ... er hatte heute die schwarzbestrumpften Beine der schönsten Frau der Welt gesehen. Aber vielleicht gab es ja in Laboe schöne Fischertöchter.

Er wachte auf, ohne sich an einen Traum erinnern zu können. Er erhob sich von seinem Bett, öffnete die vordere Dachluke, von der er die Werft und den Kilian sehen konnte, nachdem die Bomben der letzten Monate eine Sichtschneise durch Häuser und Bäume hinunter bis zum Hindenburgufer geschlagen hatten. Er vergewisserte sich, dass die Tür zum Treppenhaus abgeschlossen war, zog die kleine Blechdose aus der Hosentasche, öffnete den Knebelverschluss und sog den Duft der salbenartigen, eichenholzfarbenen Paste gierig ein. Er hebelte die Türschwelle an der Zimmertür mit einem Schraubenzieher auf, entnahm dem Versteck ein Stoffbündel und wickelte Lötkolben und das zum Knäuel aufgerollte Lötzinn aus. Der harzig-malzige Rauch erfüllte die Dachkammer, als sich der Kolophoniumrest an der Lötspitze langsam erhitzte, und umschwebte in Wirbeln die geöffnete Dachluke, als wolle er das Zimmer nicht verlassen. Ohne Kolophonium hatte das Lötzinn keine Fluss- und Hafteigenschaften. An einer »kalten«, defekten Lötstelle war meist mit Kolophonium gespart worden.

Heinz öffnete die Hinterabdeckung des Radios. Es war ein »Kapsch 4-Röhren-Batteriesuper«, das ihm seine Eltern Weihnachten 1941 geschenkt hatten. Klein, einfach, deshalb wartungsarm, aber komfortabel für Mittelwellen-, Langwellen- und Kurzwellenempfang ausgestattet, für alle Sender der Welt. Die benötigten Batterien und Akkus für die Stromversorgung waren immer »Fundstücke« von der Werft.

Er setzte die Lötspitze auf und beobachtete, wie sich die starre kalte Lötstelle in heiß waberndes rauchendes Silber verwandelte. Im Alter von sechs Jahren hatte sein Vater ihm erlaubt, den Zauberstab festzuhalten, während das Metall sich verflüssigte. Er lernte, wie er Körperhaftes voneinander trennen, aber auch für immer verschmelzen konnte. Das Kolophonium war der Katalysator, der den Zauberstab zum Leben erweckte. Zusammenfügen, verschmelzen. Bis man sich entschied, sie zu trennen. Einen Tag lang. Oder für immer.

Er klemmte die Kopfhörerbuchsen an die Lautsprecherpole und schaltete das Radio ein. Nachdem sich Heinz vergewissert hatte, dass der Lautsprecher stumm blieb, setzte er die Kopfhörer auf. Die Röhren begannen ihr sanftes Glühen, und aus weiter Ferne näherte sich in den Kopfhörern das feine Rauschen des Äthers. Irgendein regionaler Sender des Großdeutschen Rundfunks war eingeschaltet, der aber kein Programm, nicht einmal ein Erkennungszeichen sendete. Die Sendeenergie verströmte ungenutzt. Heinz sah einen menschenleeren Senderaum mit seinen mannshohen Senderöhren vor sich, die niemand mehr abschalten konnte oder wollte.

Die Sirenen heulten auf. Luftalarm. Die wenigen Lichter verloschen, die Stadt versank in schwarzer Angst. Tausende Menschen

drängten jetzt in die Luftschutzräume in den Kellern der Miets-
häuser und in die würfelförmigen grauen Bunker, die im Stadtbild
immer deutlicher hervortraten, je mehr die Häuser den Bomben
zum Opfer fielen.

Er hatte vor Monaten ein paar Straßen weiter im Bunker im
Düsternbrooker Gehölz Schutz gesucht. Es war keine Halle mit
Betonhimmel wie der Kilian, sondern das überfüllte Wartezimmer der Hölle. Das Schluchzen, Flüstern, die Flüche, laute und
leise Gebete, die Augen der Kinder, der Geruch der Angst, die ge-
hetzten Blicke zum Ausgang, ob er diesmal wieder frei von Trümmern bleiben würde. Wenn nicht, wie lange würde der Sauerstoff
reichen? Inzwischen waren die Menschen, mit denen er die Angst
geteilt hatte, alle tot. Der Bunker hatte einen Volltreffer abbekom-
men, als Heinz sich ausgerechnet an diesem Abend auf dem Weg
nach Haus, vom Alarm überrascht, noch in den Gablenz-Bunker
an der Werftstraße flüchten konnte. Er war wieder einmal davon-
gekommen. Seitdem blieb er bei jedem Luftangriff in seiner Mansarde.

In jeder schuttgesäumten Straße gab es inzwischen mindestens
einen ehemaligem Hauseingang, an dem man die weiß aufge-
tünchten Buchstaben LSR mit nach unten weisenden Pfeilen sah.
Jeder sollte wissen: In diesem Keller war ein Luftschutzraum. Jedenfalls galt dies, als das Haus noch stand. Auch das Haus, in dem
Heinz im zweiten Stock rechts hinter dem Türschild »Lüthje«
aufgewachsen war, hatte einen solchen LSR. Die Bezeichnung war
allerdings eine Lüge. Die Fenster und die Türen hatten einen pro-
visorischen Bombendruckschutz, das war alles. Nicht einmal die
Luft war in diesen Räumen sicher. Seine Eltern waren bei einem
Bombenangriff am 18. Juli 1944 im Keller des Mietshauses in der
Elisabethstraße im Arbeiterviertel Kiel-Gaarden mit fünf anderen
Familien erstickt. Über ihnen war das Haus mit allen Wohnungen
nach einem Treffer abgebrannt. Als Heinz nach Hause gekommen
war, hatte er nur noch den Rest der Hausfront mit den Buchstaben LSR und den nach unten weisenden Pfeilen gesehen.

Auf Langwelle fand Heinz das englischsprachige Programm der
BBC, in dem ein Reporter erzählte, dass er in einem Hotel in
Deutschland sitze und der verängstigen Hotelbesitzerfamilie er-
läutert habe, wie man BBC einstelle. Der Familienvater hätte

schüchtern gesagt, dass sie das schon wüssten. Sie hätten kein Wort Englisch verstanden, aber sie hätten die deutschen Ortsnamen gekannt und gewusst, dass die Befreiung vorankomme. Heinz stellte das Radio ärgerlich aus. Die Befreiung kommt voran. Aber wo, wann? Die Frage, die alle beschäftigte, war: Wer würde zuerst hier sein, die Russen oder die Briten?

Er stellte den Sendewahlknopf wieder auf die Frequenz des Großdeutschen Rundfunks, löste die Kopfhörer und lötete den Lautsprecherpol wieder an, während durch die offene Dachluke das charakteristische Brummen der englischen Bomber drang. Und dann das Heulen, das immer tiefer sang, zum Ende eines Liedes, bevor einen die Bombe traf. Den Knall hörte man ja nicht mehr, sagten alle. Heinz bezweifelte das. Es konnte ja keiner mehr erzählen, der es erlebt hatte.

Der Kilian schien heute das Hauptziel der Bomber zu sein. Heinz konnte ihn nur noch als flackernden Schemen in Rauch und Blitze gehüllt erahnen.

Wenn es Luftalarm gab, gingen sie im Kilian immer im U-Boot auf Verschlussstation. Das war todsicher. Aber zwischen den tausend Donnerschlägen waren zwei, die anders klangen. Die erste Druckwelle schlug Heinz zu Boden. Seine Ohren waren fast taub, das Foto seiner Eltern fiel von der Wand, an der verschlossenen Tür schienen tausend Teufel zu rütteln, das Radio hatte er unter das Bett gestellt, die Kolophoniumdose und den Lötkolben hatte es vom Tisch gefegt. Wenn er nicht wegen der Kolophoniumdämpfe vorhin auch die Dachluke zum Hof geöffnet hätte, hätte der Luftdruck ihm wahrscheinlich das Trommelfell zerrissen.

Von den unteren Stockwerken hatte er das Klirren des splitternden Fensterglases gehört. Bei den nächsten Paukenschlägen blieb es unten still. Der Luftdruck hatte freie Bahn, weil es keine verglasten Fenster mehr gab. Der Kilian war von hier etwa zwei Kilometer Luftlinie entfernt.

Nach einer halben Stunde hörte es auf. Heinz legte das Stoffbündel mit dem Lötzeug wieder in das Versteck unter der Türschwelle. Er setzte die Kopfhörer wieder auf. *And now the shipping forecast issued by the Meteorological Office.* Er brauchte die sanfte Stimme, die von friedlichen Küsten trotz meterhoher Brandung, drohenden Orkanen, fremden Küsten erzählte, und sah sich dort mit einer schönen Frau dem Wetter trotzend am Ufer stehen. Das Steinhaus mit brennendem Kamin im Rücken ... Humber, Themse, Dover ... *Low, expected by ...*

Kiel, 11. April 1945

Ein Paukenschlag war vor dem Aufschlag aufs Wasser direkt vor der Bunkereinfahrt explodiert. Die schützenden Panzerplatten am Eingang hatten sich in Geschosse verwandelt, die das Heck des U-4708 aufgerissen hatten. Die sieben an Bord vermuteten Männer hatten sich in ein Luftloch im Bootsturm retten können. Drei von ihnen konnten sich mit einer Eisenstange aus der verklemmten Turmluke befreien. Karl gehörte nicht zu ihnen. Jetzt lag der stählerne Sarg im Schlick des Bunkerbeckens.

Später erzählte man auf der Werft, dass das U-170 bei Beginn des Angriffs rechtzeitig auf Schottendicht und Verschlusszustand gegangen war. Dann hatte es ohrenbetäubend gebraust, und der Tiefenmesser war auf vierzig Meter ausgeschlagen. Für die Mannschaft war das die Todesnachricht: Auf zwölf Meter belief sich die Tiefe des Bunkerbeckens, danach wären sie also durch den Explosionsdruck achtundzwanzig Meter tief in den Hafenschlick gepresst worden. Sie befassten sich gerade mit ihrem Lebensende, als jemand ungläubig sagte: »Der Zeiger ist wieder auf null.« Es war also der Explosionsdruck, der den Tiefenmesser vierzig Meter hatte anzeigen lassen.

Am Morgen nach dem Bombardement wurde befohlen, den Bunker »aufzuräumen«. Es wurden Bürsten, Schrubber und Zinkeimer mit Kernseife und Wasser verteilt. Schlierende und gezackte Pinselstriche des Todes, klumpige rottonige Flecken, alle Übergänge bis ins Weiße, waren nicht auf, sondern in den Beton gepresst, in jeden noch so feinen Riss, der den Beton millionenfach mikroskopisch zerklüftete. Überreste der Männer, mit denen er gestern hier noch gesprochen, gelacht hatte, Zukunftspläne hatten sie ausgetauscht und gemeinsame Ängste berührt und belacht. Heinz gehörte zu denen, die sich endlos übergaben, noch bevor sie draußen waren. Wenig später hatte jemand die Zwangsarbeiter geholt, die irgendwo anders auf dem Gelände die Trümmer sortierten und nach Blindgängern suchten. Unter Bewachten und Bewachern sah er viele, die jünger waren als er selbst. Heinz vermied es für den Rest Tages, in den Bunker zurückzugehen. Er wusste, dass sich der Anblick der Zwangsarbeiter bei der Arbeit an den Bunkerwänden, umgeben von den Bewachern mit schussbereiten Pistolen und Gewehren, als lebenslange Wunde neben alle anderen, vielleicht doch irgendwann abheilenden Verletzungen seiner Seele graben würde.

Die drei von der Flakmannschaft auf dem Dach des Kilian waren samt Geschütz spurlos verschwunden.

Der Alte war zuletzt gesehen worden, als er gegen einundzwanzig Uhr vom Wohnschiff zum U-Bootbunker ging. Man vermutete, dass er nach dem Fortgang der Arbeiten auf seinem Boot sehen wollte. Heinz hatte unzählige neue Explosionskrater auf dem Weg zum Kilian gesehen. Später hörte er, dass auf dem Kasernenhof in Gaarden ein Brotwagen der Vereinsbäckerei mit Pferd nach einem Volltreffer spurlos vom Erdboden verschwunden war.

Wenn er nicht das Maul aufgerissen hätte, wäre er an Karls Stelle im U-Boot krepiert. Jetzt waren Karl und der Alte tot. Aber da war noch seine Freundin, die Stadtruferin mit der Glocke, aus der Faulstraße. Wenn sie noch lebte. Und die schöne Frau?

Nach Dienstschluss ging Heinz, sein Fahrrad neben sich herschiebend, auf dem Werftgelände herum, trotz der vielen Blindgänger, als ob er den Weg nach Hause nicht mehr finden könnte. Nach jedem Luftangriff hatte er das Bedürfnis, etwas zu suchen. Überall gab es noch kleine Brandherde, ab und zu schlug ihm beißender Rauch entgegen. Das Elektrolager ein paar hundert Meter weiter hatte einen Treffer abbekommen, alles noch irgendwie Verwertbare hatte man schon aus den Trümmern geholt, so hieß es jedenfalls. Heinz vermutete, dass man in dem allgemeinen Durcheinander so manches übersehen hatte. Ein oder zwei Dosen Kolophonium vielleicht. Batteriesätze oder sogar einige Radioröhren. Die KL4-Röhre in seinem Kapsch schien »mies« zu werden. Radioröhren waren immer jede für sich in einer Pappschachtel verpackt, umrollt mit Wellpappe. Das hielt erfahrungsgemäß mehr

Luftdruck aus als eine Glasscheibe. Aber leider schien der Druck alles über das Gelände verteilt zu haben. Die Mauern im Stahlfachwerk standen noch, aber Türen und Fenster waren zerdrückt, zerfetzt, zerschlagen. Das Gebäude schien verlassen. Er wollte sich auf sein Fahrrad schwingen und nach Hause fahren. Aber irgendetwas rief ihn von da drinnen. Er stellte sein Fahrrad neben eine leere Türöffnung und ging in das Halbdunkel.

Auf der untersten Stufe der Treppe ins nächste Stockwerk lag ein Arbeitsschuh. Das Metallgeländer hing schräg in der Verankerung. Aus einem oberen Stockwerk hörte er ein tickendes Summen. Ganz fein und leise, es ging im Zischen des Windes durch die leeren Fensterhöhlen unter, aber im nächsten Moment war es wieder da.

Im Geiste sah er dieses konservengroße Getriebe mit den münzgroßen Zahnrädern und den Bakelitverstärkungen vor sich. Unten war eine Aussparung für den kleinen Motor, an dessen Wellenspitze ein kleines Zahnrad war, das in ein größeres Zahnrad am untersten Ende des Getriebes fasste. Der Motor lief mit etwa dreißig Umdrehungen pro Sekunde. Durch die Umsetzung des Getriebes drehte sich der Stift am anderen Ende mit einer Umdrehung pro Stunde. Oder pro Tag. Je nach Zahnradgröße im Getriebe. Der Stift hatte eine kleine Nut, in die der Auslösemechanismus des Sprengsatzes fasste. Wenn die Umdrehung dreihundertsechzig Grad des Stiftes vollendet hatte, wurde der Stromkreis geschlossen. In der nächsten Tausendstelsekunde wurde die Explosion ausgelöst. Heinz hatte ein paar Monate in der Endfertigung für Zeitzünder gearbeitet. Man hörte das Summen des Elektromotors kaum. Es tickte ein wenig, wenn das Getriebe fehlerhaft gefertigt war. Das war schon damals die Regel. Es tickte und summte.

Man hatte an der Entwicklung von Zeitzündern gearbeitet, die auf Tage und Wochen genau einstellbar waren. Das Ticken könnte von einem dieser modernen Geräte stammen. Mit fehlerhaftem Getriebe. Ein sinnloser Sabotageakt in einem zerstörten Werksgebäude. Und der Matrosengefreite Heinz das sinnlose Opfer. Trotzdem stieg er die Treppe hoch ins nächste Stockwerk. Es war ein sonniger Spätnachmittag. Es würde bald wieder Sommer werden. Vielleicht würde auch der Krieg zu Ende gehen. Aber gleich würde nichts mehr da sein. Für alle Ewigkeit der Welt. Gleich bist du tot. Wann würde die schöne Frau ihn vergessen haben?

Als er den linken Fuß in den Flur des ersten Stockwerks setzte, verstummte das summende Ticken. Er entschied sich, nicht erstarrt auf das Nichts zu warten, sondern weiterzugehen. Die Metalltür zum Büroraum gleich rechts im ersten Stockwerk wurde nur noch von einem zerrissenen Scharnier im Rahmen gehalten. Sie fiel aus dem Rahmen, als er sich näherte, und wirbelte den feinen Staub auf, den jede Zerstörung herbeizauberte, diesen Staub, der eigentlich leicht wie die Luft war und bei jedem Windhauch in der Luft schwebte, aber sich auch entscheiden konnte, unsichtbar am Boden zu bleiben, bis es Zeit war, wieder mit der Luft zu verschmelzen. Wenn das Nichts, oder das Jenseits, einen Geruch hatte, dann müsste es dieser sein.

Der Schreibtischsessel war umgeworfen. Das obligatorische Führerbild hinter Glas hing unbeschädigt und akkurat an der Wand. Heinz trat näher, drückte mit einem Finger dagegen, es rührte sich nicht. Es war festgeklebt.

Der Aktenschrank stand offen, alle Akten hingen akkurat in den Hängeordnern. Der Raum war übersät von Glas- und Holzsplittern, einige waren von Blut verschmiert. Keine verkohlten Akten oder Papierfetzen, wie sie nach jedem Luftangriff auf dem Werftgelände zu sehen waren. Neben einer Schreibmaschine, in der ein neues Blatt halb eingezogen war, lag eine Akte. Es schien, als hätte hier alles seine alte Ordnung behalten. Heinz wollte auf die oberste Seite der Akte sehen, als sein Blick in die aufgezogene Schublade fiel. Es sah aus wie ein leicht zusammengedrücktes Ei aus Elfenbein. Es war vielleicht eine Uhr. Oder eine kleine Granate, die zur Tarnung aus Elfenbein gefertigt war. Er nahm das Ei und warf es aus dem Fenster.

Nachdem er es draußen im Dreck wiedergefunden hatte, wischte er es ab und sah es sich genauer an. Möglicherweise war es eine wertvolle Antiquität. Er spuckte mehrfach auf das Ei und wälzte es in einem Haufen Asche, den er in einem kleinen Krater in der Nähe fand. Der Wache würde er erzählen, dass sein Frühstücksei in den Dreck gefallen sei.

Am Werkstor führte der Gefreite Erwin Hoyer die obligatorische Taschenkontrolle durch. Heinz reihte sich in die Schlange der Wartenden ein und öffnete die am Oberrohr des Fahrrads montierte Staukiste. Sie war ursprünglich für das Mitführen von flachen Munitionskisten vorgesehen. Da sah die Torwache immer rein. Damit niemand auf die Idee kam, sein altes Wehrmachtsfahrrad zu beschlagnahmen, hatte er den verstärkten Gepäckträger zum Transportieren schwerer Lasten, wie zum Beispiel Waffen oder Koffer, demontiert und präparierte es regelmäßig mit Lehm und Asche, damit es schrottreif aussah. Er hatte es vorigen Herbst nach einem Bombenangriff am Fördeanleger Seegarten gefunden. So als ob der Besitzer sich auf eine Fähre gerettet oder ins Wasser verabschiedet hätte. Nur den Vorderreifen hatte Heinz flicken müssen.

Hoyer sah flüchtig in die leere Staukiste und klappte sie zu. Heinz' Rucksack interessierte ihn heute nicht. »Ich habe das gehört mit Karl. Tut mir leid.« Hoyer hatte Heinz und Karl oft zusammen am Tor nach der Taschenkontrolle einen schönen Feierabend gewünscht. »Im ›Reichshallen‹ gibt's 'ne Sondervorstellung, ›Münchhausen‹, mit Hans Albers. Wir haben für Strom gesorgt. Wenn du dich beeilst, schaffst du es noch. Tschüss.«

»Das war die Strafe!«, hatte Heinz' Vater Anfang 1942 gesagt, als das traditionsreiche Ufa-Kino »Reichshallen« an der Holstenbrücke nach wochenlang ausverkauften Vorstellungen der Filme »Jud Süß« und »Der ewige Jude« in einem Hagel von Brandbomben völlig ausgebrannt war. Wenig später eröffnete die Ufa im Festsaal des »Hauses der Arbeit«, vor 1933 Gewerkschaftshaus, in der Fährstraße das »Reichshallen« mit neuer Ausstattung.

Als Heinz eintraf, stand immer noch eine Schlange vor der Kasse, obwohl die Vorstellung schon angefangen hatte. Werbung war nicht nötig gewesen, es hatte sich wie ein Lauffeuer in der Stadt herumgesprochen: Hans Albers im »Reichshallen«, und das nach dieser Bombennacht. Man hatte wieder einmal überlebt, und man wollte es spüren.

Ein mobiles Dieselaggregat der Wehrmacht stand als Stromversorgung knatternd vor dem Eingang. Die Kassiererin erzählte Heinz, dass der Film eine Kopie aus den zerstörten Ufa-Theater-Lichtspielen in der Holtenauer Straße sei, die letztes Jahr zerstört worden waren. Der Filmvorführer Konrad Pödzke hatte sie aus den U.T. (Ufa-Theater) Lichtspielen während eines Luftalarms noch retten können. Dann war er ein Jahr später bei einem Stromschlag im Vorführraum getötet worden. Berufsunfall. Seine Frau, seit 1943 Garderobenfrau im Kino »Reichshallen«, hatte die acht flachen Blechdosen mit den nummerierten Aufklebern »Münchhausen« vorige Woche im Keller hinter den Kartoffeln gefunden. Den Rest hatte dann »jemand Höheres« von der Werft organisiert, aber der sei seit gestern Nacht verschollen.

Frau Pödzkes Reich, die Garderobe, war ein langer Schlauch mit Holztresen im Keller. So breit wie Heinz' Mansarde und so lang wie der Kinosaal direkt darüber. Frau Pödzke trug einen dunkelgrauen Kittel, und das hellgraue Haar war zu einem grau-strengen Knoten gebunden.

»Du musst dich beeilen, die Wochenschau fängt schon an«, sagte sie in mütterlichem Ton, nahm sein Fahrrad entgegen und stellte es zu den zehn oder fünfzehn anderen. Die Bügel hingen leer an den Garderobenhaken. Von oben schepperten die Fanfaren.

»Wollen Sie den ›Münchhausen‹ nicht auch sehen?«, fragte Heinz.

»Ich habe den Film damals gesehen im Ufa-Theater, als mein Mann ihn vorführte. Er war mir damals schon zu traurig.«

Heinz hatte Glück. Einer seiner Lieblingsplätze in der ersten Reihe war frei. Die Decke des Kinosaals über den vorderen Sitzreihen war im Winter bei einem Luftangriff getroffen worden. Sie war notdürftig mit ein paar Lagen genagelter Teerpappe geflickt worden, die ersten beiden Sitzreihen waren durch »organisierte« Küchenstühle und Matratzen ersetzt worden. Heinz bevorzugte die Matratzen. Man legte sich einfach lang hin und kriegte nicht, wie sonst auf den Stühlen in den ersten Reihen üblich, einen steifen Nacken. Allerdings konnte es passieren, dass man den Film verschlief. Meistens wurde man aber geweckt, weil das Schnarchen die Sitz- oder Liegenachbarn störte.

Die Wochenschau zeigte die Vereidigung von Volksgrenadieren, denen die Gewehre feierlich von angeblichen Rüstungsarbeitern in die Hände gedrückt wurden. Heinz schätzte das Alter der Volksgrenadiere auf höchstens achtzehn Jahre. In der Eingangssequenz hatte man das Datum der Wochenschau gesehen. Sie war vom 11. Januar. Also fast auf den Tag genau drei Monate alt. Das Licht in den Augen der jungen Volksgrenadiere war sicher schon lange erloschen. Die nachfolgenden Luftkämpfe über dem holländisch-belgischen Luftraum waren auch schon seit vielen Monaten entschieden. Heinz schätzte, dass er in der Wochenschau mindestens zweihundert inzwischen tote Menschen gesehen hatte. Der Wochenschaufilm riss zweimal, das Licht ging jedes Mal an, man war es gewohnt und nahm es mit Gelassenheit. Der Vorführer klebte den Streifen innerhalb von zehn Minuten. Heinz' Matratzennachbar wandte sich ihm ächzend zu. Es war ein älterer Mann mit fauligem Mundgeruch, ohne Zähne und Haare, der auf die zeigerlose Uhr an seinem dürren Handgelenk zeigte. »Vein Rekorp ifft vieben Minupen.«

Vor dem Hauptfilm gab es eine Pause, in der Heinz auf der Matratze einschlief. Er wachte auf, als Hans Albers mit einer Kanonenkugel in einem Burgturm gelandet war, ihn dabei zerstörte und trotzdem überlebte. Heinz fragte sich, ob das eine Idee der Goebbelsschnauze war. Ein Regieeinfall für den Endkampf. Menschen als Kanonenkugel. Piloten, die ihr Flugzeug als Bombe ins Ziel fliegen würden. Oder sich einfach mit einer Bombe im Rucksack an der befohlenen Stelle in die Luft sprengen würden. Vielleicht war das die Wunderwaffe für den Endkampf, über die im Kilian gerätselt wurde. Die kleinen Zwei-Mann-U-Boote mit dem freundlichen Namen »Seehund«, die auf der Werft produziert wurden, waren vielleicht nur eine Vorstufe.

Dann sah er die schöne Frau auf der Leinwand. Er stand auf und setzte sich erst wieder, als hinter ihm lautstark protestiert wurde. »Du bist nicht aus Glas, Junge!«

»Das fünfte Fenster von links«, hatte Münchhausen auf dem Zettel gelesen, den ihm der Eunuch zugesteckt hatte. Hinter diesem Haremsfenster würde er sie sehen können. War es nicht auch das fünfte Fenster von links in der Sanitätsbaracke gewesen? Die Prinzessin sah aber nicht aus einem Strahlenkranz zersplitterten Glases, sondern ihren Kopf umrahmte ein kranzförmiges, filigran ornamentiertes Gitter im Haremsfenster. Die schöne Frau gehörte dem Sultan. Sie war genauso, wie der Eunuch sie Münchhausen beschrieben hatte: »Ihre Haare schimmern wie Ebenholz. Ihre Augen sind blau wie das Marmarameer. Ihr Mund ist ein Blumenkelch. Und ihre Hände und Füße sind aus Elfenbein.« Eine Frau, die sogar einen Eunuchen um den Verstand brachte.

Es war schon dunkel, als Heinz mit seinem Fahrrad durch die Trümmer seiner Heimatstadt nach Hause fuhr. Ein paar Flaschen Bier klapperten leise im Rucksack. Der Himmel war klar, es würde heute Nacht vielleicht noch einmal Frost geben. Eine Sternschnuppe zog dicht über dem nördlichen Horizont Richtung Holtenau, eine gleißende Lichtspur, von der nach weniger als einer Sekunde nichts mehr zu sehen war. Eigentlich war der Münchhausenfilm eine Geschichte über das Sterben. Das war der Goebbelsschnauze offensichtlich entgangen. »Ich wünschte, immer so jung zu bleiben wie heute, so lange, bis ich selbst ums Altwerden bete.« Das hatte sich der Baron Münchhausen vom Zauberer gewünscht. Sein Wunsch war in Erfüllung gegangen.

Bis jetzt hatte es für Heinz wenigstens mit dem Überleben geklappt. Allerdings wurde es um ihn herum immer einsamer. Wenn er nun der einzige Mensch wäre, der in seiner Heimatstadt nach vielen Jahrzehnten des Krieges überlebte? Ein schrecklicher Gedanke. Der sterbende Diener Christian hatte wenigstens seinen Herrn, den Baron Münchhausen, dem er im letzten Augenblick seines Lebens hatte sagen können: »Komm bald nach, aber lass dir Zeit.«

Würde er, Heinz, das jemandem sagen können, wenn es für ihn so weit war?

Heinz hatte keine Geschwister. Sein halbes Leben hatte er keine Freunde gehabt. Wenn sich jemand für Funkwellen und Radios statt für Kino, Filmstars und Schlager interessierte, worüber sollte man sich denn mit dem unterhalten? Heinz war seinen Schulkameraden unheimlich. Im Schulunterricht wusste er immer alles besser. Seine Mutter konnte auch nie den Mund halten. »Du tust so, als ob jeder Mensch ein Engel ist«, hatte sein Vater zu seiner Mutter gesagt und damit ihre überschwänglich freundliche und wortreiche Art gemeint, mit der sie jeden Menschen begrüßte, der ihr über den Weg lief. »Schnauze halten ist überlebenswichtig, warum begreift ihr das nicht!«, hatte sein Vater mehr als einmal geknurrt. Sein Sohn war nicht so naiv, jeden Menschen für einen

Gesandten des Himmels zu halten. Aber dieser altkluge Junge diskutierte mit seinem Vater sogar über den Frontverlauf. Ihm war das Besserwissen nicht auszutreiben, und das war mindestens ebenso schlimm.

Ironischerweise hatte es ihm aber gestern das Leben gerettet. Wenn er seine Schnauze gehalten hätte, wäre der Alte nicht auf sein Wissen über Radios aufmerksam geworden. Er hätte ihn nicht aufgefordert, sein Radio zu reparieren. Und Heinz hätte nach der erfolgreichen Reparatur keinen Sonderurlaub bekommen. Sondern hätte wegen der bevorstehenden Abnahme nach Dienstplan Überstunden machen müssen. Nicht Karl, sondern er würde jetzt im vollgelaufenen Rumpf des U-4708 tot im Wasser schweben.

Er lief die vier Stockwerke in der Tirpitzstraße 69 hoch, verschloss hastig seine Tür, öffnete atemlos den Rucksack. Er hatte sich entschieden, das Ei für eine Uhr zu halten.

Er fand zwei Buchstaben, eine Signatur, H.H., ihm fiel nur Heil Hitler dazu ein. Das Gehäuse ließ sich nicht öffnen. Sein Daumennagel passte in den Spalt zwischen Deckel und Gehäuse, aber der Nagel riss ein. Alle Versuche, es durch Schütteln und Abtasten zu öffnen, führten zu nichts. Er drehte die Uhr wie einen Brummkreisel auf dem Tisch. Nichts. Er spielte mit dem Gedanken, den heißen Lötkolben in die glatte Oberfläche zu bohren. Aber das konnte gefährlich werden und den Inhalt zerstören. Es konnte sich auch um eine Schnupftabakdose handeln, die mit Gift gefüllt war.

Es gingen Gerüchte, dass sich die Briten und Amerikaner besonders für Parteiorden interessierten. Der vierzehnjährige Herwich Mischlich hatte ihm neulich im Treppenhaus in voller HJ-Uniform hinter vorgehaltener Hand geraten, seine HJ-Abzeichen nicht wegzuwerfen. Die würden noch einmal sehr wertvoll werden. Dabei hielt er seinen Geigenkasten unter dem linken Arm fest umklammert, so als hätte er Angst, dass Heinz ihn wegnehmen wollte. Heinz hatte ihm hinter vorgehaltener Hand geraten, nicht so ein dummes Zeug zu erzählen, sonst würden sie ihn nach Russee bringen. Mischlich hatte daraufhin den rechten Arm hochgereckt, laut »Heil Hitler« gerufen und war mit trotzig-ängstlichem Gesichtsausdruck die Treppe hinuntermarschiert.

Heinz hatte ihm nachgerufen, er solle mehr Geigenstunden nehmen, sein Gequietsche würden die Hausbewohner als Fliegeralarm missdeuten. Und Mischlich hatte unten von der Haustür heraufgeschrien, dass die SS seinen Geigenlehrer endlich abgeholt hätte.

»Ich geh jetzt für den Endsieg aufspielen!«, rief er noch in der geöffneten Haustür, sodass man ihn auf der Straße hören konnte.

Was immer der verrückte Mischlich damit gemeint hatte, Heinz' HJ-Abzeichen lag sowieso schon seit einem Jahren am Boden der Förde. Eine geheimnisvolle Taschenuhr konnte als besondere Antiquität mehr einbringen als ein HJ-Abzeichen oder mancher Orden.

Als verkaufsförderndes Detail könnte er einflechten, dass sie einem Gestapomann gehört hätte, von dem man nach einem Bombenangriff nur noch einen Stiefel gefunden hätte. Heinz kam der Gedanke, dass es ja auch eine Schnupftabakdose sein könnte, in der ein kostbarer Edelstein versteckt war. In diesem Fall wäre es natürlich dumm, den gefundenen Schatz als schäbige Taschenuhr zu verscherbeln. Er beschloss, an seinen geheimnisvollen Fund nur noch als Schnupftabakdose zu denken. Dann würde er sich auch nicht verplappern, wenn man ihn überraschend danach fragte.

Sie hatten eine Woche gebraucht, um das beschädigte U-170 aus dem Kilian zu schleppen und danach als Notstromversorgung für die Werft zu installieren. Immer mehr neu eingelaufene U-Boote warteten auf Reparaturen. Die Sehrohre waren plötzlich besonders anfällig geworden. Sie hatten Spiel, hakten, schleiften laut oder steckten ganz fest. In der Werft mussten sie »gezogen« werden. Eine vornehme Umschreibung für »vollständig zerlegen und instand setzen.« Die Sehrohre wurden immer öfter ausgefahren, um sich zu vergewissern, man griff nicht mehr an, sondern sicherte sich ab. Es war die Angst, die die Sehrohre kaputt machte. Niemand repariert unsere kaputten Seelen, dachte Heinz. Wie lange würde es dauern, bis er den Krieg vergessen könnte? Vorausgesetzt, der Krieg würde je aufhören, und vorausgesetzt, dass er »dies alles« wenigstens körperlich überlebte.

Abends hörte Heinz auf Langwelle einen englisch gesprochenen BBC-Bericht. Er verstand jedes Wort, obwohl es in der Schule nie Fremdsprachenunterricht gegeben hatte. Und trotzdem hatte ihm die Schule zu seinen guten englischen Sprachkenntnissen verholfen.

Mit zehn Jahren hatte er in den Kieler Neuesten Nachrichten das Wort »Entente« gesehen. Er hielt es für einen Druckfehler. Es sollte wohl Ente oder Enten heißen. Seine Eltern lachten ihn nur aus. Er fragte seinen Klassenlehrer. Herr Ecks erklärte ihm, dass es ein französisches Wort sei und Harmonie und Vereinbarung bedeute. Das gefiel Heinz, und er beschloss, irgendwann nach Paris zu gehen, um Französisch zu lernen.

An seinem elften Geburtstag fand er in seiner Schultasche auf dem Nachhauseweg ein kleines, aber dickes Buch mit rotem Leineneinband mit dem Titel »Englisch-Deutsches und Deutsch-Englisches Taschenwörterbuch« von den Professoren Köhler und Lambeck. Er vermutete, dass es sein Klassenlehrer, Herr Ecks, war, der es heimlich in einer Pause in die Schultasche gesteckt hatte. Herr Ecks kleidete sich so wie Hans Albers in dem Film »Der Mann, der Sherlock Holmes war«. Und er rauchte auch so eine Pfeife.

Das Taschenwörterbuch wurde Heinz' Lieblingslektüre. Da er wusste, dass ihn dieses Buch in Schwierigkeiten bringen konnte, las er heimlich darin, immer wenn er allein zu Hause war, oder abends im Bett, solange es das Licht zuließ, und das war im Sommer sehr lange. Es war ein Buch mit einer Geheimsprache, deren Kenntnis einen ins Gefängnis bringen konnte. Es schauderte ihn jedes Mal, wenn er eine neue Vokabel auswendig kannte. Nachdem er das erste Mal auf BBC jemanden Englisch sprechen gehört hatte, ging es sehr schnell. Er sprach die Worte immer nach, erkannte die Vokabel, und seit zwei Jahren war sein größtes Geheimnis, dass er Englisch sprechen und verstehen konnte.

Inzwischen hatte er allerdings gelernt, dass die schöne englische Sprache auch von schrecklichen Dingen erzählen konnte.

Heute sollte es einen Bericht aus Bergen-Belsen geben. Heinz hörte die Glocke einer Grabkapelle, dann erzählte ein Reporter, ständig nach Fassung ringend, er befinde sich im Moment auf einem Hektar Land, bedeckt von Menschen, die weder dem Tod noch dem Leben zu gehören schienen, weil manche starben und wieder andere sich bewegten, obwohl man sie schon für tot gehalten hatte. Eine Mutter habe den britischen Soldaten ihr Kind in einem Stoffbündel entgegengehalten und darum gebeten, ihm Milch zu geben. Dann sei sie weinend weggelaufen. Als die Soldaten das Bündel aus Stoff auswickelten, erkannten sie, dass das Kind seit Tagen tot war. Als der Reporter sagte: »This day at Belsen was the most horrible of my life«, begriff Heinz. Es war so etwas wie das Arbeitslager Russee. Nur unvorstellbar größer. So unvorstellbar groß wie die geplanten Neubauten der Reichshauptstadt Berlin. Alles, was diese Nazis in die Welt brachten, war unvorstellbar groß. Und unvorstellbar schrecklich.

Heinz erinnerte sich an einen Freund seines Vaters, der vor ein paar Jahren zu Besuch gewesen war, ein Lokomotivführer, der hatte vom Zentralen Gleiskreuz Korschen in Ostpreußen erzählt. Auf einem Abstellgleis hatte er einen Güterzug voller Menschen gesehen. Das war Ende Januar bei minus zwanzig Grad gewesen. Ohne Lokomotive. Wer weiß, wie lange schon. Wer weiß, wie lange noch.

»Nun lasst alle Hoffnung fahren«, hatte Karl kommentiert, als sie nach sechsunddreißig Stunden Dienst am Stück am vergangenen Neujahrsabend in Kolophoniumdämpfe eingehüllt, die Bakelitkopfhörer auf den Ohren und mit ein paar Flaschen Eiche-Bier da saßen und das »Bum, Bum, Bum, Buum« eines einsamen Trommlers hörten, das Erkennungszeichen des Deutschen Dienstes der BBC, das sich immer wie die ungesprochene Ankündigung des Weltuntergangs anhörte.

»Beethoven, Schicksalssymphonie. Prost, Heinz!«

Karl war irgendwie gebildet, aber hatte nie darüber gesprochen. »Das ist doch Thomas Mann aus Lübeck!« Karl schüttelte immer den Kopf, wenn Thomas Mann auf BBC seine »Ansprachen an das deutsche Volk« mit den Worten begann: »Dies ist die Stimme eines Freundes.« Als der Schriftsteller sagte: »Die Nazikriege sind im Voraus annulliert«, hatten Karl und Heinz sich ein neues Glas eingeschenkt, »Mann sei Dank« im Chor gesagt, angestoßen und in einem Zug ausgetrunken, ohne ihre Kopfhörer abzunehmen.

Jetzt war Mitte April, und Karl lebte nicht mehr. Der Schriftsteller erzählte heute Abend auf BBC von einem Abkommen, das die Alliierten an einem Ort namens Jalta über das zukünftige Schicksal Deutschlands abgeschlossen hätten. »Es ist nicht die Absicht, das deutsche Volk zu zerstören.«

Aber vielleicht aus Versehen? Heinz fürchtete, dass das alles nur meinte: Tut uns leid, aber der Krieg dauert doch länger, als wir dachten.

1. Mai 1945

Eine Frau hatte es gegen zweiundzwanzig Uhr draußen auf der Straße gerufen: »De Führer is dod, de Führer is dod«, und dabei eine Handglocke geschwungen. Seine Freundin aus der Faulstraße. Aus dem Dachfenster konnte er sie leider nicht sehen.

»The German Radio has just announced that Hitler is dead.« Wenn die BBC es meldete, würde es wohl stimmen, dachte Heinz, als er die Meldung kurz vor Mitternacht hörte.

Nachdem er die Meldung dreimal hintereinander gehört hatte, drehte er am Abstimmknopf den ganzen Frequenzbereich auf Langwelle und Mittelwelle durch. Auf Mittelwelle fand er einen Sender mit einer besonderen Erkennungsmelodie. »Üb immer Treu und Redlichkeit.« Heinz hatte den Eindruck, dass es keine Bandaufnahme war, die dort zu hören war, sondern dass da ein Klavierspieler säße, der die Passage wieder und wieder spielen musste, als käme sie vom Band. So kam es wohl, dass der Klavierspieler immer müder wurde und das Lied immer trauriger und mutloser klang. Ein schräg splitternder Akkord beim Aufschlagen des vom Sendeleiter erschossenen Klavierspielers, das wäre ein glaubwürdiger Abschluss des Tausendjährigen Reiches. Es war die Frequenz des regionalen Senders Flensburg. Man bereitete sich also in Flensburg mit Probebetrieb schon auf die Ankunft des Hitlernachfolgers Dönitz vor. Es war geheim, aber jeder auf der Werft und sogar in den Straßen wusste es: In Plön war jetzt der Sitz der Reichsregierung und das Oberkommando der Wehrmacht, Großadmiral Dönitz als Nachfolger Hitlers. Heinz wusste, dass das Ende des Krieges erst in Sicht war, wenn sich der

Nachlassverwalter Dönitz in die äußerste Ecke des Tausendjährigen Reiches, nach Flensburg, verzogen hatte.

2. Mai 1945

Am nächsten Tag erzählte ihm Frau Hoyer im Kolonialwarenladen an der Ecke Yorckstraße, dass diese betrunkene »Stadtruferin« in einem Männermantel die ganze Tirpitzstraße runter bis in die Wik vor den Flandernbunker gelaufen wäre, in dem sich die Kommandantur der »Festung Kiel« verkrochen hatte. Dort hätte sie noch lange ihre frohe Botschaft verkündet und sich dann in der Prinz-Heinrich-Straße vor dem Bunker schlafen gelegt. Heute Morgen habe man sie dort tot aufgefunden. Heinz fragte, ob Frau Hoyer Nachricht von ihrem Sohn habe. Sie schüttelte stumm den Kopf und schenkte Heinz eine Steckrübe und eine halbe Dauerwurst.

In der Nacht stand Heinz wieder an seinem Dachfenster und sah zwei Stunden mit aufgesetzten Kopfhörern einem Luftangriff zu. Auf BBC gab es ein Hörspiel, eine Comedy, mehrfach unterbrochen für Zigarettenwerbung, Reklame für ein Wunderreinigungsmittel für Spiegel und Fensterscheiben und für die neueste Frontmeldung »Splendid news from Moscow: Berlin has fallen.«

Die Marineküche auf der Werft köchelte nur noch Ungenießbares, aber was in der Gerüchteküche brodelte, löffelte jeder gierig. Vormittags hieß es, Kiel sei zur offenen Stadt erklärt worden und der Feind könne die Stadt besetzen, ohne mit bewaffnetem Widerstand rechnen zu müssen. Nachmittags hieß es, das Oberkommando hätte befohlen, Kiel bleibe Festung und müsse bis zum letzten Mann verteidigt werden. So schwappten die Gerüchte wie Ebbe und Flut in einem gleichmäßigen Rhythmus hin und her. Immer weniger Werftarbeiter kamen zur Arbeit in den Bunker. Es waren vor allem die auf U-Boote spezialisierten Arbeiter und Marineangehörigen von den Werften in Ostpreußen, die jetzt auch der Kampf ums Überleben hier in Kiel eingeholt hatte. Sie suchten sich in den Vororten am Ostufer der Kieler Förde Kellerzimmer und, wer Glück hatte, einen freien Dachboden mit warmem Schornstein. Sie hatten Erfahrung mit dem Flüchten und

Überleben. Ein Funker von der Schichauwerft in Königsberg, Paul Rogowski, erzählte Heinz, wie er auf Schnellbooten in der Nacht vom 30. auf den 31. Januar aus der eingekesselten Stadt hatte fliehen können. Nachts hatte er in der Funkerkabine die Hilferufe der untergehenden »Wilhelm Gustloff« mitgehört. Der Kapitän hatte Befehl, sich keinem getroffenen Schiff zu nähern, und er hielt sich daran. Rogowskis hochschwangere Frau kam erst eine Woche später mit einem anderen Schnellboot an. Er hatte nicht mehr geglaubt, sie wiederzusehen. Das Boot hatte sie in Pillau abgesetzt, der Kapitän war mit seiner Familie allein weitergefahren. Sie hatte dann irgendwie nach zwei Wochen Kiel erreicht und ihn bei der Arbeit in einem U-Boot auf der Werft wiedergefunden.

Die Besatzungen der reparaturbedürftigen Schiffe und U-Boote mussten sich selbst an die Reparaturen machen. Heinz fragte sich, ob es nicht auch für ihn bald Zeit wurde, sich vor einem drohenden Endkampf in Sicherheit zu bringen.

3. Mai 1945

Der Anblick der Stadt hatte in den letzten Monaten zunehmend dem einer Sterbenskranken geglichen, die in den letzten Zügen liegt. Heute sah es so aus, als ob man vorzeitig zur Leichenfledderei übergegangen wäre. Die Straßen waren übersät von Zertretenem, Weggeworfenem, Zerrissenem. Das Marinekommando hatte vormittags ein paar Versorgungslager freigegeben, und der Stadtkommandant hatte die Verpflegungsämter und Lagerhäuser angewiesen, alles ohne Lebensmittelkarten oder Bezugsscheine zu verkaufen.

Sie stürmten die Lager. Erst verhalten mit Taschen, Körben und Säcken. Dann kamen die Profis mit Blockwagen und Pferdefuhrwerken, später die Lastautos. Auf den Straßen lagen zerfetzte Kleidungsstücke. Heinz kurvte mit seinem Fahrrad zwischen den langen Männerunterhosen, dicken Nachthemden, Strümpfen, Schuhen und Blusen herum, um ja nichts zu überfahren. Es hatte seit gestern nicht geregnet, und ein eiskalter Wind ließ die Kleidungsstücke auf den Straßen den Vorübergehenden flatternd zuwinken. Es war, als ob die Bombentoten auf dem Weg in den Himmel ihre Kleider verloren hätten. Hier lagen also auch irgendwo Karls Sachen. Als Heinz die Tür zu seiner Dachkammer zuschlug, lehnte er sich mit dem Rücken gegen die Tür, voller Angst, dass die Kleider ihm die Treppen herauf gefolgt wären. Als er seine Jacke vor dem Bett liegen sah, wollte er schreien, aber er würgte sich nur, wie vor ein paar Wochen im Kilian, die Seele aus dem Leib.

4. Mai 1945

Heinz hatte sich entschlossen, sich auf die Suche nach Verwertbarem, Tauschbarem und nach Vorräten zu machen. Die Zeiten waren bisher schon unsicher gewesen, aber was kam, würde Niemandszeit sein.

Ihm war ein Haus hinter der Ecke Walkerdamm/Hopfenstraße aufgefallen. Dort schien niemand mehr zu wohnen, jedenfalls nicht zur Straße hin. Sooft er dort abends vorbeikam, nie war dort Licht. Das Haus hatte trotz der Nähe zum Fördeufer keinen direkten Treffer abbekommen. Allerdings stand nur noch das erste Stockwerk. Darüber hörte es einfach auf, wie abgeschnitten. Das, was von den oberen Stockwerken übrig war, schien direkt auf dem Schutthaufen auf der anderen Straßenseite gelandet zu sein. Das Haus befand sich im Druckschatten des Neuen Anbaus des Thaulow-Museums am Sophienblatt, von dessen Hauptgebäude nur noch die Wände standen. Kurioserweise hingen immer noch ein paar Gemälde.

Heinz öffnete die Haustür. Die Tafel mit den Namen der ehemaligen Bewohner lag zersplittert am Boden. Es stank nach allem, was überhaupt stinken konnte, aber Heinz war das gewohnt. Schließlich stank die ganze Stadt. Im ersten Stock drückte er die angelehnte Wohnungstür auf. Auch hier war das Namensschild entfernt worden. Die Räume kamen ihm ungewöhnlich hoch vor, aber das lag wohl nur daran, dass er eine Dachmansarde bewohnte. In der gekachelten Küche fand er eine Schüssel, daneben lagen eine halbe Gurke und eine Reibe. Auf der hellen Anrichte stand ein Stapel Teller. Porzellanteller. Kleingeschnittenes Gemüse schwamm in einem großen gusseisernen Topf voller Wasser. Aus der Vorratskammer neben

dem Fenster nahm er ein Fässchen Sauerkraut, ein Weckglas eingelegte Heringe, zwei Gläser englische Marmelade und verstaute alles in
seinem Rucksack. Er wollte das Haus verlassen, aber als er im Flur
durch eine halb offene Tür in das Wohnzimmer sehen konnte, zögerte er, als ob er fürchtete, die Bewohner der Wohnung anzutreffen. Oder jemanden, der wie er im Überlebenskampf auf Raubzug
war. Das, was er auf den ersten Blick für ein Wohnzimmer gehalten
hatte, war eine Bibliothek oder ein Arbeitszimmer gewesen, mit
lederbezogenen Sesseln, wandhohen Bücherregalen, dicken orien-
talischen Teppichen. Das Leder der Sessel war zerstochen, die Re-
gale leer, die Bücher lagen mit teilweise herausgerissenen Seiten auf
dem Boden, sie waren nass, es stank nach Urin, der dicke Perser-
teppich hatte sich vollgesogen. Lexika, Bildbände über griechische
und römische Geschichte, große Komponisten, englische Schlösser
und Gärten. An den Wänden alte Stiche in dunklen Holzrahmen.
Eine große Vase lag zerbrochen am Boden, ein zertretener Strauch
verwelkter Blumen, auf den Scherben glaubte Heinz eine englische
Landschaft zu erkennen.

Gleich links neben der Tür stand ein moderner Plattenspieler.
Ein Telefunken TP 76. Ein neuartiger elektrischer Plattenspieler,
den er vor Jahren einmal im Schaufenster bestaunt hatte. Daneben
auf einem kleinen Tisch ein Radio, mit elegantem Holzfurnier abgesetzt, ein Philips 660 a, in der Zeitschrift »Funkschau« war es
vorgestellt worden, kein Volksempfänger, sondern ein Radio für
den »Liebhaber des Schönen und Guten«. Der Plattenspieler hatte
keinen Schalltrichter, sondern war durch ein Kabel mit dem Radio
verbunden. Gewesen. Das Kabel war zerschnitten. Heinz drehte
das Radio herum, um herauszufinden, wie das Kabel des Plattenspielers an die Endstufe des Radios angeschlossen gewesen war.
Schade, dass der Strom ausgefallen war.

Er hörte Stimmen. Er sah vorsichtig aus einem der Fenster, das
zur Ecke Walkerdamm ging. Ein junger SS-Mann und ein Hitlerjunge marschierten die Hopfenstraße hinauf in Richtung Exerzierplatz. Der Junge schleppte mühsam an einem Maschinengewehr über der rechten Schulter und einem Munitionsgürtel. Über
der linken Schulter hing ein Geigenkasten. Als sie direkt am Haus
vorbeigingen, sah der Junge plötzlich zum Fenster hoch. Es war
Herwich Mischlich. Heinz duckte sich und überlegte, ob er es

noch bis zum Hinterausgang schaffen würde. Wenn die beiden ihn hier mit ihrem Maschinengewehr aufstöberten, würden sie kurzen Prozess machen. Mischlichs Triumph. Heinz Lüthje war ein Plünderer. Standrechtliche Erschießung wäre hier der Wille des Volkes, so würde er das seinem MG-Schützen erklären. Als Heinz sich vorsichtig wieder bis zum Fensterbrett erhob, war die Gruppe schon weitergelaufen. Der SS-Mann brüllte Herwich Mischlich an. Wenn es überhaupt Mischlich war. Aber Heinz hatte seine Augen gesehen, die ihn nicht gesehen hatten, weil die Scheibe staubig und blind war und das Außenlicht reflektierte. In Mischlichs Augen war Angst, wie sie nur eine verlorene Kinderseele haben kann.

Sie verschwanden in Richtung Exerzierplatz. Heinz vermutete, dass sie zur Holtenauer/Wiker Hochbrücke unterwegs waren, um dort den Feind am Überschreiten des Kaiser-Wilhelm-Kanals zu hindern. Das letzte Kommando.

Im Plattenschrank dümpelten höchstens zehn Platten verloren in den gelben Papphüllen, Platz war für mindestens hundert. Wahrscheinlich war der Rest schon in den Kanälen des Schwarzmarktes zu einem neuen Besitzer unterwegs. Er zog nach Zufall eine nach der anderen heraus, mal von hinten, mal in der Mitte, mal vorne. Hans Albers, Ilse Werner und natürlich Zarah Leander. »Ich weiß, es wird einmal ein Wunder geschehn.« Wer würde das noch hören wollen?

Die nächste Platte hatte ein zerkratztes Etikett. Er glaubte die Worte »… for the Leader …« zu erkennen. Für den Führer? Der Rest war zerkratzt, absichtlich unleserlich gemacht worden. Er drehte die Schallplatte um. Hier war das Etikett ganz genauso unleserlich gemacht worden. Der Kratzer zog sich bis weit in die Schallrille hinein, und das machte das Musikstück, das sich auf dieser Seite befand, unspielbar. Alle Kratzspuren hatten eine gemeinsame Handschrift. Es waren jeweils vier parallele Linien, die in einer steilen Welle aufstiegen, oben nervös zitterten und das Zittern spiralförmig zur Mitte hin fortsetzten. Dort hörten sie abrupt auf. Es sah aus wie eine Botschaft. Heinz vermutete, dass man es eilig mit einer Gabel gemacht hatte. Er fand noch eine Schallplatte, deren Etikett mit derselben Handschrift unleserlich gemacht worden war.

Er ließ seinen Blick noch einmal durch das Wohnzimmer gleiten und blieb an einem Druck in einem langen schmalen Rahmen links neben der Tür hängen. Das Bild hing sehr hoch, Heinz musste sich auf die Zehenspitzen stellen, um Details zu erkennen. »Vischer's Panorama of London (1616)«, las er. Eine Steinbrücke über die Themse, vollständig bebaut mit Häusern. Der Betrachter sah London auf der anderen Seite der Themse, er hatte die Brücke also noch zu überqueren, um dorthin zu gelangen. Es gab so etwas wie einen Balkon über dem Brückentor. Darauf waren lange Stangen an das Geländer gelehnt, vielleicht zehn oder fünfzehn, an deren Ende sich Verdickungen befanden. Er trat näher und erkannte, dass die Verdickungen auf den Stangen Köpfe von hingerichteten Menschen waren. Eine eindrucksvolle und leicht fassliche Botschaft für jeden, der die Stadt durch das Tor betreten wollte. Heinz nahm es als Botschaft an sich selbst. Er legte die Schallplatte wieder in den Plattenschrank, ließ die Wohnungstür offen stehen und verließ das Haus durch das stinkende Treppenhaus.

Ein leichter Wind trieb kalten Nieselregen vor sich her. Zögernd ging er die Damperhofstraße hoch bis zum Exerzierplatz. Irgendetwas war anders. Wenn die Stadt nach dem Geheul der Sirenen auf das Motorengeräusch der ersten Flugzeuge wartete, dann war es für kurze Zeit die gleiche Stille, sogar die Vögel schwiegen oder waren schon geflüchtet. Hatte er die Sirenen in der Wohnung überhört? Der Exerzierplatz, Treffpunkt, Lebensader, schwarzer Markt, war menschenleer. Die Stadt hielt den Atem an. Er blieb einen Moment stehen und lauschte und glaubte ein feines, leises Summen zu hören, das vielleicht immer in der Luft liegt, wenn Menschen in ängstlicher Erwartung schweigen.

An der Ecke zur Rathausstraße sah er feindliche Militärfahrzeuge vor dem Rathausportal. Auf den Panzerspähwagen und Panzern saßen Soldaten, die alle Zigaretten rauchten. Heinz hatte vor zwei Jahren eine halbe Stunde Unterricht zum Thema »Die Uniformen des Feindes« gehabt. Er hatte sich nicht konzentrieren können, weil er am Abend vorher Gerda kennengelernt hatte. Aber er konnte sich erinnern, dass die russischen Uniformen etwas von Schwermut und Balalaika erzählten. Die Soldaten vor dem Rathausportal trugen flotte Mützen und kurze Jacken. Das sah nach Big-Band-Sound und Swing aus, den er so oft auf BBC hörte.

Die Soldaten auf dem ersten Panzerspähwagen hatten die Mützen so schräg sitzen, dass sie ihnen eigentlich gleich herunterrutschen müssten. Ein Soldat mit Kopfhörern suchte die Umgebung mit einem Fernglas ab. Neben ihm formte sein Kollege eine Hand zu einer Pistole und hielt sie vor das Fernglas. Der andere ließ das Fernglas sinken und schlug seinem Kollegen scherzhaft mit der Faust auf das Kinn. Dann zündeten sie sich eine neue Zigarette an. Das Spiel wiederholte sich und wurde nur für eine Zigarettenlänge unterbrochen.

Die Fahrzeuge waren umringt von Frauen und Männern, die die Soldaten abwartend anstarrten. Wenn die Soldaten die Kippen zu Boden warfen, schlugen sich Männer und Frauen darum. Plötzlich kam eine Gruppe englischer Soldaten aus dem Rathaus zurück, stieg auf die Fahrzeuge, es wurden Befehle gerufen, dann verschwand der Konvoi an Heinz vorbei in Richtung Knooper Weg.

5. Mai 1945

Die Briten waren in der Stadt. Und sie waren vor den Russen hier angelangt. Das Kriegsende schien nahe. Gestern Abend hatte ein Lautsprecherwagen schnarrend eine Ausgangssperre von einundzwanzig Uhr bis sechs Uhr verkündet.

Die Briten hatten an Kreuzungen Panzerfahrzeuge postiert, fuhren in kleinen Konvois durch die Stadt und durchsuchten jedes auch nur halbwegs unbeschädigte Gebäude. An Eingängen zu Ämtern, Polizeiwachen oder Militärgebäuden wurden Posten aufgestellt.

Er hörte sie sprechen und konnte sich nicht satthören. Da war dieses Englisch, etwas anders als das, was er aus dem Lautsprecher kannte, aber er verstand fast alles.

Die deutschen und britischen Soldaten ignorierten sich höflich. So als ob sie anfingen, Frieden zu üben. Heinz wusste selbst nicht mehr, wie das ging. Er war dreizehn Jahre alt gewesen, als es das letzte Mal Frieden gegeben hatte.

Vor den Werkstoren hieß es, die Kriegsmarine werde aufgelöst, und den Werftarbeitern wurde der Zutritt verwehrt. Sie würden nur bei der Bestandsaufnahme stören, sagten die englischen Posten. Heinz setzte sich zu den Hunderten von Männern an die Kaistraße, um im brackigen, öligen Wasser zwischen den Schiffswracks nach Heringen und allem, was anbiss, zu angeln. Wenn er genug gefangen hatte, ging er wieder ruhelos zwischen den Ruinen umher und suchte etwas, was er nicht fand.

6. Mai 1945

Vor dem Eingang des Thaulow-Museums im Sophienblatt standen zwei englische Soldaten, die an dem Gebäude emporsahen, als ob sie es nicht glauben könnten, dass es noch unzerstörte Gebäude in dieser Stadt gab. Der eine Soldat formte seine Hände zu einem Fernglas und sah prüfend die Fassade von oben nach unten ab. Als er mit dem »Fernglas« unten angekommen war, hielt ihm der andere den Zeigefinger als Pistolenlauf vor das Gesicht. Der andere schlug ihm spaßhaft mit der Faust gegen das Kinn, dann zündeten sie sich eine Zigarette an. Heinz war von der Kaistraße zum Walkerdamm unterwegs, mit dem Gedanken spielend, noch einmal in die Wohnung mit dem modernen Plattenspieler zu gehen, als er die beiden an ihrem Spiel mit dem Fernglas auf dem Panzerspähwagen vor dem Rathaus wiedererkannte. Sie waren ungefähr so alt wie er selbst.

Heinz näherte sich den beiden und sah ebenfalls an dem Gebäude hoch.

»Would you like to visit the museum?« Heinz hatte seinen ganzen Mut zusammengenommen. Sie sprachen etwas Deutsch, und er genauso viel Englisch. Sie stellten sich als Tom Townsend und John Marks vor und mussten die Aussprache des Namens »Heinz« etwas üben, bis Heinz es lachend genehmigte. Beide hatten den Dienstgrad eines Lance Corporal, was in etwa dem des Matrosengefreiten entsprach.

Ein paar Minuten später standen sie in der kleinen Vorhalle des Museums. Der weißhaarige Museumswärter kam aus seiner Pförtnerloge und erhob den Arm zum Hitlergruß. »Heil Hitler!«

John drückte ihm den Hitlerarm sanft, aber nachdrücklich nach unten und bedeutete ihm, militärisch zu grüßen. »Like that, you understand? Remember World War One?« Der alte Mann grüßte, am ganzen Körper zitternd, militärisch.

Heinz versuchte die Situation dadurch zu entspannen, indem er den Briten erklärte, dass sie sich hier im Landesmuseum von Schleswig-Holstein befänden, aber für die Kieler sei dies immer noch das Thaulow-Museum, benannt nach dem Gründer, und sein Name würde noch über dem Portal des alten Hauptgebäudes nebenan stehen, der Rest sei jetzt aber zerstört … Heinz stockte der Atem. Er machte alles nur noch schlimmer. Er redete sich um Kopf und Kragen. Er bekam plötzlich kein Wort mehr heraus.

»You speak English surprisingly well, where did you learn it?«, fragte John.

»Well, I am an eager listener of the BBC, that's all«, sagte Heinz langsam. Sicherheitshalber erzählte er noch, dass die großen Statuen die Götter der Nazis darstellten, über die er nichts erzählen könne, weil er sich dafür nie interessiert hätte.

Aber sie schienen ihm gar nicht mehr zuzuhören. Sie waren vor einem ungefähr drei Meter hohen Engel mit erhobenem Schwert stehen geblieben.

»Look, Tom, I guess it's the Führer's Angel of Death.« Sie lachten.

Heinz machte ein paar Schritte zur Seite, um aus dem Blickfeld des Engels zu kommen. Er sehnte sich plötzlich nach seiner von Kolophoniumrauch vernebelten Dachkammer und den englischen Stimmen aus dem Kopfhörer. Der Todesengel sah gleichgültig über ihn hinweg.

»There is something I want to show you«, sagte Heinz mit heiserer Stimme. Sie sahen ihn überrascht an und nickten. Als sie das Museum eilig verließen, sahen sie den Pförtner in seiner Pförtnerloge vor dem Spiegel den militärischen Gruß üben.

Draußen fragten ihn die Briten, ob er ihnen »Fräuleins« vorstellen wollte. Als Heinz heftig den Kopf schüttelte, schienen sie etwas enttäuscht zu sein.

Das Haus betraten die beiden Soldaten mit entsicherter Pistole in der Hand. Heinz kamen Zweifel, ob er vor dem Todesengel die richtige Entscheidung getroffen hatte.

Als sie endlich vor dem Plattenschrank standen, zog Heinz die Klappe auf und hielt den beiden die Schallplatte hin. »Is that an English Nazisong?«

Sie steckten ihre Waffen ein und sahen mit gerunzelter Stirn auf das zerkratzte Etikett. John stieß Tom in die Seite, sie sahen sich schmunzelnd an, nickten sich rhythmisch zu, stellten sich vor Heinz in Positur und sangen aus voller Kehle.

So she's left me for the leader of a swing band,
She don't like my organ music anymore
Though she's broke my heart in two,
And she left me sad and blue,
I'll be waiting till her swinging days are through.

The leader of a swing band, na Gott sei Dank. Heinz klatschte, und sie lachten erleichtert.

»Now we have music, we will have girls!«, rief Tom. Tom erklärte Heinz, dass es ein in England sehr beliebter Big-Band-Titel sei. Weil der Song kurz vor Kriegsausbruch bekannt wurde und jetzt für alle Erinnerungen an Friedenszeiten wachrief, sei er während der Kriegsjahre zu Hause in den Tanzsälen ständig gespielt worden. Ein »Floorfiller«, ein Wort, das Heinz noch nicht kannte, aber sofort verstand. Und deshalb sei es doch *die* Überraschung für die geplante Siegesfeier, die bestimmt bald fällig wäre.

Tom war inzwischen neugierig im Zimmer umhergegangen und vor dem mittelalterlichen Stich von der Londoner Brücke stehen geblieben.

»Too high for children«, sagte Tom nachdenklich. Er sah John an und tippte sich auf die Nase. Der nickte zustimmend, und Tom verschwand mit gezogener Waffe im Treppenhaus.

John ließ sich von Heinz die technischen Delikatessen des Plattenspielers und des Radios erklären. Heinz fand das englische Wort für Lötkolben nicht und sagte einfach: »Melting together with heat«, und Tom nickte lachend. Heinz vergaß, dass Tom mit gezogener Waffe im Haus unterwegs war, und gab sich dem Gefühl hin, dass seine sprachlichen Fähigkeiten ungeahnte Höhen erreichten, auch wenn John manchmal scheinbar grundlos lachte. Die Zimmertür knarrte plötzlich, und sie sahen in Toms leichenblasses Gesicht. Er zeigte ihnen die fünf Finger seiner Hand. Er verstand aus dem hektischen Wortwechsel zwischen Tom und John, dass im Keller eine fünfköpfige Familie lag, die erschossen worden war. Drei Kinder.

Sie gingen mit gezogenen Waffen mit Heinz vor das Haus, ließen sich seine Papiere aushändigen und schickten ihn nach Hause. Er solle auf weitere Anweisungen warten.

Heinz stand vor seiner geöffneten Dachluke. Er fragte sich, wie er durch die kleine Öffnung hindurchkommen würde. In jedem Fall mit dem Kopf zuerst. Er streckte seinen Kopf aus der Dachluke und sah auf rissige Dachpfannen. Sie würden seinem Körpergewicht nicht standhalten. Er würde in den Dachstuhl einbrechen, zersplittertes Holz oder scharfe Dachpfannenscherben würden seine Beinadern oder die Hüfte zerschneiden, er würde langsam verbluten. Auf keinen Fall würde er bis zur Dachrinne kommen, um sich dort wie geplant mit einem Sprung genügend Schwung für den Aufprall auf der Straße zu holen. Dort, wo die Stadtruferin in den letzten Stunden ihres Lebens Hitlers Tod verkündet hatte. Er schämte sich plötzlich.

Er hatte auch schon daran gedacht, sich im Kilian ins Wasser zu stürzen, an Karls stählernem Sarg vorbeizuschweben in die Ostsee, mit den anderen Menschen, die in den letzten Monaten und Jahren diesen Weg freiwillig oder unfreiwillig beschritten hatten.

»Ich wünschte, immer so jung zu bleiben wie heute, so lange, bis ich selber ums Altwerden bete«, hatte Münchhausen gesagt. Heinz entschied, dass er noch nicht alt genug sei. Zauberer gab es nur für Münchhausen, aber Gott sollte ja auch zaubern können.

Wenn er es recht bedachte, hatte er doch wieder Glück gehabt. Die Briten wussten nicht, wo sie einen Verdächtigen wie ihn einsperren sollten. Es gab nicht mehr viele bewohnbare Häuser in der Stadt, sie hatten bisher kaum genug Notunterkünfte für ihre Vorhut, verteilt über das Stadtgebiet, geschweige denn für ihre stündlich nachrückenden Einheiten. Die Gebäude der SS und der Gestapo am Eichhof hatten sie jedoch schon als Hauptquartier ausgesucht. Verdächtige würden ohne Papiere nach Hause geschickt werden, hieß es, und nur in besonderen Fällen nach Hamburg transportiert werden, wie zum Beispiel Nazis. Allerdings hatten die Nazis ihre Uniformen sehr schnell gegen Zivilklamotten ausgetauscht. Deswegen sah man sich in der Stadt immer wieder prüfend an.

Er holte die Dose Kolophonium aus dem Rucksack. Als er die Rückwand des Radiochassis abgeschraubt hatte, der Lötkolben auf dem Ziegelstein abgelegt war, der Duft des Kolophoniums sich im Zimmer verbreitete, hielt er inne. Warum machte er das überhaupt? Er brauchte das Lautsprecherkabel nicht mehr abzulöten, um mit Kopfhörern zu hören. Er konnte BBC mit dem Lautsprecher hören, das Haus konnte hören, dass er es tat, überhaupt alle Sender der Welt, er könnte das Radio an das Fenster stellen, über die Förde bis zum Kilian sollte man es hören, niemand würde ihn in Plötzensee oder wo auch immer dafür aufknüpfen dürfen.

Er könnte nach Möglichkeiten suchen, die Leistung der Endstufe zu erhöhen, vielleicht ließe sich auch mit einem Schaltungstrick die Trennschärfe verbessern. Er begann die Lötverbindungen im Radio zu untersuchen. Einige sahen brüchig aus. Das müsste alles überholt werden. Von Grund auf. Zufrieden lächelnd fing er mit dem Drehkondensator an. Er zog die Schraube an der Welle fest. Die Lötverbindungen zum Gehäusesockel musste er auch völlig erneuern. Die hatten natürlich am meisten gelitten.

8. Mai 1945

Gegen zwölf Uhr weckte ihn ein Hämmern an der Tür. Er drehte zitternd den Schlüssel und öffnete. Tom und John standen vor der Tür und sahen ihn mit strengem Blick an. So war es also, wenn man abgeholt wurde. Den Krieg hatte er überstanden. Aber die ersten Stunden des Friedens nicht.

Die beiden sahen sich interessiert im Zimmer um.

»Please, come with us«, sagte John. »Don't forget your tools, Mr. Radio Repairman.«

Heinz tat einfach, was ihm gesagt wurde, ohne es zu verstehen. Tom saß hinter dem Steuer und John neben Heinz auf dem Rücksitz. Sie schwiegen. Draußen flogen die Bilder der grauen Stadt wie in einer Wochenschau an ihm vorbei. Momentaufnahmen von

Menschen in, vor, auf Trümmern. Suchend, laufend, verstohlen miteinander redend, keine Freude in ihren Gesichtern, Verwirrung. Obwohl ihnen doch auf den Flugblättern gesagt wurde, dass der Krieg zu Ende sei. Ein englisches Flugzeug hatte sie morgens wie Konfetti zur Feier des Tages über der Stadt abgeworfen. Statt Bomben, wie noch vor ein paar Tagen. Die Menschen hielten alles für eine Episode. Vielleicht gab es ja heute Nacht schon wieder einen Luftangriff, von den eigenen Fliegern, um die Briten zu vertreiben. Der letzte Angriff der Briten am 2. Mai sollte übrigens ein Versehen gewesen sein, hieß es. Irgendwie waren allen Menschen die Dinge aus dem Ruder gelaufen. Der Krieg rief, wie jedes noch so kleine Verbrechen, unbekannte Mächte auf den Plan, die nur dem Teufel zu gehorchen schienen, dabei in die Seelen und Köpfe der Menschen hineinkrochen und die Steuerung eines gekaperten Seglers übernahmen.

An der Kreuzung Knooper Weg/Gutenbergstraße mussten sie vor einem Fußgängerüberweg anhalten. Menschen starrten mit einer Mischung aus Schreck und Neugier den jungen Matrosen in deutscher Uniform an, der auf dem Rücksitz eines englischen Jeeps neben einem englischen Soldaten saß. Ein kleiner Junge blieb stehen und zeigte auf Heinz. »Mama, ist das ein Jude?« Die Mutter zuckte gleichgültig mit den Achseln und zerrte ihr Kind eilig über die Straße. Vorher waren es die Nazis, die einen abholten. Jetzt waren es die Briten. Der junge deutsche Matrose auf dem Rücksitz war eben einer der Ersten. Am ersten Tag des Friedens. Überschreitung neuer Gesetze, die noch niemand kannte und die deshalb jeden treffen konnten. Vielleicht ging wirklich alles so weiter wie bisher.

Tom fuhr vom Dreiecksplatz nach rechts in die Wilhelminenstraße, dann nach links in die Fährstraße und steuerte zu Heinz' Erstaunen in eine Toreinfahrt neben den »Reichshallen«. John griff in seine Jacke.

Das war es also, dachte Heinz. Aber John hatte keine Pistole in der Hand, sondern Heinz' Wehrmachtsausweis, den er seinem Vorgesetzten bei Ablieferung des verhafteten Matrosengefreiten Heinz Lüthje übergeben musste. Sie nahmen Heinz in die Mitte und führten ihn zum Haupteingang des Kinos. Heinz sah den Kinosaal als riesigen Gerichtssaal, vor der Leinwand würde der Richter auf einem Thron mit weiß gepuderter Perücke sitzen. Der Ankläger würde ihn gleich hinter dem Eingang in Empfang nehmen und dem Richter als ersten Angeklagten der Nachkriegszeit präsentieren.

»Surprise, surprise!«, sangen Tom und John, gaben ihm seinen Wehrmachtsausweis zurück und zogen die dicken Stoffvorhänge zum Kinosaal auseinander. Statt des Richters mit der weiß gepuderten Perücke erblickte Heinz Frau Pödzke in ihrem dunkelgrauen Kittel. Das hellgraue Haar trug sie allerdings offen mit ein paar eingeflochtenen Stoffstreifen in den Farben der britischen Flagge.

Sie winkte zu Heinz herüber, lief dann wieder hektisch zwischen Stühlen und Tischen hin und her, die den Kinosaal statt des Sitzgestühls füllten, erteilte Anweisungen, richtete Blumensträuße auf den Tischen und sah immer wieder zur Bühne. Dort waren ein paar Soldaten damit beschäftigt, die Fahnen ihrer Regimenter zu drapieren, der Union Jack prangte bereits am Leinwandvorhang. Einer der Soldaten stellte sich unter die Fahne und öffnete tänzelnd die Arme, als würde er sich schon auf der großen Tanzfläche in der Mitte des Saales befinden, und sah auffordernd zu Frau Pödzke hinunter, die verschämt und kopfschüttelnd zurückwinkte. Wenn hier der »Hauptfilm« lief, würde sie bestimmt wieder in ihre Garderobe im Keller gehen.

Der Hauptfilm, das war die zentrale Siegesfeier der englischen Einheiten in Kiel. John erzählte stolz, dass sie das Kinogestühl innerhalb von zwei Stunden in einen Haushof auf der anderen Straßenseite geschleppt und mit Zeltplanen zugedeckt hatten, damit es bei einem Regenschauer keinen Schaden nahm, bewacht von zwei Soldaten, die sich stündlich abwechselten. Im Haus, dem »Haus der Arbeit«, vor 1933 »Gewerkschaftshaus« genannt, waren provisorisch einige Abteilungen des britischen Hauptquartiers untergebracht, auch die Military Police. Es gab viele, die in der Stadt und der Umgebung Dienst hatten, aber auch diese würden im Laufe der Nacht Zeit haben, hier auf ein Glas oder zwei mit den Kameraden anzustoßen. In den nächsten Wochen wollte man in die ehemaligen Dienststellen der SA und der SS am Eichhof umziehen, sobald man dort die vorgefundenen Akten für die Auswertung gesichert hatte.

Man hatte im Keller einen gut ausgestatteten Dekorationsfundus entdeckt, da der Saal vor seinem Umbau zum Kino der Festsaal des Gewerkschaftshauses war. Der Saal schien heute zu seinen Ursprüngen zurückzufinden. Man sah den Stoffgirlanden, die über ihren Köpfen als bunter Himmel hoffnungsfroher Fahnensignale winkten, nicht gleich an, wie ausgefranst, mottenzerfressen, verblichen und spröde sie waren.

In der linken Ecke der Bühne standen auf einem Plattenschrank ein Plattenspieler und ein Radio. Alles aus der verlassenen Wohnung am Walkerdamm, der Plattenschrank, der Telefunken TP 76, der elektrische Plattenspieler und der Philips 660 a, das Radio für den »Liebhaber des Schönen und Guten«. Tom und John deuteten Heinz' zögernden, fragenden Blick richtig, sie zogen ihn zu einem Tisch an der Wand. Und während im Hintergrund das aufgeregte Klappern von Gläsern und Geschirr als erwartungsschwangere Geräuschkulisse der Siegesfeier zu hören war, erzählten Tom und John die Geschichte der verlassenen Wohnung am Walkerdamm.

Der englische Geheimdienst SIS, Secret Intelligence Service, hatte seit Ende der dreißiger Jahre einen Mann, der nur für Kiel zuständig war. Vor vier Jahren wäre er durch den SD, den Sicherheitsdienst des Reichführers SS, fast entdeckt worden. Der Secret Intelligence Service löschte sämtlichen Spuren, »at home and abroad«. Man hatte Angst vor einem Maulwurf. Sie ließen ihn »schlafen«. Offensichtlich hatte er sich so sicher gefühlt, dass er wieder mit seiner Familie zusammengezogen war. Im Keller des Hauses am Walkerdamm hatte Tom sie gefunden. Man hatte sie erschossen, die Eltern, zwei Töchter, einen Sohn. Sie mussten dort schon einige Tage gelegen haben. Man hatte sie inzwischen beerdigt. Auf dem Eichhof-Friedhof, gegenüber den ehemaligen Amtsstuben der SA und SS.

Tom und John wussten, dass Heinz nichts damit zu tun hatte, aber woher, sagten sie nicht. Ihr Major hätte befohlen, dass man Musik und Plattenspieler hier aufbaut und die Siegesfeier begleitet. Und dieser Matrosengefreite Lüthje sollte auch eingeladen werden, schließlich hatte er sie auf die Spur des verlorenen Agenten gebracht. Und er hatte ihnen die Schallplatte mit englischer Tanzmusik verschafft, ein Stück Heimat. Der getötete Mann, dessen Name sie verschwiegen, hätte gewollt, dass sie damit den Sieg feierten. Man war es ihm schuldig.

Heinz sah im Geiste wieder den Blick des Hitlerjungen Mischlich mit dem Maschinengewehr und den Patronengürteln über der Schulter zu den Fenstern der Wohnung hinauf, als ob er Heinz' Gegenwart dort spürte, dann die bellende Zurechtweisung des SS-Mannes.

»You must check Herwich Mischlich, he is living at Tirpitzstraße, with his mother, the floor right below me«, sagte Heinz Tom und John, die sich den Namen notierten. Er erzählte ihnen alles, was er über Mischlich wusste, wie er ihn mit dem Maschinengewehr über der Schulter und dem SS-Mann gesehen hatte. Aber vielleicht lag Mischlich schon wie viele andere tot unter der Holtenauer Hochbrücke am Hang des Kaiser-Wilhelm-Kanals. Falls er noch lebte, hatte er wie die anderen seine Uniform verschwinden lassen und sah jetzt wie ein dummer Schuljunge aus. Seine Mutter würde ihm alle Alibis der Welt geben.

»And now it's your turn, Mr. Radio Repairman!«, sagte Tom, »John will give you a hand, he is a keen technician.«

Sie reparierten das durchgeschnittene Verbindungskabel und montierten einen weiteren Lautsprecher mit eigenem Verstärker. Heinz fragte Tom nach der Schallplatte. Tom habe sich damit eine Überraschung ausgedacht, sagte John. In einer Stunde würden Reden von Montgomery und Churchill übertragen werden. Heinz drehte den Senderwahlknopf auf die Frequenz der BBC. Ein feierlicher Marsch. Der zugeschaltete Lautsprecher schepperte blechern, aber es klang trotzdem feierlich erwartungsvoll und sehr englisch, fand Heinz. »›Pomp and Circumstance‹ by Elgar«, sagte Tom. Dann folgte ohne Ansage »Jerusalem«, eine der heimlichen Nationalhymnen der Briten aus dem vorigen Jahrhundert. Sie handelte von einem Paradies namens Jerusalem, das man in England errichten müsse. Die Zeilen »And was Jerusalem builded here, among these dark satanic mills?« hatte Heinz nachts oft, die Kopfhörer an die Ohren gepresst, leise und ergriffen mitgesungen. Tom stimmte laut in Heinz' verhaltenen Gesang mit ein. Würde es die Menschheit jemals schaffen, die Mühlen des Satans, die das Böse in immer neuen Erscheinungsformen schufen, für immer zu zerstören? Heinz bezweifelte es. Es gab doch immer wieder Menschen, die sich dem Teufel für scheinbar harmlose Neubauten andienten.

Der Saal füllte sich plötzlich mit jungen Frauen. Man habe die Schwesternheime und Stadtverwaltungen erfolgreich durchkämmt, flüsterte John dem staunenden Heinz ins Ohr. Sie hatten unten im Keller neben der Garderobe mehrere Regalmeter Rhein- und Moselwein gefunden und in einem gut verschlossenen Lagerhaus am Kanal unzählige Bierkisten aus Bremerhaven, die jetzt hinter der aufgebauten Theke neben der Saaltür bereitstanden. Außerdem waren von den Offizieren und Sergeants der 5th Kings mehrere Sonderrationen Whiskey und Gin ausgegeben worden.

»O look, what lovely costumes the girls have on!« Er hatte nicht bemerkt, dass es eine selbst geschneiderte Kreation war. Fast keine Frau hatte zu Hause ein halbwegs vorzeigbares, geschweige denn neues Kleid im Schrank. Alles war abgetragen, ohne Waschmittel nicht mehr richtig sauber zu bekommen oder mottenzerfressen. Neue Stoffe waren auch auf dem Schwarzmarkt schon lange nicht mehr zu finden. Aber seit ein paar Tagen gab es plötzlich viele bunte Stoffe aus anderer Quelle. Man trug Dirndlkleider in ganz persönlichen Variationen. Die roten Schürzen waren aus geschickt zerschnittenen Hakenkreuzfahnen und Blusen und Kleider aus blau-weiß karierten Wehrmachtsbettbezügen geschneidert. Die persönliche Note bekam alles nur durch Einfärbungen, zum Beispiel durch einen Sud aus ausgekochter Roter Bete, der ihn, frisch im Kochtopf seiner Mutter zubereitet, zu sehr an Blut erinnert hatte. Heinz behielt es für sich, schließlich kannte er auch das englische Wort oder eine halbwegs verständliche Umschreibung für diese Gemüsesorte nicht.

»Look, there is Tom with his girlfriend. What a lucky chap he is! Isn't she wonderful?«

Heinz folgte Johns schwärmerischem Blick. Es war die schöne Frau. Tom hielt seinen linken Arm um ihre Hüfte, als er sich mit ihr zum Tisch durchkämpfte. Sie trug kein zusammengeschneidertes Dirndl aus großdeutschem Tuch, sondern ein hautenges schwarzes Kostüm mit einer blütenweißen Bluse, an der die beiden oberen Knöpfe nicht geschlossen waren. Ein schlichtes Collier schimmerte an ihrem Schwanenhals. Sie war tausendmal schöner als Münchhausens Prinzessin Isabella. Noch bevor Tom sie

Heinz vorstellte, hatten sich ihre Augen an ihm festgesaugt. Sie hatte ihn wiedererkannt.

»May I introduce you to the most wonderful girl in the world? This is my Margot!«, hörte er Tom sagen. Margot.

Tom zog Heinz und Margot durch das im Saal herrschende Gedränge an jeweils einer Hand auf die Bühne. Heinz war wie betäubt. Tom sagte so etwas wie »Our German friend, he found our English music«. Der Saal tobte, alles johlte, pfiff, trampelte, klatschte. Tom überreichte ihm die Schallplatte auf einem Sofakissen in den Farben des Union Jack und drängte ihn zum Plattenspieler, als Heinz nicht aufhörte, auf das Kissen zu starren. Mit zitternden Fingern legte Heinz auf, stellte die Lautstärke nach. Seine Schallplatte.

Eine männliche Gesangstimme sang eine Zeile, offensichtlich damit die Gäste im Saal entscheiden konnten, ob sie zu dem Titel tanzen wollten.

So she's left me for the leader of a swing band …

Es war der Moment, von dem Heinz nicht zu träumen gewagt hatte. Er hatte das Ende des Krieges mit passender Musik ausgestattet, er hatte dem Plattenspieler und dem Radio mit Kolophonium und Lötzinn Leben eingehaucht. Er war der Star des Abends, und von der Tanzfläche sahen ihn viele dankbar lächelnd, winkend an.

Und doch war alles verdorben.

Obwohl es ein sehr beschwingter Titel war, tanzten Tom und Margot eng, mit sparsamen Bewegungen. Wenn er mit dem Rücken zur Bühne tanzte, sah sie in Heinz' Augen. Er stand bewegungslos auf der Bühne neben dem Plattenspieler und betrachtete das Paar.

She don't like my organ music anymore,
Though she's broke my heart in two,
And she left me sad and blue,
I'll be waiting till her swinging days are through.

Es war zu Ende, bevor es angefangen hatte. Alles war falsch. Er sprang von der Bühne, kämpfte sich am Rand der Tanzfläche bis zum Tisch durch, fasste nach seinem Rucksack und erhob sich. Er würde so tun, als ob er zum Klo müsste.

Ein paar Briten versperrten ihm den Weg, rissen ihn zurück zum Tisch, es wurden mehr Stühle geholt, jemand erschien mit einer Flasche Whiskey, ein Mädchen mit einem Tablett voller Gläser, jemand goss Heinz ein Glas voll, auf irgendein Stichwort prostete man einem Offizier in der Nähe der Bühne zu. Sie waren erschöpft, sie hatten sieben deutsche Zerstörer mit dreitausend von der russischen Front geflohenen Soldaten im Kaiser-Wilhelm-Kanal zu registrieren und in Lager zu verteilen. Jetzt wollten sie feiern, solange es ging.

Der Alkohol löste die Zungen immer mehr, und Heinz erfuhr sogar, dass viele Männer der T-Force in England eine ganz besondere Ausbildung bekommen, sie hatten alle etwas Deutsch gelernt, und es waren ein paar Spezialisten dabei. Leute, die Tresore knacken sollten, ohne den Inhalt dabei unbrauchbar zu machen, um an wertvolle Geheimunterlagen, Konstruktionspläne, besonders auf der Werft und in den Walterwerken am Kanal, zu kommen. Decrypter, die verschlüsselte Nachrichten oder Dokumente entziffern konnten. Sicher hatte der Secret Intelligence Service auch ein paar ganz spezielle Spezialisten unter diesen Männern der T-Force versteckt.

Heinz konnte sich nur teilweise auf die Gespräche konzentrieren. Ihm schräg gegenüber saß jetzt Margot und sah ihn an. Sie trank nichts. Um Heinz herum taumelte alles in einem Nebel aus Alkohol und Sieg, Gier nach Leben und übergrölter Angst vor dem Frieden. Die Vergangenheit hatte im Befehlston festgestellt, dass sie sich nicht verabschieden wollte, und die Hoffnung auf ein schönes, neues Leben hatte sich sofort ängstlich geduckt.

Alle drängten sich zur Tanzfläche als das »So she's left me …« wieder erklang. Tom trank sein drittes Glas Whiskey. John hatte »burglary courses« besucht, gehörte zu den »Tresor repairmen«, wie er es scherzhaft nannte, aber auf Heinz' ernst gemeinte Frage, ob er mit dieser Fähigkeit schon vor dem Krieg beruflich tätig gewesen war, schwieg er und trank sein Glas mit einem Zug aus. Jedenfalls hatte er gelernt, einen Safe zu öffnen, ohne den Inhalt zu beschädigen. Sogar Einbruchswerkzeug gehörte zu ihrer Ausrüstung. Und Tom war an der Entführung von wichtigen Geheimnisträgern beteiligt gewesen, die er auf ihrem Flug zu einem ebenso geheimen Flugplatz in Yorkshire begleitet hatte. Heinz hatte plötzlich das Gefühl, dass er seine neuen Freunde jetzt erst richtig kennenlernte.

Erst jetzt fiel Heinz auf, dass Tom eine Boxernase hatte, ein gebrochenes Nasenbein. Heinz stellte sich vor, wie Tom beim Öffnen die Tresortür ins Gesicht geschlagen war. Er hatte keine Hände, sondern Pranken. Was fand Margot nur an ihm? John dagegen war ein mehr intellektueller Typ, der nie spontan antwortete, sondern jeden Dialog mit einer Analyse begleitete. Sensibel nannte man so etwas wohl. Als »technician« hatte Tom ihn bezeichnet. Die beiden waren bestimmt ein Team. Nur, mit welchem Auftrag? Vielleicht waren sie ja auf der Suche nach der deutschen Geheimwaffe. War er, Heinz, vielleicht nur ein besonderes Studienobjekt? Und Margot war bestimmt Doppelagentin. Heinz versuchte sich daran zu erinnern, wie viel er schon getrunken hatte, aber er wusste nur, was er getrunken hatte, nicht wie viel. Ein paar Flaschen Eiche-Export, das war er gewohnt. Aber nicht diesen wunderbaren Whiskey, der ihm im Glas bernsteinfarben entgegenschimmerte.

Tom und Margot tanzten wieder und küssten sich, dabei sah sie Heinz über Toms Schulter an. Irgendeine Frau legte jetzt die deutschen Platten auf. »Wenn ein junger Mann kommt, der weiß, worauf's ankommt, weiß ich, was ich will.« Marika Rökk. Heinz hielt sich die Ohren zu.

John stieß ihn auffordernd an, nickte zu einer Gruppe von Mädchen unter einem Fenster und sagte: »The one with the flower in her hair. She's looking at you all the time.«

John schien ihre Blicke bemerkt zu haben. Nicht die des Mädchens mit der Blume im Haar. Sondern Margots Blicke. Heinz' Blicke. John wollte ihn ablenken. Das Mädchen trug eine übergroße dunkelrote Stoffrose über dem rechten Ohr. Wahrscheinlich aus einer alten Schaufensterdekoration. Sie sagte, dass sie es nicht störe, dass er seinen Rucksack beim Tanzen nicht abnahm. Sie fragte ihn, wieso er als einziger deutscher Mann hier bei den britischen Einheiten mitfeiern dürfe. Ihm fiel ein, dass sie ihn ja vorhin nicht auf der Bühne miterlebt hatte, und er sagte, dass er den britischen Soldaten den englischen Song geschenkt hatte. Sie fand das englische Lied albern. Sie tanzten einen unbeholfenen Walzerfoxtrottrumba und traten sich gegenseitig auf die Füße. Am

schlimmsten war dieses Kölnischwasser, das ihn an seine Großmutter und Gerda denken ließ.

Er wollte nur wissen, wie Margot roch.

Er brachte das Mädchen mit der Blume zurück an seinen Platz
und sagte, er müsse jetzt dringend weg.

Die frische Luft ließ ihm die Knie weich werden. Es fing an zu
regnen, eigentlich hatte es an jedem Tag geregnet, diesen ganzen
jungen Mai. Er wankte zur Toreinfahrt und setzte sich auf einen
Stapel Lkw-Reifen.

Plötzlich stand sie vor ihm. Er stand auf und fasste unsicher ihre Schultern, näherte sich ihrem Mund. Sie roch intensiv und gleichzeitig flüchtig wie ein starkes Parfüm im Herbststurm. Sie riss ihn
an sich, und sie küssten sich leidenschaftlich. Als er das Gefühl
hatte, dass sie ihn verschlingen wollte, versuchte er einen kurzen
Moment, sie von sich zu stoßen. Vergeblich.

*»Though you broke my heart in two
And you left me sad and blue
I'll be waiting here for you.«*

Ihre Lippen berührten sein Ohr, während sie ein leises »Bo be do,
bo be do« hinterherhauchte.

»Nein, das heißt doch anders, … till her …«, sagte er schwach.

Sie legte ihm den Zeigefinger auf die Lippen. »Es ist so, wie *ich*
es sage.«

Sie küssten sich wieder und wieder. Tom kam ihm in den Sinn
und verschwand wieder. Es war, als ob er mit Margot davonflie-
gen würde, schon meilenweit über allem schwebte, unangreifbar
für immer.

»We have won the German war. Let us now win the peace.
Good luck to you all, wherever you may be.« Montgomerys Rede hallte durch unzählige Fenster auf die Fährstraße bis in den Hof.
Churchill hörten sie bis zur Straßenkreuzung Eckernförder Straße. Dann rannten sie und küssten sich und rannten und küssten
sich, bis sie in der Tirpitzstraße 69 angekommen waren.

»Ich hab mein Kolophonium auf der Bühne vergessen«, sagte
er, als er mit dem Schlüssel die Tür zu seiner Mansarde öffnete.

Die schwarzschweren Locken von Margot Minz fielen über ihn und glitten vor seine Augen wie der Vorhang eines Separees. Ihre Zunge schob sich in seinen Mund, gleichzeitig bohrten sich ihre langen Fingernägel in seine Ohren. Er ruderte hilflos mit den Armen in der Luft, als wolle er den Kurs ändern, und krallte sich dann einfach in ihren Rücken.

9. Mai 1945

Er wachte auf, als sich etwas duftend Warmes von hinten an ihn schmiegte. »Gerda …«, murmelte er schlaftrunken.

»No, this is Margot«, murmelte eine weibliche Stimme hinter ihm. Sie kniff ihn ins Ohr. »Ich habe dir gestern Nacht meine Geheimnisse erzählt. Jetzt bist du dran.«

Sie hatte von einem Ort in Thüringen erzählt, mit dem wunderschönen Namen Sonneberg, in dem sie vor ein paar Jahren mit dem Bund Deutscher Mädel als Ausbilderin eingesetzt war, von dem Sohn eines reichen Porzellanfabrikanten, der Familienvilla mit hohen Räumen, Stuck und dem vergoldeten Kaffeeservice mit aufgemalten Paradiesvögeln und Orchideen. Der Sohn stürzte während seiner Ausbildung zum Flieger ab. Sie hatte Heinz sogar ein Foto von ihm gezeigt, er war damals so alt wie Heinz jetzt. Attraktiv wie ein Schauspieler in der schicken Fliegerjacke stand er vor einer Baracke und blinzelte unsicher in die Sonne.

Heinz schätzte Margot auf dreißig, hatte aber Angst, sie zu verletzen. Vielleicht wollte sie so jung sein wie er.

»Wer ist Gerda?«, fragte Margot.

»Keine Ahnung. Es ist zu lange her.« Mein Gott, mit neunzehn konnte er schon sagen, es ist lange her. Aber er war jetzt ein Mann. Da konnten ein paar Monate schon lange her sein.

»Sieh mal hier.« Er langte aus dem Bett zu seinem Rucksack und zeigte ihr die Uhr.

Margot nahm sie ihm aus der Hand und strich zärtlich mit den Fingerkuppen darüber. »Ja, es ist wie warmes … Porzellan. Warme Haut. Woher hast du sie?«

»Nach einem Bombenangriff Mitte April …«

Er hörte etwas im Haus, ein unbekanntes Knarren.

Frau Mischlich in der Wohnung direkt unter ihm beließ es morgens nie bei einem einfachen Öffnen der knarrenden Schranktür. Kurz danach kam immer ritsch, ratsch, ritsch, ratsch. Als Nächstes wurden die Wohnungstüren mehrfach aufgemacht und zugeschlagen, und die Stühle und der Tisch in der Küche rückten quietschend hin und her. Als er letzten Sommer morgens von der Straße wartend vor dem Haus stand, sah er das Ritsch-Ratsch: Die Vorhänge wurden auf- und zugerissen. Spätestens beim dritten Ritsch-Ratsch erklang falsches Geigenspiel aus der Wohnung. Heinz sah aber im Geiste, wie der Hitlerjunge Herwich Mischlich seiner Mutter durch die Wohnung wie ein Dorfmusikant hinterherfiedelte, der eine humpelnde Greisin auf der Straße mit seinem Spiel verhöhnte, um dadurch die Gaffer zu amüsieren und danach die Mütze mit klingenden Münzen zu füllen.

Jeder im Haus wusste, dass Mutter Mischlichs Mann und ihre beiden ältesten Söhne seit Monaten als verschollen galten und sie jetzt mit ihrem fiedelnden vierzehnjährigen Herwich allein wohnte. Er hatte diesen hechelnden geifernden Atem, wenn er sein Ohr an Heinz' Tür presste, nachdem er vorher wegen seines Stimmbruches wie ein Kolkrabe mehrfach »Heil Hitler« ins Treppenhaus gekrächzt hatte. Das machte er nur nachts. Auf diese Weise versuchte er eine Beschwerde beim Hauswart oder vielleicht sogar bei der Polizei zu provozieren. Und vielleicht diesen verschlossenen Matrosengefreiten endlich beim Hören des Feindsenders zu ertappen. Er war Gott sei Dank noch so naiv, nicht zu wissen, dass schon die schlichte Unterstellung für eine Anzeige gereicht hätte.

Frau Kasemanns Katze war es nicht. Die sprang nur die Treppen bis vor Heinz' Tür hoch, nachdem Frau Kasemann morgens ihre am Vortag organisierten Kohlen in den Kachelofen geschüttet hatte und danach ein »Wir preisen den Schöpfer« in das Treppenhaus gehustet hatte.

Es knarrte jetzt auf dem Treppenabsatz vor seiner Tür.

Jemand hämmerte an der Tür.

»Diese verdammten Engländer, schick sie weg!«, sagte Margot betont laut, aber scheinbar gelassen. Sie befestigte ihre Strümpfe am Strumpfhalter ohne eine Spur von Eile. Heinz fand vor Aufregung sein linkes Hosenbein nicht.

»What about a little fight, German friend?« Es war Toms Stimme. Es klang, als würde er eine Einladung zum Tee aussprechen.

»Wartet vor dem Haus. Ich komme gleich runter. Wir können das doch wie Gentlemen regeln!« Heinz hatte keine Ahnung, wie Gentlemen so etwas regeln würden, aber ihm fiel nichts anderes ein.

»Open the door, you bloody bastard!«, schrie Tom. Die Tür zitterte unter seinen Faustschlägen. Die maroden Scharniere begannen sich zu lösen.

Margot machte die oberen drei Knöpfe ihrer Bluse wieder auf, strich den engen Rock glatt, ging mit wiegenden Hüften und dem betonten Klicken ihrer hohen Absätzen zur Tür, drehte den Schlüssel und riss die Tür mit einem Ruck auf. Tom und John fielen ins Zimmer. Sie hatten offensichtlich Anlauf genommen, um die Tür aufzubrechen. Margot zog die Tür langsam zu, zündete sich eine Zigarette an, zog ein Bein hoch, sodass der Rock hochrutschte, und lehnte sich mit verschränkten Armen an die Tür. Heinz brachte sein Radio unter einer Dachschräge in Sicherheit, damit es bei einer Schlägerei nicht beschädigt würde.

Tom und John sahen sich im Zimmer um, ihr Blick blieb auf dem zerwühlten Bett hängen. Tom fasste an einen schwarzen Zipfel, der unter dem Kopfkissen hervorsah. Heinz wollte sich auf ihn stürzen. Er wusste, es war zu spät, aber wenn er die Augen für eine Sekunde schloss, würde die Zeit vielleicht stehen bleiben. Er hatte es noch nie versucht, aber es konnte helfen. Als Heinz die Augen wieder öffnete, drückte sich Tom den Schlüpfer ins Gesicht und atmete tief ein. Margots mit hunderttausend Spitzen durchwirkter Schlüpfer.

»My souvenir from Kiel. Thank you, Margot, my dear.« Tom steckte den Schlüpfer in die Westentasche seiner Uniformjacke und ließ ein Stück heraushängen. Tom und John zogen den Tisch heran und setzten sich aufs Bett. John zog den als Nachttisch gedachten Stuhl heran, holte einen Stapel Spielkarten aus der Jackentasche, mischte, legte die Karten auf den Stuhl und sah Heinz abwartend an.

Jemand klopfte an der Tür.

Jetzt ist es endgültig aus, dachte Heinz. Beim Glücksspiel erwischt. Mit einer Frau. Es würde herauskommen, dass sie um die

Frau spielen. Sie würden alle ins Gefängnis kommen. Er würde Margot nie wiedersehen.

Tom und John rafften hastig die Karten vom Tisch.

»Ihr habt die Karten unter dem Stuhl vergessen«, sagte Margot.

Noch während Tom und John unter dem Stuhl die heruntergefallenen Karten hastig zusammenklaubten, öffnete Margot die Tür. Tom und John erstarrten in der Bewegung.

»Ist da jemand?«, fragte sie ins Treppenhaus und schloss die Tür sofort wieder.

»Siehst du, Heinz, so schnell kann es abwärtsgehen mit der Würde des Mannes«, sagte sie kopfschüttelnd und betrachtete dabei die beiden Männer, wie sie auf allen vieren immer noch ängstlich zur Tür starrten.

Margot lehnt sich wieder mit verschränkten Armen an den Türrahmen. »Die Gentlemen sind also zu feige, sich zu duellieren, und ziehen ein ordinäres Glückspiel vor. Aber ich lasse nicht um mich spielen. Heinz kann mich bezahlen.«

Tom und John sahen Heinz an. Er sah Margot an.

Sie öffnete die Hand und ließ die Uhr vor Tom und John auf den Holzfußboden rollen. Sie drehte sich vor Tom und John, die immer noch am Boden hockten, wie eine Roulettekugel, und Heinz glaubte wieder das feine Summen zu hören. Der Gesang der Angst. Vielleicht war er der einzige Mensch, der ihn hören konnte. Tom, Heinz und Margot lauschten nicht, sie sahen nur auf die eiförmige Uhr, die langsamer und langsamer wurde, die Spitze des Eies schien sich ein Ziel zu suchen, sie würde gleich auf jemanden im Raum zeigen. Tom schlug abrupt mit seiner großen Boxerhand zu und verbarg die Uhr ein paar Momente lang, als hätte er ein Insekt erschlagen, von dem er nicht so genau wusste, ob es auch wirklich tot war. Er hielt die Faust dicht vor sein Gesicht, öffnete sie, sodass niemand die Uhr sah.

»Na, Tom, wohin zeigt die Spitze?«, fragte Margot.

»What is it?«, fragte John. Als Tom seine Faust nicht öffnete und John nur grinsend ansah, fasste John nach Toms geschlossener Boxerfaust und versuchte vergeblich, sie zu öffnen. Tom befreite seine Faust mit einer kleinen Drehbewegung aus Johns Hand und öffnete, dicht vor Johns Augen, blitzartig seine Faust zur flachen Hand.

Die Spitze des Eies zeigte für jeden im Raum sichtbar auf John.

Der sah Tom ratlos an, dann für ein paar Sekunden Margot und Heinz, als würde er sie das erste oder das letzte Mal in seinem Leben sehen.

Heinz fühlte eine Angst in sich aufsteigen, die ihm unangemessen erschien, weil doch alles eben eine Wendung zum Guten genommen hatte. Es war die Ahnung von etwas Schrecklichem, die er in Johns Blick sah, die Ahnung, es könnte etwas Schreckliches passieren.

Neben sich hörte er Margot von allem unbeeindruckt losplappern, vielleicht auch nur, weil sie es keine Sekunde länger ertragen konnte, wie sich die drei Männer und eine Frau in der engen Mansarde anschwiegen. Margot erzählte, die Uhr sei in Wirklichkeit eine künstliche Blume, die zu unbekannten Zeitpunkten aufgeht, wie die Blüten von manchen Pflanzen. Dann würde sie Musik machen. Heinz hätte sie bei einem toten Gestapomann gefunden.

»Macht sie Musik?«, fragte John in gebrochenem Deutsch.

»Wenn sie es will. Sie ist so wie ich«, sagte Margot.

Diesmal schloss John die Hand zur Faust.

»John, was hast du überhaupt hier zu suchen?«, fragte Margot.

Er erzählte umständlich, dass sie eigentlich nur gekommen seien, um zu Toms Vaterfeier einzuladen. Er sei gestern Vater geworden. Der Funkspruch sei über Hamburg gekommen, und weil Tom der erste junge Vater der britischen Truppen auf dem Kontinent war, hatte Montgomery befohlen, dass man ihn sofort unterrichte. Seine Tochter war am 8. Mai um sechs Uhr morgens im Yorkshire Hospital in York zur Welt gekommen, wahrscheinlich genau in dem Moment, als Tom auf einem Panzerspähwagen der T-Force über die Gablenzbrücke in Kiel einfuhr. Das war doch nach der gestrigen Siegesfeier noch ein Grund zu feiern!

»Shut up!«, rief Tom, der mit gesenktem Kopf still zugehört hatte.

»Her name is Mary.« John strahlte, als ob er der Vater sei.

Margot lachte so kalt, wie Heinz es nicht für möglich gehalten hätte. Dieses Lachen schien nicht aus ihr, sondern von außerhalb zu kommen.

Tom schrie John an: »Shut up!« Seine Hände zitterten. Seine

Schultern zuckten. Ein Boxer, der den Tränen nahe war. Aber er schlug nicht zu. Noch nicht.

Irgendetwas passierte zwischen Tom und John, was Heinz Angst machte. Was sie die ganze Zeit zu einer Männerfreundschaft verband, aber auch irgendwann für immer trennen könnte. Es schien jetzt aufzubrechen. Heinz hatte sich nie getraut, zu fragen, woher dieses Ritual des »Fernglas machen« stammte. Wahrscheinlich wussten sie es selbst nicht. Die Menschen, die hier in seiner Mansarde miteinander stritten, waren ihm plötzlich fremd. Alles zerrann.

John plapperte in einer Mischung aus Deutsch und Englisch weiter, blickte dabei Tom an, als wollte er genau die Reaktion seiner Worte beobachten. Tom hätte vor neun Monaten einen gefangenen deutschen Wissenschaftler im Flugzeug nach Yorkshire begleitet. Tom hätte dem Piloten danach eine Flasche Whiskey in die Hand gedrückt und gesagt, dass der Rückflug ein paar Tage verschoben werden müsste. Dabei sei es wohl zu Hause passiert.

»You bloody bastard, shut up!« Tom holte aus, verfehlte Johns Kinn um Haaresbreite, aber er fiel und schlug mit dem Kopf gegen den Bettrahmen.

John stand auf und sah Tom verwundert an. »Hey, Tom, remember, war is over. You know what I mean?«

Er meinte wahrscheinlich damit, dass Tom bald nach Hause zurückkehren könne, zu seiner Frau und seiner Tochter Mary. Und Margot würde eine kurze Episode seines Lebens sein. Das Kriegsende gab dem Leben eine Wendung, die schwer zu begreifen war.

Tom strich sich mit beiden Händen mehrmals durch das wellige Haar und schüttelte den Kopf, als hätte er unter der Dusche gestanden. Dann sagte er, etwas schrill, dass der Kantinenkoch des VIII. Corps auf Befehl von Major Hibbert ihm und seinen Freunden ein Dinner versprochen hätte, Rumpsteak, Mintsoße, Yorkshire-Pudding und ein gutes Yorkshire Ale würden serviert werden. Heinz und Margot seien hiermit eingeladen. Erst jetzt holte er Luft. Er schwitzte plötzlich.

Als sie hinter Tom und John die Treppe hinuntergingen, suchte Heinz Margots Hand, sie lächelte und ließ es zu und küsste ihn mit ihrer Zungenspitze. Er wischte den Gedanken an die Angst weg, die noch vor ein paar Minuten Johns Verhalten und ihr kaltes Lachen in ihm ausgelöst hatten. Durch die glaslosen rechteckigen Löcher in der Haustür fiel das milde Licht der Maisonne in den dunklen Flur auf das Paar. John machte draußen »das Fernglas« und folgte ihnen ein paar Treppenstufen lang. Dann drehte er sich zu Tom, der neben ihm stand. Das Spiel lief ab wie immer. Tom formte die Hand zur Pistole und zielte. John holte mit der Faust aus, dann verschwanden sie beide aus dem Blickfeld.

Als Heinz und Margot auf den Bürgersteig traten, lagen Tom und John auf dem Bürgersteig und rangelten wie Kinder. Heinz fragte sich, ob es noch Spaß war oder schon Ernst. Man hatte diesen Männern gestern gesagt, dass der Krieg zu Ende sei, und heute kämpften sie miteinander auf einem Bürgersteig mitten in der besiegten Kriegsmarinestadt Kiel. Vielleicht wollten sie sich für seelische Verletzungen rächen, die sie sich gegenseitig in den letzten Jahren beigebracht hatten, während sie in jeder Sekunde mit dem Überlebenskampf beschäftigt waren und beim Umsichschlagen auch schon mal den Freund trafen. Vielleicht war es der symbolische »Dreiakter« von Fernglas, Pistole und Faust, die Komödie, die ihnen half, den Krieg auch seelisch zu überleben. Heinz vermutete, dass sie einfach nicht mehr wussten, wie man aufhörte zu kämpfen, wie man Streit austrug, ohne sich gegenseitig ins Gesicht zu schlagen. Zwischen die brüllende Wut mischte sich mehr und mehr das Weinen aus Verzweiflung und Enttäuschung.

Ein Mann mit einem Bollerwagen ging gleichgültig an ihnen vorbei. Heinz hörte einen Vogel singen, zum ersten Mal seit Wochen, suchte mit den Augen nach ihm. Die Vögel kamen wieder. Heinz nahm es als trügerisches Zeichen.

John hielt plötzlich im Kampf inne und sah zu Margot auf, wieder so, als ob er sie das erste Mal sähe. Im Augenwinkel sah Heinz einen Jeep langsam aus der Beselerallee einbiegen. Tom nutzte Johns Ablenkung zu einem Schlag gegen die Kinnspitze. John holte in Zeitlupentempo in theatralischer Gestik mit der Faust aus. Der Jeep hatte sein Tempo plötzlich beschleunigt und hielt mit quietschenden Reifen neben ihnen. Es war die Military Police, der jüngere der beiden Soldaten fuhr den Wagen. Der Beifahrer, ein älterer Sergeant, sprang aus dem offenen Fahrzeug und riss John an der Schulter nach hinten. Der drehte sich um und stürzte sich mit einem wütenden Schrei auf den Angreifer. Der Fahrer sprang ebenfalls aus dem Wagen und trat John in den Rücken. Er sackte in die Knie, und sie legten ihm Handschellen an.

Margot löste die Hand von Heinz, lief zum Kantstein und hob etwas auf. Sie winkte Heinz mit der geschlossenen Hand und lief weg. Er wollte ihr nachrufen, wollte ihr nachlaufen, aber er sah ihr nur nach, bis sie sich an der Ecke zur Wrangelstraße zu ihm umdrehte. Für einen Moment sah er ihre Augen so nah wie in der letzten Nacht, und in der nächsten Sekunde war sie verschwunden. Er versuchte, sich nicht zu bewegen, als hätte er Angst, dass eine Bewegung auch die ganze Welt um ihn verschwinden lassen würde. Vielleicht würde wenigstens die Zeit stehen bleiben.

Der Fahrer schleifte John auf den Rücksitz. Tom saß immer noch wie betäubt auf dem Bürgersteig und sah dem Geschehen ungläubig zu. Der Sergeant half ihm aufzustehen, hielt plötzlich inne, zog den Schlüpfer an dem Zipfel, der aus der Jackentasche sah, heraus, stopfte ihn, verständnisinnig nickend, wieder zurück. Danach fuhren sie, ohne auch nur ein einziges Wort gesagt zu haben, mit den beiden Freunden auf dem Rücksitz die Tirpitzstraße hinunter zur Stadt.

Heinz stand allein am Straßenrand. Er entdeckte den Vogel auf der Dachrinne des gegenüberliegenden Hauses, der jetzt aus voller Kehle verwirrende Triolen sang, als könne er die plötzliche Ruhe in der Straße unter ihm vor Freude gar nicht fassen.

Heinz begriff nicht, was passiert war. Er holte sein Fahrrad aus dem Keller und fuhr in Richtung Stadt ohne ein Ziel. Margot war bestimmt zur Holtenauer Straße gelaufen, vorbei an der Bunkerruine an der Wrangelstraße. Sie hatte die Spieluhr vor den Militärpolizisten gerettet. Margot war sicherlich aus Angst vor einer Verhaftung nach Hause gelaufen. Sie hatte ihm nachts im Bett erzählt, dass sie mit ihrer Mutter in der Fröbelstraße 12a wohnte. Sie wollte erst ihren Nachnamen nicht sagen. Es schien ihr peinlich zu sein. »Minz«, hatte sie schließlich gesagt und ihm die Zunge herausgestreckt. Margot Minz.

Vielleicht konnte er seine Freunde retten. Er müsste der Militärpolizei klarmachen, dass seine Freunde sich nur gebalgt hatten, dass sie dieses merkwürdige Fernglasspiel gespielt hatten, alles war ein Missverständnis. Vielleicht hatten sie das aber auch schon selbst aufklären können. Aber er musste ihnen zeigen, dass er sie nicht im Stich ließ. Heinz trat in die Pedale und fuhr Richtung Reichshallen-Kino, Gewerkschaftshaus, in die nächste Dienstelle der Military Police.

In der Wilhelminenstraße riss ihm eine der Millionen von Glasscherben auf den Straßen Kiels die Reifendecke auf. Das erste Mal in dieser Woche. Er stieg ab, lief weiter, schleifte das Fahrrad neben sich her, immer wieder stolpernd, weil der platte Vorderreifen einen eigenen Willen hatte.

»Na, du Lorbass, läufst wohl deinem Marrjellchen hinterhäärr«, rief ihm eine Ostpreußin zu. Es klang nicht spöttisch, sondern voller Mitleid. Sie trug genauso einen speckigen Fischgrätmantel wie die Stadtruferin.

Wieder überlegte er, ob er nicht besser Margot hätte hinterherfahren sollen. In der Holtenauer Straße hätte er sie sehen müssen, denn da hatte er noch keinen Platten.

Vor dem Gewerkschaftshaus war kein Posten zu sehen, den er hätte fragen können. Wahrscheinlich wurde am ersten Tag der Nachkriegszeit jeder britische Soldat gebraucht. Die Zahl der Flüchtlingsschiffe war schon in den letzten Tagen stündlich angestiegen, in den letzten Tagen sollten über zwanzigtausend Flüchtlinge, Zivilisten und Soldaten aus dem Osten mit Schiffen im Bereich der Kieler Förde angekommen sein. Nicht nur die freigelassenen Zwangsarbeiter suchten Rache und Brot.

Die Toreinfahrt war provisorisch mit einem dicken Seil versperrt.

Heinz wollte sein Fahrrad im Innenhof verstecken. Der Innenhof war auf zwei Seiten von zwei fensterlosen Hauswänden eingefasst, die bedrohlich drei Stockwerke hoch aufragten, ohne dass angrenzende Ruinen ihnen Halt gaben. Eine Kaltfront verwandelte die milde Mailuft innerhalb von Minuten in eine Waschküche. Der wabernde Nebel fasste Heinz mit eiskalten Fingern tief in die Lunge. Die brandschwarzen Fensterkreuze in den Hauswänden schienen mahnend vom Himmel zu hängen.

Als Heinz das lose Seil anheben wollte, sah er Tom und John an der gegenüberliegenden Hauswand auf einem Stapel Lkw-Reifen sitzen. John trug immer noch Handschellen. Tom saß ihm gegenüber und hielt eine Pistole mit beiden Händen umklammert, mit dem Lauf nach unten.

Es war die Situation und das Prinzip. Heinz hatte von ähnlichen Vorgängen bei der Marine gehört. Wenn zwei Soldaten sich schlagen, muss der Unterlegene den vermuteten Schuldigen mit einer Waffe bewachen, auch und gerade, wenn es sein Freund war. Und die beiden mussten dabei Wind und Wetter ausgesetzt sein. Eine Maßnahme mit erzieherischem Wert, hieß es.

Vor allen Dingen wenn man keinen Mann übrig hatte für die Bewachung. Weil es am Tag nach dem V-Day zu viel Arbeit in der Stadt gab. Also musste Tom herhalten, auch wenn er Johns bester Freund war.

Sie hatten Heinz nicht bemerkt. Leise sangen sie das Lied, in dem für alle drei Männer die Sehnsucht nach dem flüchtigen Glück der vergangenen Nacht lag.

> *»… Though she's broke my heart in two,*
> *And she left me sad and blue,*
> *I'll be waiting till her swinging days are through.«*

Es fehlte das »Bo be do, bo be do«, das Margot ihm morgens ins Ohr gehaucht hatte. Das gehörte also nur ihm, dachte Heinz erleichtert.

»Hey, look, our German friend!« John »machte das Fernglas« suchend in Heinz' Richtung. Dann sah das »Fernglas« an ihm vorbei. Heinz drehte sich um und entdeckte Margot auf der anderen Straßenseite. Sie sah nicht ihn an, sondern Tom. Tom erblickte sie jetzt und sah starr zu ihr hinüber. John nutzte den Moment und griff mit einer Hand nach der Pistole in Toms Händen.

»No, John, no!« Sie rangelten ein paar Sekunden, John spielerisch, Tom verzweifelt.

Ein wütender Knall erfüllte den Hof und wurde von den hohen Hauswänden in das nebelgraue Himmelsloch über ihnen ausgespuckt. Tom und John lösten gleichzeitig die Hand von der Pistole, sie fiel zu Boden. Heinz sah auf Johns Rücken ein blutpulsierendes Loch, das zu einem schnell größer werdenden nassdunklen Fleck wuchs. Ein Durchschuss. Tom und John sahen sich ratlos an. John sank mit verlöschenden Gesichtszügen nach hinten. Tom griff nach ihm, aber er rutschte ihm aus den Händen, und Johns Kopf schlug mit einem nachhallenden Ton auf dem Kopfsteinpflaster auf.

Tom zischte Heinz zu: »Run! Run!«

Heinz war unfähig, sich zu rühren. Er sah zu dem Zaun auf der anderen Straßenseite, an dem Margot gestanden hatte. Sie war verschwunden. Man hörte Stimmen und Schritte, die lauter wurden, die aus allen Richtungen zu kommen schienen.

»Run! Run!«

Heinz riss das Fahrrad am Lenker hoch, bückte sich unter das Absperrseil und lief los. Warum? Er könnte doch bezeugen, dass es ein Versehen, ein Unfall war. »Run, run, run!«

Heinz lief schneller, drehte sich wieder und wieder um, bis die Toreinfahrt aus seinem Blickwinkel verschwand. Er ließ das schwere Fahrrad fallen, um noch schneller laufen zu können. Genauso hab ich es gefunden, dachte er, als er keuchend weiterlief. Mit einem geplatzten Vorderreifen. Als ob sein Verstand mit der Banalität des Gedankens den Schock erträglicher machen wollte.

Nur weit, weit weg.

Und Heinz Lüthje rannte und rannte und rannte …

Tockwith, Yorkshire 1972

Mary Townsend hatte den Polizisten von der Polizeistation aus Knaresborough freundlich hereingebeten, als er abends stotternd vor ihr in der Haustür stand. Constable Peacock sagte, dass es ihm sehr leidtäte, aber er müsse ihr etwas Wichtiges mitteilen. Im Sessel vornübergebeugt, hatte er dann ganz schnell geredet, so als wäre in ihm eine Metallfeder bis zum Anschlag aufgezogen worden und liefe nun ganz schnell ab. Wie ein großes Blechspielzeug. Mary kicherte und achtete nicht auf seine Worte. Als er es ihr noch mal, langsamer, erzählte, musste sie wieder kichern, hatte aber verstanden, was er sagte. Ihre Mutter und Marys Verlobter, Michael, seien irgendwann am späten Nachmittag auf der wenig befahrenen abgelegenen Landstraße zwischen Tockwith und Long Marston in der Nähe des Marston-Moor-Monumentes mit dem Motorrad tödlich verunglückt. Niemand konnte sich vorstellen, wie so etwas auf dieser geraden, kaum befahrenen Strecke passieren konnte. Hier gab es doch höchstens ein paar bildungshungrige Touristen, die einen Blick auf den seit mindestens vierhundert Jahren leeren Schauplatz der Schlacht von Marston Moor werfen wollten. Ein Landarbeiter hatte auf dem Nachhauseweg den Unfall vor ungefähr einer Stunde gemeldet. Zeugen des Unfalls schien es nicht zu geben.

Ihr Schlaf schien Mary am Morgen danach so traumlos wie immer. Sie dachte zum ersten Mal, dass es vielleicht so war, dass sie im Traum dasselbe sah wie am Tag. Deshalb könnte sie nicht wissen, ob sie nachts geträumt habe. Vielleicht war die Erinnerung an gestern nur die Erinnerung an den Traum von gestern Nacht. Als ihr der Gedanke kam, dass sie deshalb eigentlich nicht wissen könne, ob sie jetzt schlafe oder wach sei, bekam sie erst furchtbare Angst und dann ein Gefühl von Stolz und Macht. Sie kniff die Augen zu und befahl sich, diesen Gedanken sofort zu vergessen.

Am Tag sah sie immer ihre Mutter, die Arme um Michael geschlungen, auf dem Motorrad sitzend. Dort war eigentlich Marys Platz gewesen. Also hätte eigentlich sie statt ihrer Mutter tot sein müssen. Aber ihre Mutter hatte einen heimlichen Ausflug mit ihm gemacht. Wer weiß, was sie noch alles mit ihm gemacht hatte. Gott hatte sie gestraft. Nicht nur für diese Tat. Für alles, alles was sie ihrer Tochter angetan hatte. Und die Sache mit Michael war der Schlusspunkt. Wenn Michael Mary mitgenommen hätte, hätte Gott nichts zu strafen gehabt, und der Unfall wäre nicht passiert. Und Michael würde noch leben. Also war ihre Mutter schuld am Tode ihres Verlobten.

Eigentlich müsste das doch die Polizei erfahren. Als Mary auf der Wache war, hörte sie sich aber nur nach dem Unfallgeschehen fragen.

»Den genauen Unfallablauf?«, fragte Constable Peacock ungläubig und etwas zu laut, wie Mary fand. Aus dem Zimmer nebenan rief jemand: »Vergiss die Sache mit dem Helm nicht. Damit die Biker endlich mal vorsichtiger werden!« Der hatte wohl gedacht, Peacock würde mit jemandem von der Zeitung sprechen.

Constable Peacock zuckte zusammen und rief in vorwurfsvollem Ton zurück: »Ich spreche gerade mit Miss Townsend!« Man hörte einen erstickten Laut aus dem Nebenzimmer. Mary war

Constable Peacock sehr dankbar, dass er den Störer so zurechtgewiesen hatte.

Das Motorrad hätte wohl einen Zaun gestreift. Dann hätte es sich scheinbar überschlagen. Dabei seien die Opfer offensichtlich weggeschleudert worden. Warum er wohl »Opfer« sagte? Und immer dieses »wohl«, »scheinbar« und dann plötzlich »offensichtlich«?

»Wohin denn?«, fragte Mary.

»Äh, ich verstehe nicht …«

»Wohin die Opfer geflogen sind, möchte ich wissen«, sagte Mary nachdrücklich.

»Na ja, ins Feld«, sagte Peacock unsicher.

»Sie meinen ins Schlachtfeld?«

»Äh, wenn Sie das so sehen … ja«, antwortete Peacock gedehnt. Sie nickte und ging.

Peacock und die anderen Polizisten würden jetzt darüber nachdenken müssen, ob einer der Geister, die auf dem alten Schlachtfeld Marston Moor immer wieder gesehen wurden, seine Grenzen überschritten und diesen Unfall verursacht hatte. Sie waren nämlich nie östlich einer unsichtbaren Nord-Südlinie gesehen worden, einer Grenze, die weithin sichtbar durch das Monument markiert war, das an die Schlacht von 1644 zwischen den Königstreuen und den Parlamentariern erinnern sollte. Seit dieser Zeit gab es immer wieder Berichte von Reitern auf schwarzen Pferden, die sich mitten im Feld in Staub verwandelten, von Kanonendonnern und entsetzlichen Schreien, die in mehreren Dörfern rund um das Marston Moor gleichzeitig gehört worden waren. Mrs. Lowfoot, die Kassiererin bei Sainsbury war, hatte erst vor ein paar Wochen an einem sonnigen Tag in einem Graben nahe der Straße eine kriechende Gestalt in fremdartigen Kleidern gesehen, die ächzend vorwärtskroch und dann plötzlich spurlos verschwand. Man war sich darüber einig, dass es einer der schwer verletzten Soldaten war, die am Ende der Schlacht ein Versteck zum Sterben gesucht hatten. Mit ihnen musste man hier überall rechnen, weil das Monument die Stelle markierte, an der die Truppen von Cromwell über die Königstreuen den entscheiden Sieg errungen hatten. So hatte es Mary schon in der Schule gelernt.

Auch Marys Vater war im letzten großen Krieg in Deutschland

auf einem Schlachtfeld gewesen, das man dort Schleswig-Holstein nannte und wo ihm unheimliche Dinge passiert waren. Er hatte zwar überlebt, aber dafür war er bestraft worden. Sie kannte ihn nur als gefangenen Menschen.

Am nächsten Tag erschien sie wieder auf der Polizeistation. Sie wollte wissen, wie denn diese Bemerkung mit dem Helm gemeint gewesen sei. Constable Peacock konnte sich an nichts dergleichen erinnern. Am darauffolgenden Tag kam Mary wieder und traf einen Beamten an, der sich als Sergeant Andrews vorstellte. Der wusste auch von nichts. Sie kam dann Tag für Tag, zu wechselnden Uhrzeiten, sie liebte das Überraschungsmoment, sie wollte ihre Gegner verwirren, dann würden sie ermüden und nachgeben. Eines Tages empfing sie Sergeant Andrews mit der Frage, ob sie übermorgen wiederkommen wolle. Dann könne man ihr wohl mehr sagen. Sie ließ also einen Tag aus, was ihr sehr schwerfiel, weil ihr diese tägliche Stunde Busfahrt nach Knaresborough schon zu einer Gewohnheit geworden war. An diesem freien Tag besuchte sie deshalb ihren Vater im Gefängnis Wealstun bei Wetherby. Die Fahrt mit dem Bus dauerte ungefähr genauso lang wie die nach Knaresborough. Sie hatte sich vorgenommen, sich öfter freizunehmen, damit sie ihn nicht nur am Wochenende besuchen konnte. Schließlich würde sie nicht nur das Cottage erben, sondern auch die 16.559 Pfund, die überraschenderweise bei der Bank auf sie warteten. Ihre Mutter hatte immer gejammert, dass sie kaum genug hätte, um allein über die Runden zu kommen.

Ihr Vater war krank geworden, nicht nur eine einzige Krankheit, sondern alles auf einmal. Von Berufs wegen wusste sie ungefähr, worauf es ankam, sie fragte ihn genau aus nach seinen Beschwerden.

»Deine Mundfaulheit hätte dich schon lange unter die Erde gebracht, wenn ich nicht wäre«, sagte sie ihm mehr als einmal.

»Reden macht krank«, erwiderte er jedes Mal.

Hinter der Gefängnispforte musste sie die große Einkaufstasche aus Plastik einem Beamten übergeben, der sie mit einem freundlichen »Hello, Mary« begrüßte und dann immer etwas sehr Böses tat. Er öffnete die Tasche und breitete den gesamten Inhalt auf dem Plastiktisch aus.

Das gemeinsame Essen hatte sie sich ertrotzt, nachdem sie zum ersten Mal genug Taschengeld für die Busfahrt zusammengespart und ohne die Erlaubnis der Mutter ihren Vater besucht hatte. Es hatte Jahre gebraucht. Sie hatte sich den Gefängniswärtern auf dem Flur immer in den Weg gestellt, wenn sie wieder an ihr vorbeilaufen wollten. Sie kannten die stets gleichen Fragen und Bitten der Tochter des Lebenslänglichen Tom Townsend schon zur Genüge. Als sie eines Tages erwähnte, dass sie seit zwei Wochen als Schwesternhelferin im York Hospital arbeitete, klappte es. Ihr Wunsch war zu jemandem vorgedrungen, der Macht hatte. Sie wusste, wenn man etwas wollte, musste man es immer wieder versuchen, so lange, bis die Feinde müde waren und freiwillig nachgaben. Alle hatten ihr irgendwann freiwillig nachgegeben. Außer ihrer Mutter.

Die einzige Bedingung der Gefängnisleitung war, dass sie das Essen fertig zubereitet mitzubringen hatte, ebenso Besteck und Geschirr und zusätzliche Behältnisse, um das Essen bei der Kontrolle umschütten zu können. Einmal schüttete der Beamte die Pastinakensuppe mit dem Kanincheneintopf zusammen. Aber wenigstens hatte man nie gewagt, es zu probieren.

Auf dem Weg zum Besuchersaal bat eine Sozialarbeiterin Mary in ihr Zimmer und sagte ihr, dass ihr Vater wegen seines Alters und seiner Krankheit begnadigt worden sei und ob sie ihn zu Hause versorgen könne. Aber sie müsse auch darüber nachdenken, wie sie ihn zu Hause versorgen könne. Er sei pflegebedürftig. Pflegebedürftig sind doch alle Menschen, dachte Mary, und ihr Vater war es schon immer. Sie antwortete der Sozialarbeiterin, dass sie gleich mit ihrem Vater darüber sprechen werde.

Im großen Besuchersaal saßen sie sich am Tisch gegenüber. Ihr Vater löffelte den Eintopf. Heute war sein Geburtstag, und sie hatte das Lieblingsessen ihres Vaters gekocht. Irish Stew mit gerösteten Zwiebeln in einer kleinen Schüssel daneben, zum Nachtisch Wensleydale-Törtchen. Und zwei Flaschen Old Tom von der Brauerei in Selby. Eine dritte Flasche hatte der Kontrollbeamte bekommen.

Mary brachte sich immer Fish und Chips mit, die sie in Tockwith gekauft hatte. Sie waren schon etwas kalt und pappig geworden, aber auf diese Weise holte sie sich etwas vom verlorenen Traum der Kindheit zurück. In der Fernsehserie »Coronation Street«, die lief, solange sie denken konnte, hatte sie irgendwann einmal gesehen, dass der Vater etwas Deftiges aß und Bier trank, während die Tochter genüsslich Fish und Chips vertilgte.

Ihr Vater schmatzte beim Essen, und nach jedem Bissen nickte er grunzend, so wie immer, wenn es ihm schmeckte. Die Flaschen Bier trank er in einem Zug aus.

»Mama ist letzte Woche gestorben«, sagte Mary und öffnete die zweite Flasche Bier.

Er sah unter seinen Stuhl. »Möge der Teufel Erbarmen mit ihr haben. Lebenslänglich im Fegefeuer und dann begnadigen. Vielleicht.«

Sie aßen schweigend weiter. Von Michael hatte sie ihm nie etwas erzählt. Also hatte es keinen Zweck, jetzt davon anzufangen. Nach dem Essen gingen sie in den Hof und setzten sich wie immer auf eine Bank unter ein Vordach, beide vornübergebeugt auf den Boden sehend. Ein milder Regen wehte dicht wie ein Seidenvorhang zwischen den hohen Mauern des Gefängnishofes. Die Regentropfen verschmolzen mit dem Sandboden. Irgendwo da drinnen in der Erde müsste ein großes Loch sein, in dem sich dieses Regenwasser sammelte, das Regenwasser der ganzen Welt. Nie hatte jemand Mary davon etwas erzählt. Wie man ihr überhaupt wenig von dieser Welt erklärt hatte. Ihre Mutter hätte nur gesagt, lass mich in Ruhe. Im Alter von sechs Jahren hatte sie ihrer Mutter den neuen Staubsauger aus dem Fabrikkarton zusammengesetzt. Dann hatte ihre Mutter wortlos den Staubsauger genommen und eine Stunde lang im Haus gestaubsaugt.

Mary hatte ihre Lehrerin im Englischunterricht gefragt, wie man überhaupt denken könne, wenn man keine Sprache könne. Die Lehrerin hatte gefragt, wie sie das meine. Mary fragte, ob denn auch kleine Kinder, die noch nicht sprechen konnten, überhaupt in der Lage wären, zu denken. Also die Tiere müssten dann doch auch alle nicht denken können. Und warum alle Dinge, die wichtig sind, rund sind, wie die Sonne, die Augen, die Räder, die Geldmünzen.

»Mary, wie kommst du nur auf solche unsinnigen Fragen? Ich glaube, ich werde einmal mit deiner Mutter darüber sprechen müssen.« Dann hatte es zur Pause geklingelt. Die ganze Klasse hatte sie auf dem Schulhof ausgelacht.

Mary hatte dann nach Schulschluss auf die Lehrerin vor dem Schultor gewartet, um ihr die Fragen noch einmal zu stellen. Sie hatte Mary zur Seite geschoben und ihr über die Schulter zugerufen, dass sie keine Zeit hätte. Am nächsten Tag stellte sie sich der Lehrerin nach Schulschluss wieder in den Weg, diesmal schob sie Mary wortlos zur Seite. So lief es noch ein paar Tage, bis ihre Mutter einen Brief von der Schule erhielt und Mary von ihrer Mutter mehrmals ins Gesicht geschlagen wurde.

Das nächste Mal hatte sie im Erdkundeunterricht gefragt, ob man nicht alle bösen Worte, die ein Mensch zu einem sagen würde, in ein Kästchen stecken und ihm androhen könne, dass man eines Tages vor ihm das Kästchen aufmachen würde und die bösen Worte heraussprängen und ihn töten würden. Der Schuldirektor hatte sie ein paar Tage später mit ihrer Mutter in sein Zimmer befohlen. Mary müsse sich genauer überlegen, was sie sagte. Das Wort »töten« dürfe man nicht unüberlegt sagen. Am besten gar nicht. Man würde Marys Verhalten zukünftig genauer beobachten. Mary erinnerte sich genau daran, wie ihre Mutter, die auf dem Stuhl neben ihr saß, heftig genickt hatte.

Mary wollte sich nicht beobachten lassen. Von einem Tag auf den anderen war sie freundlich, still und fleißig. Die Klassenlehrerin platzte vor Stolz auf ihre pädagogischen Fähigkeiten, und am Ende des Schuljahres nahm sie Mary beiseite und sagte ihr, dass sie mit dem Rektor übereingekommen sei, Mary nicht zur Sonderschule zu schicken, gemeinsam würden sie den Schulabschluss auf der Primary School schon schaffen.

Wenn ihre Mutter nicht da war, übte Mary im Keller, zu fauchen wie eine Katze, genauer gesagt so, wie sie sich eine tollwütige Katze vorstellte. Nach einer Woche konnte sie es so gut, dass grauenvolle Geräusche bis vor das Haus drangen und die Nachbarn an der Haustür klingelten.

In derselben Woche riss Mary in den Pausen aus den Heften aller ihrer zweiunddreißig Klassenkameradinnen eine Schriftprobe heraus und notierte sich die dazugehörigen Namen auf der Rückseite. Nach einer weiteren Woche hatte sie durch Fälschung der üblichen Botschaftszettelchen das sensible Beziehungsgeflecht ihrer Schulklasse in den Krieg gestürzt. Feindinnen verbündeten sich, um unerkannt ihre Freundinnen zu schikanieren, und Lügen und

Intrigen gehörten zum Schulalltag. Mary beobachtete begeistert, wie der Virus auch auf andere Klassen übergriff. Als Mary als Urheberin falscher Botschaften verdächtigt wurde, lauerte sie der Urheberin dieses gemeinen Gerüchtes eines Abends auf, stellte sich ihr mit ausgestreckten Armen in den Weg und fauchte so laut wie nie. Obwohl das Mädchen danach mehrere Wochen krank war, hatte sich der Vorfall auf geheimnisvolle Weise schon am nächsten Tag »herumgezettelt«.

Man mied Marys Nähe. Niemand würde sie mehr beobachten.

Mary glaubte, dass sie diese »unsinnigen« Fragen nur sich selbst zu stellen brauchte, weil sie sich eigentlich alles selbst beantworten konnte. Von diesem großen Loch in der Erde wusste sie, dass es eines Tages voll sein würde und das Wasser aus dem Boden nicht mehr ablaufen könnte. Wenn dieser Gefängnishof unter Wasser stände, wäre es so weit. Der Regen hätte es geschafft. Und Mary könnte ihnen die Erklärung geben. Vielleicht würde sie es aber auch für sich behalten. Es bliebe bestimmt noch genug Zeit, sich das zu überlegen.

Ihr Vater summte wieder die Melodie. Es war ein Schlager aus seiner Jugendzeit, den niemand mehr kannte. Wenn er sich »warm gesummt« hatte, fing er leise an zu singen, immer die gleichen Zeilen, dann noch »Bo be do, bo be«, weil er den Rest vergessen hatte.

Though you broke my heart in two
I'll be waiting here for you,
bo be do, bo be do.

Danach folgte wie immer der Satz »Nicht wahr? Du stellst sie mir doch aufs Grab?«

Sie nickte energisch, damit er ihr auch wirklich glaubte.

Wenn sie ihn nach dem Lied fragte, hatte er vor ein paar Jahren immer gesagt, dass es das Lied einer schönen, deutschen Frau war, die ihn im Krieg verlassen hatte, wegen eines deutschen Freundes, der ihn verraten hatte. Sie hatten ihn reingelegt, ihm einen Schlüpfer in die Uniformtasche gesteckt. Als dann der Unfall mit der Pistole passierte, hatte man den Schlüpfer gefunden und gedacht, er hätte seinen Freund aus Eifersucht erschossen. Aber es sei doch nur ein Unfall gewesen, an dem die schöne Frau die Schuld trage.

Alles sei an dem Tag passiert, als sie, Mary, seine Tochter, das Licht der Welt hier in Yorkshire erblickt hatte. Es hatte wohl schon damals schlecht um die Beziehung zwischen ihrem Vater und ihrer Mutter gestanden.

Irgendwann war ihm bei ihren gemeinsamen Minuten auf der Bank im Gefängnishof der Vorname der Frau wieder eingefallen. »Margot«, hatte er mit glänzenden Augen gesagt und ihn mindestens zehnmal wiederholt. Die Woche darauf hatte er ihr das erste Mal von der Spieluhr erzählt. Die Spieluhr habe Margot gehört. An dem Tag, an dem er beide, Margot und die Spieluhr, verloren hatte, fing sein Unglück an. Einen Monat später sagte er ihr, die Uhr gehe auf wie eine Blume, aber nur, wenn sie wollte. So war Margot. Er habe nur noch einen Wunsch, die Uhr solle auf seinem Grab stehen. Plötzlich fiel ihm noch ein Name ein, Miss Leach. Das sei ein Junge gewesen, ein Hitlerjunge, er hätte eine ganze englische Familie mit einem Maschinengewehr erschossen und seinem Freund Heinz die Tat in die Schuhe schieben wollen. Wahrscheinlich hätte er auch Margot inzwischen die Spieluhr gestohlen.

Mary hatte begriffen, dass man ihrem Vater eine Falle gestellt hatte. Die wunderschöne Spieluhr und die schöne Frau waren ihm wohl gestohlen worden. Alles war in Deutschland, in der Stadt mit dem schottisch klingenden Namen »Kiel«, passiert. Dieser Junge mit dem Namen Miss Leach musste wohl der Teufel in Person sein. Wer weiß, was er jetzt trieb.

Mary fragte sich, wie oft sie hier auf dieser Bank gesessen hatten und ihr Vater sein Lied mit hängendem Kopf gesungen hatte. Das Lied hatte sich viele tausend Mal im großen Erdloch gesammelt und würde, wenn die Zeit gekommen war, mit dem Wasser aufsteigen und diesen Gefängnishof erfüllen. Man würde es dann bestimmt so hören, wie es einmal wirklich war, mit der vollständigen Melodie, dem vollständigen Text, weil er den früher bestimmt noch gewusst hatte.

Mary fiel auf, dass ihr Vater etwas an dem Text verändert hatte. Zum ersten Mal nach all den Jahren. Zu Anfang nach dem Summen schien es, als ob er in der Erinnerung kramen müsste. Eine ganze Zeile am Anfang fehlte, ausgerechnet die, die ihr am besten gefallen hatte.

Er hatte ja nie viel geredet. Sie nahm sich deshalb vor, mehr darüber nachzudenken, was ihr Vater nicht sagte. Dann würde sie die Antworten auf all die vielen unbeantworteten Fragen bekommen. Ja, vielleicht war ja das Fehlen der Zeile eine versteckte Botschaft, die er ihr gesandt hatte. Ja, so musste es sein. Das wollte sie genauer wissen. Jetzt würde sie Zeit haben, sich dieser Aufgabe zu widmen.

Sie sagte ihrem Vater, dass man ihn entlassen würde, und er könne jetzt endlich zu ihr nach Hause ziehen.

»Dann kannst du mich jeden Tag besuchen«, antwortete er.

Am nächsten Tag fuhr sie wieder nach Knaresborough zur Polizeistation, und sie wurde in ein Zimmer geführt, in dem ein Mann mit zerknautschten Gesichtszügen und winzigen stechenden Augen saß, der sich als Mr. Witherspoon, Psychologe des Police Department aus York, vorstellte. Er wüsste, dass sie einen schweren Verlust zu verarbeiten hatte, und erklärte, seine Aufgabe sei es, ihr dabei zu helfen. Er wollte sich mit ihr über den schrecklichen Verlust unterhalten, schließlich habe sie die Menschen verloren, die ihr am nächsten standen. Er stellte Fragen, die sie nicht verstand, aber wohl trotzdem richtig beantwortete. Sie wusste, was er hören wollte. Er fragte sie, warum sie den Beruf der Schwesternhelferin gewählt habe, er habe von ihrer Chefin, Oberschwester Deidre Macloud, gehört, dass es im York District Hospital auf der Kinderstation sehr viel zu tun gebe. Sie konnte sich nicht erinnern, jemandem von der Polizei erzählt zu haben, dass sie im York District Hospital arbeitete, und schon gar nicht, wer ihre Chefin war.

Nach einer halben Stunde hatte sie den Eindruck, dass sie irgendeine Art von Prüfung bestanden hatte. Sie war am Ziel, denn er fragte sie: »Ich habe hier in dieser Akte vor mir eine Zusammenfassung dessen, was die Polizei herausgefunden hat und was sie daraus für Schlussfolgerungen gezogen hat. Was wollen Sie wissen?«

Sergeant Andrews öffnete in diesem Moment die Tür ohne anzuklopfen und winkte den Psychologen nachdrücklich heraus. Mr. Witherspoon entschuldigte sich bei Mary, zögerte, ging aber dann doch und schloss die Tür hinter sich. Mary nahm sofort die dünne Akte und blätterte darin herum. Es waren kurze, einfache Sätze, die sie ziemlich schnell lesen und verstehen konnte. Der Helm war etwa achtzehn Meter entfernt vom Motorrad auf der anderen Straßenseite in einem Strauch gefunden worden. Im Helm befand sich Michaels Kopf. Sein Körper lag zwölf Meter von den Trümmern des Motorrads entfernt. Es gab ein Foto vom zertrümmerten Motorrad, sie erkannte den Rücksitz, der nach oben vom Rahmen weg verbogen war. Auf ihm hatte sie oft gesessen und ihre Arme um Michael geschlungen. Ihre Mutter war auf einem Zaunpfahl gefunden worden. Mehr war nicht darüber zu lesen. Beide Leichen waren zur Untersuchung in die Gerichtsmedizin in York gebracht worden. Das war alles. »Wohl«, »scheinbar«, »offensichtlich«, die Worte, die Constable Peacock gebraucht hatte, kamen in dem Bericht nicht vor.

Mary wollte nicht, dass beide gemeinsam beerdigt würden, nicht in einem Grab, nicht am selben Tag. Es war einfach, die Verwandtschaft davon zu überzeugen, aber es waren ja auch nicht viele. Nur Michaels Eltern und ein Onkel Albert und eine Tante Margret, die sie nie gesehen hatte. Mary konnte Michaels Eltern beim dritten Telefonat davon überzeugen, dass Onkel Albert und Tante Margret die beiden am liebsten in einem Grab bestatten lassen wollten, weil sie schon immer der Auffassung gewesen seien, dass Michael ein Verhältnis mit seiner zukünftigen Schwiegermutter hatte und dass jetzt die ganze Welt auf diese Weise davon erfahren sollte. Onkel Albert und Tante Margret hatte sie davon überzeugt, dass Michaels Eltern diese Geschichte jedem schon seit dem Unfall erzählen würden. Onkel Albert und Tante Margret brachen abrupt den Kontakt zu Michaels Eltern ab und erschienen auf keiner der Beerdigungen. Gegenüber dem Pfarrer verbat sich Mary eine Trauerfeier, ein paar Worte am Grab würden genügen.
Die Beerdigungen waren für Mary wie das Einrammen zweier schwerer Zaunpfähle. Sie hatte eine wichtige Grenze nach außen errichtet, eine Grenze, die sie schützen würde. Es war eiskalt, und einem der Sargträger lief jedes Mal die Nase, wenn sie den Sarg hinunterließen. Es fielen dicke Tropfen auf den Sarg, es klatschte richtig, und sie musste kichern. Der Pastor sah sie besorgt an. Man dachte wohl, dass sie weinte oder zumindest schluchzte.

Sie war nun Besitzerin eines Hauses, und auf der Bank of Westminster wartete viel Geld auf sie. Sie ließ sämtliche Möbel im Haus abholen und richtete es neu ein. Das Bett für ihren Vater ließ sie im Wohnzimmer mit Blick auf die Straße aufstellen. Mr. Palin wurde ihr als Spezialist für Innenumbauten und Renovierungen von seiner Schwester Mrs. Lowfoot empfohlen. Mr. Palin wusste dann auch einen Anwalt in York, der die Begnadigung ihres Vaters beschleunigen konnte. Die Türöffnungen wurden vergrößert, damit man im Notfall schnell mit dem Bett durch alle Räume im Erdgeschoss kam. Ein Notrufsystem lag bereit, das ihr Vater tragen sollte, wenn sie einmal zum Einkaufen unterwegs war. Wenn sie ihn stützte, konnte er noch recht gut gehen. Sie würde Spaziergänge mit ihm machen, vom Prince Rupert Drive waren es nur ein paar Schritte zum ehemaligen Tockwith-Flugplatz der Royal Air Force, von dem er oft im Krieg gestartet und gelandet war. Vielleicht würde ihm dort wieder mehr von der schönen Frau und der Uhr einfallen. Sie stellte sich vor, wie sie ihm jeden Tag Irish Stew kochen würde. An einen neuen Gasherd mit extra großem Grill hatte sie auch gedacht. Die Röstzwiebeln würde sie in der großen Aluminiumpfanne für ihn zubereiten. Sie würde zum ersten Mal mit ihm in einem gemeinsamen Zuhause essen. Sie hatte sogar die Fassade neu streichen und das Dach neu eindecken lassen.

Das Haus war ein anderes geworden.

Trotz allem verließ sie nie die Angst, dass ihre Mutter noch leben könnte.

London, Oktober 2009

Als Hilly Gilbert auf dem Weg zum Star Tavern ihr Büro im Gebäude der Deutschen Botschaft am Chesham Square verließ, sah sie eine etwas untersetzte Frau mit kurz geschnittenen Locken und einem alten Regenmantel vor der Tür zur Visaabteilung stehen. Sie hatte einen abgewetzten, stoffbezogenen Koffer neben sich abgestellt und las mit verkniffenem Mund und schmalen Augen die auf der verschlossenen Glastür abgedruckten Öffnungszeiten. Hilly verspürte den Impuls, ihr zu helfen, aber sie hatte Feierabend und genug mit sich selbst zu tun.

»Die Visaabteilung hat für heute geschlossen, Sie müssen morgen Vormittag wiederkommen«, rief sie ihr zu.

Die Frau stellte vor ihr den Koffer ab, holte tief Luft, hielt den Atem an, weitete die Augen, als wollte sie etwas Wichtiges sagen, und presste die Luft dann stoßartig mit nach Enttäuschung klingenden Lauten aus.

Diese Antwort war deutlicher als eine lange Tirade der Wut und Frustration.

»Wollten Sie ein Visum?«

»Ich muss nach Kiel, weil ich beweisen muss, dass meine Mutter immer gelogen hat«, sagte die Frau in rauem, hastigem Yorkshire-Dialekt, der sich so anhörte, als würde man einen Holzwagen über Kopfsteinpflaster ziehen. Dabei sah sie Hilly nicht in die Augen, sondern fixierte einen Punkt rechts über ihrem Kopf.

»Ich … ich bin … auch in Kiel geboren«, sagte Hilly überrascht. Wieso hatte sie *auch* gesagt? »Ich wollte gerade im Star Tavern dort hinten eine Kleinigkeit essen. Haben Sie Lust, mitzukommen und mir ein bisschen von Ihren Plänen zu erzählen?«

Hilly hatte sich mit ein paar bedauernden Worten verabschieden wollen. Aber der Satz, den die Frau aus Yorkshire gesagt hatte, hallte in ihrem Kopf nach, als hätte sie eine Dosis Lachgas geatmet.

Auf der anderen Straßenseite winkte der arrogante Fernsehkorrespondent herüber, der sie sicherlich wieder spontan in ein »nettes, neues« Restaurant einladen wollte, das teuer genug war.

Man müsse sich da mal sehen lassen, sagte er jedes Mal. Er war fünfzehn Jahre jünger als sie und schwärmte für alles Neue und Junge. Also konnte es sich, wie letzte Woche, nur um vertrauliche Termine des Botschafters handeln, über die er wieder mit ihr plaudern wollte. Hilly tat so, als ob sie ihn nicht gesehen hätte, und zog Mary am Arm sanft, aber nachdrücklich weiter.

»Ich lade Sie ein«, fügte Hilly hinzu, als sie Marys zögernden Blick und den billigen Kaufhauskoffer sah. Wieder sah sie schräg an Hillys Kopf vorbei.

»Ich bin Mary Townsend.«

»Und ich heiße Hilly Gilbert.«

Sie versuchten sich die Hand zu geben. Mary hielt sie zu hoch, schoss erschreckt nach unten, fand Hillys Hand und zog sie wie eine alte Türklingel mit einer ruckartigen Handbewegung weiter nach unten.

»Aber Sie sind keine Engländerin, Sie sind vom Kontinent«, sagte Mary.

»Ich war mit einem Engländer verheiratet.«

»Lebt Ihr Vater noch?«

Hilly antwortete nicht und sah angestrengt nach links und rechts, als ob sie die von Bussen und Taxis verstopfte Oxford Street überqueren müsste. Es war nicht eine besondere Form von Natürlichkeit, die sie an Mary verwirrte, sondern der Drahtseilakt über dem Abgrund der Distanzlosigkeit, der sich ankündigte. Dazu dieses Make-up, nicht ungeschickt, aber sonderbar altmodisch. Sie hatte es irgendwo schon einmal gesehen. Blass gepuderter Teint, ein kreisförmiger Tupfer Rouge auf den Wangen, ein pechschwarzer Schönheitsfleck ein paar Zentimeter neben dem linken Mundwinkel. Der Mantel war alt und abgewetzt, man konnte gerade noch ein verschnörkeltes wiederkehrendes Muster erkennen, wie auf einem Linoleumbelag. Sie glaubte, es irgendwo schon gesehen zu haben.

Sie gingen durch den Torbogen, der die von viktorianischen Stadtwohnungen gesäumten Belgrave Mews vor den lästigen Blicken der Touristen verbarg.

»Die Fassade mit den vielen Blumenkästen. Das ist der Star Tavern«, sagte Hilly.

Ein Tisch links neben dem Durchgang zur Theke war frei. Dort gingen die Leute eilig vorbei, keiner verweilte hier und würde ihr Gespräch belauschen. Ansonsten war der Geräuschpegel gedämpft, schon wegen des in guten Pubs üblichen dicken Teppichbodens. Auch die lederbezogenen Sessel vermittelten Hilly das Gefühl, dass sie in das Gemeinschaftswohnzimmer eines Hauses im edlen Stadtteil Belgravia kam. Zu später Stunde stieg der Geräuschpegel mit dem Alkoholpegel. Zu dieser Tageszeit jedoch gab es nur ein paar Büroangestellte, ein paar Kolleginnen aus der Presseabteilung verabschiedeten sich gerade lautstark von der »Landlady«, die hinter dem Tresen stand. Vier »Beerpilgrims«, saßen an einem der großen Fenster zur Straße und fachsimpelten über die Qualität der Bierspezialitäten, für die der Pub unter Fachleuten geschätzt wurde. Sie tranken in kleinen Schlucken und sogen das honigfarbene Getränk wie Weinsachverständige mit kauenden und mahlenden Bewegungen des Kiefers wieder und wieder durch Zähne und Gaumen. Der herzhafte, aber unaufdringliche Duft von Gegrilltem, Gebratenem und in edlem Fett Frittiertem wehte lockend durch die hohen Räume, an den Wänden hingen traditionelle englische Stiche, Zeichnungen und Fotos in mahagonifarbenen Lackrahmen aller Größen, die aus der Geschichte des Pubs und des Stadtteils erzählten.

»Für eine Reise nach Kiel brauchen Sie kein Visum«, sagte Hilly, nachdem sie zwei Gläser trockenen Cider an der Theke geholt und dort gleichzeitig mit Marys durch heftiges Kopfnicken signalisiertes Einverständnis zwei Portionen Fish und Chips bestellt hatte.

»Wenn Sie nach Deutschland reisen wollen, müssen Sie nur Ihren Ausweis mitnehmen.« Sie prosteten sich zu.

»Cider mag ich am liebsten, gerade diesen, den trink ich auch immer im Boot and Shoe zu Hause in Tockwith. Dann haben wir den gleichen Geschmack, nicht wahr?«, sagte Mary und sah dabei ins Glas.

»Ja, stimmt, ich mag ihn auch am liebsten, der Süße klebt mir richtig am Gaumen und im Hals.«

»Mir geht es genauso.« Mary kicherte.

»Sie brauchen es mir nicht zu erzählen, Mary, aber es interessiert mich schon, warum Sie nach Kiel fahren müssen. Sie wollen beweisen, dass Ihre Mutter gelogen hat? Lebt Ihre Mutter noch?«

Hilly schätzte Mary auf Ende fünfzig, also ungefähr so alt, wie sie selbst, aber man konnte sich täuschen. Vielleicht war sie erst Mitte vierzig. Dann könnte Marys Mutter noch am Leben sein.

»Natürlich nicht, wie kommen Sie darauf? Ich war doch bei ihrer Beerdigung.«

Hilly sah sie irritiert an.

»Sie war wie der Vogel da auf dem Bild.« Mary deutete auf einen kolorierten Stich an der Wand direkt hinter Hilly. Ein Mann las ein Buch, während ihn ein Reiher mit langem Schnabel beobachtete.

»Immer wenn ich nicht aufgepasst habe, hackte sie nach mir. Und das tat immer sehr weh.« Mary ballte die Fäuste und zog die Schultern hoch.

Hilly holte an der Theke zwei neue Gläser Cider.

»War Ihre Mutter auch so?«, fragte Mary.

»Ja. Schlimmer noch, sie ist so.«

»Sie lebt noch?« Mary sah ungläubig an Hilly vorbei. »Wie alt ist sie denn jetzt?«

»Was glaubst du?«, fragte Hilly.

»Mindestens hundert Jahre.«

Hilly lachte. »Du bist nahe dran. Sie ist vierundneunzig.« Sie hatte das Gefühl, dass sie sich plötzlich duzten. Es gab im Englischen nur ein Wort für »du« und »Sie«. Sie spürte, dass es jetzt ein »Du« war.

»Hat sie auch nach dir gehackt?«

Hilly nickte und schwieg einen Moment. Sie nahm einen Schluck Cider, holte tief Luft.

»Sie hat nicht nur nach mir gehackt, sondern mich auch angespuckt. Das ist viel schlimmer. Jemand hat mich einmal gefragt, warum ich meine Mutter nie umarme. Ich habe geantwortet, dass ich Angst hätte, dass sie mir dabei gegen das Schienbein treten würde. Aber das Schlimmste war der eine Satz … ach, lassen wir das. Sie war, sie ist einfach schrecklich.«

»Was für ein Satz? Was hat sie gesagt? Bitte sag ihn mir! Ich sag es keinem weiter, ehrlich.« Mary sah dabei auf das Bild mit dem Reiher.

»Sie hat gesagt …« Hilly sah um sich, beugte sich zu Mary vor und flüsterte: »›Ich habe dich von deinem ersten Atemzug an gehasst, und ich werde dich bis zu meinem letzten Atemzug hassen.‹«

Mary wich erschrocken zurück und schnaufte aufgeregt.

»Nein, beruhige dich, das hat *meine Mutter* gesagt! *Du* warst nicht gemeint, Mary. Beruhige dich.« Hilly ergriff Marys Hand. »Wann hat deine Mutter dich belogen?«, fragte Hilly, um Mary abzulenken, und zog ihre Hand wieder zurück.

»Ich war noch sehr jung.« Mary nestelte an der merkwürdigen Armbanduhr herum, die so aussah wie ein kleiner Kinderwecker, ein Spielzeug, er zeigte aber die genaue Uhrzeit.

»Und worüber hat deine Mutter gelogen?«

»Mein Vater ist gestorben. Er war lange im Gefängnis. Ich habe ihn zu Hause gepflegt. Ich bin nämlich Krankenschwester, weißt du? Er war unschuldig, und Mutter hat immer nur gelacht, wenn ich sie danach fragte. Er hat mir erzählt, was damals wirklich passiert ist. Ich muss die Zeugen suchen, hat er gesagt. Sie müssen sagen, was wirklich damals passiert ist. Constable Peacock hat auch gesagt, man könnte ihn rehabi…«

»Rehabilitieren. Man gibt ihm damit seine Ehre zurück, nachträglich. Vielleicht auch Pensionsansprüche. Ja, so etwas gibt es. Wann war das? Das mit den Zeugen?«

»1945.«

»Also bei Kriegsende?«

»Ja.«

»In Kiel?«

»Ja.«

»Und deswegen willst du also nach Kiel?«

Mary nickte.

»Was waren das für Zeugen?«

»Eine schöne Frau und zwei Männer. Einer war ein Deutscher. Die Frau war auch deutsch.«

»Wie hieß der Deutsche?«

»Heinz.«

»Und weiter?«

»Was, weiter?«

»Sein Nachname. Heinz ist ein deutscher Vorname, kein Nachname.« Heinz hießen viele damals. Es konnte ein Zufall sein. Hilly biss sich auf die Lippen.

»Er hat immer nur von Heinz geredet«, sagte Mary.

»Wer?«

»Mein Vater.« Marys Ton wurde trotzig.

»Und die Frau, wie hieß die?«

»Marge.«

»Aber das ist ein *englischer* Frauenvorname.«

Mary zuckte mit den Schultern. »Daddy hat in den letzten Jahren immer nur gesagt, sie sei eine schöne deutsche Frau gewesen. Sie muss ihm sehr gefallen haben. Er war wohl in sie verliebt.«

Hilly kannte einen deutschen Vornamen für eine Frau, dessen erste vier Buchstaben die gleichen wie in »Marge« waren. Aber auch das konnte Zufall sein. Damals hießen viele Männer Heinz und viele Frauen Margot.

»Der zweite Mann, wie hieß der?«

»John. Ja, John hieß er. Mehr weiß ich nicht.« Mary war das Frage-und-Antwort-Spiel satt.

Sie kannte also nur Vornamen der Zeugen. Das Jahr und den Ort. Wenn es überhaupt alles so stimmte. Ein Anwalt würde sich die Recherchen teuer bezahlen lassen. Den würde Mary noch früh genug brauchen. Wenn sie überhaupt das Geld dafür hatte. Hilly wusste, wo er zuerst suchen müsste. In der Botschaft riefen oft Leute an, die nach alten Akten aus der Kriegszeit suchten und wissen wollten, wo so etwas in England aufbewahrt wurde.

»Du musst in das Britische Nationalarchiv in Kew, das ist im Süden Londons, also auf der anderen Seite der Themse. Kew Gardens heißt die Bahnstation, da ist dieses riesige alte Glashaus mit den Tropenpflanzen. Du musst sagen, dass du die Gerichtsakte eines britischen Militärgerichtes aus dem Jahre 1945 suchst, in dem ein Tom Townsend verurteilt wurde, ein Fall aus Kiel … nach Kew kommst du mit der District Line Richtung Richmond, aber vorher … warte, ich schreib es dir auf.«

Sie würde ihr nicht dabei helfen, nahm Hilly sich vor, nein, das würde sie nicht tun. Die Leute in Kew kannten ihr Geschäft.

»Und dieser Constable Peacock, woher kennst du den?«, fragte Hilly, als sie Mary den Zettel gab.

»Ach, der … das ist nur unser Dorfpolizist«, sagte Mary und steckte dabei den Zettel in die Manteltasche. Hilly bemerkte erstaunt, dass sie sich daran gewöhnt hatte, dass Mary ihr nicht in die Augen sehen konnte. In ihrer Kindheit hatte sie jemand gequält. Bestimmt ihre Mutter.

»Besuchst du deine Mutter manchmal?«, fragte Mary.

Geschickter Themenwechsel, dachte Hilly und war froh, dass die Fish und Chips in diesem Moment serviert wurden. Sie waren köstlich und teuer wie immer. Sie schmeckten nicht nach Fett, wie sonst in London, sondern nach Fisch in knuspriger Panade und frittierten Kartoffeln. Sie konnte es sich leisten, finanziell, und außerdem war ihre Figur tadellos. Sie war immer noch attraktiv. Ein Stück Schokolade im Büro änderte daran nichts, ihre Kolleginnen beneideten sie. Ob Mary einen Freund hatte oder einen Mann? Es sah nicht so aus. Der hätte sie doch begleitet. Sie hätte ihn zumindest erwähnt.

Mary hatte ihre Portion in drei Minuten verdrückt und leckte ihren Teller ab. »Hilly, besuchst du deine Mutter manchmal ... obwohl sie doch auch so böse war ... ich meine ... mit vierundneunzig, kann man da noch böse sein? ... Ich kenne ... niemanden, der vierundneunzig ist.« Ächzend stellte sie den Teller ab.

Hilly schreckte aus ihren Gedanken hoch. »Ich glaube, wenn man einmal etwas Böses getan hat, kann man es immer wieder tun. Man kann es nicht vergessen oder verlernen. Meine Mutter ist der beste Beweis. Wie sie jetzt ist, willst du wissen?« Hilly wies auf das Bild mit dem Reiher. »Stell dir vor, der Vogel sitzt auf einem Geldsack und röchelt. Ihr Hals ist so lang, und er hängt genauso in Falten herunter wie bei diesem Fischreiher. Sie ist eingetrocknet, verschrumpelt, faltig und entsetzlich hässlich.«

»Kann sie allein für sich sorgen?«

»Nein, sie hat drei Pflegerinnen, die sich abwechseln. Länger halten sie es bei ihr nicht aus. Kurz bevor die nächste Pflegerin kommt, stellt sich meine Mutter tot und wird in eine Klinik eingewiesen. So als ob sie der Pflegerin noch den Rest geben wollte. Sie weiß, dass man mich jedes Mal anruft, und sie weiß, dass man mich fragt, ob ich nicht kommen will. Jedes Mal sage ich nein und habe ein schlechtes Gewissen. Jedes Mal muss ich mir dieses vorwurfsvolle ›Ja, wenn Sie meinen‹ anhören. Sobald sie in der Klinik ist, ist sie wieder wach und schikaniert das Personal. Ihre Blutwerte werden kontrolliert, sie wird ein bisschen an den Tropf gehängt. Nach ein paar Tagen wird sie wieder entlassen. Und nach ein paar Wochen fängt das Spiel von vorne an. Sie macht das nur, damit ich keine Ruhe finde. Sie weiß, dass es mir jedes Mal den Hals zuschnürt, wenn ich den Anruf bekomme. Sie weiß, dass ich ihr den Tod wünsche, und sie will mir damit sagen, ich lebe noch, solange ich will, und nicht so lange, wie du es willst, der Atemzug, mit dem ich dich zum letzten Mal hassen kann, ist immer noch nicht gekommen.«

Hilly krampfte die Hände ineinander und zitterte. Jetzt war es Mary, die vorsichtig ihre Hand auf Hillys Faust legte.

»Sie will mich überleben. Sie wartet auf meinen Tod«, sagte Hilly mit erstickter Stimme. Mary zog ihre Hand zurück und sah erschreckt aus dem Fenster.

»Was hast du?« Hilly spürte, dass Marys Schrecken nichts mit diesem entsetzlichen Satz zu tun hatte, nichts mit dem, was außerhalb von Mary war, sondern in ihr. So wie Mary mit dem ersten Satz ihrer Begegnung vor der Botschaftstür in Hilly etwas Schreckliches berührt hatte, so schien Hilly jetzt in Mary eine lauernde Angst wachgerufen zu haben.

»Mary! Was ist mit dir?« Hilly beugte sich vor und schüttelte Mary an der Schulter, die immer noch starr in den fenstergerahmten Himmel starrte.

»Äh, ach nichts, gar nichts …« Mary blinzelte, als ob sie erwachen würde, und atmete schwer.

»Was war denn? Habe ich dich erschreckt?«

»Es war nur plötzlich so dunkel. Ich dachte, diese Wolke …« Dann war es, als ob jemand einen Schalter in Mary umlegte, sie fuhr sich durch die kurz geschnittenen Locken und lächelte Hilly erwartungsvoll an. »Deine Mutter sitzt auf einem Geldsack, hast du gesagt. Ist sie reich?«

»Der Fischreiher sitzt auf einem Geldsack, *das* habe ich gesagt.« Hilly lachte und spürte dabei, wie sich die Verkrampfung löste. Sie war Mary dankbar, egal, ob sie mit ihrer Frage nun bewusst oder unbewusst das Bild so auf den Punkt gebracht hatte.

»Also doch! Dann muss sie doch richtig berühmt, prominent sein«, sagte Mary bewundernd. »Und du bist die Tochter einer Prominenten. Wie ist das so? Das muss doch toll sein! Die Reporter müssen doch auf der Jagd nach dir sein.« Mary sah sich suchend um.

»Ach Quatsch. Mich kennt keiner. Gott sei Dank.«

»Wart’s nur ab. Wenn dich ein Reporter von der ›Avenue‹ sucht, die finden jeden, den sie haben wollen.«

»Das glaub ich nicht. Als sie das viele Geld geerbt hat, hat sie den Namen ihres leiblichen Vaters angenommen. Sie war unehelich. Eine *von Roekkelsdorff*«, sagte Hilly mit verdrehten Augen. »Von so was hat sie immer geträumt. Das hört sich doch besser an als Wiese oder Minz.«

»Dann wirst du einmal reich sein. Du bist eine reiche Erbin, Frau von Roekkelsdorff.« Mary sah Hilly mit ehrfurchtsvollen Blicken an.

»Unsinn. Du kennst meine Mutter nicht. Die hat bestimmt seit Jahren alles in die Wege geleitet, um mich zu enterben. Wegen Unwürdigkeit. Weil ich mich angeblich nie um sie gekümmert habe.«

»Fährst du jetzt wieder nach Hause?«, fragte Hilly, als sie beide draußen vor der Pubtür in den überraschend aufgeklarten Himmel blinzelten.

»Nein, ich fahre nach Kew«, sagte Mary mit fester Stimme und sah zu einem Fenster über Hillys Kopf. »Da ist doch das Archiv, von dem du erzählt hast, das die alten Akten hat.«

»Aber die werden schon geschlossen haben, bis du da bist.«

»Weißt du die Öffnungszeiten?«

»Nein, aber …«

»Sie werden doch eine Glastür haben, auf der die Öffnungszeiten stehen, wie deine Deutsche Botschaft, nicht wahr?«

Als sie vor der U-Bahnstation Hyde Park Corner angekommen waren, zog Mary sich ein Ticket aus einem Automaten, während Hilly mit fahrigen Bewegungen aus ihrer Handtasche wieder einen Zettel herauskramte.

»Hier ist meine Handynummer. Falls du noch mal Hilfe brauchst. Hast du schon ein Hotelzimmer?«

»Ich fahre nach Hause. Mit North Eastern von King’s Cross. Ich steige dann aber von der District in die Victoria um, das geht schneller.«

Mary nahm der verdutzten Hilly den Zettel aus der Hand und sah an ihr vorbei zum Ausgang.

»Da ist noch diese Uhr, die meinem Vater gestohlen wurde von den Deutschen.«

»Was für eine Uhr?«

»Ich könnte sie ihm doch auf das Grab stellen.«

»Wovon redest du, Mary? Eine Uhr auf einem Grab? Dein Pastor, der würde das bestimmt nicht erlauben. Dann denkt doch jeder, dass die Uhr vielleicht die Zeit anzeigt oder klingelt wie ein Wecker, wenn der Tote wiederaufersteht. Das ist doch unheimlich! Und völlig absurd. Findest du nicht?«

»Wiederaufersteht? Mein Vater? Das wäre was für meine Mutter!« Mary lachte listig. »Ja, das wäre eigentlich eine wunderbare Idee, nicht wahr? Ach Hilly, du bist eine richtige Freundin. Ich hatte noch nie eine Freundin. Danke, danke.« Sie umarmte Hilly schüchtern, tätschelte unbeholfen an die Schultern der fast einen Kopf größeren Hilly.

Als Hilly noch nach Worten suchte, ging Mary zu den Rolltreppen, die zu den tiefer gelegenen Bahnsteigen führten, und reihte sich mit dem Koffer in der Hand in die Schlange der Wartenden ein. Ohne sich noch einmal umzusehen, erhob Mary zum Abschied winkend einen Arm, bevor sie sich in die Tiefe sinken ließ.

***

Die Fahrt mit der Underground von Hyde Park Corner bis in den nördlich gelegenen Stadtteil Southgate dauerte durchschnittlich eine Dreiviertelstunde. Rechnet man noch den Fußweg von der U-Bahnstation Southgate bis zur Cowper Road 4a dazu, brauchte Hilly fast eine Stunde nach Hause. In dieser Zeit versuchte sie, die Arbeit in der Botschaft hinter sich zu lassen. Die Urlaubsgeschichten, Intrigen, Liebeleien, Geburtstage, Gemeinheiten, Geschmacklosigkeiten, Hochzeiten, Schwangerschaften, Krankheiten, Gerüchte, Lügen.

Schon am Piccadilly Circus hatte sie Joans flüsternd geäußerten Verdacht hinter sich gelassen, dass Pats lächelndes Gesicht beim Blick auf den Bildschirm nur darauf zurückzuführen sei, dass sie bei der Arbeit chatte und sich dabei in einer völlig neuen Existenz, einschließlich besonderer sexueller Vorlieben, erging.

84

Die scharf formulierte Bitte ihres Chefs, ihn nächstes Mal rechtzeitig davon in Kenntnis zu setzen, dass sie beabsichtige, einem »Regierungsmitglied«, genauer gesagt einem Staatssekretär im deutschen Außenministerium, die Kosten für den Heimflug seiner in London gestrandeten Tochter in Rechnung zu stellen, hatte sie bei der Abfahrt in Holborn abgehakt.

Aber bei der Einfahrt in King's Cross merkte sie, dass sie Mary nicht hinter sich lassen konnte. Mary hatte mit dem einen Satz in wunden Stellen ihrer Seele gestochert. Vorsichtig sah sie hinaus zum Bahnsteig und suchte ihn nach Mary ab. Sie verblasste nicht, ihr Bild wurde eher intensiver mit jeder Minute.

Hilly versuchte, an das kommende Wochenende mit Susan zu denken. Sie wollten wieder ins Barbican gehen, den neuen James Bond sehen. Sie würden den Neuen wieder an Sean Connery messen, gnadenlos. Sie hatten sich vor ein paar Jahren bei einem Abendkurs über Porträtzeichnen in Enfield kennengelernt, auch Susan hatte ihren Mann früh verloren, und sie entdeckten schnell, dass sie beide Kinofans waren. Außerdem hatte Susan das, was Hilly von einer guten Freundin erwartete: Humor und ein gutes Gedächtnis. Zu Anfang hatte es Streit gegeben, weil Hilly im Film das Leben an und für sich begreifen wollte, während Susan nur über die Männer im Film sprechen wollte. Doch bald fanden sie heraus, dass sie sich gut ergänzten. Zuletzt waren sie im Barbican bei einer mehrwöchigen Stanley-Kubrick-Retrospektive gewesen, »Barry Lyndon« hatten sie sich ausgesucht. Die Handlung begann mit einem Duell und fand ihr Ende mit einem Duell. Die Innenaufnahmen waren ohne Scheinwerfer, nur bei Kerzenlicht gedreht worden, mit Spezialobjektiven. Das Make-up der Frauen wirkte viel intensiver, wie angemalte Porzellanpuppen sahen die Gesichter aus, einen Tupfer Rouge auf den Wangen und … Mary. Mary schminkte sich, bewusst oder unbewusst, wie die Frauen bei Hofe im 18. Jahrhundert. Das blass gepuderte Gesicht, der dicke Tupfer Rouge auf den Wangen, der Schönheitsfleck. Und dieses Duell, von dem Mary erzählt hatte. Nein, es war ja kein Duell, von einem Unfall hatte sie gesprochen, nicht von einem Duell.

Hillys Mutter hatte einmal bei einem Besuch in Southgate vor vielen Jahren nach drei Gläsern Sherry, eitel verzückt, gestehen müssen, dass Männer sich ihretwegen im Krieg einmal duelliert hätten. Sie hatte von hinten in ihr schwarzes Haar gegriffen, die grauschwarzen Locken zusammengedrückt und theatralisch dabei nach oben gesehen, wie in einem Stummfilm. Die Pose war nicht als Parodie gemeint, es war ihrer Mutter ernst. Hilly hatte sich angewidert abgewandt. Ihre Mutter hatte »duelliert« gesagt, nicht von Unfall gesprochen, schon gar nicht »Mord« oder das Wort »Urteil« oder »Zeuge« gebraucht. Aber wenn ihre Mutter in vom Wahn gebrochener Erinnerung aus dem Unfall ein Duell gemacht hätte, weil sich das besser anhörte, würde es ihrer Art entsprechen.

Als die Lautsprecher »Mind the doors!« quäkten, die Türen knallten und sie die Stationsschilder »Southgate« nach hinten verschwinden sah, war ihr klar, dass sie das erste Mal das Aussteigen verpasst hatte. Sie musste bis zur nächsten Station, Oakwood, weiterfahren. Sie nahm eines der Taxis, die direkt vor dem Ausgang der Station parkten.

Hilly war froh, einen schweigsamen Fahrer erwischt zu haben, und konnte ihren Gedanken ungestört zuhören.

Mary hatte natürlich recht. Man konnte auch in South Kensington von der District Line in die Piccadilly Line umsteigen. Aber woher wusste sie das? Sie machte eher den Eindruck, als ob sie Yorkshire das erste Mal in ihrem Leben verlassen hatte. Jedenfalls schien sie den Londoner U-Bahnplan im Kopf zu haben. Das war unmöglich. Niemand konnte das in London, jeder hatte nur die für ihn wichtigen Verbindungen im Kopf. Vielleicht unterschätzte sie diese unbeholfene pummelige Mary mit den lächerlichen Rougeflecken auf den Wangen und dem bemitleidenswerten Schönheitsfleck direkt neben dem linken Mundwinkel.

Diese Distanzlosigkeit einer Fremden gegenüber, die Hilly wie das Stochern einer Blinden nach Orientierung, nach Halt vorkam, sie war nicht rührend, sie war gefährlich, wenn man sich zu sehr öffnete. Die Form des Gespräches war schon gefährlich gewesen, aber der Inhalt wurde ihr immer unheimlicher, je länger sie darüber nachdachte. Aber sie hatte das Gespräch nicht abbrechen können. Als ob sie beide ein gemeinsames Ziel hätten. Die unverstandenen Töchter mit den schrecklichen Müttern. Der beliebteste Anlass für eine Verschwesterung. Nein. Sie brauchte in ihrem Hass keine Unterstützung, keine Ermutigung. Der Hass war groß genug.

Nachdem sie die Haustür hinter sich geschlossen hatte, tippte sie den Erkennungscode in den Pad an der Wand ein, damit die Alarmanlage nicht ansprang. Die Alarmanlage war etwas veraltet, aber ihr Schwager sagte nach jeder Überprüfung, sie funktioniere immer noch zuverlässiger als die neuen Hightech-Anlagen.

Sie machte das Licht im Flur an wie immer und hatte trotzdem das Gefühl, nicht angekommen zu sein. Hilly lief durch das große Wohnzimmer und sah durch den einen halben Zentimeter breiten Spalt des dicken Vorhangs nach draußen. Auf dem Dach ihres Mini Cooper, den sie nur für Fahrten zum Einkaufszentrum benutzte, reflektierte das gelbe Licht der Straßenlampe und machte den dichter werdenden Nebel noch undurchdringlicher. Auf der gegenüberliegenden Seite sah sie im Nebel gerade noch die beleuchteten Eingänge der Häuser, links die Strawfords, rechts die Pinkertons. Ein Sportwagen fuhr die Cowper Road von links hoch und tauchte die Straße mit gleißenden Fingern in Milch. Hilly schrak zurück. Sie zog den Vorhang zu und schaltete überall im Haus das Licht an.

Sie hatte Mary nicht in London, nicht in der Underground und nicht im Taxi zurücklassen können. Jetzt war Hilly, als ob Mary auf der anderen Straßenseite stände und das Haus beobachtete. Vielleicht stand sie schon vor der Haustür. Sie war aber in Kew. Oder in King's Cross auf dem Bahnsteig. Hilly schaltete hastig den Laptop an und rief im Internet die Abfahrtszeiten der North Eastern ab King's Cross Richtung York auf. Sie fand heraus, dass die Züge halbstündig nach York fuhren, ab neunzehn Uhr stündlich, der letzte um dreiundzwanzig Uhr dreißig. Also hätte Mary genügend Gelegenheit, heute noch nach Hause zu fahren. Wenn Mary bis dreiundzwanzig Uhr dreißig nicht auf dem Handy angerufen hatte, würde sie Hilly heute auch nicht mehr um Hilfe bitten. Sie schaltete das Handy aus. Und Mary war ihr nicht gefolgt, wie hätte sie das auch machen sollen, als Hilly sich in Cockfosters ein Taxi zurück nach Southgate nahm.

Aber es war nicht die North Eastern, von der Mary geredet hatte, sondern die National Express East Coast, die von King's Cross nach York fuhr. Die North Eastern gab es schon lange nicht mehr. Hilly sagte sich, dass Mary bestimmt einen alten Namen gebraucht hatte, weil man in Yorkshire alte Namen liebte.

Als das Festnetztelefon klingelte, zuckte Hilly zusammen, stieß einen kleinen Schrei aus und presste sich die zitternde Faust vor den Mund. Es war Susan, die noch einmal die Verabredung für den nächsten Tag um eine Stunde verschieben wollte. Sie fragte, ob irgendetwas sei. Hilly schüttelte wortlos den Kopf, bis ihr klar wurde, dass Susan das ja nicht sehen konnte, und sagte, dass alles in Ordnung sei, es sei nur ein anstrengender Tag gewesen, sie wolle jetzt schlafen gehen. Sie versprach, am nächsten Morgen anzurufen.

Vielleicht konnte sie mit Susan darüber reden. Alles erzählen, was sie beinahe Mary erzählt hatte. Immer hatte sie es stumm gehalten, es durfte nicht lauter werden. Aber heute war der Nerv getroffen worden, und sie spürte den Schmerz körperlich. Hilly goss sich ein großes Glas Strongbow Cider extra dry ein und ging damit im Haus umher. Vor fünfunddreißig Jahren war sie mit Tony in dieses Haus eingezogen. Er hatte es ausgesucht.

Sie hatte Tony auf der Englandfähre Hamburg–Harwich kennengelernt, als sie ihre Mutter wieder zu einem Urlaub in die kleine Pension in Blakeney an der Nordseeküste begleiten musste.

Ihre Mutter war mit dem »netten jungen Engländer zufällig ins Gespräch gekommen« und hatte ihm erzählt, dass man Ebbe und Flut dort besonders gut beobachten könne. Hilly war sich sicher, dass sie Tony von sich aus nie angesprochen hätte. Aber als sie ihm als die Tochter vorgestellt wurde, »beleuchtete er die Fenster seines Herzens«, wie ihre Mutter es ihr abends in der Kabine entzückt schmackhaft machen wollte.

Tony war Frühwitwer und betrieb mit seinem Bruder und seinem Neffen ein Baugeschäft in Muswell Hill im Norden Londons, Gilbert, Gilbert & Sons Ltd, ein Name wie eine Anwaltsfirma, die auf Renovierungen und Innenausbauten spezialisiert war. Eine aufblühende Marktnische, dazu kamen noch die Aufträge aus Kreisen der Katholischen Kirche Englands, denn er war der einzige katholische Bauunternehmer im Norden Londons.

»Er ist also freier Unternehmer«, stellte ihre Mutter am Frühstückstisch in Blakeney fest, wobei sie das Wort »Unternehmer« gewichtig, jede Silbe betonend, aussprach, und spießte dabei mit der Gabel, zielsicherer als sonst, eins der fettigen kleinen Würstchen auf, die zum traditionellen englischen Frühstück gehörten. Diese Angewohnheit teilte sie später freudig mit ihrem Schwiegersohn, indem sie beide mit der Gabel auf dasselbe Würstchen zielten und lachend so lange darin herumstocherten, bis es zerrissen, zerfetzt, unkenntlich, zerstört war.

Tony besuchte sie am übernächsten Tag in Blakeney, fuhr sie mit seinem Rover 3.5 in sein Haus nach Southgate, aber auf Hillys Wunsch am Abend desselben Tages zurück nach Blakeney. Tony besuchte sie später mehrfach in Kiel, und nach einem Jahr machte er Hilly einen Heiratsantrag. Er war hartnäckig und charmant genug gewesen, Hillys Panzer aufzubrechen. Sie spürte kein Herzklopfen, keine Schmetterlinge im Bauch, aber es war die erste Gelegenheit, ihrer Mutter zu entfliehen, rechtzeitig, wie ihr schien, denn sie begann eine Art Lähmung zu verspüren, eine schleichende Lähmung der Seele, die damit begann, dass sie fest daran glaubte, neben ihrer Mutter ausharren zu müssen, bis einer den anderen überlebt hatte.

Jetzt endlich konnte sie auch den gehassten Familiennamen Minz ablegen, den Geburtsnamen, den ihre Mutter nach dem Tod ihres ersten Mannes wieder angenommen hatte. Wiese wollte sie eigentlich nie heißen, hatte sie verächtlich nach der Beerdigung gesagt.

Tony renovierte das Zimmer rechts im Dachgeschoss als Gästezimmer für seine Schwiegermutter. Ursprünglich hätte es Hillys Lesezimmer werden sollen, es lag nach Südosten und hatte ein großes Fenster zum kleinen Garten. Hilly entfernte alles aus dem Zimmer, ihre Kleider aus den Schränken, ihre Blumen, ihre Bücher. Tony teilte den Kleiderschrank im Gästezimmer mit seiner Schwiegermutter. Mit gönnerhafter Geste gestattete er Hilly, ihre Bücherregale im Wohnzimmer aufzubauen. Schon ein paar Tage nach seinem Tod ließ sie sie im Schlafzimmer aufstellen.

Sie hatte den Eindruck, dass ihre Mutter der Verbindung mit Tony nur so freudig zugestimmt hatte, weil sie nun in England kostenfrei in Vollpension wohnen konnte, wann immer sie wollte. In Tony hatte ihre Mutter einen Fürsprecher, der Hillys Einwände jedes Mal, nicht nur in dieser Angelegenheit, mit den Worten »Oh yes, my little girl« ignorierte. Sie musste die Gegenwart ihrer Mutter dann mehrmals im Jahr ertragen. In einem Jahr machte ihre Mutter von Southgate aus einige »Ausflüge ins Blaue«, jeweils für mehrere Tage. Sie verschwand ohne Vorankündigung und kam ebenso überraschend zurück, wie ein zu früher Winter. Hillys Flucht war also nur bedingt gelungen.

In allen Räumen verlegte Tony butterweiche Teppiche. Hilly war das unheimlich. Sie liebte Häuser, die zumindest flüsternd mitteilten, wenn ihre Bewohner sich darin bewegten. Dank der teuren Auslegeware hörte sie Tony nie mehr die Treppe heraufkommen, wenn er nachts auf dem Sofa vor dem Fernseher wieder aufgewacht war. Die Schlafzimmertür ging ohne ein Geräusch auf, und Tony erschien lautlos wie ein Geist im Schlafzimmer. Auch ohne Vorankündigung.

Es gab in den ersten Jahren ein paar hilflose Versuche, Lust aneinander zu entdecken, sie gab schnell auf, er leider erst ein paar Jahre später. Trotzdem hätten sie Kinder haben können, aber es gab keine, und sie wollten beide nicht wissen, wer denn nun schuld sei, biologisch gesehen.

Vor fünfzehn Jahren hatte ihre Mutter ihre Besuche eingestellt und sich nur noch ihren angeblichen Altersbeschwerden und der Verwaltung ihres unerwartet ererbten Reichtums gewidmet.

Irgendwann konnte Tony ohne Schlaftabletten nicht mehr leben. In dieser Zeit brachte er ihr jeden Abend eine halbe Schlaftablette mit einem Glas Wasser ans Bett. Er weckte sie und sagte: »Die schenk ich dir.« Als ob er die andere Hälfte grade genommen hätte. Am Anfang brauchte er nur eine, später zwei, dann drei.

Eines Morgens wachte sie neben ihrem toten Mann auf. Sie schüttete das große Gurkenglas mit den geschenkten Tablettenhälften ins Klo. Hirnschlag, sagte der Arzt.

Sie erbte das Haus und war mit der Summe zufrieden, die ihr Gilbert, Gilbert & Sons Ltd aus dem Firmenanteil Tonys freiwillig zahlte. Hilly fand schnell eine Stelle als Sekretärin bei der Deutschen Botschaft. Sie hatte in Kiel an der Universität als Sekretärin im Fachbereich Psychologie gearbeitet, konnte die sogenannten aussagekräftigen Zeugnisse vorlegen und bekam die Stelle mit dreißig Stunden in der Woche.

Seitdem hatte sie sich in ihrem Haus so frei wie noch nie in ihrem Leben gefühlt.

Heute aber hatte sie wieder Angst vor einem unangemeldeten Besuch ihrer Mutter, körperlich oder als Geist. Hillys Verstand sagte ihr, dass das beides unmöglich war, aber die Angst hörte dem

Verstand nicht zu. Und was das mit Mary zu tun hatte, verstand sie auch nicht. Sie ging wieder zum Wohnzimmerfenster und sah vorsichtig durch einen Spalt hinaus. Der Nebel hatte sich inzwischen wie ein weißes Laken dicht vor das Fenster gedrängt.

Sie wollte ins Bett und ein Buch lesen, das sie seit Jahrzehnten nicht mehr gelesen hatte. Daphne du Maurier, »Ein Tropfen Zeit«. Ihre Großmutter war belesen, war Mitglied in einem Bücherclub gewesen. Hilly hatte es verschlungen, aber im Gedächtnis war ihr nur die Beschreibung der Zeitreise geblieben. Es gab kein schwarzes Loch, in das man mit großem Getöse geworfen wurde, keine elektrischen Stürme, die den Körper durchschüttelten. Die Zeitreise über hunderte von Jahren hinweg dauerte nicht eine Sekunde, sie war ohne Übergang. Eine Kopfdrehung, ein Blick in den Himmel, vielleicht ein Wimpern- oder Herzschlag, und schon war die Umgebung eine andere, Geschmack, Geruch, Geräusch, Gefühl. Hilly hatte vergessen, wofür die Hauptpersonen gekämpft hatten, ob ihnen diese Zeitreisen zum Sieg verholfen hatten. Nur dieser Tropfen Zeit war ihr nicht mehr aus dem Kopf gegangen, weil sie sich dieses geheime Elixier so sehr wünschte. Sie wollte keine Reise durch Jahrhunderte. Nur ein paar Jahre hatte sie damals gewollt. Inzwischen waren Jahrzehnte daraus geworden. Hilly hatte das Buch vor der Zerstörungswut ihrer Mutter retten können, die nach dem Tod der Großmutter Fotoalben, Bücher und was sonst noch beim Tode einer armen Rentnerin übrig blieb, verbrannte und so weit wie möglich zu Geld machte.

Hilly hatte schon als kleines Mädchen hinter der Gardine ihres Zimmers mit wachsender Angst beobachtet, wie ihre Mutter, nicht nur nach dem Tod der Großmutter, sondern mindestens einmal in der Woche am Hang hinter der Wohnung in einem alten Zinkeimer Papier verbrannte und mit leuchtenden Augen und schwer atmend in die Flammen starrte. Irgendwann war ihr der Verdacht gekommen, dass ihre Mutter Bilder der Zerstörung schaffen wollte, die sie im Krieg gesehen hatte. Eigentlich wollte sie dabei die Erinnerungen, die in ihrer Seele brannten, vernichten. Beim Akt der Zerstörung schuf sie die Schrecken ihrer Seele paradoxerweise neu, die Erinnerung wurde nicht gelöscht, sondern flackerte immer wieder auf, wie die Flammen im vom Ruß geschwärzten Zinkeimer.

Nach dem frühen Tod des Vaters rettete Hilly wenigstens einen Teil der Briefmarkenalben vor ihrer Mutter. Ab und zu öffnete sie eines und roch daran, zog den Duft tief ein, den Duft, der nie verflog. Auch wenn es der Rauch der Zigarrenstumpen war, die ihr Vater immer noch bis zum letzten Teerfleck in der Pfeife zu Ende geraucht hatte, über die Briefmarken gebeugt, der ihm den viel zu frühen Tod gebracht hatte. Er hatte ausschließlich DDR-Marken, Erstausgaben auf gelaufenen Briefen, gesammelt, er hatte noch ein paar Verwandte, drüben. Es hätte ihn den Job kosten können, als Diplom-Ingenieur beim Bonner Beschaffungsamt auf der Howaldtswerft in Kiel eingesetzt. Die Leidenschaft für die teerigen Stumpen teilte er mit seinem einzigen Freund, einem Physiklehrer, den jeder Fröbe nannte, weil er so aussah wie der Schauspieler Gert Fröbe. Der rauchte die Reststumpen ohne Pfeife und schob sie dann immer noch lange kalt im Mund hin und her, während Hilly ihm als junges Mädchen mit staunendem Ekel zusah. Mit Fröbe diskutierte ihr Vater allerdings nicht über Briefmarken, sondern über ballistische Probleme, die sie sich mit kreisenden, mit Zigarren bewaffneten Händen gegenseitig demonstrierten. Bei der Beerdigung ihres Vaters hatte sie ihn merkwürdigerweise nicht gesehen, obwohl er doch der einzige gute Freund war, seit der gemeinsamen Zeit in der Studentenverbindung.

Hilly ging über den von ihr heiß geliebten, nach Tonys Tod verlegten extra dünnen Teppichboden, der jede der alten Dielenbretter auf der Treppe knarren ließ, ins obere Stockwerk, wandte sich aber nicht nach links zur halb offen stehenden Schlafzimmertür, sondern öffnete zögernd die Tür rechts zum Gästezimmer.

Sie betrat das Zimmer nur einmal im Jahr, im Frühling, um zu staubsaugen und einmal die Balkontür zu öffnen. Sie schaltete das Licht ein. Es roch muffig, ein paar Motten klebten an Wand und Decke. Der Vorhang war nicht zugezogen. Der dichte Nebel hatte die Fenster zum Garten in einen Spiegel verwandelt. Hilly zog hastig den Vorhang zu.

Die Rosenholzkommode stand rechts in der Dachschräge neben dem großen Kleiderschrank. Sie öffnete die obere Schublade und griff nach dem Bündel, das ihre Mutter hier für ihre Besuche deponiert hatte. Sie würde es nie mehr brauchen. Hier wollte Hilly anfangen, ihr Leben aufzuräumen. Ein aufgerollter Bademantel, darin zwei Handtücher, ein Waschlappen. Als sie danach griff, bedauerte sie es, keine Gummihandschuhe angezogen zu haben. Ekel stieg in ihr auf. Im Stoffbündel raschelte es plötzlich. Eine dunkler Nachfalter flatterte auf den Teppich, Hilly schrie auf und ließ das Bündel fallen.

Der Nachtfalter war ein Foto, das trudelnd zu Boden geschwebt war und ihr mit der Vorderseite entgegensah. Im Augenwinkel nahm sie wie in Zeitlupe wahr, wie das Stoffbündel zu Boden sank. Während sie noch mit dem Erkennen des Fotos beschäftigt war, entfaltete sich das Bündel, und das ungeordnete Puzzle von zehn, zwanzig weiteren Fotos breitete sich vor ihr auf dem Teppich aus, und sie sank auf die Knie. Aus Angst, dass diese Bilder sich plötzlich auflösen würden, drehte sie behutsam jedes Foto um, das ihr die bleichweiße Rückseite zeigte. Vor ihr lag das Puzzle ihres Lebens. Im Geiste gesellten sich fehlende Bilder dazu.

Es blieb nicht mehr viel Zeit. Sie hob die Fotos auf, jedes betrachtete sie kopfschüttelnd mit geöffnetem Mund. Bilder, die ihr Unterbewusstsein vor vierzig Jahren ihrem Selbst unsichtbar gemacht hatte. Ein Foto zeigte eine unbekannte junge Frau zu Füßen eines Denkmals, die nachdenklich in eine flache öde Landschaft sah.

In dieser Nacht träumte sie wie schon so oft von einem weiß gekachelten Raum voller Schreibtische. Ihr Vater kam auf sie zu und gab ihr ein Blatt Papier, das solle sie abschreiben. Das Blatt Papier sei doch aber leer, sagte sie zu ihm. Er schwieg. Sie hielt es näher an die Augen und sah plötzlich etwas Handgeschriebenes in der Schrift ihres Vaters. Trotzdem konnte sie keinen einzigen Buchstaben erkennen. Ihr Vater legte seine Hand auf ihre Schulter und sagte freundlich: »Das verstehst du noch nicht.«

Schleswig-Holstein, Herbst 2009

Erster Tag

Als sein ehemaliger Chef und Leiter der Bezirkskriminalinspektion Flensburg, Kriminalrat Lütje, dem ersehnten Ruf auf den Posten eines Staatssekretärs nach Kiel gefolgt war, hätte Kriminalhauptkommissar Lüthje ein Dienstzimmer im dritten Stock mit sagenhafter Aussicht über die Förde bis zur dänischen Küste beziehen können, den Kollunder Wald als Küstenlinie. Jeder Arbeitstag ein Urlaubstag, jedenfalls was die Aussicht aus dem Fenster betraf. Aber er hatte den Blick auf die Puppenhausruine, wie er das leer stehende Gebäude des ehemaligen Bordells »Rote Laterne« nannte, lieb gewonnen. Es war ihm Inspiration bei seinem ersten Fall am neuen Dienstort gewesen, nach der Trennung von Dagmar.

»Ich hab was vergessen!«, sagte Lüthje verlegen, als Kommissarin Heike Schönberg plötzlich in der Tür zu seinem Dienstzimmer stand und ihn fragend ansah. Er durchwühlte die Schubladen seines Schreibtisches.

»Moin, Chef, ich dachte, Sie sind schon in Schleswig.«

Er erklärte, dass er einen Arzttermin am Nordermarkt gehabt habe. Er sei mit Halsschmerzen aufgewacht. Das war vor einer halben Stunde. Statt am Leichenfundort traf sie ihn jetzt in seinem Dienstzimmer an.

»Das Wartezimmer war voll. Kein Wunder bei dem wochenlangen Nebel.«

»Was hat er dir verschrieben, Chef?«

»Oh, ich, äh … irgendetwas Schleimlösendes. Muss ich mir noch aus der Apotheke holen.«

Sie sah ihn misstrauisch an. »Schleimlösendes?«

»Das Schild war gestern noch nicht da.« Lüthje tippte an die Fensterscheibe. Themenwechsel.

Auf dem Grundstück gegenüber stand eine große Bautafel, gut sichtbar von der Straße, aber auch von den Fenstern der Kriminalinspektion. Eine im Stil der zwanziger Jahre behütete und geschminkte Dame hatte ihren Kopf auf die nackten Arme gestützt und sah dem Betrachter lockend entgegen. Darunter stand in fetten roten Lettern: »Haben Sie es auch gern kuschelig? Entspanntes Wohnen in der Roten Laterne. Kontakt Nordgrund Holding, Kiel.«

»Hat vorige Woche im Sydslesvig Tidende gestanden«, sagte Heike. »Das Grundstück hat einen Käufer gefunden. Irgendein Investor aus Berlin mit einem Ableger in Kiel.«

»Der Anblick wird mir fehlen. Vor allen Dingen der Gott mit Herz da an der Wand.« Lüthje deutete zu einer der leeren Fensteröffnungen, wo jemand mit groben Pinselstrichen eine Gestalt auf die Ziegel gemalt hatte. »Hoffentlich vergessen sie beim Abreißen nicht den letzten Bewohner. Komischerweise hat das Bild vom Gott mit Herz einen schwachen Funken Hoffnung in mir wachgehalten, dass es irgendwann ein Ende hat, das ganze Elend jeden Tag.«

»Mein Gott, Chef, bist du schlecht drauf. Kann ich …«

»Okay, neuer Tag, neuer Tod, kein Morgen ohne Morden. Also die Roekkelsdorff gehörte zum Finanzadel, sagtest du? Ist es eine Bildungslücke, sie nicht zu kennen?« Lüthje begann seinen Schreibtisch zu umrunden. Heike schien beruhigt, so kannte sie ihren Chef. »Woher hat die Roekkelsdorff ihr Geld? Sauer verdient, glücklich spekuliert oder ungerechterweise geerbt? Wer sind jetzt die glücklichen Erben? Und das Wichtigste: Wer von den Erben ist ihr Vormund? Wer hat dieses Vermögen verwaltet? Das kann sie doch nicht mehr gemacht haben. Mit vierundneunzig Jahren!«

»Ich habe beim Amtsgericht Schleswig angerufen. Der zuständige Rechtspfleger war zur Fortbildung. Seine Stellvertreterin war zuckersüß. Ich soll ihr ein Schreiben der Staatsanwaltschaft schicken. Da könnte sonst jeder kommen. Und mich zurückrufen wollte sie auch nicht. Sie hat zu viel um die Ohren. Und wenn jetzt noch die ganze Regenbogenpresse bei ihr Sturm klingeln würde … ja, so ging das weiter und weiter, bis ich einfach aufgelegt habe. Soll ich hinfahren und die Dame ohrfeigen?«

»Keine schlechte Idee. Fahr hin. Das mit der Ohrfeige überleg dir noch mal.«

Lüthje suchte einen Moment in den Taschen seines Jacketts, dann warf er ihr einen Handkuss zu und wandte sich zur Tür.

»Hattest du nicht was vergessen, Chef?«

»Was? Oh ja, natürlich. Danke, wenn ich dich nicht hätte.« Er schien plötzlich zu wissen, wo er fündig werden könnte, griff sich zielsicher aus der untersten Schublade ein buchgroßes Päckchen heraus und klemmte es sich unter den Arm.

»Und tschüss!« Er wusste, dass Heike ihm über den Flur hinterhersah, mit diesem misstrauisch vorgeschobenen Kinn und dem angedeuteten Kopfschütteln.

Er verzichtete auf den Fahrstuhl. Auf dem Treppenabsatz stand seine Sekretärin, Frau Dibbert, und hielt ihm wortlos ein Stück Papier entgegen. »Später, Frau Dibbert, später, ich bin mitten im Einsatz.«

Als er auf den Dienstparkplatz hinter der Puppenhausruine rannte, stieß er mit einem alten, unrasierten Mann zusammen. Dessen Plastiktüte fiel auf den Boden, und der Inhalt rutschte heraus.

»Oh, tut mir leid, kommen Sie, ich helfe Ihnen, haben Sie sich etwas getan?« Lüthje half ihm auf. Der Mann roch nicht unsauber, aber streng. Desinfektionsmittel vielleicht. Sein Mantel war speckig und abgenutzt. Fischgrätmuster. Tailliert. Das war in den sechziger Jahren hochmodern gewesen.

»Haben Sie keine Augen im Kopf, junger Mann?«

Wie schmeichelhaft, dachte Lüthje. Es war kein abgedroschener Scherz. Lüthje sah ihm irgendwie an, dass er es ernst meinte mit dem »jungen Mann«. Der Mann musste zwischen siebzig und achtzig Jahre alt sein, schwer zu sagen in dem Alter. Müde, wässrige Augen, erschlafftes Bindegewebe, aber trotzdem schnelle, fast jugendliche Gestik. Lüthje half ihm, seine Habseligkeiten aufzusammeln, die auf dem Bürgersteig herumlagen. Lüthje faltete die Zeitung zusammen, die Sydslesvig Tidende vom heutigen Tage, offensichtlich gelesen, die Seiten waren etwas zerknittert.

Eine Packung geschnittenes Brot aus dem Supermarkt, Salamischeiben in einer Plastikschale mit der grünen Aufschrift »Gut und Gern«. Ein Umschlag, ein paar Fotos waren herausgerutscht, einige blassfarbig, die meisten schwarz-weiß. Ein paar Bücher. Vielleicht seine Lebenserinnerungen, die er immer mit sich herumtrug.

Eines der Fotos sah Lüthje an, für eine halbe Sekunde, dann hatte er es in den Umschlag gesteckt.

»Halt, einen Moment!« Lüthje griff nach dem kleinen Stapel Fotos, den er dem Mann gerade in die Hand gedrückt hatte.

»Hilfe, Polizei, Mörder, Diebe!«

Lüthje ließ den Mann los. Der Mann verschwand in der Puppenhausruine. Es war der Bewohner der Puppenhausruine, der Schöpfer des Gottes mit Herz.

Lüthje ging zum Parkplatz, setzte sich in seinen Dienstwagen und steckte den Zündschlüssel ins Schloss. Er würde einer der Letzten am Leichenfundort sein. Er hasste das. Er hatte dann immer das Gefühl, dass tausend Fehler gemacht worden waren, nur weil er nicht aufgepasst hatte. Er konnte seine Augen nicht überall haben, aber er war sicher, dass allein seine Anwesenheit Disziplin stiftete. Die Spurensicherung sah sich alles mindestens zweimal an, ganz so, wie es ihr Chef predigte und praktizierte.

Lüthje zog den Zündschlüssel wieder ab, stieg aus dem Wagen und ging zur Puppenhausruine. Er hatte nur dieses eine Foto wahrgenommen, es nur für den Bruchteil einer Sekunde gesehen, bevor er es, ohne zu begreifen, in den Umschlag gesteckt hatte, den der Alte nicht mehr hergeben wollte. Nur um seinen Irrtum bestätigt zu sehen, musste er es in Ruhe ansehen. Er wusste aus irgendeinem Grund, dass ihn dieses Foto sonst verfolgen würde. Vielleicht würde diese Ruine im Auftrag des geschäftstüchtigen Investors morgen vom Erdboden verschwunden sein und mit ihr dieses Foto, das der Alte längst im Chaos seiner Behausung verloren haben würde, wenn sie ihn vor dem Abriss herausholten.

Die wackelige Eingangstür war nur angelehnt. Von der Flurdecke war nur ein faulender Balken übrig, der sich schon bedrohlich zum gekachelten Boden abgesenkt hatte. Hinter einem Mauerrest sah er die ausgetretenen Holzstufen der schmalen Wendeltreppe, die von seinem Bürofenster aus noch einen halbwegs vertrauenerweckenden Eindruck gemacht hatten. Der rege Geschäftsverkehr von über einhundert Jahren hatte die Stufen in der Mitte bis auf höchstens einen Zentimeter abgeschliffen. Lüthje sah misstrauisch nach oben. Die Treppenkonstruktion hing in Wänden aus bröselndem Putz und Strohresten. Spuren der hundert Jahre, in denen die Seeleute den Prostituierten mit geilen Blicken aus der Bar im Erdgeschoss über die Treppe in ihre kleinen Zimmer in den oberen Stockwerken gefolgt waren.

Im zweiten Stock zögerte Lüthje. Er litt seit seinem achtzehnten Lebensjahr unter Höhenangst. Er unterdrückte den dummen Wunsch, nach unten zu schauen. Wenn er hinter sich schauen würde, wäre da kein Haus, nur Abgrund.

Irgendein kaum wahrgenommenes Foto hatte eine der vielen Narben in seiner Gefühlswelt angekratzt. Eine Schablone, für die sein Unterbewusstsein in einem Erinnerungswinkel seines Gehirns eine hinreichende Ähnlichkeit festgestellt und sie an seine Gefühlswelt weitergemeldet hatte. Der Puffer der Selbstkritik, den die Erfahrung sicherheitshalber eingebaut hatte, wurde mit zunehmendem Alter dünner. Das hatte er in Büchern über das Alter gelesen. Und trotzdem musste er jetzt Dummheiten machen. Er war Leiter eines Kapitaldezernats und hatte vierzig Kilometer von hier Ermittlungen zu leiten, aber plötzlich hatte er nichts anderes im Kopf, als in einer einsturzgefährdeten Ruine nach einem Foto zu suchen. Er hatte zum ersten Mal in seinem Leben das Gefühl, dass er Opfer einer fixen Idee geworden war. Irgendwie freute er sich darüber, dass man sich dagegen ja nicht wehren konnte.

Am Ende der Treppe stand er vor einem Loch in der Wand, der Wohnungstür zum Zuhause des Alten. Er machte keinen Schritt mehr weiter, schließlich war das hier Privatsphäre. Lüthje beugte sich vor, um in den Raum sehen zu können. Kniehohe Zeitungsstapel markierten den Umfang eines Zimmers, dem die Wände im Laufe von zwei Menschenaltern abhandengekommen waren. Reetbündel, notdürftig festgeklemmte, zerrissene, aufgespießte Stoffdecken. Durch den löcherigen Boden griff die Tiefe drohend nach Lüthje. Der nebelbleiche Himmel schaute gleichgültig durch das faulende Gerüst des Dachstuhls. Es sah aus wie nach einem Bombenangriff, aber es waren die Spuren der Zeit. Es zog wie Hechtsuppe. Die letzte Zuflucht, nachdem das Leben am Ende aus dem Ruder geraten und der Heimathafen für immer außer Sicht war.

Der Alte war mit einem geheimnisvollen Ritual beschäftigt, das Lüthje manchmal von seinem Fenster durch eine der Dachöffnungen beobachtet hatte. Er stand mit nacktem Oberkörper vor seinem Bett, streckte seine Brust heraus, sah zum gleichgültig bleichen Himmel hinauf und atmete ruckartig aus und ein. Das

Bett schien aus dem Inventar des Puppenhauses zu stammen, ur-sprünglich ein Traum aus weißem Baiserteig und Neuschwan-stein, jetzt ein fettes, schmutziges Holzmonster. Auf einer kleinen Schaumstoffmatratze lag der Alte und wiederholte liegend sein Ritual. Als er erschöpft nach Atem schnappte, sah er zur »Zimmertür« herüber, als hätte er Lüthje schon längst bemerkt.

»Treten Sie ein«, japste er und grinste schief.

Der Alte wollte Lüthjes Tod. Nur wer die genaue Lage der noch intakten Balken im Boden kannte, konnte sich in diesem »Zimmer« sicher bewegen.

»Ich weiß, Sie wollen das eine Foto noch einmal sehen. Kommen Sie her, hier in diesem Stapel liegt es. Kommen Sie.« Der Alte machte eine einladende Bewegung mit den Armen.

»Ich kann nicht. Ich habe Höhenangst.«

»Ich verstehe. Ich komme Ihnen ein Stück entgegen. Wie wäre das?« Der Alte nahm den Stapel Fotos und ging ein paar Schritte auf Lüthje zu, ohne auch nur einen Blick auf den Boden zu werfen.

»Nun? Kommen Sie, kommen Sie doch, hier.« Er hielt Lüthje den Stapel Fotos mit ausgestrecktem Arm entgegen.

Es waren zwei, vielleicht drei Meter zwischen dem Arm mit den Fotos und Lüthjes weit ausgestreckter rechter Hand. Und der sichere Tod.

Der Alte kniff die Augen plötzlich zusammen. »Wer sind Sie?«

Eine Windböe jagte wie eine fauchende Katze durch die Puppenhausruine. Lüthje spürte, wie sich der Boden unter seinen Füßen seufzend bewegte, als würde er seine Gegenwart nicht länger ertragen. In Panik ging er rückwärts die Treppen hinunter, behutsamer und gleichzeitig schneller, als er es für möglich gehalten hätte. Als er unten war, sah er zur Fensterfront des Dienstgebäudes hinauf. Stubenhals vom Betrugsdezernat starrte ihn über seine Topfpflanzen auf seinem Fensterbrett an.

Die Knicks rechts und links der Straße verwischten zu graugrünen Tunnelwänden, als er mit dem Wagen auf der langen Geraden der B 76 bei Idstedt in Richtung Schleswig raste. In ihm stieg wieder das Foto auf. Ein junger Kerl im weißen Rollkragenpulli, hochgeschobene Ärmel, mit übergroßer Sonnenbrille. Eigentlich war er kaum zu erkennen. Siebzehn oder achtzehn

Jahre alt war Lüthje damals gewesen. Fast sein ganzes Leben war das her.

***

Die zweistöckige Betonvilla lauerte wie ein Blindgänger inmitten seines Aufschlagskraters. Das Rudel der Polizeifahrzeuge vor dem Haus sagte Lüthje, dass er sich nicht verfahren hatte. Das Anwesen der Roekkelsdorff lag in einer Kurve des Seekamps im Schleswiger Stadtteil St. Jürgen, in Sichtweite des Brautsees. Lüthje fuhr in die Lücke, die ein gnadenloser Landschaftsarchitekt als Einfahrt in der grasbewachsenen Kraterwand gelassen hatte. Zwischen den Polizeifahrzeugen eingekeilt parkte ein Porsche Boxster. Die Motorhaube im Heck war noch warm.

Husvogt stand wartend in der geöffneten Haustür aus Stahl und Glas. Lüthje sah auf das Messingtürschild, als ob er sich vergewissern wollte, dass er auch an der von Heike am Telefon genannten Adresse war. Margot von Roekkelsdorff. Die Multimillionärin. Keine Toreinfahrt, keine Kameras, kein Natozaun. Nur ein Messingtürschild, fleckig und grau. Wie lange dauerte es, bis ein Messingtürschild so aussah?

»Chef, diesmal ist es etwas anders. Die …«

»Kamera aus, Ton aus! Du hast deinen Text nicht gelernt, Husvogt. Es heißt: ›Es ist nicht das, was du denkst.‹ Mein Text ist dann: ›Es ist das, was ich sehe.‹ Dieser Betonklotz ist ein Leichenfundort, wie Heike mir eben mitteilte, zuverlässig, wie sie nun mal ist.« Lüthje zog umständlich den Plastikoverall an, der überall da Dienstpflicht war, wo die Spurensicherung »Fliegenbeine zählen« musste. Mehrfach wies er Husvogts helfende Hand mit einer ärgerlichen Geste zurück und zog die Einmalhandschuhe an.

»Und das Treppenhaus, das ich hinter dir leider nur schemenhaft erkennen kann, weil du nicht zur Seite gehst, sieht aus wie eine gute Location für einen schlechten Fernsehkrimi. Darf ich jetzt bitte die Leiche sehen!« Lüthje drängelte sich an Husvogt vorbei ins Haus. Sie sollten merken, dass er schlechte Laune hatte, und sie sollten verdammt noch mal einen Weg finden, ihn richtig zu behandeln. Nach zwei Jahren als neuer Chef hätten sie das langsam in den Griff bekommen müssen.

100

Der Geruch, der ihm sogar an der offenen Eingangstür des Luxusbungalows entgegenschlug, gehörte zum Typ Altenpflegeheim, allerdings mit einer sehr strengen gasartigen Note.

»Lass die Tür einen Moment auf, dann wird die Luft erträglicher. Du siehst grün im Gesicht aus, Husvogt.«

»Chef, soll ich Ihnen wirklich nicht …« Husvogt verstummte, als sein Chef ihn einfach zur Seite drückte und seinen Weg zwischen den auf der Treppe herumliegenden Teilen der Wohnungseinrichtung und der Küchenvorräte suchte.

»Woher kommt der Chlorgeruch?«, fragte Lüthje.

»Im Parterre sind das Schwimmbad und die Garage. Hinter der Treppe unten ist der Eingang. Sieht sauber aus.«

»Danke, ich hab mich heute schon gewaschen.«

Blumfuchs erwartete ihn am Treppenabsatz und murmelte mit gesenktem Kopf ein »Moin, Chef«. Das »Wohnstockwerk« bestand aus einer Galerie, die um das Treppenhaus lief und in der Lüthje mehrere geöffnete Türen sah. Esszimmer und Wohnzimmer waren von der Prachttreppe frei zugänglich. Lüthje suchte in der Tasche seiner Cordjacke nach Knäckebrotkrümeln.

Die Kollegen arbeiteten konzentriert und beschränkten sich wie üblich nur auf die allernotwendigsten Wortwechsel. Trotzdem waren sie irgendwie anders als sonst. Lüthje glaubte zum ersten Mal so etwas wie Betroffenheit in den Gesichtern der Frauen und Männer zu sehen, für die der Anblick und Geruch des Todes zum dienstlichen Alltag gehörte. Mancher sah kurz zu Lüthje auf und nickte stumm als Begrüßung, in den Blicken glaubte Lüthje, Mitleid zu erkennen. Mitleid mit dem nicht ganz unsympathischen Chef des K1 der Kriminalinspektion Flensburg, auf dem die Verantwortung für die schnelle Aufklärung lastete, schon wegen des Vermögens, auf das nun sicherlich mindestens ein Erbe ungeduldig wartete. Ein Vermögen, das in gewisser Weise ein nicht ganz unwichtiger wirtschaftlicher Faktor im Lande war. Der Fiskus und seine Handlanger würden den Fortgang der Ermittlungen mit Argusaugen verfolgen.

Es schien also richtig interessant zu werden.

Die Höhe des Roekkelsdorff'schen Vermögens schien durch die gesamte Bezirkskriminalinspektion schon längst die Runde gemacht zu haben, obwohl der Mord erst ein paar Stunden alt war. Heike hatte ihm beim morgendlichen Anruf verraten, dass man auf den Gängen und draußen bei den Diskussionsrunden in den Raucherecken schon bissig vom hohen »Streitwert« des Vermögens rede. Sie habe beim Vorbeigehen gehört, dass man der Gewerkschaft auf die Füße treten solle, eine in solchen Fällen angemessene Gefahrenzulage durchzusetzen. »Neid adelt«, hatte Lüthje das gegenüber Heike kommentiert. Eine Formulierung, die seine Mutter gerne gebraucht hatte, wenn er, wie üblich, Klassenbester war und über versteckte Gemeinheiten berichtete, die ihn, wie üblich, das ganze Schuljahr über verfolgten. Damals hatte Lüthje seiner Mutter immer geantwortet: »Nein, Mama, Neid nadelt.«

Die Leiche lag in ihrem Schlafzimmer auf einem professionellen Krankenbett. Der obere Teil des Bettes war bis auf die Matratze blutdurchtränkt. Die Leiche befand sich in Bauchlage, der Kopf in halber Seitenlage nach links. Das Nachthemd hochgeschoben, das Bettzeug zerwühlt. Die Arme schräg nach unten gestreckt. Wahrscheinlich Strangulation, hatte Heike gesagt. Nach den typischen Merkmalen suchte Lüthje vergeblich, der typische Blutstau im Kopfbereich war nicht erkennbar. Lüthje fragte sich, wo das viele Blut herkam. Bei einer Strangulation war das unüblich. Vielleicht wenn man die Leiche drehen würde. Aber das war dem Leichenschauarzt vorbehalten, und den endgültigen Befund würde Dr. Brotmann liefern, Leiter der Gerichtsmedizin Kiel und Lüthjes persönlicher Freund.

»Na, Chef, sieht doch aus, als hätten wir schon wieder einen Mumienfund?«

»Blumfuchs, noch so eine Bemerkung und …«

Seine erste Leiche nach der Versetzung nach Flensburg war eine mumifizierte Leiche gewesen. Aber im Grunde hatte Blumfuchs recht. Der Körper war flach wie ein Brett, mager, die Haut knitterte sich wie von der Wüstensonne getrocknetes Pergament um die Knochen. An den Wänden waren Windeln gestapelt. Neben dem Bett stand ein Infusionsständer, die blutverschmierte Kanüle hing tropfend herunter.

»Sehr richtig, Strupps, es ist immer eine Frage der Perspektive, aber jetzt reicht es!«, sagte Lüthje gereizt zum Fotografen, der um das Bett herumlief und Serienaufnahmen von der Todesszenerie machte.

»Tut mir leid, Chef, aber so etwas hat man nicht alle Tage, und wer weiß, was die Sachverständigen so alles brauchen. Ich kriege doch den Rüffel, wenn irgendwelche Perspektiven fehlen. Außerdem hatte ich so was jedenfalls noch nie vor der Linse … Entschuldige, das hier hab ich noch nicht.« Er zwängte sich zwischen Lüthje und das Bett und feuerte wieder ein Blitzlichtgewitter ab.

»Ich glaube, du hast ein Problem, Strupps. Setz dich mal mit der Freundin von Kollege Husvogt in Verbindung!«, schnauzte Lüthje. Husvogt stand unentschlossen im Türrahmen.

Strupps sah zwischen Lüthje und Husvogt irritiert hin und her. Er wusste offensichtlich noch nicht, dass Husvogt mit der zuständigen Polizeipsychologin liiert war.

»Warum glauben hier alle, sie wären an einem Filmset?«, polterte Lüthje. »Also los, Husvogt, sei bitte so freundlich und setz mich ins Bild, was hier anders sein soll!«

Blumfuchs hob das am Hals zusammengeschobene Nachthemd etwas an.

Der Hals sah aus wie ein weggeworfenes, blau-rot-grün geflecktes Handtuch nach dem Auswringen. Offensichtlich waren nicht unbeträchtliche Mengen Blut in das Bettzeug und die Matratze geflossen. Lüthje kniete sich hin und sah unters Bett. Es tropfte durch. Die Blutlache war jetzt so groß wie ein Teller. Einiges hatte der Teppichboden schon aufgesogen.

»Hat das denn niemand mitbekommen? Die Spusi soll sofort die Lache absaugen und einen sauberen Auffangbehälter drunterstellen und das vollgesaugte Stück Teppichboden sichern!«, polterte Lüthje in die Runde. Der Fotograf lief mit schaukelnder Kamera vor dem Bauch aus dem Zimmer.

Jemand hatte der Frau den Hals umgedreht. Zur vollen Drehung hatte es nicht gereicht. Lüthje schätzte, dass der Täter bei etwa zweihundertsiebzig Grad aufgehört hatte. Der Kopf lag also nicht in halber Seitenlage nach links, sondern in nach rechts gedrehter Lage. Der Körper war der gewaltsamen Drehung des Kopfes ein wenig gefolgt. Daher wohl die leichte Rechtslage.

Lüthje klaubte entschlossen ein Stück finnisches Knäckebrot aus seiner Jackentasche und legte es möglichst unauffällig auf die Zunge. Er wolle dem peinlichen Magenknurren vorbeugen, das ihn an Leichenfundorten überfiel, hatte er irgendwann seinen Leuten erklärt.

»Der Täter hat ihr den Hals *buchstäblich* umgedreht«, sagte Lüthje langsam, jedes Wort betonend. »Ist doch ganz einfach. Und warum konntest du mir das nicht gleich sagen?«

»Ich habe es ja an der Treppe versucht, aber …«, sagte Husvogt, der noch unsicher im Türrahmen stand. Immerhin waren die Zeiten vorbei, in denen er sich bereits nach fünf Minuten am Leichenfundort die Seele aus dem Leib kotzen musste. Dass er sich dazu aber gleich in die Polizeipsychologin verlieben musste und, schlimmer noch, sie sich auch in ihren Patienten, sprach nicht für die fachliche Kompetenz der Dame. Aber Liebe hatte eben nichts mit dem Verstand zu tun.

»Aber ich war ja uneinsichtig …«, unterbrach ihn Lüthje, »… und hatte meinen eigenen Kopf, wie Vorgesetzte das so zu haben pflegen, das ist doch das, was du mir eben auch nicht sagen konntest. Also los, Husvogt. Identität, Spurenbild, Zeugen und so weiter!«

»Margot von Roekkelsdorff, geborene Minz, vierundneunzig, Alleineigentümerin der Roekkelsdorff Holding, geschätztes Vermögen zweihundertfünfundfünfzig Millionen …«

»Zweihundertfünfundsechzig Millionen!« unterbrach ihn Lüthje.

An der Wand rechts neben dem Bett hing eine in einem schlichten Holzrahmen vergilbte farbige Zeichnung von einem kleinen Mädchen mit pechschwarzen Locken und knallroten Wangen, das in eine dicke Butterstulle beißen wollte und dabei glückstrahlend den Betrachter ansah. Unter dem Bild standen zwei Porzellanfiguren auf einer Anrichte. Altdeutsches Barock. Ein Kind und ein Lamm waren in eine Rangelei miteinander verknäult. Eine nackte Frau saß auf einem Stein und blickte über ihre rechte Schulter auf die grausam zugerichtete Leiche. Hatte jemand die Figur absichtlich so positioniert?

»Wenn man ihn braucht, ist dieser Strupps natürlich nicht da. Wenn er sich noch mal hier reintraut, soll er dieses entzückende Ensemble hier ablichten, mit der Leiche im Hintergrund. Und wenn er nicht bald auftaucht, nehme ich ihn vorläufig fest und schleife ihn hierher.«

Beide Porzellanfiguren waren unbemalte Rohstücke. Lüthje zog sich die Plastikhandschuhe an und betrachtete die Rückseite. Der Herkunftsstempel fehlte. Die Anrichte neben dem Bett war vollgestapelt mit Zigarrenkisten, alle der Marke Mühlensiepen Original Fehlfarben No. 310, mit Gummibändern umschlossen, einige standen offen herum, alle gefüllt mit Fotos in alten Kleinformaten, Erinnerungen an Urlaube, Familienfeiern, Verwandtenbesuche.

»Die müsst ihr sorgfältig sichern, ist das klar?«, sagte Lüthje über die Schulter. »Nicht eins darf verloren gehen, vielleicht ist der Täter dabei, in trauter Familienrunde beim Tortenessen oder Badevergnügen am Ostseestrand abgelichtet. Woher weißt du das überhaupt mit den Millionen?«

»Von Heike.«

»Weiter, weiter.«

»Die Tote war trotz des hohen Alters erst seit ein paar Jahren ein Pflegefall. Die Pflegerin, eine Polin, hat sie gefunden und steht unter Schock. Sie wird gerade vom Arzt in ihrem Zimmer auf der anderen Seite der Treppe behandelt. Das Spurenbild spricht auf den ersten Blick für Raubmord. Dieses Zimmer und das Zimmer der Polin sind die einzigen Zimmer, in denen nicht randaliert wurde. Es sieht so aus, als habe der oder die Täter im ganzen Haus nach Geld und Wertgegenständen gesucht. Es gibt keine Designermöbel, wie man erwarten würde, alles eher wie bei meiner Oma zu Hause. Einen Tresor scheint es hier nicht zu geben. Keine Einbruchspuren an Fenstern oder Türen. Das Geld ist wohl auf der Bank«, sagte Husvogt.

»In diesem Zimmer hat der Täter sich jedenfalls mit dem Morden zufriedengegeben«, fügte Blumfuchs hinzu. Auf dem Nachttisch neben dem blutgetränkten Totenbett stand ein fein ziselierter Silberrahmen mit einem Schwarz-Weiß-Porträt einer Frau, die sich von hinten in ihr schwarzes Haar griff und übertrieben und theatralisch lächelnd nach oben sah. Vielleicht eine Schauspielerin aus den Vierzigern. Eine Pose, die auch noch gern in der Nachkriegszeit geübt wurde.

»Was ist mit der Pflegerin? Die war doch die ganze Zeit im Haus?« Lüthje hob den Bilderrahmen an und fand einen Prägestempel, 925er Silber.

»Maria Pawletko, polnische Staatsbürgerin. Sie hat uns angerufen. Sie sagt, sie hat die Tote gefunden, als sie vom Einkaufen kam. Sie war also zur Tatzeit nicht im Haus.«

»Wie war sie einkaufen?« Lüthje nahm seinen berüchtigten Tigerkäfiggang auf und wandte sich dem Treppenhaus zu. Husvogt folgte ihm, entdeckte Strupps im Durchgang zum Wohnzimmer, instruierte ihn kurz über die Wünsche des Chefs, auch über die richtige Aufnahmeperspektive, wie Lüthje unschwer anhand von Husvogts pantomimischen Verrenkungen erkennen konnte. Ein Jacques Tati, dachte er bewundernd.

»Was sagten Sie, Chef?« Neben Lüthje stand ein junger Beamter mit einem akkubetriebenen Vakuumsauger.

Lüthje sah ihn abschätzend an. »Einmal absaugen wird nicht reichen, Sie haben das Auffanggefäß vergessen. Oder wollen Sie für den Rest des Tages unter dem Bett liegen bleiben und alle paar Minuten den Blutsauger spielen? Auf die faule Haut legen können Sie sich vielleicht heute Nacht, nachdem wir hier fertig sind.«

Husvogt wartete den neuerlichen Wutanfall seines Chefs ab.

»Wo waren wir stehen geblieben, Husvogt?« fragte Lüthje und begann wieder seinen Tigerkäfiggang, diesmal entlang der Treppenhausgalerie.

»Beim Alibi der Pflegerin.« Husvogt sah in sein Tagesheft. »Sie war für ein paar Minuten einkaufen, wie sie sagte. Im Taff24-Markt an der Straße nach Kiel, vor der Bluefuel-Tankstelle, hast du bestimmt vorhin gesehen. Wir haben das schon nachgeprüft. Hinterher sei sie noch ein bisschen spazieren gegangen, weil sie so selten an die frische Luft kam. Als Blumfuchs sie befragte, war sie wirklich nicht so ganz beieinander, und dann hat sie der Arzt übernommen und gemault, wir hätten sie in Ruhe lassen sollen. Da drüben ist ihr Zimmer.« Husvogt wies auf eine verschlossene Tür auf der gegenüberliegenden Seite des Treppenhauses. »Rate mal …«

»Ich rate ungern, Husvogt. Und das solltest du auch nicht tun. Ermitteln, Spuren lesen, Deduktion, sagen dir diese Begriffe etwas? Also, was habt ihr bisher aus diesem Chaos herauslesen können?«

»Ehrlich gesagt noch nichts, Chef. Es ist auch offen, wie viele Täter es waren. Denkbar wäre auch, dass ein Täter die Frau getötet hat und andere hier alles umgepflügt haben. Dafür spricht auch, dass wir außerhalb des Leichenfundortes keinerlei Blutspuren gefunden haben. Bisher.«

»*Das* fällt aus dem Rahmen.« Lüthje zeigte auf ein Stück Tapete, das aus der Wand gerissen war. »Da könnte vielleicht mehr dahinterstecken, Wut, Rache, Enttäuschung …«

»Aber, *wenn* es ein Raubmord war? Warum bringt man eine vierundneunzigjährige Frau um, die sowieso nichts mehr mitkriegt?«

»Wieso bist du dir da so sicher? Vielleicht hat sie geschrien, sie hat den Täter gesehen, womöglich gekannt.« Lüthje sah sich die abgerissene Tapete prüfend an. »Sag Strupps, dass er das auch fotografieren soll. Und die Spusi soll Proben entnehmen. Wo ist der Kerl eigentlich?«

»Chef, die Frau war vierundneunzig und pflegebedürftig. Vielleicht hat jemand auch nur nach Papieren, Dokumenten gesucht oder …«

»Schon gut, ihr stochert also im Moment nur so vor euch hin. Weitermachen.« Lüthje fand Gefallen daran, immer schlechtere Laune zu haben. »Gibt es noch einen Hausmeister? Eine Köchin, Haushälterin?«

»Einkäufe machen offensichtlich nur die Pflegerinnen, die sich alle paar Wochen abwechseln, morgen sollte die nächste kommen, deshalb hat die Pflegerin heute eingekauft.«

»Hast du die Namen und Adressen der anderen Pflegerinnen?«

»Ja, es sind drei. Ich hatte sie in ihrem Zimmer neben dem Bett in einem Notizbuch gefunden. Ich hab es mir vorsichtshalber ausgeliehen. Ich hab es ihr quittiert. Das kleine Heft mit den Telefonnummern hab ich liegen lassen. Bernd hat die Zentrale angezapft und kann im Bus jeden Anruf mitschneiden.«

»Schön. Gib Heike das Notizbuch und lass sie die Aussagen der Pflegerinnen aufnehmen. Besser, eine Frau macht das bei denen. Sie reden dann mehr. Hat die Pflegerin ihre Ablösung nach dem Leichenfund kontaktiert?«

»Wäre eigentlich eine natürliche Reaktion. Aber sie bestreitet es. Die Ablösung sollte morgen um vierzehn Uhr aus Krakau hier eintreffen.«

»Okay, dann wartet Heike mit zwei Kolleginnen auf sie. Sie

sollen sie zunächst bei der Ankunft aus der Entfernung beobachten. Dann holt ihr sie ins Haus. Kann die Pflegerin beurteilen, ob etwas gestohlen wurde?«

»Es hörte sich vorhin nicht so an, wenn du weißt, was ich meine. Es scheint überhaupt niemanden zu geben, der das kann, sagte sie.«

»Gibt es Verwandte, Erben, die das könnten?«

»Nur eine Tochter, so sieht es im Moment jedenfalls aus. Im Ausland, in London, aber zurzeit nicht erreichbar, sie arbeitet in der Deutschen Botschaft in London, und dort sagte man, dass sie ein paar Tage Urlaub genommen hat.«

»Reiseziel, Urlaubsziel?«

»Unbekannt. Heike bleibt dran.«

»Ich seh mich mal auf dem Balkon um. Bis gleich.«

Er ging den Balkon entlang, der sich um das Haus legte und von jedem Zimmer durch eine Glastür zu betreten war. In einem Zimmer war der Vorhang zugezogen, wahrscheinlich versuchte sich hier die Pflegerin von ihrem Schock zu erholen. Er sah durch einen Spalt im Vorhang, sein Blick fiel auf das glänzende Holzchassis eines alten Radios, eines Röhrenradios.

»Kommissar als Spanner entlarvt! Eric, das wär doch eine gute Schlagzeile, oder?« Jette Rasmussen stand mit wichtigem Kopfnicken, verschränkten Armen und im vorschriftsmäßigen Plastiküberall der Spurensicherung hinter ihm.

»Was wäre ein richtiger Leichenfundort ohne unsere nach beruflicher Selbstständigkeit strebende Frau Journalistin, sensationsgierig bis in die Knochen. Wer hat dich denn heute hier einfach reingelassen?« Lüthje zog Jette vom Fenster weg, auf die andere Hausseite, da jemand im »Radiozimmer« den Vorhang ganz zuzog.

»Wenn du mich wieder vor die Tür setzt, erzähle ich es zumindest Maren.«

»Solange du meinen Namen nicht nennst, von mir aus. Und natürlich Maren aus dem Spiel lässt.« Und genau da wurde es kompliziert. Maren war die Exfrau seines Kollegen Kommissar Gerson Malbek, der sich die Journalistin Jette Rasmussen als neue Lebensabschnittspartnerin ausgesucht hatte. »Wer hat dich diesmal durchgelassen? Wieder Blumfuchs?«

»Die Tür war auf, Eric.« Wenn sich ihre Nase so unschuldig kräuselte, fand er sie immer noch unwiderstehlich.

»Dann bin ich der Schuldige. Hab wieder vergessen, sie hinter mir zu schließen. Eine dumme Angewohnheit. Immerhin hat dir jemand einen Aspikanzug verpasst. Und ansonsten ermitteln wir in alle denkbaren Richtungen.«

»Es sieht doch nach Mord aus, oder?«

»Du magst das so sehen, aber ich kann das weder bestätigen noch dementieren.« Lüthje lehnte sich an das Balkongeländer und sah auf den grünen Graswall, der das Haus umgab. »Wer baut sich so was zum Wohnen? Kannst du so was auch recherchieren?«

»Das weiß ich so. Leute ohne Geschmack, die nicht wissen, wohin mit ihrem Geld. Davon gibt es ja mehr, als wir uns träumen lassen.«

»Und dann enden sie so wie diese arme, arme Alte. Ich hoffe, sie hat wenigstens ein schönes Leben gehabt.«

»Eric, du weißt, dass ich so eine Story brauche. Du weißt, dass ich von Vindsons Schmutzblatt weg will, er will mich erst in zwei Jahren aus dem Vertrag entlassen, warum auch immer. Wahrscheinlich hat ihm das sein Unternehmensberater Holm geraten. Ich bin zwar Ressortleiterin, aber alles, was ich schreibe, wird geändert, alles, was ich recherchiere, kommt in den Müll. Jeder, den ich einstelle, wird wieder entlassen, und jeder, den ich rausschmeiße, wie zum Beispiel diesen arroganten Brammsen, wird wieder eingestellt. Ich muss da weg, man lacht schon in der Branche über mich. Wenn ich diese Story exklusiv an auch nur eine überregionale Zeitung verkaufen kann, hab ich's geschafft. Dann kennt man mich.«

Sie sah Lüthje bittend, mit Augenaufschlag und mit kräuselnder Nase, an. Lüthje fragte sich, ob sich diese junge Frau vorstellen konnte, wie er mit siebzehn ausgesehen hatte. Wie er wohl auf sie gewirkt hätte. Immerhin hatte sie einmal versucht, ihn um den Finger zu wickeln. Er hatte sich sehr geschmeichelt gefühlt. Aber Gerson war der Richtige für sie gewesen. Und dann war ja im richtigen Moment Maren in Lüthjes Leben aufgetaucht. Er konnte sich heute einfach nicht auf die Arbeit konzentrieren.

»Wieso stinkt feuchtes Zeitungspapier immer nach Urin? Komisch, nicht?« Lüthje erwartete keine Antwort von Jette, die ihn jetzt misstrauisch ansah. Sie ahnte ja nicht, dass er genau diesen

Geruch seit Flensburg in der Nase hatte. Komisch eigentlich, denn der Chlorgeruch aus dem Pool drang sogar auf den Balkon. Möglicherweise war der Pool genau unter ihnen.

»Ach, vergiss diese komplexe Frage einfach. Aber du weißt, dass Mord allein noch keine gute Story macht. Davon gibt's heutzutage zu viel.«

Vielleicht war es tatsächlich nur ein schlichter Raubmord. Ein Zufall. Ein oder mehrere Täter hatten den Betonklotz eine Zeit lang beobachtet, merkten irgendwann, dass die alte reiche Frau, die da wohnte, immer nur eine Pflegerin im Hause hatte. Und die verlässt das Haus zu verlässlichen Zeiten. Profis können ein Schloss ohne Spuren öffnen. Erst recht, wenn eine der polnischen Pflegerinnen mit den Tätern zusammenarbeitet. Ein Fall nach Schema F. Nur dieser überdrehte Hals passte nicht ins Bild. Erwürgen dauert lange und kostet mehr Kraft, als der Täter zunächst denkt. Das Genickbrechen geht schnell, wenn man es richtig macht. Die bevorzugte Arbeitsweise für einen Profi. Hier hatte jemand eine Frau erwürgt und ihr das Genick gebrochen und trotzdem weitergemacht, bis es nicht mehr weiter herum ging, so sah es jedenfalls aus. Hatte der Täter sich dabei etwas gedacht? Hatte das ganze Szenario im Haus eine tiefere Bedeutung? Oder war aus Hass geborene Wut im Spiel?

Jette war ungewöhnlich still und schien Lüthje zu beobachten.

Er wusste, wie er sie ablenken konnte. Er lehnte sich mit den Unterarmen aufs Balkongeländer.

»Ein grasbewachsener Kraterrand mit einem Stahlzaun, aber ohne Alarmanlage. Darüber das beeindruckende Panorama des marktaktuell glasierten Dachpfannensortimentes auf den Dächern der Nachbarn.« Er blinzelte in die blasse Sonne, die seit dem Morgen die Hochnebeldecke bekämpfte. Über dem Brautsee waberten Nebelbänke.

»Wusstest du, dass es hier am See vor vielen Jahrhunderten eine schöne Bauerntochter gegeben haben soll, die einen Knecht liebte, aber einen reichen Bauern heiraten sollte? Auf der Flucht zu ihrem Liebsten ertrank sie im See. In klaren Vollmondnächten steigt sie noch heute aus dem See, setzt sich auf den großen Findling am Ufer und kämmt ihre nassen Haare. Sie hofft immer noch, dass sie ihren Liebsten in diesen Nächten wiederfindet.«

»Oder hat die Loreley sich einfach verlaufen?« Lüthje lachte.

»Spökenkiekerei. Nein, ursprünglich hieß der See Brutsee, wegen der Fischbrut im See.«

»Wie kann man nur so unromantisch sein!«

»Immerhin romantisch genug, um dieses Haus hier grässlich zu finden. Wenn du herausfindest, was das für eine Frau war, die mit zweihundertfünfundsechzig Millionen in so einen Betonklotz eingezogen ist, dann hast du deine Story.«

»Hier hast du Schäufelchen und Eimerchen und jetzt spiel schön, das meinst du doch, oder? Du willst mich loswerden, das ist alles. Aber ich geh dir nicht auf den Leim. Aber trotzdem, was meinst du mit deinen dunklen Andeutungen?«

Sie war ihm auf den Leim gegangen. Damit hatte er sie erst einmal vom Leichenfundort weginteressiert. Das Thema war wirklich was für die Klatschpresse. Und wenn etwas für die Ermittlungen dabei heraussprang, umso besser.

»Jemand, der unbedingt in diesem Luxusvorort wohnen wollte, aber nur noch ein kleines Eckgrundstück bekam«, sagte Jette. Es hörte sich so an, als ob sie sich schon an die Arbeit machte. »Jemand, der unbedingt diese Adresse haben wollte. Und vielleicht daran zugrunde ging.«

»Vielleicht. Vielleicht aber auch nicht«, sagte Lüthje. »Ohne Fakten ist das Spökenkiekerei. Wie geht's deinem Lebensabschnittsgefährten Gerson überhaupt?«

»Dieses Wort ›Lebensabschnittsgefährte‹, *das* finde ich schrecklich. Beziehung als Last-Minute-Ticket für die Strecke von One-Night-Stand bis Trennungs-SMS.«

»Donnerwetter, das solltest du dir für ein Feuilleton notieren, Frau Journalistin. Ich mag's auch nicht, aber Maren hat es mal erwähnt. Guck nicht so überrascht, sie hat es nur einmal gesagt, und das ist auch schon lange her. Also lenk nicht ab, ich wollte wissen, wie es Gerson geht.«

»Er sitzt in seinem Wohnmobil und spielt auf seiner Gitarre. Er sagt, er will mich in meinem Haus damit nicht nerven ...«

»Und sonst?« Lüthje begann, entlang des Balkongeländers hin und her zu wandern. Müssen Frauen eigentlich immer alles, wirklich alles über ihre Männer wissen? Jeden Mann mit diesem Anspruch an die Geheimnisse der Frau würden sie in die Verbannung schicken.

Jette blieb stehen und sah Lüthje zu. Als er wieder an ihr vorbeitigerte, sagte sie: »Er singt auch dazu. Gruselig, depressive Texte. Ich kenne die Songs nicht. Die sind nicht aus meiner Zeit.«

»Und im Dienst singt er die auch?«

»Ach komm, das ist nicht zum Lachen. Er war zuerst so fröhlich, und dann nach ein paar Wochen fing das an. Er hat ein Problem. Und das hat was mit seiner Arbeit zu tun. Kannst du nicht mal mit ihm reden? Ich komm nicht an ihn ran. Er ist nicht ganz einfach. Da hast du ja auch deine Erfahrungen gemacht, oder?«

Lüthje blies die Backen auf.

»Vielleicht hat er ja auch einen Fall, in dem er nicht weiterkommt«, sagte Jette.

»Wieso sagst du ›auch‹?«

»Was? Oh Gott, das ist mir peinlich, das ist mir so rausgerutscht, weil ich … ich meinte doch …«

»Du bist auch nicht so ganz einfach, Frau Journalistin. … das ist doch … Entschuldige mich einen Moment.« Aus der halb geöffneten Glastür des Schlafzimmers drang eine Stimme, die Lüthje bekannt vorkam.

»Wirklich kein schöner Anblick«, sagte die Stimme. Es war Dr. Giesecke. Lüthje ließ Jette stehen, schloss die Balkontür hinter sich.

»Ich gehe jede Wette ein, dass der heiße Porsche Boxster vor dem Haus Ihnen gehört!«

»Herr Lüthje!«, rief Dr. Giesecke entsetzt, hatte sich dann aber mit einer übertrieben höflichen Verbeugung vor dem Ermittler schnell im Griff. »Ich bin der Hausarzt von Frau von Roekkelsdorff, wenn Sie gestatten.«

»Ich gestatte, Herr Dr. Giesecke, ich gestatte. Ich habe gehört, dass Sie sich ins Hamburger Umland zurückgezogen haben, und bin deshalb überrascht, Sie jetzt so hoch im Norden anzutreffen.«

Lüthje wusste um die Sache mit der Umgehung des Krankenkassenetats und dem kurz danach erfolgten Verlust der Kassenzulassung. Gieseckes weißer und spärlicher Haarkranz war seit ihrer letzten Begegnung auf wundersame Weise zu einer stattlichen Haarpracht gediehen, allerdings schien die Perücke etwas zu sehr in den Nacken gerutscht zu sein. Die Gesichtsfarbe war wahrscheinlich von der Sonne Teneriffas oder der Karibik mehrfach im

Jahr dauerhaft braun gegerbt und hautkrebsverdächtig, das Privileg der Reichen und selbstvermeintlich Schönen.

»Zurückgezogen? Wer hat Ihnen das gesagt? Aber ich weiß schon, Neider gibt es überall.«

»Man sagt ja auch ›Neid adelt‹. Na, bei Ihnen nadelt er eigentlich. Aber das verstehen Sie nicht. Wer hat Sie gerufen?« Dabei sah Lüthje mit vorwurfsvollem Blick zu Husvogt, der ihm die Anwesenheit dieses alten Bekannten vorenthalten hatte.

»Sie gestatten?« Dr. Giesecke setzte seine Tasche ab und beugte sich über die Leiche. »Die Pflegerin hat mich angerufen. Ich musste mich zuerst um sie kümmern. Das ist doch wohl verständlich.«

Husvogt hatte sich inzwischen an Lüthjes rechtes Ohr herangeschlichen, aber bevor er etwas flüstern konnte, zischte Lüthje ihn leise an: »Warum hast du mich nicht vorgewarnt, dass dieser Dilettant hier ist?«

»Das hab ich ja versucht. Aber du hast mir wieder einen Vortrag über die Grundsätze polizeilicher Ermittlungsarbeit gehalten.«

»Das war angebracht. Und außerdem mache ich meine Erfahrungen lieber selbst. Ungefiltert, ohne Vorwarnung.«

»Aber wieso? Ich wollte dir doch …«, sagte Husvogt schwach.

»Wie lange ist er schon hier?«

»Wir sind gleichzeitig angekommen.«

Dr. Giesecke hatte ein paarmal irritiert zu den flüsternden Polizeibeamten aufgesehen, jetzt erhob er sich und füllte den Totenschein aus, riss ihn vom Block ab und reichte ihn Lüthje. »Ich gehe davon aus, dass ich die Leiche nicht auf den Rücken zu drehen brauche, dann erschwere ich der Gerichtsmedizin die Arbeit nicht unnötig.«

»Todeszeitpunkt?«

»Die Leichenstarre ist noch nicht ausgeprägt. Das Zimmer ist ziemlich warm, es war sicher noch wärmer, bis jemand die Balkontür geöffnet hat, also das Untersuchungsergebnis verfälscht hat …« Dr. Gieseckes Blick wanderte bei diesen Worten, den Mund vorwurfsvoll gespitzt, zwischen Lüthje und Husvogt hin und her. Husvogt straffte die Haltung und wollte etwas entgegnen, aber Lüthje macht ihm ein Zeichen, zu schweigen. »Die Leichenflecken …

ich glaube, vor ungefähr sechs Stunden ist der Tod eingetreten, also früher Vormittag, zwischen acht und zehn Uhr.«

»Vielen Dank für die präzise Auskunft trotz der erschwerten Arbeitsbedingungen.« Lüthje sah dabei lächelnd Husvogt und Blumfuchs an, die vor Wut zu kochen schienen. »Wie viel Kraftaufwand braucht man Ihrer werten Meinung nach, um den Hals so weit umzudrehen, Herr Dr. Giesecke?«

»Es kann auch eine Frau gewesen sein. Sie vergessen das Alter, das Bindegewebe ist sehr schwach. Aber die Gerichtsmedizin in Kiel wird Ihnen dazu mehr berichten können.«

»Was heißt ›kann auch eine Frau gewesen sein‹? Ich habe nichts von einem männlichen Täter gesagt. Was halten Sie von dem Pflegezustand der Toten? Sie sind doch der Hausarzt!«

»Ihre Werte wurden regelmäßig von einem renommierten Labor geprüft. Das können Sie Ihrerseits nachprüfen.«

»Werden wir, werden wir. Ich entnehme Ihren Worten, dass Sie sich dafür verantwortlich fühlen. Lobenswert. Wieso waren Sie eigentlich so schnell da? Von Hamburg ist es doch ein gutes Stück, auch wenn es die A 7 gibt und Ihren Porsche Boxster. Fliegen können Sie trotzdem nicht.«

»Hamburg? Na, egal. Ich war in der Nähe bei einem anderen Patienten.«

»Bei wem?«

»Ich glaube nicht, dass ich Ihnen das sagen muss.« Giesecke klappte seine Tasche zu. Als er sich zur Tür wandte, blieb sein Blick an der nackten Frau aus Porzellan hängen. Er beugte sich zu ihr, sodass sie nicht mehr in unendliche Ferne, sondern ihm ins Gesicht zu schauen schien. »So eine Hübsche.« Er hob die Hand.

»Lassen Sie die Finger von den Beweisstücken! Sie lassen sich gehen, Herr Doktor. Für heute reicht es. Beachten Sie die zulässige Höchstgeschwindigkeit. Ich wünsche Ihnen einen guten Flug.«

Giesecke sah Lüthje wütend an und holte tief Luft. »Frau Pawletko steht unter Schock, sie braucht absolute Ruhe.«

»Sicher.«

Giesecke schloss seine Arzttasche und verschwand grußlos.

»Wie ich diesen Kerl hasse. Wehe, ihm hilft jemand aus der Parklücke«, grummelte Lüthje. »Und nun zum geschockten Pflegepersonal.« Lüthje ging ein paar Schritte, blieb stehen und sagte ohne sich umzuwenden: »Um wie viel Uhr genau ist dieser Kurpfuscher hier aufgetaucht?«

»Um zwölf Uhr dreißig, Chef«, sagte Blumfuchs zackig.

»Genau oder ungefähr?«

»Un…gefähr.«

»Genau. Gefährlich ungenau. Gleich das mal mit den Kollegen ab. Und wie spät ist es jetzt?«

»Dreizehn Uhr sechsunddreißig und zehn … zwölf … dreizehn Sekunden, Chef.«

»Gehe ich recht in der Annahme, dass dieser sonnengebräunte Medizinmann also fast eine Stunde mit der wichtigsten Zeugin allein war?«

Blumfuchs schwieg.

»Beschwert ihr euch noch mal, wenn ich Vorträge über die Grundsätze polizeilicher Ermittlungsarbeit halte!«

Lüthje ging wieder auf den Balkon und rief seinen Freund, Dr. Brotmann, den Leiter der Gerichtsmedizin Kiel, an, während er den zugezogenen Vorhang im Blick behielt.

»Hallo, Herbert … Nein, ich wollte dir nur sagen, dass du morgen wieder etwas Besonderes auf den Tisch bekommst. Nein, nicht wieder so eine Mumie, aber ein bisschen in die Richtung geht das schon.« Lüthje flüsterte, er wollte vermeiden, dass seine Leute ihn so flapsig reden hörten. »Ich will wieder mal ein kleines mündliches Vorabgutachten, ja, das traue ich dir zu, obwohl du sie noch nicht auf dem Tisch hast. Also, wie viel Kraft braucht man, um einer Vierundneunzigjährigen den Hals umzudrehen? … Ich würde sagen, zweihundertsiebzig Grad … ja. Bitte, ich verstehe kein Wort, deinen Fachjargon kannst du dir sparen … Ja, ich verstehe, du musst sie erst auf dem Tisch haben … Tschüss, und vergiss den Termin für unsere nächste Pilgerfahrt nicht. Ich melde mich noch mal!«

Der Schockzustand der Pflegerin hielt sich in Grenzen. Sie saß zwar wie ein ängstliches Kaninchen auf der Bettkante, als Lüthje ohne anzuklopfen ins Zimmer trat und sich vorstellte, aber ihr Körper straffte sich, ihre Augen musterten ihn innerhalb einer Sekunde von oben bis unten, wanderten in seinem Gesicht herum. Lüthje fasste sich sicherheitshalber ans Kinn, um sich zu vergewissern, dass er das Rasieren heute Morgen trotz des Streits mit Maren nicht vergessen hatte.

War die Pflegerin für diese oder ähnliche Situationen trainiert worden? Der Sitzplatz auf dem Bett war nur Show. »Frau Pawletko steht unter Schock, sie braucht absolute Ruhe.«

Lüthje setzte sich nicht auf das ungemütliche kantige Sofa aus den Sechzigern, sondern begann seinen Tigerkäfiggang durch das Zimmer, verfolgt von den Blicken der Polin, die die erste Frage des deutschen Kommissars, und das war sicher auch Theater, wie ein Todesurteil zu erwarten schien. Das Zimmer sah aus wie ein ärmlich ausgestattetes Jungmädchenzimmer aus den Sechzigern oder Siebzigern.

»Gehört das Ihnen?« Lüthje blieb vor dem Radio stehen, rechts neben der Tür am Kopfende des Bettes.

Sie zögerte. »Dies war das Zimmer der Tochter«, sagte sie schließlich.

Das Radio war ein Beweisstück, das Haus war mit seinem gesamten Inventar noch beschlagnahmt. Lüthje hatte schon einmal richtigen Ärger bekommen, als er ein Beweisstück länger, als den Vorgesetzten lieb war, mit sich herumgetragen hatte. Und irgendwie hatte allein das die Lösung des Falles herbeigeführt. Aber das war Schnee von gestern.

Die Polin schlief mit dem Kopf zur Tür, damit sie nachts jedes Geräusch von der Verstorbenen hören konnte. Das Babyphon hatte sie ausgeschaltet.

»Wo waren Sie heute Vormittag?«

»Ich war einkaufen. Und spazieren gehen.«

Lüthje rückte einen Stuhl vor das Radio, setzte sich mit vorgebeugtem Oberkörper hin und sah prüfend auf das Radio, während er weiterfragte. Auf dem Radio stand eine Tablettenpackung Halloplat 1000. Dr. Gieseckes Allheilmittel. Sie war nicht angebrochen.

»Erzählen Sie mir, wer Sie als Pflegerin eingestellt hat.«

»Marek aus Warschau.«

Die Langwellentaste war heruntergedrückt. Die entscheidende Einstellung war auf der Skalenscheibe also der Langwellenbereich. Er war bei zweihundertzwanzig Kilohertz eingestellt.

»Sie bekommen Ihr Geld also von Herrn Marek. Von wem bekommt der sein Geld?« Lüthje verschob das Gerät behutsam und betrachtete die Rückwand des Geräts. Emud Phono Record 59.

»Ich weiß es nicht.«

»Wie heißt er mit Nachnamen, wo wohnt er? Seine Telefonnummer!«

Lüthje schaltete das Radio mit einem Tastendruck ein. Mit einem elektrischen Kratzen erwachte das Gerät zum Leben.

Frau Pawletko zuckte zusammen. »Er ruft uns an, die Nummer ist unbekannt.«

Es dauerte ungefähr eine Minute, bis das Radio warm gelaufen war. Ein leises Brummen, das mehr und mehr vom prasselnden Rauschen des Äthers übertönt wurde. Im Hintergrund glaubte Lüthje eine polnische Stimme zu hören. »Man kann den Sender nur nach Sonnenuntergang richtig hören. Stimmt's?«

»Ich habe nur Kabelfernsehen, kein Satellit, kein polnisches Fernsehen. Es ist polnisches Radio. Ich höre nur abends, da ist es besser«, sagte sie langsam, als würde sie jedes Wort abwägen.

»Nachts reflektiert die Ionosphäre die Mittelwellensignale wegen der fehlenden Sonnenstrahlung besser. Aber da liegt ja ein Störsignal drauf auf dem Sender.« Lüthje drehte an der Abstimmung. »Wenn Sie die Abstimmung ein bisschen nach rechts drehen …«

»Es gehört mir nicht.« Die Polin schien zu glauben, dass der Kommissar ihr einen Vorwurf gemacht hatte.

Lüthje drehte an der Senderabstimmung nach links. Ein leichter Brummton blieb, es schien nichts mit dem Sender zu tun zu haben. Eine weibliche Stimme, die im elegantesten Oxfordenglisch Nachrichten verlas, trat mit jedem Millimeter Drehung des Abstimmknopfes langsam aus dem Hintergrundrauschen nach vorn. Offensichtlich BBC. Lüthje sah auf die Uhr. Er müsste schon längst unterwegs sein. Das Radio wäre *das* Geburtstagsgeschenk für seinen Vater, der alles sammelte, was mit alten Radios zusammenhing. Lüthje selbst verstand nicht viel davon, aber der Name Emud hörte sich geheimnisvoll an. An ein Emud-Radio in der Sammlung seines Vaters konnte er sich nicht erinnern, obwohl der Name ihm seltsam vertraut klang.

Das Radio gehörte der Toten. Und jetzt den glücklichen Erben. Dabei hätte Lüthje es am liebsten sofort Frau Pawletko abgekauft. Das Gerät hier auf dem kleinen Nähtisch hatte nicht eine Schramme, der Lack auf dem Holz glänzte so neu wie Klavierlack. Lüthje zog die Schublade des Nähtisches auf.

Drei Tüten Haubennetze, Perlon, schwarz, der Firma Dreipunkt »Qualität zum günstigen Preis«, jedes mit dem Aufdruck in Fettschrift: »1 Mark«. Eine durchsichtige Plastikschachtel Ackermanns Reisebegleiter mit Nähutensilien, Inhalt laut Pappaufkleber auf der Rückseite der Schachtel: »50 m Perlon-Feinstopfgarn, Rotschlüssel 100 % Baumwolle mercerisiert, Goldschlüssel Baumwolle Indanthren, Fingerhut, Näh- u. Stopfnadeln, Sicherheitsnadeln und Einfädler«. Eine gelbe Pappschachtel mit dem Aufdruck »Uhren Bark Kiel, Holstenstraße 75.« Das Geschäft gab es schon seit Anfang der Siebziger nicht mehr. In der Schachtel lag ein Sammelsurium von Druckknöpfen aller Größen. Zwischen unzähligen Stopfgarnrollen und -pappen, Wolle, Garn und Nadeln in allen Größen fand Lüthje einen Fingerhut mit der seitlich eingeprägten Zahl 17. Für Fingerdurchmesser siebzehn Millimeter sollte das wahrscheinlich heißen. Ein britisches siebeneckiges Ein-Penny-Stück mit dem Profil von Elizabeth II., Prägejahr 1970, daneben eine britische Ein-Pfund-Münze, Prägejahr 1984.

Mikrokosmos eines grausam beendeten Lebens. Ob diese Lebenserinnerungen aus einer Zeit stammten, in der die Tote glücklich war? Ohne genau zu wissen warum, klemmte Lüthje die Münzen in ein kleines Wollbündel und steckte sie unauffällig in die linke Tasche seiner Cordjacke mitten zwischen die Knäckebrotkrümel. Reines Bauchgefühl.

»Wissen Sie, was ein Einfädler ist?«, fragte Lüthje.

Frau Pawletko schüttelte heftig den Kopf und presste sich noch näher an die Wand.

»Wem gehören die Nähsachen?«

»… Roekkelsdorff …« Ihre Stimme versagte, sie hüstelte.

Er drückte mit dem Daumen gegen die stufenartig ausgebildete Kante des Gehäusedaches und war erstaunt, dass sich das Chassisdach des Radios aufklappen ließ und den Blick freigab auf einen eingebauten Plattenspieler. Ja, Lüthje glaubte sich daran zu erinnern. Das hatte es damals manchmal gegeben, vielleicht hatte ihm sein Vater davon erzählt. Ein Plattenspieler einfachster Bauart, alles Plastik, keine Wechslerfunktion. Aber wahrscheinlich nie gebraucht. Dieses Emud-Radio war in fabrikneuem Zustand.

Lüthje schaltete umständlich die Fotofunktion an seinem Handy ein und machte mehrere Fotos von dem Gerät. Er war seiner Stieftochter Sophie jetzt dankbar, dass sie ihn zu einem Handy mit großem Display gedrängt hatte. »Da kannst du das ganze Menü besser erkennen.« Als ob er schon so alt wäre, dass er nicht mehr richtig gucken könnte. Er brauchte nicht einmal eine Lesebrille, wie viele andere in seinem Alter. Das Display war auf jeden Fall so groß, dass sein Vater das Radio erkennen konnte. Er würde es ihm zeigen und ihn fragen, ob ihn das Gerät interessiere. Damit hatten sie schon einmal Gesprächsstoff für eine Stunde. Mindestens. Vorsichtshalber machte Lüthje noch ein Foto mit Blitz und fragte dabei beiläufig:

»Hat Ihnen Dr. Giesecke gesagt, was Sie mir erzählen sollen? Oder besser, was Sie mir nicht erzählen sollen?«

Sie schwieg und sah erleichtert, dass er das Handy wieder einsteckte.

Lüthje griff mit einer schnellen Bewegung nach dem einzigen Stuhl im Zimmer, der vor einem alten Jugendschreibtisch aus kunststofffurnierter Spanplatte stand, setzte sich vor das Bett, beugte sich vor und sah ihr ins Gesicht. Frau Pawletko schrie auf, fing an zu weinen und presste die Faust vor den Mund. Wenn das Theater war, war es jedenfalls sehr professionell. Sie starrte auf seine Hände.

»Entschuldigung. Entschuldigung. Das ist Vorschrift, wenn man an diesem Ort des Todes herumwühlt. Zufrieden?« Lüthje zog die Einmalhandschuhe von der Hand und hielt sie hoch. Sie nickte.

»Also, deinem Schweigen entnehme ich, Dr. Giesecke hat dir, sagen wir, Empfehlungen gegeben, wie du dich verhalten sollst.« Lüthje entschloss sich, sie zu duzen. Das würde sie unter Druck setzen.

»Hast du mal etwas von Misshandlung von Schutzbefohlenen gehört, so nennen wir das in Deutschland? Nein, nein, du hast sie nicht geschlagen, das glaube ich nicht. Aber man kann die Misshandlung auch durch Unterlassen von Handlungen begehen. Durch unterlassene Pflege, und Pflege, das war doch dein Job hier.«

Sie nickte und schüttelte den Kopf abwechselnd.

»Schutz…befohlenen. Deine schutzbefohlene Frau von Roekkelsdorff ist tot. Vergiss Marek und vergiss Dr. Giesecke. Sie können dir nicht helfen. Seit wann arbeitest du hier?«

»Seit ungefähr drei Jahren.«

»Wer hat dich eingestellt?«

»Marek.«

»Das ist ein Vorname. Hat der auch einen Nachnamen?«

»Ich weiß nicht.«

»Hast du einen Arbeitsvertrag mit ihm, etwas Schriftliches, Unterschriebenes?«

»Nein.«

»Wie viel Geld bekommst du von Marek?«

»Tausend Euro.«

»Also mindestens tausendfünfhundert. Von Marek. Wann bekommst du es?«

»Tausend, wenn ich die drei Monate anfange. Wenn die drei Monate vorbei sind, den Rest.«

»Bar?«

Sie nickte.

»In nicht fortlaufend nummerierten Scheinen, nehme ich an?«

Sie schüttelte irritiert den Kopf.

»Hast du die Tochter der Toten mal gesehen?«

»Sie kommt jedes Jahr, zweimal. Ich habe ihre Telefonnummer, die Liste ist dort.« Sie wies auf den Kinderschreibtisch.

»Hat dieser Marek auch die Telefonnummer?« Lüthje griff sich das kleine Oktavheft, blätterte kurz darin und steckte es dann in die rechte Jackentasche.

»Ich weiß nicht. Aber er ruft mich manchmal an.«

»Wer kommt sonst noch ins Haus?«

»Ein Handwerker.«

»Hat der einen Hausschlüssel? Wer sonst noch? Mein Gott, muss ich dir alles einzeln aus der Nase ziehen? Wer hat dir das beigebracht? Weiter, weiter, hatte die alte Frau Besuche von Freunden, Bekannten, Nachbarn?«

Schweigen. Irgendetwas arbeitete in ihrem Gesicht. Ihr Blick wanderte an Lüthje vorbei zur Decke, glitt hinunter zum Linoleumfußboden am Fenster, auf dem die Sonne einen leuchtenden

Fleck im verblassten Muster markierte. Dann sah sie wieder ihre Hände an, die lackierten Fingernägel, krümmte und streckte die Finger.

»Möchtest du jetzt deine Fingernägel lackieren?«, fragte Lüthje, freundlich und süßlich drohend.

Sie krallte die Hände zusammen, kniff die Lippen zusammen, beobachtete, wie aus ihren Fingerknöcheln das Blut entwich, bis sie weiß waren, und sagte: »Es kommt immer ein alter Mann. Er setzte sich an ihr Bett und redete mit ihr.«

»Kennst du seinen Namen?«

»Nein. Ich habe den Alten von Olga übernommen. Und sie von Anja. Dann kam ich dazu. Wie die davor hieß, weiß ich nicht mehr, jetzt wechseln wir uns ab. Alle drei Monate. Dann brauchen wir eine Erholung.«

»Wann fingen die Besuche an?«

»Er war schon immer da, zu Anfang, als man noch richtig mit ihr reden konnte. Sie freute sich immer, wenn er da war.«

»Hast du die Roekkelsdorff nicht gefragt, wer er war? Warst du nicht neugierig?«

»Sie hat mir immer was anderes erzählt. Mal war er ihr Schwiegersohn. Dann war es ein Verehrer. Dann war es eine alte Liebe. Einmal war es ihr Vater … Wahrscheinlich war es das alles. Alles zusammen.«

»Zu welcher Tageszeit kam er?«

»Morgens. Fast immer.«

»Und wenn du gerade zum Einkaufen warst? Hat er an der Tür gewartet?«

Sie schwieg.

»Was ist los? Es geht um Mord, also solltest du sprechen.«

»Er hatte seinen Schlüssel verloren.«

»Er hatte also einen Hausschlüssel. Wer hat ihm den gegeben?«

»Ich weiß nicht.«

»Wann hat er ihn verloren?«

»Sonja hat es mir erzählt. Sie war voriges Jahr einmal hier.«

»Er hatte also keinen Schlüssel mehr. Ich wiederhole meine Frage: Hat er vor der Haustür gewartet, wenn du nicht im Haus warst?«

Sie schüttelte den Kopf.

»Er ist also wieder weggegangen?«

Sie senkte den Kopf nach unten.

»Sag nicht, dass du die Haustür offen gelassen hast.«

Sie sah Lüthje entsetzt an. »Nein, das würde ich nicht tun. Hinten die Schiebetür im Pool nach draußen. Ich hab sie für ihn immer aufgemacht.«

»Du hast also die Gartentür zum Pool offen gelassen.«

Sie nickte eifrig, erleichtert, als erwartete sie jetzt von Lüthje ein Lob für diese gute Lösung des Problems.

Er seufzte. »Ist dir nicht klar gewesen, dass jeder hier ein und aus gehen konnte? Hast du das auch heute Morgen gemacht?«

Sie nickte.

»War er also auch heute da?«

»Weiß ich nicht, ich war ja zum Einkaufen.«

Merkwürdige Antwort. Eigentlich müsste sie doch sagen: »Ich habe ihn nicht gesehen.«

»Wie sieht er aus?«

»Alt, er geht immer langsamer. Bart, so tiefe Augen. Er hat sich hier immer gewaschen. Im Swimmingpool.«

»Im Swimmingpool? Wie originell. Wie verlief so ein Besuch?«

»Erst stand er lange am Fußende des Bettes. Dann setzte er sich auf das Bett und hörte sich den Unsinn an, den sie zuletzt nur noch geredet hat.«

»Wovon hat sie geredet?«

»Jemand holt sie ab, aber das Wetter ist so schlecht, jetzt müsste sie warten. Und sie hat eine rote Handtasche mit einer Spieluhr und einer Geldbörse gefunden, die will sie aber nicht mehr hergeben, sie brauche das Geld und die Uhr. Ihre kleine Rente und so weiter.«

»Warum kam der Mann?«

»Ich weiß nicht.« Sie sah zum Fenster. »Ich glaube, er hat sich aufgeladen bei ihr, wie eine Batterie, Lebenskraft geholt bei dieser fast uralten Frau. Ich glaube, sie wollte es so. Er sah immer so zufrieden aus, wenn er ging. Jetzt hat er sie ausgesaugt, und sie ist tot. Muss ich ins Gefängnis?«

»Wenn du mir nichts verschwiegen hast, wohl nicht. Frau von Roekkelsdorff ist ja offensichtlich nicht an ihrem schlechten Pflegezustand gestorben. Glück gehabt. Wie oft kam der Mann?«

122

»Fast jeden Tag vormittags, er blieb bis zum Nachmittag, er hat
sie gefüttert, als sie nicht mehr selbst essen konnte. Ich brauchte es
nicht zu machen. Ich will nach Hause, zurück nach Polen.«

»Wo hast du Deutsch gelernt?«

»Marek sucht immer Frauen, die Deutsch können. Viele sprechen Deutsch. Ich habe viel gelernt.«

»Du wirst morgen noch einmal befragt werden. Hier kannst
du nicht bleiben. Das Haus wird nachher versiegelt. Hast du Bekannte, wo du übernachten kannst?«

Sie schüttelte den Kopf.

»Wir werden dir ein Hotelzimmer besorgen. Lauf nicht weg,
ruf Marek nicht an oder deine Freundin, mach auch sonst keine
Dummheiten. Wenn du es doch tust, müssen wir dich ins Gefängnis bringen.«

Lüthje verließ das Zimmer und schloss die Tür hinter sich.
»Strupps, fotografieren Sie mal was Schönes. Das Radio da drinnen bei der Pflegerin. Nah, frontal, dass man die Schriftzüge genau erkennen kann. Wehe, Sie vergessen das! Und du Husvogt,
ruf Heike an, sie soll die Pflegerin bis auf Weiteres bei Bremers
einquartieren. Ich bin unterwegs. Ruft mich an, wenn es hier was
Wichtiges gibt. Morgen früh Dienstbesprechung. Tschüss.«

»Chef, dein Rucksack!«, rief Blumfuchs ihm vom Treppenabsatz hinterher.

»Na los, bring ihn mir, oder denkst du, ich renne jetzt noch mal
diese Revuetreppe hoch? Was ist denn mit deinem Frühstücks-
müsli und deinem Jogging vor dem Frühstück?«

Blumfuchs brachte ihm den Rucksack, sagte giftig: »Bitte!«,
und lief schnell die Treppe wieder hoch, als hätte er Angst, von
seinem Chef eine Ohrfeige zu bekommen. Blumfuchs, der Pos-
senreißer, hatte endlich auch einmal schlechte Laune. Endlich.
Das war doch sein gutes Recht. Lüthje war zufrieden. Als er den
Reißverschluss des Overalls öffnen wollte, biss ihn der Chlorgeruch wieder in die Nase. Im Erdgeschoss in der Dunkelheit fand
er rechts die Tür zur Garage. Ein Mercedescoupé aus den achtziger Jahren, 20.525 Kilometer auf dem Tacho, fast fabrikneu. Direkt unter der Revuetreppe fand er die Tür zur Bar, das Vorzim-
mer zum Pool. Hinter dem Tresen stand in einem Spiegelschrank
eine Batterie hunderter kleiner Schnapsfläschchen, 0,1 Milliliter,

Hochprozentiges aus aller Welt. Alaska, Südamerika, vorwiegend Afrika, Zebra-Gin, Tiger-Scotch, Elephant-Blood, Hunter-Blood und so weiter.

»Ein saufender Spanner. Schade, dass ich meine Kamera im Wagen lassen musste.« Jette stand in der geöffneten Glasschiebetür, die links neben der Bar zum Pool führte. Irgendwie unwirklich reizvoll in dem weißen Aspikanzug der Spurensicherung vor dem Hintergrund des Schwimmbeckens. Lüthje stellte besorgt fest, dass er sie nach dem Gespräch völlig vergessen hatte. Sie war also anscheinend ungehindert im Haus herumspaziert.

Auf der gegenüberliegenden Seite des Pools sicherte ein Mann der Spurensicherung Fingerabdrücke an der geöffneten Glasschiebetür. »Die Tür haben wir geöffnet vorgefunden«, rief er erklärend zu Lüthje herüber. »Keine Beschädigungen. Offensichtlich von innen geöffnet. Jede Menge Spuren.« Sprich: Fingerabdrücke.

Lüthje nickte resigniert. Er wusste es ja schon. Er stellte sich an den Beckenrand.

»Sieht aus wie Wackelpudding. Waldmeister. Ein bisschen zu dünn angerührt und etwas dreckig. Manche sagen auch Götterspeise. Das wäre es doch, Frau Journalistin, die greise Millionärin, ermordet auf der Götterspeise. Der ausgetrocknete Körper schimmert durch den geblümten Morgenrock. Natürlich mit dem Kopf nach unten zum gekachelten Beckenboden, das lange weiße Haar zerflossen ausgebreitet, wie es sich gehört. In den Fernsehkrimis sind es immer diese knackig schönen Frauen mit pechschwarzen Haaren, das macht sich im von unten beleuchteten Pool natürlich besser.«

Jette schien ihm nicht zuzuhören und sah nachdenklich auf einen Sektkorken, der als Dekoration auf der Götterspeise schaukelte. Auf einer Liege am Beckenrand lagen zwei Handtücher und ein knapper einteiliger Badeanzug. Grelles geschmackloses Muster, blassgrün, mit Rüschen. Möglicherweise aus den Fünfzigern. Eine leere Flasche Sekt, wahrscheinlich sogar Champagner, den Lüthje nicht mochte. Keine Gläser. Eine aufgeschlagene Frauenklatschzeitung auf den Kacheln am Beckenrand. Ein Aschenbecher, randvoll.

»Hatte ich dich nicht gebeten, mit deinen Recherchen außer-

124

halb dieses Hauses anzufangen, dazu noch mit einem präzise umgrenzten Themenkreis, stattdessen wanderst du hier herum wie auf einer Kunstausstellung! Jetzt raus hier.« Lüthje hatte bemerkt, wie Jette ihn konzentriert ansah, als versuche sie vergeblich, in seinen Gedanken zu lesen.

»Eric, warte einen Moment, ich wollte dich noch fragen, ob ich dich nach Laboe begleiten soll. Maren hat mir erzählt, warum sie und Sophie nicht mitkommen können und dass deine Schwester auch krank ist. Ich könnte einen Artikel über deinen Vater schreiben, ein zweiundachtzigjähriger Radiofreak, der noch voll da ist, jeden Tag in seiner kleinen Werkstatt im Einfamilienhaus an der Förde ...«

»Gehe ich recht in der Annahme, dass du Maren von dieser Schnapsidee kein Sterbenswörtchen erzählt hast?«

»Das ist mir doch eben erst eingefallen, als ...«

»Raus hier! Du verlässt jetzt diese Location, sonst heißt es, ich hätte hier die Presse spazieren geführt. Und vergiss nicht, dein Aspikkostüm auszuziehen, man könnte das in der Redaktion missverstehen, und du hast dort doch schon Schwierigkeiten genug, oder?«

Sie drückte ihm einen schmatzenden Kuss auf die Wange und verschwand ohne ein Wort. Er sah ihr vorsichtshalber nach, als sie die Haustür öffnete. Diese süße Stupsnase mit dem noch süßeren dänischen Akzent hatte ihm schon einmal fast den Verstand geraubt. Fast. Er hätte damals in üble Komplikationen verwickelt werden können. Aber das war vorbei und würde ihm nicht mehr passieren. Außerdem hatte er nach all den Jahren eigentlich gelernt, worauf man achten musste.

Lüthje ging zur gegenüberliegenden Seite des Schwimmbeckens und sah hinter einer Ecke eine Sauna, die Tür war offen. Zwei Sektgläser, sechs Handtücher. Verbrannte Papierschnipsel auf der Holzbank. Die Kollegen von der Spurensicherung waren offensichtlich noch nicht bis in diesen verschwiegenen Winkel des Anwesens vorgedrungen.

Draußen hatten die Kollegen es gerade geschafft, durch das Rudel der Einsatzfahrzeuge für Giesecke eine Gasse zu machen. Lüthje sah dem wütend aufröhrenden Porsche zu, wie er die Anhöhe

Richtung Bundesstraße hinaufjagte, als wolle er sie als Startrampe benutzen.

Als Lüthje seine Wagentür öffnete, sah er zur Balkontür des Zimmers hoch, in dem das Emud-Radio stand. Er hätte es gerne mitgenommen, gerne unter dem Arm getragen, in diesem Moment, in dem er zur Balkontür hinaufsah. Es war irgendwie wie damals, vor über zwei Jahren, als er zu den zugezogenen Fenstern des Antiquitätenhändlers Fielspitz hinaufgesehen hatte, nachdem er ihm eine alte russische Lackschachtel günstig abgekauft hatte. Auf der Lackschachtel war das Bild einer schönen Frau mit langen Haaren bis zu den Kniekehlen, in zarten Farben gemalt, die ihren Kopf zärtlich auf die Schulter eines Jünglings legte, der sie stolz auf den Armen hielt.

Spökenkiekerei.

***

Kurz vor Neuheikendorf wurde die Sicht etwas besser. Auf dem abgemähten Kornfeld in der Senke auf der Höhe Stückenberg lag eine weißen Daunendecke aus Nebel, die mit dem diesigen Waldrand auf der gegenüberliegenden Seite des Möhlenbleek verschmolz. Lüthje begrüßte den Anblick wie einen alten Bekannten, dem man nicht über den Weg trauen kann. Er wusste nicht, wie oft er es im Fenster des Schulbusses gesehen hatte. Am Morgen, wenn sich der Nebel aus den feuchten Niederungen der Kornfelder hob, auf dem Weg in den mit Überlebenskämpfen vergeudeten Schultag, am Nachmittag, wenn sich die Daunendecke vom kilometerdicken Hochnebel zerdrücken ließ und ihn die Frage beschäftigte, wie viel Zeit ihm nach den sinnentleerten Hausaufgaben vom Tag noch blieb.

Jetzt schien es nur noch unlösbare Lebensprobleme zu geben. Er fuhr dem Geburtstag seines Vaters entgegen, und je näher er an diesem späten Nachmittag der Küste kam, desto näher kam die weiße Wand vor den Halogenscheinwerfern seines Dienstwagens. Hinter Brodersdorf fuhr er die Scheiben hinunter, um nach Gehör zu fahren.

Er wartete auf die leichte Linksbiegung, die die Straße ein paar hundert Meter vor der Ortseinfahrt von Laboe machte. Jedes Mal, wenn er dieser Linksbiegung mit einer kaum sichtbaren Drehung des Lenkrads folgte, sah er rechts die Eiche, der ein Laboer Taxi die Borke beim Aufprall großflächig abgerissen hatte. Der Fahrer war auf dem Nachhauseweg von einer Nachtfahrt nach Kiel um drei Uhr morgens auf der Geraden für ein paar Sekunden eingenickt, verschlief die notwendige Linksdrehung am Lenkrad, raste mit einhundert Stundenkilometern weiter geradeaus, wickelte sich um die Eiche, die im Weg stand, und blieb mit dem, was von ihm und dem Mercedes noch weiter flog, im gemähten Feld liegen, in einem ehemaligen Schlachtfeld.

Lüthje fragte sich, ob es Zufall war, dass man schon vor Jahrhunderten in Sichtweite hinter der leichten Linksbiegung den Laboer Friedhof angelegt hatte. 1643 kam es auf dem »Rütersoll« zu einer Schlacht zwischen den um die Vormachtstellung an der Ostsee kämpfenden Dänen und Schweden. Laboe wurde bei dem Gefecht fast vollständig niedergebrannt. Beim Mergelgraben wurden in einem Massengrab menschliche Skelette, verrostete Waffen, Uniformreste, Skelette ihrer Reit- und Zugpferde ausgegraben. An den zersplitterten, zermalmten Knochen hatte man die tödlichen Verletzungen und Qualen erahnen können.

Maren würde sagen, der Ort habe ein schlechtes Karma oder so ähnlich. Sein Kollege Gerson Malbek würde behaupten, dass hier noch viel ältere Spuren von noch schrecklicheren Verbrechen im Erdboden versteckt seien.

Wie dem auch sei, die Eiche war vor ein paar Jahren der neuen Umgehungsstraße zum Opfer gefallen. Aber der Anblick war in Lüthjes Hirn eingebrannt, morgens war der Schulbus langsam an der Unfallstelle vorbeigeleitet worden, sie hatten ihre Nasen an den Fensterscheiben platt gedrückt. Seitdem war die Eiche mit der abgerissenen Borke für Lüthje auch im dicksten Nebel noch da.

An der Kirche fuhr Lüthje nicht nach links zum Bergfriede, zum Elternhaus, sondern rechts den Dellenberg hinunter, an der Nummer zwei, seinem Geburtshaus, vorbei weiter zur ursprünglich als Deich aufgeschütteten Strandstraße bis zum Parkplatz hinter dem Schwimmbad und ging zum Strand hinunter. Kein Mensch war zu sehen. Bei dem Wetter schickte man keinen Hund vor die Tür. Die Lichter der Strandpromenade ersoffen ein paar Meter hinter der Uferlinie. Lüthje wanderte an dieser Grenze zwischen Wasser und Strand entlang und wich spielerisch den sanften Wellen aus.

Er nahm sein Handy und rief Blumfuchs an.

»Wann ist die Leiche zur Gerichtsmedizin gebracht worden? Und das Bett habt ihr nicht vergessen, oder …« Lüthje sah auf sein Handy. Sophie könnte ihm jetzt bestimmt sagen, wie man bei laufendem Gespräch ein Foto ansehen konnte. Das Gespräch war plötzlich beendet. Blumfuchs würde sicherlich zurückrufen.

Lüthje tippte sich durch das Menü des Handys und rief die Fotos des Emud-Radios auf. Vielleicht hatte er es doch schon einmal in den Regalen seines Vaters gesehen. Dann würde Vater Lüthje das Interesse seines Sohnes freuen, und Gesprächsstoff gäbe es sowieso. Das Handy klingelte. Wie nahm man ein Gespräch an, wenn man sich gerade Fotos ansah? Es war Lüthje im Moment egal.

Er war in der Höhe des Rosengartens angelangt. Hier war die »Seekuh« am deutlichsten zu hören, damals in seiner Kindheit. Die »Seekuh« war eine große Boje ein paar hundert Meter vor der Hafeneinfahrt, in der eine Glocke hing, die auch bei leichtem Seegang den Fischerbooten und Fördedampfern im Nebel den Weg wies. Bei auflandigem Wind hörte Lüthje sie durch das geöffnete Fenster bis in sein Zimmer.

Der Signalton des Nebelhorns vom Bülker Leuchtturm fehlte auch. Man konnte ihn kilometerweit bis in die Kieler Bucht und weit bis ins Land hinein hören. Zwei Einzeltöne. Zwei Sekunden Dauer. Abstand drei Sekunden. Wiederkehr nach zwanzig Sekunden. Es war Orientierung für die Schiffe ohne Radar, wenn das Auge die weiße Wand nicht mehr durchdringen konnte. Das Nebelhorn war das Morsezeichen der Hoffnung. Malbek hatte ihm mal erzählt, dass die metallene Windfahne in Form einer Mondsichel auf dem Torhaus des elterlichen Gutes nach einer Reparatur nicht mehr ihre rabenkrächzenden Pirouetten drehte. Er ließ Sand ins neue Getriebe streuen, bis sie wieder quietschte und krächzte, wenn der Wind auffrischte. Erst dann konnte er wieder ruhig durchschlafen. Das Nebelhorn hatte man abgebaut, es musste Anfang der Siebziger gewesen sein.

Wenn man den Atem anhielt, konnte man im Nebel das Rasseln der Schiffsdiesel in den stählernen Schiffsleibern hören. Der

Nebel trug den Schall über das Wasser, und man ahnte die tausende Tonnen Stahl, die unsichtbar vorbeiglitten.

Lüthje suchte sich im Sand einen flachen Stein, der bequem zwischen Daumen und Zeigefinger passte, und warf ihn flach über das Wasser. Gewonnen hatte der Werfer, dessen Stein am häufigsten von der Wasseroberfläche zurückgeworfen wurde, bevor er versank. Titschern nannte man das. Am schönsten war es, wenn es so neblig war wie heute. Der Stein verschwand im Nebel, so als ob er mindestens bis zur Fahrrinne weitertitscherte. So konnte man dicken Pötten mit einem kleinen Stein vor den Bug ballern.

Das Anfang der fünfziger Jahre am Hang erbaute Siedlungshaus der »Neuen Heimat« saß grauweiß da wie eine alte Möwe, die auf ihr geliebtes Jagdrevier hinunterblinzelte. Als Lüthje den Buerbarg hinauffuhr, konnte er die erleuchteten Fenster seines Elternhauses verschwommen durch den Nebel schimmern sehen. Frau Jasch, die täglich ein paar Stunden nach dem Rechten sah, hatte Lüthje erzählt, dass sein Vater seit ein paar Wochen die ganze Nacht in allen Zimmern das Licht anließ, in denen er sich abends aufgehalten hatte.

Lüthje war sauer darüber, dass Maren, Sophie und seine Schwester Rita ihn allein fahren ließen. Aber er war trotzdem heilfroh, mit seinem Vater allein zu sein. Es war immer das Gleiche. Er spielte den Beleidigten, wenn die Ausreden kamen. Aber er setzte sich mit einem Seufzer der Erleichterung allein ins Auto. Er brauchte sich nicht auf die Verwaltung der Gefühle zu konzentrieren, was ihn völlig in Anspruch nahm, wenn sie um seinen Vater herumwuselten und auf ihn einredeten. Diese Fülle an kleinen und großen Peinlichkeiten und Fettnäpfchen, die er ständig aushalten und lustig moderieren musste wie ein Showmaster. Außerdem war das Verhältnis zwischen Maren und seinem Vater nicht das beste. Sein Vater hatte keine seiner Frauen akzeptiert, seine Mutter jede mit offenen Armen empfangen.

Sophie mochte ihren neuen Opa. Opa Heinz war glücklich, doch noch eine Enkelin von seinem »Jungen« bekommen zu haben. Lüthje war kinderlos geblieben. Seine längste Beziehung war die zu Dagmar gewesen, die den Kinderwunsch immer wieder vertagt hatte, bis es zu spät gewesen war, und dann war die Beziehung plötzlich zu Ende gewesen. Lüthje war seinen Eltern immer dankbar gewesen, dass sie das Thema nie angesprochen hatten. Wahrscheinlich war es ihnen einfach nur peinlich gewesen.

Als Lüthje ins »Werkstattzimmer« trat, einen umgebauten Kellerraum mit großem Souterrainfenster und Blick auf das Gartengras in Augenhöhe und den Ostseehimmel, war sein Vater in seine Lieblingsbeschäftigung versunken, sein »Arbeitshobby«, wie er es nannte, wer weiß seit wie viel Stunden schon, niemand hatte ihn gestört. Er hatte seinen Sohn nicht ins Haus kommen hören, nicht bemerkt, wie er die Werkstatt betrat und jetzt ein paar Meter hinter ihm stand und ihn beobachtete.

Er fand ihn wie gewohnt in Kolophoniumdämpfe und das leise Gebrabbel des Langwellensenders von BBC 4 gehüllt über seinen Arbeitstisch gebeugt, und er summte, wie immer, wenn er zufrieden war, sein leises »Bo be do, bo be do« vor sich hin, eine Melodie, mit der er seinen kleinen Eric oft in den Schlaf gesungen hatte. Noch nie hatte er seinen Vater so ungestört gesehen, vermeintlich allein mit sich selbst und den einzigen ihm verbliebenen Leidenschaften. Lüthje konnte sich nicht rühren, atmete flach, um nicht gehört zu werden, er wünschte, er könnte diesen Moment festhalten in seinem Gedächtnis für immer mit allen Sinnen. Er dachte einen Moment an sein Fotohandy, schämte sich und sah auf sein Geschenk, das er in den Händen hielt, und kam sich vor wie ein kleiner ängstlicher Junge. Sein Vater hob zögernd den Kopf und sah in die dunkle Fensterscheibe vor sich, die ihm tagsüber das Licht spendete, aber jetzt wegen des Nebels und der draußen einsetzenden Dunkelheit wie ein Spiegel wirkte, in dem sich im Licht der alten schwarzen Tischlampe mit dem glockenförmigen Schirm das ganze Zimmer spiegelte.

»Mein Gott, Junge, hast du mich erschreckt!« Er drehte sich um, stand auf und schob die Lupenbrille auf den dünnen Haarkranz hoch.

Er hat vergessen, dass er Geburtstag hat, dachte Lüthje. »Tut mir leid, aber ich wollte dir nur ›Herzlichen Glückwunsch zum Geburtstag‹ sagen. Alle anderen haben die Grippe oder Bronchitis. Sie wollten dich nicht anstecken.« Er umarmte seinen Vater. »Hier ist unser Geschenk.« »Unser« meinte eigentlich »Sophies und meins«.

»Und ich dachte schon, du hättest es vergessen.« Sein Vater lächelte verlegen, suchte eine Kabelzange aus seinem an der Wand nach Größe und Funktion aufgehängten Sortiment aus, schnitt damit das Geschenkband durch, faltete vorsichtig das Geschenkpapier ab und ließ es dann fallen, als er das große blassbraune Buch erkannte.

Es war der erste Band der Reihe »Die Schule des Funktechnikers. Ein Hilfsbuch für den Beruf mit besonderer Berücksichtigung der Rundfunk- und Fernsehtechnik«, fünfte Auflage von 1941.

Ein paar Monate nach dem Tod von Mutter Lüthje, als sie bei einem Spaziergang vor dem U-Boot am Ehrenmal stehen geblieben waren und Sophie darauf bestanden hatte, es nur von außen anschauen zu wollen, hatte sein Vater einfach die Worte »Die Schule des Funktechnikers. Ein Hilfsbuch für den Beruf« wie auswendig gelernt aufgesagt. Nach einer kleinen Pause ging es weiter. Es sei das erste Fachbuch seines Berufslebens gewesen, sein erstes Radio war ein Kapsch, batteriebetrieben, das ihm seine Eltern ebenso wie das Buch während des Krieges geschenkt hatten. Sein Buch hatte er in den Wirren der letzten Kriegstage in Kiel verloren. Als die Engländer kamen. Auch das Kapsch-Radio. Der Schaltplan des Kapsch-Radios war ja in dem Buch abgedruckt. Wenn er die Schaltung nur noch einmal sehen durfte, damals hatte er sie im Schlaf aufzeichnen können. Mit dem Kapsch hätte er BBC, den Deutschland-Dienst, aber auch die englischsprachigen Sendungen heimlich mit Kopfhörern gehört, während des ganzen Krieges.

Sophie hatte vor ein paar Monaten die Sonderkommission mit dem Codenamen »Opa Heinz' Radio-Bibel« ins Leben gerufen, deren einzige Mitglieder ihr Stiefvater und sie selbst waren. Lüthje hatte mit Sophie viele Abende lang im Internet die antiquarischen Datenbanken durchsucht. Nachkriegsauflagen gab es jede Menge, aber oft in jämmerlich abgestoßenem Zustand, mit losen Blättern und Stockflecken. Aber dann fanden sie eine fünfte Auflage, in Eins-a-Zustand und, fast ein Wunder, ganz ohne Stockflecken.

Sein Vater war wieder auf seinen Arbeitsstuhl gesunken. »Da, das ist er, das ist mein Kapsch. Der Kapsch 4-Röhren-Batteriesuper S4SB. Mit dem Schaltplan. Wenn ich jetzt die KK2 und die KBC1 auftreiben könnte, könnte ich es nachbauen. Aber das ist ja Unsinn, das wäre es ja nicht. Vielleicht steht es jetzt wenigstens in einem englischen Radiomuseum. Wadde mal, Junge«, er blätterte hastig. »Hier, hör mal, ›Die Vorselektion ist reichlich bemessen, wir finden einen abstimmbaren Bandfilterkreis‹. Junge, das Radio hatte eine Trennschärfe, von der moderne Geräte nur träumen können.«

Das Kapsch-Radio seines Vaters war trotz Internet nicht mehr aufzutreiben. Er hatte mit Sophie stundenlang gegoogelt. Alles vergeblich. Aber da gab es doch plötzlich dieses Emud-Radio. Auch etwas Besonderes. Eine Augenweide für jeden Kenner.

Irgendwann in den vergangenen Jahrzehnten hatte sein Vater wohl für immer die Hoffnung aufgegeben, dass sich auch bei seinem Sohn ein großes Interesse für die Radiotechnik entwickeln würde. Während sein Vater immer nur elektronische Schaltkreise verstehen wollte, versuchte Lüthje die Schaltkreise der Schuld zu verstehen.

Sein Vater nahm den Detektor von seinem Ehrenplatz im Regal neben ihm und stellte ihn in den Lichtkranz der Arbeitslampe.

»Sie hätten wenigstens die Sendemasten stehen lassen sollen!«, sagte er wütend und drehte verspielt am Drehkondensator des Detektorradios. Wenn man eine Batterie anschloss, würde man im Kopfhörer jetzt nur ein Rauschen hören. Vielleicht noch den Deutschlandfunk am Ende des Frequenzbandes. Kiel Radio hatte den Sendebetrieb vor ein paar Jahren eingestellt. Vater Lüthje hatte zu den ungefähr fünfzig Demonstrationsteilnehmern vor der Staatskanzlei in Kiel gehört. Auf der Tür zum Werkstattzimmer prangte noch ein alter runder Aufkleber von damals, »Seefunk tut not«.

»Es ist merkwürdig«, sagte er. »Je älter du wirst, desto kürzer wird in deinem Kopf die längste Zeit deines Lebens.«

»Wie meinst du das?«, fragte Lühtje.

»Na, die Zeit zwischen, na, ungefähr zwischen dreißig und fünfundfünfzig. Die schrumpft. Aber der Anfang und das Ende, das wird im Kopf immer deutlicher, riesig, als wenn du geistig eine Vergrößerungsbrille aufbekommst. Aber ich will mich nicht beschweren. Früher wäre ich in meinem Alter viel älter gewesen.«

Vater und Sohn saßen beide träumend da, lauschten dem leisen Langwellengeräusch mit den englischen Wortfetzen, ein Mann und eine Frau, ein Hörspiel vielleicht, Gespräche aus einer anderen Zeit, aus einer anderen Welt, so ähnlich hatte Kiel Radio im Äther gerauscht. Vor ein paar Jahren hätten sie jetzt das Nebelhorn als tröstliches Zeichen der Orientierung in Momenten der Sprachlosigkeit hören können.

Als ob ihm plötzlich etwas Wichtiges eingefallen wäre, zog sein Vater sich mit entschlossenen Bewegungen die Lupenbrille wieder vor die Augen und beugte sich über eine Apparatur. Kurz danach surrte es wie beim Zahnarzt.

Lüthje sah seinem Vater über die Schulter. Er bohrte mit seinem Modellbohrer in eine Metallplatine an kreuzartigen Markierungen Löcher. Das war eigentlich nichts Ungewöhnliches. Aber die aus mehreren Teilen zusammengeschraubte Metallplatine würde nie in ein Radiochassis passen. Sie sah aus wie ein geöffneter Schuhschrank oder eine Puppenbühne. Setzte der Vater sich die Wirklichkeit neu zusammen? Lüthje fragte sich, ob er sich jetzt Sorgen machen musste.

»Kannst du mir bitte mal die große Ultron holen, kurz vor der Kellertreppe im letzten Wandregal etwa in der Mitte, neben den weißen Telefunkenkartons von der E 90.«

Er schien immerhin noch genau zu wissen, wo die Dinger lagen.

»Was soll das werden, wenn es fertig ist?«, fragte Lüthje.

»Lass dich überraschen«, sang der Vater in der Melodie aus einer Fernsehshow der achtziger Jahre.

Die Geburtstagstafel bestand traditionsgemäß aus einer Schüssel mit vom Vater gefangenen und eingelegten Heringen und mit vom Sohn zubereiteten Bratkartoffeln Laboer Art. Dazu gehörten magerer Speck, schwarzer Pfeffer aus der Pfeffermühle, Salz aus der Salzmühle, Bohnenkraut, Majoran und frische Petersilie.

Als in der Küche die Bratkartoffeln vor sich hin brutzelten und sein Vater unten weiterbastelte, machte Lüthje einen Rundgang durch die Wohnung. Alles war wie mit dem Lineal geordnet, geräumt und ordentlich geschichtet, sogar die Gardinen hingen akkurat wie die Zollstöcke, die Topfpflanzen standen in regelmäßigen Abständen nebeneinander, die größte jeweils in der Mitte. Frau Jaschs Handschrift. Sein Vater hatte diesen Reinlichkeitswahn zu Lebzeiten von Mutter Lüthje nie erleiden müssen. Lüthje konnte sich sehr gut vorstellen, wie er es mit spitzen Bemerkungen gegenüber Frau Jasch ins Lächerliche zog. Es blieb abzuwarten, wann sie sich bei Lüthje darüber beschweren würde.

Lüthje öffnete die Tür einer Anrichte unter dem Fenster zur Förde, nahm zwei Alben heraus und blätterte wahllos suchend darin herum. Zehn Kunststoffalben in schrecklichen Phantasiemustern waren da aufeinandergestapelt. Vater hatte pausenlos geknipst, und Mutter hatte Abend für Abend jedes Album vollgeklebt.

Auf dem Küchentisch lag die Geburtstagspost, eine Glückwunschkarte vom Gemeindepastor mit dem Foto eines Blumenstraußes und den aufmunternd gemeinten Worten eines Bibelzitats: »Doch die Huld des Herrn währt immer und ewig, für alle, die ihn fürchten und ehren. Psalm 103, 15–16.« Fürchten und ehren. Sein Vater war kein Kirchgänger, und außerdem hielt er nichts von diesem Vokabular. Lüthje hatte die Einstellung seines Vaters übernommen, zerriss die Karte und warf sie in den Abfalleimer. Der Deckel des Abfalleimers klappte zu, als er die Unterschranktür unter der Spüle wieder schloss. Und ging wieder auf, als er die Tür wieder öffnete. Lüthje klaubte die Glückwunschkarte aus der Mischung von Kaffeesud und Kartoffelschalen hervor und zog dann mit Daumen und Zeigefinger einen Zettel heraus, der aus dem Spiralblock neben dem Telefon im Flur stammte. Lüthje war das eine groß geschriebene Wort im Kopf haften geblieben, das seine Augen zwar registriert hatten, als er den kirchlichen Glückwunsch in den Abfalleimer warf, das aber von seinem geschulten Polizeiverstand erst eine Sekunde später verarbeitet worden war, als der Abfalleimer wieder zuklappte.

Das Wort lautete »Anruf«, geschrieben von seinem Vater, darunter unleserliches Gekritzel. Lüthje säuberte den Zettel mit einem Küchentuch und wollte ihn in die linke Tasche seiner Cordjacke stecken. Dort erfühlte er die englischen Münzen im Wollbündel und die Knäckebrotkrümel. Es war also besser, die rechte, noch leere Jackentasche zu wählen.

Sie speisten auf einem frei geräumten Werkzeugtisch im Werkstattzimmer. Dazu tranken sie ein lauwarmes Fördepils. Dann schmeckte man die Fruchtigkeit des Hopfens besser heraus. Wenn sie allein waren, blieb der Schokoladenkuchen, den Maren und Sophie
gebacken hatten, gespickt mit Gummibärchen auf Zahnstochern,
zwar auf dem Tisch, wurde aber nicht angerührt. Darin waren
sich Vater und Sohn einig, sie mochten es beide herzhaft, nicht
diesen labberigen Süßkram wie Kuchen und Torte.

»Was heißt das hier auf dem Zettel. Anruf? Ja, ist wohl klar.
Das dahinter kann ich nicht lesen. Hast du dir notiert, dass ich angerufen hatte? Oder sollte dich der Zettel daran erinnern, dass du
mich anrufen wolltest?«

»Wadde mal.« Sein Vater kaute langsam weiter, schluckte hinunter, legte die Gabel ab, nickte bedächtig, als überprüfe er Zettel
und Gedanken von allen Seiten. »Engländerin, aber ein ausgezeich-
netes Deutsch.«

»Was?« Lüthje griff nach dem Zettel.

»Ich glaube, du wirst schwerhörig, mein Sohn. Ich habe laut und
deutlich gesprochen. Im Ernst, geh mal zum Arzt.«

»Also eine Engländerin, sagst du, hat angerufen.«

»Hab ich das gesagt? Nein, es könnte auch … eine Süddeutsche,
Rheinland oder so?« Er nahm sich noch einen Hering, ließ den
Sud abtropfen.

»Weißt du noch, wann der Anruf war?«, fragte Lüthje.

»Gib den Zettel mal her. Das hab ich mir doch aufgeschrieben.«

Wieder schob er den Zettel auf der Tischplatte neben dem Teller hin und her, ließ ihn liegen, griff zur Gabel, und als er eine
Bratkartoffel zum Munde führte, fiel ein Tropfen Fett darauf, und
der Zettel verwandelte sich ausgerechnet an der unleserlichen
Stelle in pergamentähnliches Hellgrau.

Lüthje tupfte das Fett mit der Papierserviette ab, legte den Zettel vor den eigenen Teller und stopfte sich eine Gabel Bratkartoffeln in den Mund, um den Ärger zu unterdrücken. Es war außerdem besser, nicht zu fragen, warum der Zettel im Küchenabfall
gelandet war. Er hatte über dem Kaffeesatz gelegen. Ganz oben.
Also musste der Zettel heute da gelandet sein. Folgte daraus
zwangsläufig, dass der Anruf von heute war? Auf dem alten Tele-

fongerät aus den achtziger Jahren gab es natürlich keine Rufnummernanzeige, geschweige denn einen Speicher.

»War es Frau Jasch, und du hast ihre Stimme nicht erkannt?«

»Du meinst, ich bin senil, ihr wollt mich ins Altersheim befördern.«

»Was wollte die Anruferin denn?«

»Dich sprechen.«

»Mehr nicht? Hat sie nicht gesagt, was sie wollte? War es vielleicht Rita?«

Lüthjes Vater antwortete nicht. Er war beleidigt. Man musste ihn jetzt ablenken, bis er vergessen hatte, dass er sich entschlossen hatte, beleidigt zu sein.

»Kannst du mir sagen, was das für ein Radio ist?« In einem Moment, als sein Vater gerade nicht schluckte, hielt Lüthje ihm sein Handydisplay mit dem Foto des Emud-Radios vors Gesicht.

»Wenn die Helligkeit nachlässt, ist das der Energiesparmodus, dann musst du einfach auf irgendeine Taste drücken, und es wird wieder hell.« Lüthje freute sich, dass er das seinem Vater so flüssig erläutern konnte.

»Wenn das so einfach ginge! Wäre schön, wenn man so einen Jungbrunnen mit Energiesparmodus und Taste hätte. Junge, du weißt nicht, was du manchmal für einen Unsinn redest.« Er drückte eine Taste. »Außerdem kann ich noch gut sehen! … Wo hast du das her?« Vorwurfsvoll fragte er das. Als hätte sein Sohn ihm etwas angetan. Als hätte er sich deshalb eine ansteckende Krankheit eingefangen. Der Vater schluckte, obwohl er nicht mehr aß. Er hielt das Handy weit weg von sich, ohne den Blick davon zu lösen. Er nahm seine Lesebrille ab. Trotzdem starrte er weiter darauf, näherte jetzt das Display wieder seinen Augen und drückte wieder auf eine Taste.

»Das sage ich dir, wenn du mir gesagt hast, was das für ein Radio ist. Du hast es also nicht in deiner Sammlung?«, fragte Lüthje.

Sein Vater sah ihn vorwurfvoll an. Der Blick sagte: Ich habe es immer gewusst. Du weißt nicht, welche Geräte ich unten auf den Regalen stehen habe! Nach all den Jahren!

»Es ist ein Emud Phono Record 59. UKW, Mittelwelle, Langwelle. Mit eingebautem Plattenspieler, ohne Wechsler. Sechs Mittelwellenkreise. Zehn UKW-Kreise. Sieben ECC 85.« Der Vater knallte das Handy mit einer abrupten Bewegung auf den Tisch, sodass Lüthje sicherheitshalber nachsah, ob sich das Foto noch auf das Display holen ließ.

»Hast du Interesse? Ich meine, soll ich fragen, was es kostet?«

»Dreihundertfünfundsechzig Mark hat es damals gekostet. Ich bin satt. Willst du noch was?« Vater Lüthje schob den vollen Teller von sich.

»Nein danke. Es wird sowieso Zeit für mich. Der Nebel wird immer dichter. Ich entnehme deinen weitschweifigen Ausführungen, dass du Interesse am Emud hast, lieber Vater. Ich frag nach. Es gehört zu einem Nachlass. Kann vielleicht etwas dauern.«

Vater Lüthje schwieg.

»Was meinte Dr. Iwersen?«, fragte Lüthje, als sie den Tisch abräumten, die Teller spülten und den Fisch in den Kühlschrank stellten.

Vater Lüthjes Hals und Stirn waren puterrot. Der Blutdruck war aus irgendeinem Grund hochgeschnellt. Sein Vater hatte bisher keinen Ton über die letzte Untersuchung bei der Hausärztin erzählt. Genauso wenig über die Schweißausbrüche und die Alpträume, die ihn seit einiger Zeit quälten.

»Was? Na ja, Altersherz und so weiter, das Übliche. Cholesterin im Normbereich.« Er scheuerte mit der Spülbürste wieder heftig auf seinem Teller herum, obwohl er ihn schon zweimal abgespült hatte. »Und ich schlafe schlecht und träume noch schlechter. Ich sei doch beste Kriegsware, hat sie gesagt. So als ob das ein Kompliment wäre. Aber genau das ist doch mein Problem!« Er sah sich im Spiegel an, der über der Spüle hing. »Warum hat Mutter ihn da bloß haben wollen? Ausgerechnet über der Spüle.« Er nahm seine alten Hände aus dem Spülwasser, betrachtete sie, die runzelige Haut, die hervorgetretenen Adern. »John und Tom haben gestern an die Tür geklopft. Hab ihnen nicht geöffnet, aber sie standen trotzdem in meinem Schlafzimmer. So wie damals.«

»Wer war …?«

»Dann muss Tom auch tot sein.«

»Wovon redest du?« Lüthje fragte sich, ob er jetzt die Hausärztin oder nur Frau Jasch anrufen oder seinen Vater ins Auto verfrachten und gleich in die Psychiatrie bringen sollte. »Wer ist Tom? Wer ist dieser John? Wieso auch tot?«

»Ach, das ist so lange her, ich kannte mal ein paar englische Soldaten, bei Kriegsende. Ich dachte, sie wären meine Freunde, aber wie das so ist im Leben, es war ein Irrtum. John ist damals gestorben. Es war ein Unfall. Aber sie hatte Schuld.«

»Wer ist *sie*?«

»Ach, das ist eine lange Geschichte. Ich muss immer öfter daran denken. Dabei ist alles so lange her. Ist doch komisch.«

»Von dieser langen Geschichte hast du nie etwas erzählt.«

»War nichts Erfreuliches.« Er trocknete die Hände ab und sah verächtlich auf den Topf und die Biergläser, die noch im Spülwasser lagen. »Na, Junge, und du? Hast du die Gauner heute gefangen?«

Sein Vater machte plötzlich wieder einen wachen Eindruck auf ihn, der Blick war nicht so wirr und orientierungslos wie noch vor ein paar Minuten. Wie elegant er vom Thema abgelenkt hatte. Mehr war also wieder nicht herauszukriegen. Dann müsste er eben bei Iwersen anrufen. Und Frau Jasch ausfragen.

»Na, vielleicht noch ein paar Überstunden, dann können die Nächsten kommen.« Auch darüber hatten sie immer gemeinsam lachen können, auch bei Kommissar Lutz oder Derrick. Im Fernsehen dauerte die Ermittlungsarbeit nicht Wochen, Monate oder Jahre. Es schien alles an einem Tag erledigt zu sein, ein paar Überstunden vielleicht, mal eine Nacht in kalten Kellern, heißen Nachtklubs und einer gutbürgerlichen Villa.

»Ich muss los, es wird immer nebliger. Ich muss früh raus.«

»Junge, du kannst doch oben in deinem Zimmer schlafen!«, sagte sein Vater, als sie sich draußen im dichten Nebel verabschiedeten. Aber Lüthje konnte schon lange nicht mehr in seinem Zimmer im Dachgiebel seines Elternhauses schlafen. Mit achtzehn war er ausgezogen. Seitdem hatte er Angst davor. Als ob ihm dort etwas Entsetzliches passiert wäre. Wenn es gar nicht anders ginge, würde er sich in Laboe ein Hotelzimmer mieten.

Er kämpfte sich lieber drei Stunden lang durch den Nebel nach Flensburg. Er versuchte Maren anzurufen. Er wollte ihr sagen, dass er wegen des Nebels in seiner Wohnung in Flensburg übernachten musste. Sie nahm nicht ab.

Als er in Schleswig den beleuchteten Dom wie durch Milchglas über die Schlei schimmern sah, war es kurz vor zwei Uhr morgens. Sein Vater hatte sicherlich bis jetzt an seinem sonderlichen Röhrentheater weitergebastelt. Gleich war Zeit für die »Shipping Forecast« auf BBC 4 und dann zum Abschluss »Sailing By«, das Lüthje oft in den Schlaf begleitet hatte, wenn er vorher unten an der Kellertür gelauscht hatte oder es später auf seinem Zimmer selbst auf dem Transistorradio hörte und, wie sein Vater, erst dann ruhig schlafen konnte.

Lüthje glaubte, dass die Ehe seiner Eltern nur gehalten hatte, weil seine Mutter geduldig über alle Macken ihres Mannes hinweggesehen hatte. Sie hatte mehrfach gesagt, dass doch eigentlich »Schleswig-Holstein meerumschlungen« das Richtige vor dem Schlafengehen sei. Ganz ernst hatte sie das gemeint, Ende der Fünfziger. Sein Vater hatte wütend aus dem Lied zitiert: »Deutscher Sitte hohe Wacht, wahre Treu, was schwer errungen«, und dann so laut geschimpft, dass sie weinend aus dem Zimmer gelaufen war.

»Dieses Geschwafel hat uns doch die ganze Scheiße eingebrockt!« Die Falte von der Stirn zur linken Nasenwurzel hatte sich dabei noch tiefer gegraben, seine Augen hatten geglüht, und ein Blick hatte mit einem ängstlichen Flackern seinen Sohn gestreift, dann war er für den Rest des Abends in seinem Kolophonium versunken. Lüthje konnte diesen Vorfall wie einen Filmschnipsel wieder und wieder abspulen, er gehörte merkwürdigerweise zu dem Repertoire seiner Erinnerungen, die ihn in tausend Variationen bis in seine Träume verfolgten, ohne dass er sagen konnte, warum. An diesem Filmschnipsel haftete etwas Unerledigtes.

Lüthje bemerkte zum ersten Mal, dass das Autoradio in seinem Dienstwagen keine Langwelle empfangen konnte. Und er bemerkte, dass er damit mal richtig Glück hatte, denn mit »Sailing By« würde er spätestens hinter der Abfahrt Süderschmedeby am Steuer einschlafen. Wie wäre es mit »Schleswig-Holstein meerumschlungen« auf Nordfun? Inzwischen spielte es Nordfunradio zur Mitternacht, so als Sendeschluss, obwohl die doch danach die ganze Nacht durchmachten. Aber es war schon lange Mitternacht durch.

Was hatte sein Vater mit »die ganze Scheiße« eigentlich gemeint?

Zweiter Tag

»Wo ist Heike?«

Kommissarin Heike Schönberg war immer pünktlich, dachte immer mit, war überhaupt in allem vorbildlich. Deshalb war es Lüthje unverständlich, dass sie nicht zur verabredeten Zeit im Dienstzimmer erschienen war.

»Vielleicht ist sie mit der Polin noch nicht fertig. Heike wollte ihre Aussage aufnehmen.« Kriminalhauptmeister Husvogt stand auf und machte das Fenster neben sich zu, nicht ohne dabei demonstrativ zu hüsteln. Husvogt kränkelte gerne.

Lüthje hatte den Raum als Erster betreten und das Fenster aufgemacht. Nur einen Spaltbreit. Und jetzt war das Fenster zu. Er hatte das Gefühl, dass ihm mit jeder Minute der Sauerstoff im Raum kritisch schwand, wenn sich außer ihm noch jemand im Raum befand. Er wurde nicht müde. Er wurde unruhig. Noch unruhiger als sonst schon. Also musste er die Tür wieder aufmachen. Leider hatte es zu oft unerwartete, unerwünschte Überraschungsbesuche gegeben, die plötzlich in der offenen Tür standen und besser Ungehörtes gehört hatten. Wie zum Beispiel Arnulf Lütje, seinerzeit »nur« Kriminalrat und Dienststellenleiter, der seine Dezernatsleiter gerne durch Gespräche bei ihren Ermittlungen »unterstützte«, sprich: die Zeit raubte. Sein ständiges »Ich muss nach Kiel« war schon vor dem Ruf auf den Sessel eines Staatssekretärs ein geflügeltes Wort innerhalb der Bezirkskriminalpolizeiinspektion Flensburg gewesen.

Der war also weit weg. Lüthje öffnete die Tür. Im selben Moment stand Heike im Türrahmen.

»Sie ist weg!«, sagte sie wütend. »Die Pawletko. Sie sollte um acht Uhr bei mir sein. Um acht Uhr fünfzehn hab ich im Hotel nachgefragt. Sie öffne nicht ihre Zimmertür. Wir haben die Tür aufgebrochen. Sie ist mit ihren Klamotten abgehauen, die Handtücher seien auch weg, jammerte mir Herr Bremer die Ohren voll, die Polizei solle sie ihm ersetzen und so weiter, na ja, die ganze Litanei, die er jedes Mal vom Stapel lässt, wenn einer unserer Gäste sein Haus vorzeitig verlassen hat. Diesmal die Handtücher. Und

140

von der nächsten Pflegerin natürlich auch keine Spur. Wenn es diese Ablösung überhaupt gibt.«

Lüthje nickte. »Sie hat das Taxi ›Marek‹ gerufen. Ich hab's nicht anders erwartet. Aber wir hatten keinen Haftgrund. Außer der fehlenden Arbeitserlaubnis … und das Alibi kann geschickt inszeniert sein. Ich weiß nur noch nicht, wie. Wie auch immer, im Moment können wir auch nach der Flucht keinen Richter von einem dringenden Tatverdacht überzeugen. Aber wir können sie an der Grenze vorläufig festnehmen. Vielleicht ist es auch erfunden, dass heute die Ablösung kommen sollte. Heike, ich sehe es dir an der Nasenspitze an, keine polnische Touristin in Sicht?«

»Die Gegend um das Haus wird observiert, die Flatterbänder sind entfernt, an der Tür wollte jemand Handys mit MP3-Player verschenken, wenn du einen Mobilfunkvertrag unterschreibst, und das Kamerateam von Nordfun mussten wir wegjagen.«

»Und, was ist mit dem MP3-Handy?«

»Der Mann ist um sein Leben gerannt, als er hörte, dass er die Polizei vor sich hatte.«

»Chef, glaubst du wirklich, dass die Pflegerin oder ihr Umfeld an der Tat auch nur beteiligt waren? Man schlachtet die Kuh nicht, die man melken kann.«

»Ich glaube auch nicht, dass sie oder sonst jemand von der Firma Marek und Co die Roekkelsdorff umgebracht hat. Alles spricht dafür, dass wir hier auf eine Art Pflegemafia gestoßen sind. Gefährliche Pflege frei Haus. Tausendfünfhundert bekommen die Mädchen monatlich, schätze ich. Wie viel Geld an Marek und Co vom Betreuer oder von der Tochter geflossen sind, werden wir erfahren, wenn sie uns die Kontobewegungen erläutern müssen. Der Knackpunkt ist doch: Wie ist überhaupt der Kontakt zu dieser Pflegemafia zustande gekommen? Und warum? Sie war reich wie Scheich! Hat einer von euch mal ausgerechnet, wie viel das im Monat an Zinsen wären? Also selbst bei ungünstigen Konditionen wären das eine Million pro Monat an Zinserträgen. Pro Tag also circa vierunddreißigtausend Euro.«

Man seufzte.

»Von dem Geld der Greisin Roekkelsdorff hätte man ihr ein eigenes Krankenhaus bauen können. Das wäre wirklich was für die Scheichs, wenn sie es nicht schon hätten«, sagte Lüthje.

»Echt? Die haben so was?«, fragte Heike.

»Bezweifelst du das?«, antwortete Blumfuchs auf blauen Dunst hin.

»Zur Sache bitte.« Lüthje rief seine Schulklasse zur Ordnung. »Die Polin hat mir bei der Befragung geschickt ein paar Appetithäppchen serviert. Das war nicht einmal die Vorspeise, geschweige denn der Hauptgang. Die Pflegerinnen haben sich mit Sicherheit ausführlich ausgetauscht. Jede einzelne weiß also mehr, als sie selbst gesehen hat. Sie wissen auch, was die jeweils anderen zwei gesehen haben. Sie haben möglicherweise ein großes Problem. Sie alle wissen, was passiert ist. Jede aber nur ein Puzzlestück. Aber das reicht für jede an Puzzlestücken, um etwas zu ahnen. Werden sie Kontakt miteinander aufnehmen? Und werden sie sich alle drei treffen? Heimlich? Weil Marek es ihnen verbietet? Marek wird sie alle ausfragen. Werden sie die Wahrheit sagen? Was werden sie verschweigen? Und warum? Weil sie Angst haben. Vor dem mächtigen Mann. Vielleicht. Vielleicht. Vielleicht.«

Lüthje schlug mit der flachen Hand auf den Tisch. Heike zuckte zusammen, Husvogt hüstelte erschrocken.

Blumfuchs gab sich unbeeindruckt. »Man schlachtet die Kuh nicht, die man melken kann. Aber wenn man den großen Coup gelandet, also mit einem Schlag genug im Sack hat, kann man die Kuh schlachten und verschwinden. Wenn …«

»Jetzt Schluss mit den Spekulationen. Das ist alles Spökenkiekerei. Ich will zu diesem Thema erst wieder etwas hören, wenn wir mehr haben als die Lügenshow einer polnischen Pflegerin, die sich in Luft aufgelöst hat. Heike, wer ist Betreuer?«

Heike berichtete, dass das Amtsgericht noch immer mauere. Die Tochter sei jedenfalls nicht Betreuerin. Im Übrigen brauchten sie eine schriftliche Anfrage, danach würde man entscheiden. Sie würden das Auskunftsersuchen an höherer Stelle prüfen lassen.«

»Entscheiden? Die müssen zwitschern wie die Vögel! Wir werden uns einen richterlichen Beschluss holen! Was ist da eigentlich los? Als Nächstes kommt hier der Herr Staatssekretär hereinspaziert und suspendiert uns alle.«

Alle, auch Lüthje, sahen erschrocken zur immer noch offen stehenden Tür und warteten. Lüthje sah vorsichtshalber in den Flur.

»Entwarnung. Aber man hat ja schon Pferde kotzen sehen. Wo bleibt die glückliche Erbin, Heike?«

»Äh, das hat Blumfuchs ermittelt.« Heike schien etwas verlegen zu sein. Eigentlich war das ihre Aufgabe gewesen. Das wiederum ermittele ich später, dachte Lüthje.

Blumfuchs beugte sich betont lässig über seine Aufzeichnungen. »British Airways hatte Hildburg Gilbert am Dienstagabend mit dem Flug BA 0972 um achtzehn Uhr fünfunddreißig ab Heathrow auf der Passagierliste. Das Flugzeug ist planmäßig um einundzwanzig Uhr zehn in Fuhlsbüttel gelandet. Die Bundespolizei ist informiert. Wir haben von der Deutschen Botschaft ein Foto angefordert. Die haben damit ein Problem. Wozu wir denn das Foto bräuchten, ob denn irgendetwas gegen Mrs. Gilbert vorliege oder ob sie als vermisst gemeldet sei, hat mich der Typ gefragt. Wenn nicht, müsse der Botschafter, das Auswärtige Amt, das ist schließlich der Arbeitgeber, in so einem Fall zustimmen, hieß es, und … es geht also den Dienstweg. Es sei denn, der deutsche Innenminister oder das BKA oder der Verfassungsschutz oder der BND, also eine oberste Bundesbehörde, oder der Segen des Innen- und Außenministeriums würden es beschleunigen. Ihr glaubt nicht, wie schnell der geredet hat. Jedenfalls schneller, als der Dienstweg erlaubt.«

»Du hast dich verarschen lassen, Blumfuchs. Es müsste doch ein Foto im Haus der Mutter sein, da lagen doch so viel Fotos herum. Vielleicht ist sogar der Täter dabei.« Er sah Blumfuchs an. Schließlich war Blumfuchs immer für das »Fliegenbeinzählen« zuständig.

»Wie soll ich das machen, Chef? Ich kenn doch die Leute auf den Fotos überhaupt nicht! Ich brauche irgendeinen Verwandten, mit dem ich das sortieren kann.«

»Sieh mich nicht so hilflos an, Blumfuchs, mir kommen gleich die Tränen. Es sieht so aus, dass wir nur eine Verwandte haben, die sich damit auskennt, aber die denkt im Moment nicht daran, mit uns Familienfotos zu sortieren. Wenn du einen USB-Stecker von einer Anhängerkupplung unterscheiden kannst, wirst du auch vorläufige Ordnungskriterien für diese Fotos entwickeln können. Alter der Fotos, Familienähnlichkeiten, Bärenfellfotos oder so was, Schultüte mit Tochter und Mutter, dann kannst du sie in höherem Alter auf einem Foto wiedererkennen. Wie viel verschiedene Männer findest du, wer könnte der Vater sein, Onkel oder Nichtverwandter, was steht auf der Rückseite der Fotos …«

»Moment, Moment, ich komm nicht so schnell mit!« Blumfuchs schrieb fleißig mit.

»Den Rest machst du zu Hause, du hältst den Unterricht auf. Vielleicht können wir die richtigen Fragen stellen, wenn die Tochter endlich auftaucht. Lebend.«

»Von der Botschaft hieß es, dass sie Urlaub beantragt hätte, weil es ihrer Mutter schlechter ginge«, sagte Heike. »Also muss sie jemand darüber informiert haben. Der Hausarzt?«

»Oh, verdammt, dieser Giesecke müsste darüber was sagen können. Den werden wir uns noch vorknöpfen. Jedenfalls kommt die Tochter jetzt gerade richtig, um sich ihr Erbe abzuholen.« Lüthje unterbrach seinen Tigerkäfiggang und blieb sinnierend vor den Fotos an der Wand stehen.

»Außerdem kam noch eine Mail von der Botschaft mit ein paar Infos«, fuhr Heike fort.

Lüthje sah sie prüfend an. Sie war kurzatmig, blass und sah irgendwie anders aus als sonst. Ob das Husvogt und Blumfuchs nicht auch auffiel?

»Sie lebt wohl zurückgezogen, immerhin ist bekannt, dass sie eine gute Freundin in London hat, Susan Hardy, mit der sie sich an Wochenenden trifft und auch mal Urlaub macht. Sie wohnt im Stadtteil Muswell Hill, im Norden Londons. Die arbeitet nicht bei der Deutschen Botschaft, sondern bei einem Fernsehsender. Vielleicht ist Hildburg Gilbert auch nur einkaufen gefahren oder in London zu Besuch bei dieser Susan, das versucht gerade die Botschaft in Zusammenarbeit mit der Polizei herauszubekommen.« Heike legte ihre Unterlagen auf den Tisch und entschuldigte sich für einen Moment.

Lüthje drehte sich wieder zu den Fotos um. Strupps hatte ganze Arbeit geleistet. Gleich aus zehn verschiedenen Perspektiven war das Opfer abgelichtet. Lüthje erkannte die Einstellung »verdeckter Blitz«, die trotz Einsatz des Blitzes das Umgebungslicht mit einbezog. Er hatte nur eine relativ einfache »Fürst-Pückler-Schnitte« als Fotoapparat, die diese Einstellung als Programmeinstellung anbot. Strupps dagegen setzte diese und andere Tricks zur dramatischen Inszenierung des Todes mit der Spiegelreflex virtuos ein. Er verstand sich auf die Ästhetik des Teufels.

Aus der Perspektive eines kleinen Kindes, das am Bett steht, sah der Betrachter im bleichen Licht des dunstigen Nachmittags den herausquellenden blauschwarzen, mit dunklen Blutfäden überzogenen Zungenstrang in der mumienhaften Maske, die einmal ein menschliches Gesicht, ein Frauenantlitz gewesen war. Die durch den gewählten Blickwinkel erzwungene Anordnung der grotesken Farben verlieh dem Foto etwas Abstraktes. In einem anderen Foto schien der Betrachter senkrecht über dem gequälten, verdrehten Köper zu schweben, die Farben spielten ins metallisch Bläuliche und übergossen die Szene mit einer ästhetischen Verzückung. Im rechten Bildrand, unübersehbar grellweiß leuchtend, sah man die beiden Porzellanfiguren, die nackte Frau, die fast gelangweilt, mit einem Anflug von flüchtigem Mitleid, zur Toten hinüberschaute, und, im Blickschatten der Nackten, Kind und Lamm im Spiel. Die Frau versperrte dem Sinnbild der Unschuld den Blick auf das Werk des Bösen. Zufall? Das war Lüthje an Ort und Stelle nicht aufgefallen.

Lüthje erinnerte sich an einen Fotobildband in einer Buchhandlung, Porträts toter Menschen. Musste wohl das Wochenende kurz vor Totensonntag gewesen sein, denn wann sonst verkaufte sich so was? Von »Schlaf« war auf dem Titelbild die Rede. Lüthje hatte darin geblättert. Das hatte nichts mit seiner Berufswirklichkeit zu tun. Wer sah es sich sonst an oder kaufte es? Bestattungsunternehmer als Anschauungsmaterial für Leichenkosmetik? Sensible Mörder? Brotmann als Gerichtsmediziner würde solche Bücher als Kitsch bezeichnen.

Die Dienstkamera benutzte Strupps schon lange nicht mehr. Er hatte sein privates Supergerät mit über vierundzwanzig Megapixeln oder mehr. Hatte ihn wohl ein paar Monatsgehälter plus Weihnachtsgeld gekostet. Wer den größten Teil seines Lebens Menschen am Ort ihres Todes fotografiert, entwickelt wohl irgendwann den Ehrgeiz, mehr aus der Sache zu machen, es immer besonders gut zu machen. Es nicht nur zu protokollieren, sondern zu werten, zu zeigen, dass man nicht unberührt, ungerührt blieb. Das sprach für Strupps. Gegen ihn sprach, dass sein Job als Mann der Spurensicherung es verlangte, dass er seine Motive als

Untersuchungsobjekte wertfrei und mit Distanz protokollierte. Das war hier gründlich danebengegangen.

Der Job hatte Strupps verändert. Er hatte ihn nicht mehr ertragen und begonnen, ihn zu verändern, um ihn ertragen zu können. Er machte seinen Job nicht mehr richtig. Wer weiß, wie vielen es schon aufgefallen war, oder war er, Lüthje, der Erste? Er würde nicht der Letzte sein, irgendwann würde man Strupps beiseite nehmen und mit ihm reden müssen. Aber vielleicht war dann die Pensionsgrenze schon in der Zielgeraden, und da sah man über vieles hinweg. Würde ihn, Lüthje, irgendwann jemand beiseite nehmen? Wann ist die Pensionsgrenze eigentlich in der Zielgeraden?

»Wenn der Strupps mit seiner blöden Ästhetik zufällig eine Spur sichtbar gemacht hat?« Lüthje sprach es laut aus. Blumfuchs und Husvogt sahen ihn an, als ob er plötzlich chinesisch spräche. »Ein kunstbeflissener sensibler Mörder? Eine versteckte Botschaft? Denkt mal darüber nach.« Husvogt und Blumfuchs schwiegen. Sie dachten wohl wirklich angestrengt nach.

Lüthjes Blick wanderte weiter über die Fotos und blieb schließlich auf dem Emud-Radio hängen. Damit hatte Strupps ein Meisterstück abgeliefert. Verlockend schimmerte der feine Lack, im Stoff vor dem Lautsprecher schien blondes Haar eingewoben, und die Tasten waren aus Elfenbein. Als ob alles vor der Aufnahme poliert worden wäre. Die Lichter der Aufnahme waren so gesetzt, als ob einem das Emud-Radio unwiderstehlich aus dem Schaufenster eines Radiohändlers entgegenschimmerte, eine leichte Reflexion rechts oben schien blauen Himmel im Rücken des Betrachters zu zeigen. Wie hatte Strupps das nur hinbekommen? Das müsste er seinem Vater zeigen. Dagegen war das Foto auf dem Handydisplay so verwaschen wie ein vor Erschöpfung auf dem Vernehmungsprotokoll abgerutschter Dienststempel.

Lüthje spielte nachdenklich mit den Knäckebrotkrümeln und den englischen Münzen in der Jacketttasche.

Plötzlich hörte Lüthje ein Rumpeln und Klappern, als ob jemand im Treppenhaus mit einem Aktenwagen die Treppe hinuntergefallen wäre. Lüthje sah in den Flur zum Treppenhaus. Frau Göing aus dem Betrugsdezernat hatte eine Türklinke in der Hand und sah irritiert zu ihm herüber.

»Die reißen jetzt den ganzen Klumpatsch ab. Endlich. Dann haben wir den Trümmerhaufen nicht immer vor der Nase.« Blumfuchs und Husvogt sahen gelangweilt aus dem Fenster.

»Was hast du gesagt?«, fragte Lüthje. Es dauerte ein paar Sekunden, bis er begriff, was draußen passierte. Er riss das Fenster auf und schrie in die sich auftürmenden Staubwolken: »Stopp! Stopp! Aufhören, sofort aufhören!«

Husvogt und Blumfuchs sahen sich mit hochgezogenen Augenbrauen an.

»Guckt nicht so blöd! Ruft die Feuerwehr und den Notarztwagen!«

Dreißig Sekunden später stand Lüthje atemlos mit hocherhobenen Armen vor dem Abrissbagger. Soweit er es im Staubnebel erkennen konnte, war von der Ruine nur noch ein Haufen Schutt und Holzbalken übrig.

»Da wohnt ... wohnte einer. Machen Sie den Bagger aus, sofort.«

Der Mann ließ den Bagger laufen. »Quatsch, wir haben das überprüft.«

»Wie haben Sie das überprüft? Machen Sie den Motor aus, das ist ein Befehl!« Der Mann verstand, das Motorengeräusch erstarb.

Lüthje griff zum Handy. »Husvogt, den Notarzt. Ich brauch Verstärkung, keine Fragen bitte. Die Idioten haben auch keine Baustellenabsicherung zur Straße hin. Kümmert euch darum. Jetzt haben wir hier vielleicht einen Leichenfundort.«

Vielleicht war der Mann nicht im Gebäude gewesen. Aber das Foto. Das Foto würde für immer verloren sein.

»Ich habe Sie gefragt, wie Sie das überprüft haben!«

»Wir haben reingerufen.« Der Mann wurde unsicher. »Das machen wir immer so.«

Zeitungsseiten flatterten langsam im ablandigen Wind zur Förde hin wie Geistermöwen. Er nahm sich eine Zeitung, die vor ihm lag, Freitag, 16.4.1988. Ein Griff nach weiter hinten. Montag, 4.7.1985. Ein Zeitungsarchiv. Von Fotos keine Spur.

»Kommen Sie da raus, das ist lebensgefährlich!« Ein Feuerwehrmann packte Lüthje am Arm und zog ihn auf sicheren Boden.

»Er müsste ungefähr da liegen.« Lüthje deutete auf den Bereich,

in dem die meisten Zeitungen herumlagen. Sie begannen vom Rand
mit Hilfe des Baggers Trümmerstücke herauszuziehen. Inzwischen
war die Schiffbrücke, die Verkehrsader Flensburgs auf der Südseite der Förde, gesperrt. Das bedeutete für das Flensburger Stadtgebiet erfahrungsgemäß den Verkehrsinfarkt.

»Hierher!« Sie gaben dem bereitstehenden Notarzt ein Zeichen.

»Herr Kriminalhauptkommissar! Herr Lüthje!« Frau Dibberts
Stimme überschlug sich. Das Ü klang wie eine Sirene. Sie tippelte
über den Hof auf ihn zu und wedelte dabei mit einem Zettel,
völlig unbeeindruckt von den zuckenden Blaulichtern, den zwei
Löschzügen, dem Aufgebot von schwerem Feuerwehrgerät, dem
Notarztwagen, dem ungeduldig ratternden Bagger und ungefähr
zwanzig Feuerwehrmännern um und auf dem immer noch stau-
benden Trümmerhaufen. Die Feuerwehrleute sahen erstaunt auf.
Als ob sie nie gedacht hätten, dass der Spinner ein Kriminalhauptkommissar sein könnte.

»Ein Anruf aus Kiel.« Sie wedelte mit den Anrufnotizen dicht
vor seinem Gesicht, weil er nicht hinsah. Sie rang nach Atem. »Die
Vorzimmerdame von Staatssekretär Lütje, Sie wissen schon …« Sie
sah ihn verschwörerisch an. Ja, er hatte es begriffen, das war Lütje ohne h, der Polizeirat, der ehemalige Chef.

»Die Vorzimmerdame, Frau Vöge, sie sagte …« Frau Dibbert
holte Luft. »… sie sagte, Sie möchten bitte um Punkt zehn Uhr da
sein.« Sie setzte hinzu: »Das hörte sich dringend an.« Wieder dieser verschwörerische Ton. Sollte heißen: Ich meine es gut mit Ihnen, Herr Kriminalhauptkommissar. Und dann, so leise es im Lärm
gerade ging, mit gesenktem Blick: »Der Herr Staatssekretär möchte Sie persönlich sprechen.« Pause. Sie sah wieder verschwörerisch
um sich. »Um Punkt zehn Uhr.«

Der Notarzt und zwei Männer mit einer Trage stiegen vorsichtig über die Trümmer.

»Es ist jetzt acht Uhr fünfundvierzig, Herr Lüthje.« Frau Dibbert sah demonstrativ auf ihre Armbanduhr. »Wenn Sie jetzt los-
fahren, können Sie noch pünktlich sein.«

Die Männer bargen einen Körper und legten ihn auf die Trage.
Der Notarzt prüfte Puls, Augen, begann mit Wiederbelebungs-
versuchen. Ein Defibrillator wurde eingesetzt. Nach etwa zehn

Minuten sah der Notarzt zu Lüthje herüber und schüttelte den Kopf.

»Sie werden es nicht für möglich halten, Frau Dibbert, aber ich bin mitten im Einsatz«, sagte Lüthje mit mühsamer Beherrschung. Frau Dibbert hatte die ganze Zeit neben Lüthje ausgeharrt und dabei aufgeregt mit der Telefonnotiz gewedelt. »Bestellen Sie der Frau Vöge und Ihrem Herrn Oberstaatsrat einen schönen Gruß und lassen Sie sich einen anderen Termin geben.«

»Herr Lüüüthje! Bitte mäßigen Sie sich. Wenn das jemand hört!«

»Geben Sie den Wisch schon her.« Auf der Telefonnotiz stand »Innenministerium«, Uhrzeit und der Name »Fr. Vöge«. Der Name des Herrn Staatssekretärs durfte wohl auf diesem billigen Recyclingpapier nicht erscheinen.

Der Notarzt stieg vom Trümmerberg herunter auf Lüthje zu.

»Jetzt verschwinden Sie endlich«, fuhr er Frau Dibbert an. Sie lief zitternd vor Empörung zum Eingang zurück.

Der Notarzt zog sich die Einmalhandschuhe aus. Lüthje hatte Notärzte erlebt, die sprachen, als ob sie ständig ein Diktiergerät vor dem Mund hätten, mit betont lässiger Routine. Dieser sah sehr jung aus, vielleicht sechsundzwanzig Jahre. Aber die Stimme klang viel älter. Und ohne Routine. Zu früh resigniert. Lüthje konnte die täglichen Begegnungen mit dem Tod heraushören, der beim Unfall amputierte Mann im aufgeschnittenen Blech des zerquetschten Autos, die Frau vor dem Gasherd, das grünblau aufgedunsene Gesicht des Familienvaters mit dem Gartenschlauch im Mund, dessen anderes Ende im Auspuff des laufenden Automotors steckt. Und der Körper des Namenlosen auf der Trage dort oben auf den Trümmern.

Der Notarzt sah Lüthje an, schüttelte wieder den Kopf und ging zu seinem Wagen.

***

Die Flure im Innenministerium waren erfüllt vom Rauschen der Reinigungsmaschinen. Auf jedem Flur schien eine Putzkolonne im Einsatz zu sein. Manchmal sahen die Frauen in ihren schicken dunkelblauen Overalls auf und musterten Lüthje prüfend von oben bis unten. Sein Ausweis mit Lichtbild am Revers schien sie nicht zufriedenzustellen. Der Staub der eingestürzten Puppenhausruine hatte seine Spuren hinterlassen. Er hatte sich nur notdürftig abgeklopft. Er sah aus wie ein Bauarbeiter im rotweinfarbenen Cordjackett. Zu knautschig, zu verdächtig für diese glatte Umgebung.

Lüthje fragte sich, ob man aus Kostengründen die Putzkolonne zur üblichen Bürozeit arbeiten ließ, weil Überstunden oder Nachtarbeit zu teuer würden. Aber vielleicht handelte es sich gar nicht um Reinigungskräfte, sondern um Sicherheitsbeamte.

Im Empfangsbereich hatte man ihm ein kleines Navigationsgerät mit Mikrophon im Ohr verpasst, das ihn computergesteuert durch endlose Flure, Treppen, Fahrstühle, verglaste Durchgänge führte. »Wir sehen, wenn Sie vom Weg abkommen, und fangen Sie ein, Herr Kommissar«, hatte der Sicherheitsbeamte gelacht.

Der Staatssekretär Arnulf Lütje residierte im obersten Stockwerk, einem Penthouse für die politischen Beamten der Führungsebene, das auf das eigentliche Gebäude aufgesetzt war. Am Ende des Flurs sah Lüthje einen Wintergarten, der nicht mit den üblichen Palmen, sondern mit kleinen Laubbäumen begrünt war.

Frau Vöge goss die lange Reihe der Topfblumen auf ihrem Fensterbrett.

»Da sind Sie ja …« »Endlich«, wollte sie wohl noch hinzufügen, aber als sie die Gießkanne abstellte und sich ihm zuwandte, raubte ihr Lüthjes Erscheinungsbild wohl den Atem.

Dem vorwurfsvollen Blick auf sein verdrecktes Äußeres begegnete er mit ausgesuchter Höflichkeit. »Entschuldigen Sie bitte vielmals, aber Sie haben mich von einem Leichenfundort weggerufen. Ich hatte leider keine Zeit, mich umzuziehen, geschweige denn zu reinigen.«

Ihr stockte der Atem, dann drückte sie vor Empörung und Ekel mit einem Ruck die Brust heraus, das hochtoupierte Haar kam bedrohlich ins Wanken, und stolzierte in ihrem makellosen Designerkostüm in das Zimmer ihres Chefs. Nicht ohne die Tür hinter sich zu schließen. Diese Bienenkorbfrisuren kannte Lüthje noch aus den Beatschuppen der Sechziger. Frau Vöge kam nach ein paar Sekunden wieder und hielt Lüthje mit ausgestrecktem Arm ein Handtuch hin. »Bitte reinigen Sie sich im Waschraum.

Ein Stockwerk tiefer. Werfen Sie das Handtuch danach auf den Boden.«

Lüthje tat, was ihm aufgetragen wurde. Als er sich vorstellte, musterte Frau Vöge ihn kritisch, befand ihn für tragbar und bedeutete ihm, in das Allerheiligste einzutreten.

»Darf ich Ihnen etwas anbieten?« Der Staatssekretär zeigte auf den Stuhl vor dem Schreibtisch und drückte gleichzeitig auf einen Knopf. Er hatte Lüthje nicht begrüßt, noch nicht einmal angesehen.

»Nein, danke.« Ein Stuhl reichte Lüthje. Sein ehemaliger Dienststellenleiter schien geschrumpft. Aber vielleicht lag es an der Größe des Dienstzimmers, das ihn umgab. Seinen viereckigen Kopf zierte eine sportliche Stoppelfrisur, was ihm einen dynamischen und gleichzeitig intellektuellen Anstrich gab. In Flensburg hatte ein schlichter Fassonschnitt gereicht.

Das Designerkostüm erschien mit einem weißen Kantinentablett und räumte die leeren Kaffeetassen und Teller mit zerkrümelten Keksen aus der eleganten Besprechungsecke am Fenster ab. Das Zimmer war sanft in die schleswig-holsteinischen Landesfarben getunkt, himmelblaue Vorhänge, weiß lasiertes Holz und dezent rote Auslegeware. Vor den wandhohen Fenstern Richtung Südosten erstreckte sich die Förde bis zur Schwentinemündung. Ein Fördebus steuerte den Anleger Bellevue an. Weiter südlich streckten sich die Portalkräne der Werft wie dreibeinige Monster in den diesigen Morgenhimmel.

»Danke, Frau Vöge, vielen Dank.« Der Staatssekretär sah seiner Vorzimmerdame interessiert nach, als sie den Raum verließ.

»Schön. Ich hoffe, Sie haben sich inzwischen eingelebt, Kriminalhauptkommissar Lüthje?« Erste Phase: Leutseligkeit.

»Bitte was?«

»Na ja, Ihre neue Dienststelle.« Er lachte mit einem schleifenden Rasseln und sah Lüthje an. »In Flensburg. Haben Sie das vergessen? Dies hier ist *meine* neue Dienststelle. Hier kann es jedenfalls zu keinen Verwechslungen kommen.«

Lüthje lachte höflich. Der Mann war sein ehemaliger Chef. Es hatte bei ihm Irritationen über die Fastnamensgleichheit gegeben. Lüthje versus Lütje. Hoffentlich fing er nicht wieder davon an. Sein Humor war jedenfalls immer noch so schrecklich haarscharf daneben.

»Und? Immer noch die alten Hobbys?«

»Bitte was?«

»Na, diese Leicheninsekten, dieses grässliche Ungeziefer. Sie liefen doch immer mit Spinnen durch die Flure.« Der Staatssekretär kicherte mit frivolem Unterton. So hörte man wenigstens nicht dieses Schleifen, das Lüthje immer an eine Fahrradkette erinnert hatte.

»Momentan ist das …«

»Na ja, macht ja nichts. Ich muss Sie bitten, dieses Gespräch vertraulich zu behandeln. Sehr vertraulich. Obwohl wir keine vertraulichen Themen behandeln werden.«

Lüthje schwieg.

»Wir verstehen uns. Also, die Sache ist die. Sie sind doch mit den Ermittlungen in der Sache von Roekkelsdorff betraut?«

»Nein.«

»Wie meinen?«

»Ich bin von Amts wegen zuständig. Nicht betraut. Von Amts wegen zuständig.«

»Wie dem auch sei. Diese Angelegenheit gehört eigentlich in die Hände einer Sonderkommission …« Er sah Lüthje von unten herauf mit verengten Augen an. Zweite Phase: Drohungen.

»… ich habe den Minister aber überzeugen können, dass Sie der richtige Mann dafür sind. Vorausgesetzt, Sie kooperieren.«

»Sie sind meine übergeordnete Dienststelle«, sagte Lüthje diplomatisch. Lüthje fragte sich, wann er diesen Mann endlich loswerden würde, diesen Mann, der ihn schon einmal vom Dienst suspendiert hatte, als Lüthje nicht pressegerecht genug gearbeitet hatte, sondern wie immer nur an der Wahrheitsfindung interessiert gewesen war. Er hatte jubiliert, als dieser Arnulf Lüthje seinen Schreibtisch ausgeräumt und nach Kiel umgezogen war. Allerdings hatte er beim Ausräumen ein paar wichtige Aufzeichnungen vergessen. Aber dieses Wissen teilte Lüthje nur mit Malbek.

»Wir verstehen uns. Haben Sie schon Kontakt mit der Erbin aufgenommen?«, fragte der Staatssekretär. Dritte Phase: Verhör.

»Mit wem, bitte?«

»Ja gut, ich kann verstehen, wenn Sie bei den Ermittlungen noch nicht so weit sind. Betrachten Sie das Folgende als vertrauliche Information. Sehr vertraulich. Frau von Roekkelsdorff hat eine Tochter. Höchstwahrscheinlich Alleinerbin.«

»Ach ja, richtig. Doch, das wissen wir.«

Der Staatssekretär beugte sich vor, dann wieder zurück. »Hatten Sie schon Kontakt mit ihr?«

»Bitte was?«

»Herrgott, ich meine: Wissen Sie, wo sie ist?«

»Nein, bisher nicht.«

»Wieso nicht?«

»Ja, sie war … sie ist mit unbekanntem Ziel verreist, im Urlaub.«

Der Staatssekretär sah auf ein von Hand beschriebenes Blatt Papier. »Ja, richtig, das sagte die Botschaft.« Er klopfte zur Bekräftigung mit dem Kugelschreiber auf das Blatt Papier.

Der Mann wusste alles. Jedenfalls vieles. Er hatte die bisherigen Ermittlungsergebnisse schon auf dem Tisch. Von wem? Er hakte die Liste nur ab, um zu prüfen, ob Lüthje alles herausrückte.

»Rufen Sie mich sofort an, wenn Sie ihren Aufenthaltsort kennen.« Vierte Phase: Befehlsausgabe.

»Selbstverständlich.« So schnell es eben geht, dachte Lüthje.

»Keine, keine Informationen an die Presse ohne meine Zustimmung.« Zu spät, dachte Lüthje und nickte höflich.

»Keine Mails, keine Anrufe auf meine Dienstnummer. Erst recht nicht von der Zentrale. Sie rufen Frau Vöge an. Dann melde ich mich bei Ihnen.«

Lüthje nickte.

»Noch etwas. Der Minister ist seit Jahrzehnten ein Freund der Familie. Er ist Betreuer von Frau von Roekkelsdorff gewesen. Er trägt jetzt eine schwere Verantwortung. Sie auch. Verstehen Sie mich?«

Lüthje umklammerte die Stuhllehnen und sah aus dem Fenster. Er brauchte dringend Luft.

»Hören Sie mir überhaupt zu, Kriminalhauptkommissar Lüthje?«

Lüthje nickte, ohne den Blick vom Fenster zu wenden. Licht, Luft, Freiheit.

»Schöner Blick, nicht?« Er glaubte, dass Lüthje neidvoll den Yachthafen vor dem Ministerium an der Kiellinie bewunderte.

»Die Mole dahinter ist den größeren Booten vorbehalten. Ach, was ich noch fragen wollte, haben Sie noch Kontakt mit Herrn Malbek, Gerson Malbek?« Der Staatssekretär sah dabei auf den Computerbildschirm auf seinem Schreibtisch.

»Selten. Dienstlich. Ach, ehe ich es vergesse, wenn der Herr Minister Betreuer der Verstorbenen ist … dann brauchen wir natürlich sein Alibi für die Tatzeit.«

Schweigen.

»Für welchen Zeitraum?«

»Mittwochvormittag, zwischen acht und zehn Uhr dreißig.«

»Ich werde mich mit Ihnen in Verbindung setzen.«

»Oder besser von sieben bis elf Uhr.«

»Sie können jetzt gehen.«

Als Lüthje beim Hinausgehen die Tür hinter sich schließen wollte, hörte er sie wieder, die schleifende Fahrradkette. »Und vergessen Sie nicht, gute Presse, wir brauchen gute Presse. Vielen Dank.«

∗∗∗

»… und er hat gefragt, ob wir noch Kontakt miteinander haben.«

»So ein Arschloch. Was hast du gesagt?«

»Selten. Dienstlich. Er hat so getan, als ob er gedanklich schon ganz woanders wäre.«

Malbek saß im Eingang seines Wohnmobils mit der Gitarre auf den Knien. Lüthje hatte es sich im Strandkorb bequem gemacht, den Malbek auf einen Tipp von Lüthje hin im vergangenen Sommer günstig bei einer Auktion gebrauchter Strandkörbe in Laboe erworben hatte. Ein echter Oldtimer, wie Malbek immer betonte, noch genügend Sitztiefe und nicht so raumsparend wie die neuen Modelle.

Sie hatten sich in Moerksgaard auf Malbeks Grundstück mit dem Wohnmobil unter der riesigen Rotbuche getroffen, denn wer immer sie beobachtete, sollte glauben, dass sie sich nur über Familiäres unterhielten, abstimmten oder stritten. Jeder in der Kripo im Lande und darüber hinaus wusste, dass Malbek mit einer Journalistin liiert war, die auf dem Nachbargrundstück eine schicke Bauernkate bewohnte. Ein Kripomann und eine Journalistin. Unmöglich, geradezu geschmacklos. So etwas müsste per Gesetz, zumindest per Anordnung des Innenministers mit entsprechender Sanktionsandrohung in Schleswig-Holstein verboten werden.

Außerdem kursierten die wildesten Gerüchte darüber, wie viel Malbek denn nun nach dem finanziellen Desaster und dem Tod seines Bruders vom Familienerbe geblieben war. Hartnäckig hielt sich das Gerücht, dass es für Malbek zum Millionär gereicht haben musste, auch nach Abzug der Forderungen des Finanzamtes. Die Sache mit dem Wohnmobil, das Malbek immer liebevoll »mein Skipper« nannte, war doch nur eine dilettantische Tarnung. Der Einwand, dass Malbek schon vor seiner achtjährigen Haft in diesem Wohnmobil gewohnt hatte, machte die Sache nur noch schlimmer. In der Kripo Kiel hatte man sich inzwischen hinter vorgehaltener Hand darauf geeinigt, dass es *der* Beweis sei: Kriminalhauptkommissar Malbek war ein exzentrischer Millionär.

Lüthjes Sündenregister war nicht ganz so beladen. Er hatte nicht unwesentlich dazu beigetragen, dass einem schleswig-holsteinischen Gericht mit der Verurteilung Malbeks ein Justizirrtum nachgewiesen werden konnte und dieser wieder als Hauptkommissar in Amt und Würden eingesetzt werden musste. Schlimm. Aber es gab Schlimmeres. Zum Beispiel, dass er mit diesem suspekten Malbek befreundet war, ja, sie waren sogar fast verwandt. Das Schlimmste aber war, dass Lüthjes Freundin mindestens zwanzig Jahre jünger als er war, der ja schon mindestens Ende fünfzig sein musste, also auf der Zielgeraden zur Pensionsgrenze, und dass es sich dabei um Malbeks geschiedene Frau handelte. Er war quasi der Stiefvater von Malbeks vierzehnjähriger Tochter. Sodom und Gomorrha.

»Du hast mir mal erzählt, dass der Arnulf Lütje damals in Flensburg, als er noch stinknormaler Kriminalrat und dein Dienststellenleiter war, manchmal in den Geheimdienstjargon rutschte. Wie hieß dieser Ausdruck noch? Husvogt wusste von der geheimdienstlichen Berufserfahrung eures damaligen Chefs. Es hatte irgendetwas mit einem Abfluss zu tun …«

»Unbefugter Informationsabfluss.« Lüthje registrierte erfreut, wie gut sein Gedächtnis doch noch funktionierte. »Merkwürdige Sprache. Das Gegenteil wäre befugter Informationsabfluss. Was meinen die Nachrichtendienstler wohl damit?«

»Erlaubtes Schnacken und verbotenes Quatschen.« Malbek begann seine Gitarre zu stimmen. Es klang fürchterlich. Vielleicht war es das ja, was Jette so störte.

»Und eine Schnackerlaubnis kriegst du nur, wenn du das schnackst, was ein Vorgesetzter taktisch aufbereitet hat.«

»Taktisch aufbereitet?« Malbek legte sein Ohr an den Gitarrenkorpus und klopfte prüfend auf das Holz. Irgendetwas schien nicht zu stimmen beim Stimmen.

»Mit Lügen aufgekocht«, sagte Lüthje. Gutes Resümee des Besuchs beim Staatssekretär.

»Also darfst du beim Geheimdienst nur schnacken, wenn du jemandem damit was vortühnst und ihn anmeierst.« Malbek schlug zur Untermalung einen schrägen Akkord.

»Komisch. Schnackerlaubnis klingt so nach Schankerlaubnis.« Lüthje lehnte sich in den Strandkorb zurück und sehnte sich nach einem Bier. Sicherlich hatte Malbek ein gutes Fördepils unter der Sitzbank, handwarm, so wie er es mochte. Aber er musste gleich noch ans Steuer. Er hatte Maren versprochen, mal wieder bei ihr zu übernachten. Sie würde etwas Nettes kochen. Lüthje hatte ihr gesagt, dass er wieder viel zu tun hätte und deshalb sehr spät kommen würde. Er hatte ihr nicht gesagt, dass er sowieso viel lieber allein in seiner Zweizimmerwohnung in Flensburg übernachtete. Die antike Lackschachtel mit der schönen Frau auf den Armen des Jünglings stellte er immer in Sichtweite, an das Fußende des Bettes, und schlief ohne Schlaftablette ein. Er holte eine Tüte Fischbrötchen aus seinem Rucksack.

»Was ist mit dir, Lüthje? Du siehst blass aus.«

»Morde am Morgen bringen Kummer und Sorgen. Ich glaube inzwischen, es muss ein geheimer masochistischer Zug sein, der uns in diesen Beruf getrieben hat.« Er musste Malbek ja nicht erzählen, welches der merkwürdigen Ereignisse in den letzten beiden Tagen ihm die Blässe ins Gesicht getrieben hatte. Er wusste es ja selbst nicht so genau. »In diesem Sinne. Lass uns an die Arbeit gehen. Stärk dich erst mal.«

Er hielt Malbek die Tüte hin, der aber ablehnte. »Später vielleicht. Ich hab gehört, du hast die Roekkelsdorff am Hals?«

»Du weißt nicht, wie gut du die Sache auf den Punkt gebracht hast«, sagte Lüthje kauend. Er hatte sich wie immer zuerst das Brötchen mit den Krabben vorgenommen. »Hast du schon mal eine Leiche gehabt, der man den Hals ausgewrungen hat wie ein blutgetränktes Handtuch? Herbert Brotmann obduziert sie wahrscheinlich in diesem Moment in Kiel und ist mir persönlich dankbar für die interessante Bereicherung seines Berufslebens. Und was hat Jette sonst noch so erzählt?«

»Reg dich ab. Von der hab ich seit vorgestern nichts gesehen und gehört. Nein, der Mord an der Roekkelsdorff war *das* Gesprächsthema auf unseren Kieler Kripofluren. Wenn ich vorbeiging, grüßte man höflich, unterbrach die Unterhaltung, bis ich außer Sichtweite war, und flüsterte weiter.«

Malbek schlug einen vollen Akkord, nickte zufrieden und sang mit brüchiger Stimme zu den gezupften Akkorden, während Lüthje wie ein Tiger im Käfig vor ihm hin und her lief und dabei hektisch den Rest seines Krabbenbrötchens hinunterschluckte.

So we sit in empty rooms and dream our lives away
While the spirits come and go without a sound
And just like you and me, they're tryin' to find
a way, find a way, find a way home.

»As Wise as a Serpent. Gerry Rafferty. Er hat es aus dem Matthäus-Evangelium. Matthäus Kapitel 10, Vers 16: ›Siehe, ich sende euch wie Schafe mitten unter die Wölfe; darum seid klug wie die Schlangen und ohne Falsch wie die Tauben.‹« Malbek drehte wieder an den Stegknöpfen und griff in die Saiten.

Now you once asked me why we can't communicate
But it doesn't always pay to tell the truth …

»Jette hat recht«, stellte Lüthje fest.
»Wieso?«
»Du hast Depressionen.«
Sie stiegen beide in das Wohnmobil, und Lüthje zwängte sich in den Spalt zwischen Sitzecke und Tisch. Malbek schloss die Tür, schraubte die Abdeckung der elektrischen Schaltzentrale ab und griff blind hinein.
»Zweihundertzwanzig Volt. Es gibt zuverlässigere Methoden, sich umzubringen«, sagte Lüthje.

»Wenn einer nicht weiß, wie er dahinten greifen muss, beißt ihn der Wechselstrom ins Fleisch. Ich geh da nur ran, wenn ich nüchtern und ausgeschlafen bin.« Malbek wedelte triumphierend mit einem braunen Umschlag.

»Ich kann hier nicht verdauen.« Lüthje hielt es in der Sitzecke nicht mehr aus und quälte sich mit einem Seufzer aus der Enge. Er öffnete die Tür, die Malbek gerade geschlossen hatte, holte tief Luft und sah in Richtung des Gutshauses, das sich wie ein verblichener Schemen hinter jahrhundertealten Bäumen versteckte.

»Wir könnten unsere Treffen doch drüben in den blauen Salon verlegen. Dicke Vorhänge, Teppiche, jede Menge Bücherregale bis zur hohen Stuckdecke. Da wäre sogar Platz für einen, zwei, ja auch drei Billardtische. Wir könnten bei unseren konspirativen Treffen Billard spielen, jedes Mal an einem anderen Tisch. Und trotzdem wäre noch Platz für eine Theke und …«

»… und dann öffnet sich hinter uns die Tapetentür, ein, zwei oder drei Gespenster nehmen schweigend einen Queue und mischen sich erst in unser Spiel, dann in unser Gespräch ein und bringen anschließend unser ungeordnetes Leben vollends durcheinander.«

»Okay, Spökenkieker, und was sind *deine* Pläne mit dem hochherrschaftlichen Geisterhaus?«

»Elena und Dittrich kümmern sich um die Heizung, die Ratten, Mäuse und Spinnennetze. Elena hat mir einen langen Vortrag gehalten, dass sie sich um die Bewirtschaftung als Frühstückshotel kümmern würde. Die Bewirtung könnte sie vom Mühlencafé aus organisieren. An der Straße oben könnten sie ein schönes Schild aufstellen. Dittrich hat schon Entwürfe für ein Werbeschild ausgearbeitet, du kannst dir vielleicht vorstellen, wie die aussehen. Der eine hat verdammte Ähnlichkeit mit einem Henkersbeil, der andere mit einem Galgen. Sie ist wie Sophie der Meinung, dass man mit dem Namen ›Spukhotel‹ oder so Gäste anziehen würde. Dittrich meinte, er könnte die Mühle dafür noch etwas ›aufbohren‹. Ich finde, die jetzige Ausstattung reicht dafür völlig. Du müsstest es vorhin gesehen haben.«

»Es war zu neblig.«

»Er wollte heute die Beleuchtung installieren, Illuminierung hat er das genannt. Mit Einbruch der Dämmerung wollte er sie das erste Mal einschalten. Man wird sie heute nicht weit übers Land sehen können, aber wenn du direkt davorstehst … in dem Nebel … lass es dir nicht entgehen. Ein Kunstschmied wie Dittrich und eine Mühle, es war klar, was dabei herauskommt. Er verwendet Blechteile von Unfallwagen. Vorgestern hat er das alles in einer Nacht angeschweißt, und am nächsten Morgen war natürlich prompt der Dorfsheriff da. Er hat gesagt, er braucht dafür eine Baugenehmigung. Dittrich hat gesagt, er hätte nur etwas zur Stabilisierung an die Mühle geschweißt, weil die bei Sturm immer so furchtbar ächzt, dass die Cafégäste flüchten. Außerdem seien die Mühle und das Café ein Gesamtkunstwerk und gleichzeitig Mahnmal gegen die Raserei im Straßenverkehr. Jette schreibt einen Bericht darüber, und für nächste Woche hat sich Nordfun-TV angesagt. Livereportage aus dem Café. Können sie meinetwegen machen.«

»Die Hotelidee find ich gut!«

»Ich aber nicht. Touris lass ich nicht ins Gutshaus, egal was die dafür zahlen. So wie die da drüben, auch so ein Touri. Die schleichen ums Gutshaus und verdrecken den Park.« Er nahm sein Fernglas. »Eine Frau. Sie geht in Richtung Ortsausgang. Meistens fragen die Leute an der Mühle, wo das Herrenhaus Moerksgaard ist und ob man es besichtigen kann. Elena und Dittrich sagen denen, dass es geschlossen ist und der Park von Hunden nur so wimmelt. Aber das finden viele interessant. Von Geistern darf man gar nicht erst anfangen, dann organisiert Petersen in Süderbrarup bundesweit Pauschalreisen.«

»Hat es da denn gespukt?«

»Ich war mit Sophie zwei- oder dreimal drin, weil sie sich ab und zu die Familienschatulle mit dem Schlüssel ansehen will. Die Knochenschnitzereien findet sie so schön gruselig, und erst wenn ihr genügend Schauer über den Rücken gelaufen sind, können wir gehen. Jedes Mal waren da Geräusche im Haus, mal unten, mal oben, mal aus den Wänden. Marder, Waschbären, Ratten. Sophie hat mich sogar gefragt, ob sie da mal alleine übernachten dürfte. Hab ich ihr verboten. Ich kann dort nicht wohnen, nicht einmal für eine Nacht. Und ich kann mir auch nicht vorstellen, dass dort jemand anders wohnt. Schon gar nicht meine Tochter.«

»Du willst den Geistern deiner Vergangenheit das alte Gemäuer also überlassen.«

Malbek nickte. »So bleiben sie mir wenigstens vom Leib.«
Er spielte ein paar energische Riffs auf der Gitarre.

»Ohne Gegenleistung?«, fragte Lüthje.

»Wie meinst du das?

»Vergiss es. Ich arbeite noch daran.« Lüthje zwängte sich hinter das Lenkrad, drehte es unschlüssig hin und her, klopfte prüfend auf die Armaturen und rührte den Schaltknüppel herum. »Gibt es einen Unterschied zwischen Geist und Gespenst?« Es klang so, als ob er sich nach dem Tachostand erkundigte.

»Geister, Gespenster … beide sind nicht von dieser Welt, es wird uns auch nie ein Name dafür einfallen, auf den wir uns einigen können. Göst, Drak, Geest, Spöök, Spökendriver, Mohrtrieben … Die Grenzen unserer Sprache sind die Grenzen unserer Welt. Nicht von mir, hat irgendein toter Philosoph gesagt. Als er noch *lebte*.« Er lächelte und senkte seine Stimme. »Ich glaube, wir sollten nicht zu laut darüber reden, sonst glauben sie, wir würden sie rufen. Also ich habe da meine eigene Sprachregelung. Geister sind die Menschen, die wir mal kannten, wie auch immer, die aber tot sind. Oder jedenfalls sein sollten. Gespenster sind Gespinste, die aus uns selbst entspringen.«

»Dann gibt es also genau genommen gar keine Gespenster, weil wir sie uns nur einbilden.«

»Falsch. Sie sind sogar gefährlicher als Geister. Mit Geistern kannst du reden. Gespenster hören dich nicht.«

»Hast du das mal Sophie erklärt?«

»Bist du verrückt? Die kennt meine Marderversion, das reicht.«

»Sie hat mich vorige Woche gefragt, ob man Geister ermorden kann. Wenn nein, ob die einen umbringen können. Wenn nein, warum sie nicht im Gutshaus mal allein übernachten kann.« Lüthje nahm sich einen Lederlappen aus der Ablage zwischen den Sitzen und begann ausgiebig die Windschutzscheibe zu putzen.

»Von wem hat sie das bloß?«, fragte Malbek.

»Von Maren jedenfalls nicht«, sagte Lüthje. Er lachte. »Ach, egal. An wen hast du denn das Haus vermietet, an Geister oder Gespenster?«

»Deine Blässe ist einer gesunden Gesichtsfarbe gewichen. Wenn du über mich spottest, geht's dir wieder besser. Deshalb frisch ans Werk, eh du wieder der Depression anheimfällst.« Er sah Lüthje prüfend an. »Moment. Da stimmt doch was nicht. Warum interessiert dich das Thema Geister und Gespenster heute eigentlich so, Lupenkieker?«

»An die Arbeit, bevor ich wieder erbleiche.«

Lüthje warf das verdreckte Fenstertuch nach ihm.

Malbek duckte sich und öffnete den Umschlag, den er aus dem Versteck in der elektrischen Schaltzentrale des Wohnmobils gefingert hatte, und zog ein Blatt Papier heraus.

Lüthje hatte das Schriftstück unter der Schreibtischunterlage im geräumten Dienstzimmer seines ehemaligen Chefs gefunden. Offensichtlich hatte der frischgebackene Staatssekretär in der Vorfreude über seinen neuen Wirkungskreis die Kopie vergessen, die er bei irgendeiner Gelegenheit schnell unter der Schreibtischunterlage verstecken musste. Bisher hatten Malbek und Lüthje herausbekommen, dass sie auf dem Dienstkopierer gefertigt worden war und eine Liste von Aktenzeichen verschiedener Strafverfahren aus den Jahren seit 1975 enthielt. Lüthje und Malbek hatten beschlossen, die Liste für sich zu behalten und gemeinsam die nächsten Schritte zu beraten.

»Wir waren uns darüber einig, dass du vom Zentralen Eingang der Staatsanwaltschaft in Kiel ganz legal die Akten zu den Aktenzeichen auf der Liste anforderst«, fasste Lüthje zusammen. Der Zentrale Eingang war die Geschäftsstelle, die die eingehenden Vorgänge der Polizei annahm, Aktenzeichen verteilte, an die Staatsanwälte weiterleitete und Anfragen zu Akten und Aktenzeichen erfasste und bearbeitete. Die Dienststelle bestand nur aus zwei Zimmern, mit unauffälligem Inventar, mehreren Computern, Schreibtischen, Telefonen, Aktenschränken und den obligatorischen Zimmerpflanzen auf dem Fensterbrett. Und doch hatte jeder, der hier arbeitete, und jeder, der zu einem der hier Arbeitenden einen besonderen Draht hatte, ungeahnte Möglichkeiten. Er könnte durch den Zugriff auf das interne System Vorgänge komplett löschen. Ohne Spuren zu hinterlassen. Und das war nur ein Beispiel. Von hier konnte man der Datenbank ein neues Gesicht geben, einer kriminellen Phantasie waren keine Grenzen gesetzt. Lüthje und Malbek vermuteten, dass der frischgebackene Staatssekretär diese Dienststelle mehrfach unerlaubt als Erkenntnisquelle genutzt hatte.

»Wenn ich das von Flensburg aus mache, in der alten Dienststelle des Polizeirats, dann könnte jemand nachdenklich werden. Deine Zugriffe von Kiel aus sind da weiter weg vom Schuss, da kannst du jeden Zugriff ganz vorschriftsmäßig registrieren lassen. Wenn dich doch jemand fragt, kannst du nebulös sagen, dass du so einen Riecher hast, dass da für einen deiner aktuellen Fälle was Relevantes drin wäre. Okay?«

»Okay. Übrigens habe ich eine Ahnung, warum er auf das Blatt als Überschrift ›Juztierungen‹ geschrieben hat«, sagte Malbek verschmitzt.

»Ich glaube, es ist ein Wortspiel. Er meint das wahrscheinlich im Sinne von ›Justierung‹. Also, etwas richtig einstellen. Und wenn jemand in Gerichtsverfahren der Gerechtigkeit den gewünschten Umfang gibt, dann ist das eine ›Juztierung‹.«

»Hier, diese Kolonne von alphabetisch geordneten Buchstaben vor den Aktenzeichen.« Lüthje klopfte mit einem Kugelschreiber auf die Liste. »Er hat die Jahreszahlen durch die Buchstaben des Alphabetes ersetzt. Zwanzig Stück. Das entspricht in etwa den Aktenzeichen, aus denen man den Beginn des Strafverfahrens ablesen kann. Ich wette, wir werden da ein paar Ladendiebstähle, Körperverletzung, Fahrerflucht, Fahren ohne Führerschein, Trunkenheitsfahrten und Ähnliches finden. Rate mal, warum!«

»Herrgott, woher soll ich das wissen?«

»Lüthje reicht als Anrede. Ich habe eine Theorie.«

»Und die wäre?«

»Dass der Herr Staatssekretär zu viel Geld hat, wissen wir schon. Die Informationen sind über jeden Zweifel erhaben. Das Haus auf Sylt kostet Millionen, und geerbt hat er nicht. Wer zahlt so viel Geld für die paar Delikte? Du kannst doch die Zahl der Fälle an einer Hand abzählen. Na?«

»Die Leute mit dem richtigen Einkommen, denen es etwas wert ist, die auf ihren Führerschein angewiesen sind, die in der Öffentlichkeit stehen, die etwas dafür bezahlen können, die durch das Zahlen mehr gewinnen, als sie verlieren …«

»Bingo. Wer ist das?«

»Der Übergang der ersten zur zweiten Garnitur Prominenz. Die Übergänge sind fließend. Wer sieht da schon genau hin.«

»Je älter die Aktenzeichen sind, desto höher könnten die Leute, die die Juztierungsdienste gegen teueres Geld in Anspruch genommen haben, inzwischen die Erfolgsleiter aufgestiegen sein.«

»Ja, aber auch gefallen sein«, sagte Malbek.

»Oder schon tot sein, na klar. Aber man kann davon ausgehen, dass die, die jetzt oben sind, in den Siebzigern oder Achtzigern ihren Aufstieg begonnen haben.«

»Und die können es überhaupt nicht gebrauchen, wenn gerade jetzt jemand die alten Geschichten ausgräbt.«

Lüthje stand auf, hielt Malbek wieder vergeblich die Tüte mit den Fischbrötchen hin. Lüthje suchte sich das Brötchen mit den goldbraun geräucherten Schillerlocken aus.

»Womit soll ich bei meiner Recherche anfangen, mit dem jüngsten Aktenzeichen oder mit dem ältesten?«, fragte Malbek.

»Mit dem ältesten. Frag mich nicht, warum, aber ich denke, dass es irgendwann mit etwas Wichtigem seinen Anfang genommen hat. Vielleicht finden wir so tatsächlich den Ursprung der innigen Verbindung zwischen Wittfuß und seinem neuen Staatssekretär Arnulf.«

»Okay! Schade, dass wir in Schleswig-Holstein bei der Polizei keine interne Revision haben, so wie die Kollegen in Hamburg. Jeder macht bei uns einfach das, was er für richtig hält. Oder für falsch und tut es trotzdem. Aber würden wir die Geschichte einer internen Revision übergeben?«

»Warum machst du dir Kopfschmerzen? Wir haben keine interne Feuerwehr und damit basta. Außerdem machen wir es viel lieber selbst. Weil es irgendwie Sinn ergibt. Wir wissen nur noch nicht, welchen.«

»Warum macht einer, der Polizeirat und ganz schnell Staatssekretär ist, so etwas?«

»Die Frage ist, warum holt sich ein frischgebackener Minister so einen zum Vertrauten, zum Staatssekretär?«

»Die Geister, die ich rief ...«

»Nein, es heißt, ›Die ich rief, die Geister, werd ich nun nicht los‹!«

»Ja, Herr Pastor.«

»Nächster Treff?«

»Übermorgen. Es sei denn, ich quietsche zweimal durch.«

»Okay.« Lüthje hob die Nase in die Luft, als würde er dann

besser sehen können. »Der Nebel hat sich etwas gelichtet.« Er sah zu Malbek, der nachdenklich am Tisch saß und über den Papieren brütete. »Du lebst in einem Wohnmobil unter einem jahrhundertealten Baum. Du besitzt ein mindestens ebenso altes Gutshaus, in dem ein paar Familienerbstücke liegen, die Schatulle aus geschnitzten Knochen, die man nur mit einem sogenannten Totenschlüssel öffnen kann. Du lebst jeden Tag mit deinen Geistern und vielleicht auch ein paar Gespenstern, die stumm um dich herumspuken, immer auf der Durchreise. Und du hast die Musik, um sie zu besänftigen. Und ich? Was habe ich?« Lüthje dachte an die Lackschachtel, die er dem Antiquitätenhändler Fielspitz günstig abgekauft hatte, mit einer schönen Frau mit bodenlangen Haaren, die ein schöner Jüngling auf den Armen trug. »Woran soll ich mich halten, wenn es bei mir auch mal spukt?«

»Echt? Bei dir auch, Lupenkieker? Erzähl, was ist los?« Malbek war begeistert. »Hast du doch noch ein Brötchen für mich?«

Lüthje hielt ihm die geöffnete Tüte hin. »Das mit den Schillerlocken ist weg. Die Matjes sind aber auch sehr gut.« Malbek nahm es und biss gierig hinein. »Na los, Lüthje, ich warte. Geister oder Gespenster? Was ist es bei dir?«, fragte er mit vollem Mund.

»Vielleicht ein andermal.« Lüthje sah nachdenklich in die Tüte, als könne er sich nicht entscheiden, welches sein nächstes Brötchen war, das mit der Fischfrikadelle oder das mit dem geräucherten Heilbutt. »Der Nebel. Ist besser, ich fahr jetzt. Tschüss.« Er verschloss die Tüte und lief zum Wagen, ohne sich noch einmal umzudrehen.

Am Ende der Dorfstraße bog er in die Landesstraße Richtung Flensburg ein und sah im Rückspiegel eine Ahnung des Mühlengebäudes verschwinden. Nach dreihundert Metern bog er in die Einfahrt zum unbeleuchteten Parkplatz im Süderholzer Wald. Lüthje ließ das Fenster herunterfahren und machte den Motor aus. Der Nebel hatte sich gelichtet und war einem schwülen Dunst gewichen. Es hatte sich also wenig geändert, nur die Temperatur. Aus der Schwärze des Waldes gurrte und knackte es geheimnisvoll. Ein letzter Funken Spätsommer im Spätherbst. Er trommelte mit den Fingern auf dem Lenkrad herum. Er, als Mitglied des Fördervereins der Mühle zum russischen Ross, müsste sich die angeschweißten Teile mal näher ansehen, das Problem mit der Baugenehmigung wäre auch anzusprechen. Und überhaupt. Er startete den Motor, wendete den Wagen und schloss das Fenster erst, als er in die Landesstraße Richtung Mühle einbog.

***

Auf dem kleinen Parkplatz vor dem Mühlencafé »Zum russischen Ross« standen nur zwei Wagen. Lüthje fragte sich, wie der Umsatz wohl tagsüber gelaufen war. Die Saison war jedenfalls vorbei.

Lüthje sah zur Mühle hinauf. Es war dunkel geworden, und das schwache Licht der Parkplatzbeleuchtung blendete den Blick zur Mühlenkrone. Blechteile ragten aus den Flügelstummeln, und an der Mühlenkrone ragte etwas heraus, das wie ein Staubsaugerschlauch aussah. Seile und ein paar Flaschenzüge hingen schlapp auf die Galerie herunter. Durch die kleinen Fenster des Mühlenraumes hörte man jemanden fluchen.

»Kaputtgekackter Klütenkasper! Verdammich!« Eindeutig Dittrich.

»Moin, Moin, Kommissar, welche Freude!« Dittrichs Freundin, die Russin Elena, kam mit ausgebreiteten Armen freudestrahlend auf Lüthje zu, umarmte ihn und drückte einen schmatzenden Kuss auf seine abendlichen Bartstoppeln.

»Läuft nicht so gut da drin?«, fragte Lüthje und deutete zur Mühle.

»Das hör ich mir schon den ganzen Tag an. Er ist nervös. Elektrische Sachen sind nicht so sein Ding. Er wollte heute Abend Generalprobe machen mit der Beleuchtung. Hat dir Gerson davon erzählt?«

»Ja, so ähnlich. Ich hab ihn vorhin besucht.«

»Ooh, ich weiß, immer wenn ihr euch trefft, gibt es Geheimnisse.« Sie zwinkerte mit den schräg stehenden Augen, warf den Kopf zurück, sodass ihre Wangenknochen tanzende Schatten über ihrer Mundpartie spielen ließen. Wenn sie nicht vergeben wäre …

»Nun sag, Kommissar, was gibt es für ein neues Geheimnis?«

»Ach, wir haben nur über das Gutshaus gesprochen. Deine Hotelidee finde ich gut. Das würde dem Mühlencafé zugutekommen. Aber Gerson ist und bleibt ein Dickkopf. Ihn stören schon die Leute, die sich das Guthaus nur von außen ansehen wollen. Ich wollte fragen …«

»Komm. Du musst einen Kaffee trinken. Du musst essen.« Elena nahm seine Hand und zog ihn zum Caféeingang.

Die Mühle war, wie in der Mühlenvereinssatzung festgeschrieben, als Museum der Geschichte der Deutschrussen und dem Gedenken an ihren Mann Dr. Igor Elsässer gewidmet, der vor fast zwei Jahren in dieser Mühle ermordet wurde, eines der Opfer im Moerksberg-Malbek-Komplex, der Lüthje als erster Fall im hohen Norden fast den Job und Malbek fast das Leben gekostet hatte. Schlimmer konnte es nicht kommen, trösteten sich Malbek und Lüthje oft, wenn es bei der Arbeit doch wieder etwas unübersichtlich wurde.

Der Kornspeicher links neben der Mühle war restauriert und für die Nutzung als Café und Restaurant ausgestattet worden. Alles mit den Geldern des Fördervereins, der von Malbek großzügig ausgestattet wurde. Über der Eingangstür leuchtete der Schriftzug »Zum russischen Ross«, auf besonderen Wunsch Elenas in quietschgrünen Buchstaben, wie bei einem Kino. Dittrich hatte sich im Vereinsvorstand mit seinem Gestaltungsvorschlag, einer Kreation aus Stacheldraht und knallroter Leuchtfarbe, nicht durchsetzen können. Dittrich hatte danach eine Woche lang nicht mit Elena gesprochen.

Der Gastraum war nicht nur nach Lüthjes Geschmack etwas zu plüschig geraten, aber man hatte Elena freie Hand gelassen. Sophie hatte dem Ganzen noch eine besondere Note gegeben: In der Mitte des Raumes stand ein kleines Terrarium, das von einer Tausendfüßerfamilie bewohnt wurde. Ein kleines Kupferschild sagte dem staunenden Betrachter, dass hier die Familie derer von und zu Smeagol wohne. An den Wänden wurden Fotos, Zeichnungen, Stiche und Dokumente aus der wechselvollen Geschichte der Mühle präsentiert. Ursprünglich war die Mühle, ein für diese Landschaft klassischer Galerieholländer, 1870 zweihundert Meter weiter unten am Hügel, näher am Ortseingang von Moerksgaard, erbaut worden. Bald hatte der Müller gemerkt, dass es hier nicht genug Wind gab, und so wurde sie kurzerhand abgebaut und nur zweihundert Meter weiter hügelaufwärts, am gegenwärtigen Standort, wieder aufgebaut. So thronte sie jetzt weithin sichtbar über dem Dorf und war selbst aus fünfzehn Kilometer Entfernung in der weichen Hügellandschaft Angelns zu sehen. Wahrscheinlich war es kein Zufall, dass die Dänen *hyggelig* sagen, wenn etwas gemütlich ist. Sophie und Dittrich waren sich darüber einig, dass es hier *zu* gemütlich, sprich: langweilig war. Das Terrarium war nur ein Anfang, die Idee des Spukhotels im Gutshaus der nächste Schritt.

Über dem Tresen hing eine Schiefertafel, auf der in Elenas mit kyrillischen Schlenkern geschmückter Schrift die Tageskarte verkündet wurde. Elenas Konzept: internationale Küche mit regionalem Einschlag. Ganz oben stand: »Original russischer Borschtsch«. Dann folgten Angeliter Apfeltorte nach russischer Art (mit einem Schuss Wodka), Frikassee von Hühnern und Hähnchen der Region (dazu eine Schüssel mit Zwiebeln und Kapern), Schnüsch und Pinkel mit Grünkohl.

Er setzte sich an ein Fenster nach Norden, um auf das Dorf sehen zu können. Elena brachte ihm einen Becher dampfenden Kaffee und setzte sich an seinen Tisch.

»Wie du es magst. Stark. Schwarz.«

Er schlürfte hemmungslos, und sie sah ihm lächelnd zu. Der Kaffee war eine Offenbarung. Auf der Karte nannte sie es schlicht »Moerksgaarder Nächte«. »Moerksgaarder Nebel« gab es auch. Der Nebel war die russische Dosensahne, die sie sich von einem polnischen Importeur schicken ließ.

Vor dem Fenster sah man im abendlichen Dämmerlicht die Straßenlampen der Dorfstraße. Die strohgedeckten Katen sahen aus wie fette Igel.

»Wenn die Igel in der Abendstunde still nach ihren Mäusen gehn …«, sang Lüthje leise.

»Oh Kommissar, sing weiter, bitte, ich wusste nicht, dass du singen kannst.«

Lüthje verschloss sich den Mund mit dem Kaffeebecher. »Hing auch ich verzückt an deinem Munde, und es war um mich geschehn«, hatte Tucholsky weitergedichtet. Es war besser, das Thema zu wechseln.

Ein paar Tische weiter saßen zwei junge Frauen, die ständig verschämt kicherten, und ein junger Mann mit Stoppelfrisur, der gerade eine tolle Geschichte erzählte. Wortfetzen wie »Türsteher«,

»Prolli« und »Fresse« drangen herüber. Auf der anderen Seite saß ein älteres Ehepaar Händchen haltend in die Abendstimmung vor dem Fenster.

»Stammgäste. Sie haben zu Abend gegessen. Sie lieben mein Borschtsch. Kommen deswegen extra aus Eckernförde.«

Ganz hinten saß eine Frau mit dem Rücken zum Gastraum und las in zwei Broschüren oder Zeitschriften, die vor ihr auf dem Tisch lagen.

»Ja, das ist sie. Sie hatte ein Stück Apfeltorte und einen Tee mit Milch«, sagte Elena und sah dabei Lüthje an. »Sie wollte ihren Mantel nicht ausziehen.«

»Woher weißt du, dass ich nach ihr fragen wollte?«

»Ach, Kommissar. Ich habe sie doch zum Gutshaus geschickt, als sie mich gefragt hat. Und vierzig Minuten später bist du da. Mmh?«

»Aber ich wollte nur …«

»… mit mir darüber sprechen, was ich den Leuten sage, die nach dem Gutshaus fragen? Und was das für Leute sind? Bist du Marktforscher oder Polizist. Mmh?«

»Also, was hat die an dem Gutshaus so interessiert?«

»Sie hat zuerst nach einem Hotel in der Nähe gefragt. Ist eine amerikanische oder englische Touristin, ich kann ein bisschen Englisch, aber habe sie kaum verstanden. Warte einen Moment …« Elena sah auf die Uhr und dann zur Frau, die ihre Broschüren zusammenfaltete und in die Tasse Tee sah. Elena ging zu ihr, wechselte ein paar Worte, die Frau zahlte, nahm ihren Koffer und ging zur Tür. Dort blieb sie einen Moment stehen, drehte sich unschlüssig um und sagte laut in den Raum: »Bye!«

Die Mädchen kicherten, der Junge tippte mit dem Finger an die Stirn, das Paar sagte im Chor: »Good bye«, allerdings erst, als die Frau schon gegangen war. Der Mantel war so ähnlich gemustert wie die uralten Linoleumbeläge in der Werkstatt seines Vaters. Lüthje gab ihr insgeheim den Namen »Linoleumfrau«.

»Sie ist mit dem Fünf-Uhr-Bus gekommen und wird mit dem Bus um achtzehn Uhr siebenundfünfzig nach Satrup weiterfahren. Sie hatte einen Fahrplan dabei«, sagte Elena, nachdem sie das Geschirr abgeräumt und in die Küche gebracht hatte. »Sie zeigte mir eine Schleswig-Holstein-Karte, auf der die Standorte von

Herrenhäusern zu sehen waren, und tippte mit dem Finger auf Moerksgaard. Ich hab ihr den Weg am Fenster gezeigt, und sie hatte ihren Stoffkoffer hier abgestellt. Sie ist geschminkt wie eine Puppe. Wahrscheinlich eine Amerikanerin. Mit einem Sprachfehler, es ist schwierig, sie zu verstehen. Sie kann mich nicht ansehen. Sie sieht immer an mir vorbei. Ich glaube, sie sieht einen großen bösen Mann hinter mir stehen.«

»Dittrich?«, sagte Lüthje schmunzelnd.

»Ach, du weißt, wie ich es meine. Es gibt Menschen, die sehen dir nicht in die Augen, wenn sie mit dir sprechen. Aber sie sieht dich nicht an, auch wenn sie dir nur zuhört.« Elena malte mit dem Finger einen imaginären Kreis auf die Tischdecke. Sie ließ den Finger einen Augenblick über dem unsichtbaren Kreis schweben und tippte dann entschlossen in die Mitte. »In ihrer Brust ist etwas blockiert. Ihre Seele ist gefangen. Das ist sehr schmerzhaft. Gefährlich.«

»Wunderheilung. Warum nicht, Elena, ich traue dir alles Mögliche zu. Warum wollte sie zum Gutshaus?«

»Nein, sie hat nicht nach Geistern gefragt, obwohl … Engländer und Amerikaner interessieren sich doch sehr dafür. Vielleicht hat sie sich nur nicht getraut, danach zu fragen. Sie sagte, sie will alle *old castles* und … Menschens, so hörte sich das an, in Schleswig-Holstein sehen.«

»*Mansions*, meinte sie, glaub ich, Herrenhäuser. Also doch Geister. Und Gespenster. Sie sah irgendwie nicht nach einer Kunstsachverständigen aus. Gehetzt und nicht von dieser Welt. Nicht in dieser Welt. Hat sie etwas über ihre Reisepläne erzählt?«

»Sie hat ›*Bed and breakfast*‹ gesagt. Da ich ja leider wegen unseres schmollenden Millionärs im Gutshaus keine Unterkunft bieten darf, habe ich sie nach Satrup in den Angelner Hof geschickt. Der Bus hält fast direkt vor dem Gasthof. Ich hab es ihr auf einen Zettel geschrieben. Es versteht sie ja keiner.« Elena sah auf die Uhr über dem Tresen. »Oh, es wird Zeit. Gleich sieben Uhr. Der Bus kommt. Es ist so weit, die Generalprobe. Hoffentlich klappt es, sonst muss ich es den Rest der Woche ausbaden.«

An der Haltestelle warteten zwei ältere Frauen der umliegenden Bauernhöfe mit Einkaufstaschen. In Satrup konnte man im neuen Einkaufszentrum auch bis in den Abend hinein einkaufen.

Die eine trat auf die Linoleumfrau zu und sprach sie an, wich aber mit abwehrender Handbewegung sofort zurück. Der Bus erklomm mit rasselndem Diesel den Hügelkamm, die vordere Tür ging mit einem lauten Zischen auf. Die Linoleumfrau stieg als Erste ein, hielt dem Fahrer den Zettel entgegen, nahm ihren Fahrschein und suchte sich einen Sitz mit Blick auf die Mühle. Sie sah zu Elena herüber und dann zu Lüthje. Auch auf diese Distanz erkannte er, dass sie ihm nicht ins Gesicht sah, sondern einen Punkt fixierte, der über seinem rechten Ohr sein musste.

Licht flackerte auf, Lüthje wollte sich zur Mühle umdrehen, konnte sich aber von der Verwandlung, die in diesem Moment im Gesicht der Linoleumfrau vor sich ging, nicht lösen. Ihre Augen weiteten sich, die Augäpfel traten hervor, der Mund öffnete sich zu einem Schrei, die Augen verengten sich jetzt, wozu der noch zum Schrei geöffnete Mund nicht passen wollte. Das flackernde weiße Licht, die Schwüle, der Dunst vervielfachten diesen Ausdruck, den es nicht gab, nicht geben durfte, der keine Entsprechung in der menschlichen Gefühlswelt zu haben schien, außer man zählte dazu das Unmenschliche ... etwas, das schlicht und einfach nur böse war, so böse, wie ein Mensch im Gegensatz zum Tier sein konnte, weil er den Willen zum Bösen haben konnte. Der grellrot geschminkte Mund wurde breiter und breiter, sie schien etwas zu sagen, sie fletschte die Zähne, dass sie mit dem Zahnfleisch über die zurückgezogenen Lippen krochen, ein wütendes Fauchen drang, vom Busfenster ungehindert, zum Mühlenvorplatz. Dabei schlug sie fortwährend mit den zu Klauen verkrallten Händen an das Fenster, hinauf zur Mühlenkrone.

Elena hatte sich schon beim ersten Flackern der Scheinwerfer zur Mühle umgewandt, hüpfte von einem Bein aufs andere, klatschte dabei fröhlich in die Hände und sang ein russisches Lied. Lüthje hob die Hand vor die Augen und sah zur Mühle hoch. Oder dem, was davon noch zu erkennen war. Was Elena als Dittrichs Generalprobe angekündigt hatte, war der Entwurf eines grandiosen, bizarren Spektakels. Vor ihm stand ein vierarmiges Monster mit Insektenkopf, bewaffnet mit Mordinstrumenten, bereit, sich auf den Bus zu stürzen, ihn aufzuschlitzen wie eine Sardinenbüchse und ein Blutbad unter den Insassen anzurichten.

Dittrich saß auf der Mühlenkrone, wie ein Gnom auf dem kahlen Schädel des Monsters, eine Flüstertüte vor dem Mund, und schrie immer wieder eine bizarre Botschaft: »Kaputtgekackter Klütenkasper! Jippiiii!« Aus dem Schädel ringelte sich ein verlängerter Spiralschlauch wie ein Insektenrüssel. Das Monster schien sich zu bewegen, durch unzählige, geschickt platzierte Autoscheinwerfer und blinkende Bremsleuchten, die wie Feuerwalzen am Mühlenkörper aufstiegen, von Dittrich zum Leben erweckt, ein Monster, das mit seinen hocherhobenen Pranken, den Flügelstümpfen, mit in Sichelform geschnittenen Kotflügeln und aus dem Körper ragenden Spitzhacken und Sensen und allem, was sonst noch spitz und gefährlich war, sich drohend zur Straße beugte. Die Scheinwerfer warfen hinter den Sichelarmen Schatten in den Abendnebel, als wären es die Fäden einer Marionette, mit denen sich ein noch viel größeres, gelangweiltes Monster, hinter dem Abenddunst verborgen, einen höllischen Spaß machte.

It's alive. Das waren die Worte, die Lüthje von den Lippen der Linoleumfrau abgelesen hatte. Das war Dittrichs Traum. Wenigstens eine seiner Figuren, die sein Grundstück als Metallplastiken bevölkerten, oder die, die noch in seinem Kopf herumspukten, zum Leben zu erwecken. Er war dem Ziel ziemlich nahegekommen.

Im Bus herrschte eine Mischung aus Panik und Schock. Die Fahrgäste wollten vor dem grässlichen Fauchen der Linoleumfrau fliehen, hatten aber Angst vor dem Monster, in das sich die alte Mühle verwandelt hatte, und kauerten sich wimmernd in die Sitze, die Hände an die Ohren gepresst. Ein Busfahrergesicht drängte sich an ein Fenster und verschwand wieder. Flucht. Der Busmotor rasselte gequält auf, es gab knackende Geräusche aus dem Getriebe, die hinteren Reifen drehten einmal durch, dann jagte der Linienbus Kiel–Flensburg mit knapp fünfminütiger Verspätung und überhöhter Geschwindigkeit gefährlich schaukelnd den Hügel Richtung Satrup hinunter.

Dittrich schwebte wie ein Bergsteiger an den Seilen zu Boden und ließ sich von Elena umarmen und küssen und die langen Haare zerwühlen, die er jedes Mal mit dem Kopf zurückwarf.

»Du Genius, du Genius!«, sagte sie immer wieder, wobei sie es wegen ihrer Begeisterung russisch gefärbt »Gännius« aussprach.

Die übrigen Gäste standen sprachlos vor der Tür und warteten mit der Geldbörse in der Hand geduldig auf die tanzende russische Wirtin.

Im Rückspiegel sah Lüthje die Silhouette des vielarmigen Sensenmannes schrumpfen. Die Portalkräne auf der Kieler Werft sahen dagegen wie gute Kumpels aus. Alles nur eine Frage der Perspektive. Malbek hatte sich die Generalprobe nicht angesehen. Vielleicht zog er die Premiere vor Presse und Fernsehen vor. Oder eine der vielen anderen Vorstellungen, die Dittrich plante. Solange die Ordnungsbehörden ihn ließen. Dittrich zog den Ärger an wie ein schwarzes Loch.

Als Lüthje an der Abzweigung in die Moerksgaarder Dorfstraße vorbeifuhr, glaubte er durch das heruntergefahrene Seitenfenster Malbeks brüchigen Gesang zu hören, der jetzt einen spöttischen Unterton hatte. Lüthje sang brummelnd mit.

So we sit in empty rooms and dream our lives away,
While the spirits come and go without a sound …

»… Bobi do, bobi do, bobi do bo …«, machte Lüthje, weil er den restlichen Text vergessen hatte. Dafür fiel ihm der Anruf dieser Unbekannten bei seinem Vater wieder ein.

Dritter Tag

Der Anruf der Unbekannten bei seinem Vater verfolgte ihn auch am nächsten Morgen. Vielleicht war es ja nur eine alte Schulfreundin. Mit seiner Abiturklasse hatten sie voriges Jahr ein Klassentreffen geplant. Start sollte ein Rundgang durch ihr Wellingdorfer Gymnasium werden, sie wollten in Erinnerungen schwelgen und hatten eine lose Mailkorrespondenz gegründet. Sieben Jungen und zwei Mädchen waren sie in den letzten zwei Jahren vor dem Abi gewesen. Eine brisante Mischung. Gerda hatte sich bisher überhaupt nicht gerührt. Gaby wollte vermitteln. Aber die hatten doch seine Mailadresse und würden nicht anrufen.

Der Anruf war am Tag des Mordes an der Roekkelsdorff eingegangen. Warum rief ihn die Unbekannte nicht in der Dienststelle an? Er fragte in der Zentrale nach. Die Anrufe seien gespeichert, aber es würde dauern, ob er denn jemanden dafür abstellen wollte, die hunderte von Anrufen an dem Tag durchzuhören. Er hatte den vorwurfsvollen Unterton deutlich herausgehört. Vielleicht hatte die Unbekannte ihn auch gar nicht im Dienst angerufen. Es war rein privat. Oder es war ein Irrtum. Wenn sein Vater nun ein paar Tage vorher im Radio oder im Fernseher eine Frau gesehen hatte, die jemanden anruft?

Lüthje unterbrach seinen Tigerkäfiggang und sah aus dem Fenster. Ein neuer Lebensabschnitt hatte begonnen. Die Puppenhausruine war nur noch ein Trümmerfeld. Der Blick war frei über die Flensburger Förde zu den Luxusadressen, die sich vor den alten Ballastberg geschoben hatten, als wollten sie dieses Zeugnis harter Knochenarbeit verschämt hinter ihrem Rücken verbergen. Der zerklüftete Sandhaufen hatte jahrhundertelang den Ballast für die im Hafen entladenen Segler liefern müssen, die mit leerem Bauch keinen Sturm auf See überstanden hätten.

Lüthje fiel ein, dass er außer einem Milchkaffee nichts im Bauch hatte. Maren hatte gestern auf seinen Anrufbeantworter gesprochen, so ginge das nicht mehr weiter, das sei ja das Gleiche wie bei ihrem Ex. Man könnte auch als Kriminalkommissar Zeit für seine Beziehung finden. Er hätte jetzt vier Tage Zeit, mit ihr eine sogenannte Mediatorin in der Familienberatungsstelle aufzusuchen. Bei fruchtlosem Ablauf der Frist sei Schluss, und er könne seine paar Sachen bei ihr abholen und ihr den Hausschlüssel mit der Post schicken. Es hörte sich für Lüthje so an, als ob sie mit einem Anwalt angebandelt hatte, der auf Inkassoangelegenheiten spezialisiert war. Vielleicht konnte ihm Sophie oder ihr Vater, Gerson Malbek, dazu Näheres verraten.

Vor Lüthjes Fenster lagen Trümmer. Eine große Plastikplane, die auch einem Zirkuszelt Ehre machen würde, war über den Resten der Puppenhausruine ausgebreitet worden, um die Spuren vor den für die nächsten Tage vom Wetterdienst angedrohten Unwettern zu schützen. Feuerwehr und Technisches Hilfswerk teilten sich die Arbeiten. Der Suchhund hatte eine Stelle verbellt. Man konnte nicht ausschließen, dass sich noch weitere Tote unter den Trümmern befanden. Lüthje hatte die Männer alle einzeln verdonnert, ihm umgehend mitzuteilen, falls ein Foto gefunden würde, und ihnen dazu eine Liste für den Verfahrensweg in die Hand gedrückt. Das oder die Fotos sollten in einem verschlossenen Umschlag gesichert werden und ihm persönlich gegen Aushändigung einer Quittung übergeben werden. Falls Lüthje nicht in der Dienststelle anzutreffen sei, müsse man ihn an seinem Aufenthaltsort aufsuchen. Jedem einzelnen Mann hatte er diese handgeschriebene Liste in die Hand gedrückt.

Außer ihm würde nur sein Vater den jungen Eric Lüthje hinter der großen Sonnenbrille erkennen. Aber er wusste nicht, was dieser Obdachlose noch für Fotos hatte. Er wartete nur darauf, dass Stubenhals vom Betrugsdezernat ihn fragen würde, was er denn vorgestern so Wichtiges in der Ruine ermitteln wollte, er habe ihn auf dieser wackeligen Treppe an der Roten Laterne gesehen, warum er denn das Risiko eingegangen sei, es müsse wohl sehr wichtig gewesen sein. Da hätte jedenfalls der einzige Bewohner noch gelebt. Und jetzt sei der Mann tot und das schon mindestens seit gestern. Vielleicht hatte sich der Notarzt als Leichenschauarzt auch in der Zeit geirrt. Verlässliches über den Todeszeitpunkt würde man ja immer erst im Obduktionsbericht lesen können.

Nein, Stubenhals würde nicht mit ihm reden. Er hatte vielleicht schon allen in der Dienststelle von seiner Beobachtung erzählt und seine verleumderischen Fragen gestellt.

Sollte Lüthje sagen, er habe nur nach einem Foto von sich gesucht?

Wenn Stubenhals sich an Staatssekretär Arnulf Lütje als ehemaligen Chef wandte? Mit geheuchelter Verzweiflung: Ich weiß nicht, an wen ich mich in dieser delikaten Angelegenheit wenden kann, aber ...

Husvogt war mit dem Spurensicherungstrupp im Schutthaufen beschäftigt. Er hatte von Lüthje den Spezialauftrag, *nur* nach Fotos zu suchen. Das Inventar des Toten wurde in einem Kellerraum gesichert, der zwei kleine Fensteröffnungen zur Straße besaß. Bisher waren zehn zerrissene Plastiktüten, halb leere Flaschen, Milchtüten, Teile des zerstörten Bettgestells und ein Plastikbeutel, in dem sich Schmutzwäsche befand, geborgen worden. Nicht in das Profil eines Obdachlosen passten: ein Beutel mit sauberer, frischer Wäsche, unter anderem ein gebügeltes weißes Oberhemd, eine schwarze Krawatte, eine weinrote Fliege. Die zerfetzte Matratze war, vor allen Dingen wegen der DNA-Spuren, zur labortechnischen Untersuchung ins Landeskriminalamt in Kiel »verbracht« worden.

In einem anderen Kellerraum saß Blumfuchs inmitten des Elends an einem alten Schreibtisch, vor sich ein paar aufgeschlagene Zeitungen, und sah Lüthje mit einem Blick an, der eine Mischung aus unsagbarem Leid und unverhohlener Wut enthielt. Er sehnte sich wahrscheinlich nach den sauberen Fotokartons der Roekkelsdorff, die in seinem Dienstzimmer auf die weitere Auswertung warteten. Lüthje verkniff sich die Frage nach dem Stand der Arbeit, er hatte Angst, Blumfuchs würde seinen Chef angreifen oder, schlimmer noch, sich einfach krank melden.

Ein Ventilator sorgte dafür, dass sich der Gestank in Grenzen hielt und alles langsam trocknete, indem die Feuchtigkeit aus den beiden kleinen Klappfenstern gewirbelt wurde, die in Höhe der Raumdecke zur Straße hinausgingen. Wer draußen vorbeiging, würde zumindest einen Erstickungsanfall bekommen.

»Du brauchst sie ja nicht zu lesen«, sagte Lüthje tröstend und besänftigend zugleich. »Du sollst nur die Jahrgänge und die Ausgabennummern notieren.« Blumfuchs gab nur einen unverständlichen Laut von sich und drehte eine Zeitung mit den behandschuhten Fingern um und schrieb in eine Liste.

Lüthje ging in den anderen Kellerraum und ließ seinen Blick noch einmal prüfend über die bisher gefundenen Habseligkeiten wandern. Mit Handschuhen bewaffnet hob er ein Buch in dunkelblauem Leineneinband auf. Das Buch war an mehreren Seiten mit Bleistiftunterstreichungen versehen. In der Erzählung »Immensee« war fast jeder Satz unterstrichen. Die Geschichte einer unglücklichen Liebe, Geheimtipp für liebeskranke Primaner, daran erinnerte Lüthje sich dunkel. Vielleicht auch nur, weil in den wilden Sechzigern als Empfehlung schon ausreichte, dass es Mao Tse-tungs Lieblingslektüre gewesen sein soll, wegen der exotischen Landschaften und der bizarren Gefühlswelten. Alles nur eine Frage der Perspektive. Lüthje fand seine eigene Gefühlswelt gegenwärtig sehr bizarr.

An zwei weiteren Stellen des Buches, die Notizen aus Storms nachgelassenen Schriften enthielten, fand Lüthje Bleistiftmarkierungen.

15. September 1857

Hab ich ein Leides dir getan
Du klagst mich bei dir selber an;

Gibst dich, bis alles wieder gut,
In deines bösen Mannes Hut,

Und lässt mit stillen Worten nicht ab,
Bis ich gerecht gerichtet hab'.

Der Bleistift war rechts neben den Zeilen dick mit Schwung nach unten geführt worden. Es sah so aus, als wäre dabei die Mine abgebrochen. Und der Storm war eigentlich kein Freund der bösen Ironie. *Gerecht gerichtet.* Die bedingungslose Unterwerfung der Frau unter das Gericht des Mannes. Hatte der Obdachlose das erlebt? Oder war es ein geheimer Wunsch, den er da von Storm ausgesprochen fand?

Eine Bleistiftmarkierung in Form eines Kreuzes fand Lüthje neben einer Notiz über einem Grabstein.

Ein Leichenstein
Darauf der Tod mit stark gezahnten Kiefern

Dat is de Dot, de Allens fritt
Nimmt Kunst un Wetenschop di mit;
De kloke Mann is nu vergan –
Gott gev'em selig Uperstan!

Kunst und Wissenschaft. Der kluge Mann … hatte der Obdachlose an sich oder an jemand anderen gedacht? Spuren, die vom Leben des Mannes mit dem Bleistift sprachen. Und wahrscheinlich war es der Obdachlose, der den Bleistift geführt hatte. Ausweispapiere waren in dem Trümmerhaufen bisher nicht gefunden worden.

Um zehn Uhr machten sie wie verabredet eine Dienstbesprechung. Sie versuchten es jedenfalls. Lüthje fand, dass seine Leute heute alle blass aussahen. Aber vielleicht waren es auch nur die veränderten Lichtverhältnisse. Nach dem Zusammenbruch der Puppenhausruine war es im Besprechungszimmer heller geworden. Lüthje blinzelte, es passte nicht zu seinem Gemütszustand.

Heike begann.

»Thema Klinkenputzerei. Eine Hausfrau, eine Frau Erika Jacobsen aus dem Drosselweg 16, berichtete, dass sie einen Tag vor dem Mord eine Frau aus einem Busch vor ihrem Haus verjagt hätte, die dort ›ihr großes Geschäft verrichtet‹ hätte. Sie hat sie weggejagt. So etwas wäre noch nie vorgekommen.«

»Personenbeschreibung der Verrichterin?«

Heike sah auf einen kleinen Zettel, der auf ihren Aktenordner geheftet war. »Ein Meter fünfundsechzig. Zu stark geschminkt. Gehörte wohl zu dem kleinen Zirkus, der in Kappeln gastiert hatte, sagte die Frau Jacobsen, die Schilder standen ja überall an den Straßen. Die habt ihr sicherlich auch gesehen.«

»Hat man vom dem besagten Busch im Drosselweg 16 das Haus der Roekkelsdorff im Blick?«

»Ja, du siehst quer über die Kreuzung, von der der Drosselweg abzweigt. Alle Nachbarn wussten, dass die Roekkelsdorff gebrechlich war und gepflegt wurde. Aber niemand wusste, durch wen. Alle sagten übereinstimmend, da gingen immer Ärzte und Pflegerinnen aus und ein. Das wären aber immer andere Gesichter. Im Supermarkt an der Bundesstraße kaufte angeblich keiner der Befragten ein. Es sei ihnen zu gewöhnlich. Die Londoner Polizei hat uns eine Mail geschickt. Mehrere Kolleginnen und Kollegen haben Hildburg Gilbert einen Tag vor ihrem Flug nach Hamburg nach Feierabend gegen vier Uhr in Begleitung einer Frau mit Koffer gesehen. Der Koffer hatte Stoffbezug. Altmodischer Mantel mit verwaschenem, dunklem Muster. Sie sollen sich etwa eine Stunde in einem Pub in der Nähe der Deutschen Botschaft aufgehalten haben. Die Stammkneipe der Botschaftsangehörigen sozusagen, deshalb haben sie auch so viele Kollegen dort gesehen. Es war also offensichtlich kein geheimes Treffen. Konrad Sellmann, dieser ARD-Korrespondent, der ständig in der Botschaft verkehrt, will gesehen haben, wie sie diese Frau vor der verschlossenen Botschaftstür angesprochen hat. Angaben über die Identität der Frau mit dem Koffer konnten die Londoner Kollegen nicht machen. Wir haben eine Personenbeschreibung dieser Unbekannten bekommen.«

Lüthje streckte die Hand aus. Heike sah ihn irritiert an.

»Die Personenbeschreibung bitte!«, sagte Lüthje und wedelte ungeduldig mit der Hand. Circa ein Meter sechzig, kurze Lockenfrisur, auffällig geschminkt. Der Koffer, der Mantel. Die Linoleumfrau.

»Heike, überprüf bitte sofort, ob eine Frau, auf die diese Beschreibung passt, im Angelner Hof in Satrup gesehen wurde, Britin oder Amerikanerin, stark geschminkt ...« Lüthjes Leute sahen ihn fassungslos an. War es wieder so weit? Manchmal hatte ihr Chef Eingebungen, die eines Sherlock Holmes würdig waren. »Name, Anschrift und so weiter. Wenn nein, sämtliche Hotels im Kreisgebiet einschließlich Flensburg und Nordfriesland überprüfen, angefangen hier oben bei uns, dann jeden Landkreis schrittweise nach Süden, also ... ganz Schleswig-Holstein. Landesweite Fahndung. Aber Moment, erst den Anruf im Angelner Hof. Und noch etwas: Falls die glückliche Erbin auftaucht, ruft mich an, sofort, gegebenenfalls auch nachts.«

Heike verließ den Raum. Etwas schwerfällig, dachte Lüthje. Das kannte er von ihr bisher nicht.

Blumfuchs machte weiter. Ein Leichenfund an der niederländischen Grenze und einer in Hamburg-Altona seien schon negativ abgeklärt worden. Eine Tote im Linienbus Schleswig-Flensburg, Herzinfarkt, war sechsundsiebzig. Sie soll sich über eine Lightshow an der Mühle »Zum russischen Ross« erschrocken haben. Der Notarzt konnte in Satrup ZOB nur noch den Tod feststellen. Die Fahrgäste hätten gesagt, sie hätte sich über die nächtliche Illumination der Mühle »Zum russischen Ross« erschrocken und sei kurz danach im Sitz zusammengesackt.

Nein, es war das Fauchen der Linoleumfrau, dachte Lüthje. Er hatte gestern Abend auf dem Nachhauseweg mit dem Gedanken gespielt, doch noch zu Maren zu fahren, und war zunächst nach Süden und auf der B 76 doch nach rechts Richtung Flensburg gefahren. Wenn er sich gleich entschlossen hätte, nach Flensburg in seine Wohnung zu fahren, wäre er durch Satrup gekommen und hätte den Bus und den Notarztwagen gesehen. Und hätte sich nach der Linoleumfrau umgesehen. Wenn, vielleicht, hätte. Das Leben war voller ungenutzter Möglichkeiten.

Heike stand plötzlich im Türrahmen. Blass. Und sie schien irgendwie Pickel im Gesicht zu haben. Die hatte sie vorhin noch nicht. Das konnte aber auch am Licht liegen.

»Sie ist weg. Sie war da. Für eine Nacht. Die Amerikanerin oder Engländerin, sagte mir die Chefin. Ich fahr dann gleich hin.«

»Heike?«

»Ja?«

»Alles klar?«

»Ja. Ja, natürlich. Tschüss.« Heike verließ den Besprechungsraum. Ihr Schritt schien Lüthje anders als sonst. Die Körperhaltung auch.

»Chef, woher weißt du das mit dem Angelner Hof?«, fragte Husvogt.

»Ihr wisst doch, dass ich manchmal eine Inspiration habe.« Er wollte Fragen aus dem Weg gehen. Fragen nach dem Besuch in der Mühle, weil dann die Frage nach Malbek käme und was der denn so erzählt habe und die Frage, wie es denn Jette ginge und Maren.

»Ich treffe mich heute Nachmittag mit Brotmann in Kiel. Er wird mir ein Vorabgutachten erstellen. Wir sehen uns morgen.

Ruft mich an, wenn es was Neues gibt, also auch da draußen.« Er nickte in Richtung Fenster. Das Wort »Foto« wagte er nicht auszusprechen.

Lüthje hatte gerade eine nachdenkliche Runde um seinen Schreibtisch gemacht, hatte einen Entschluss gefasst und suchte in der Schreibtischschublade nach dem Autoschlüssel, als es leise an seiner Tür klopfte.

Heike streckte ihren Kopf schüchtern um die Ecke. »Chef, kann ich dich mal sprechen?«

»Ich muss eigentlich gleich los, aber es kommt nicht so auf die Minute an.«

Sie setzte sich auf den Besucherstuhl vor seinem Schreibtisch, faltete die Hände auf dem Schoß und sah auf ihre Fußspitzen. Dann kam erst mal nichts. Nach ein paar Sekunden atmete sie tief durch. Das war alles.

»Na los, spuck's einfach aus«, sagte Lüthje betont munter.

Sie hob den Kopf und sah ihm in die Augen. »Chef … ich bin schwanger.«

»Ach!« Lüthje hatte es geahnt. Es folgten zwanzig Sekunden Stille.

»Und wo ist das Problem? Freust du dich nicht?« Lüthje stellte sich vor, dass seine Stieftochter Sophie vor ihm säße, weil sie nicht mit ihrem leiblichen Vater, Gerson Malbek, darüber sprechen wollte.

»Doch, aber ich …«

»Wer ist der Vater?«, fragte Lüthje.

»Ich will das Kind. Aber ob ich den Vater will, weiß ich nicht.« Heike sah Lüthje trotzig an. Ihre Unterlippe zitterte verdächtig. Gleich würde sie anfangen zu heulen.

»Kenne ich ihn?«

Heike weinte. Lüthje stand einen kurzen Moment hilflos neben ihr, ohne zu wissen, was er mit seinen langen Armen anfangen sollte. Dann kniete er sich vor sie hin, nahm ihre Hände und hoffte inständig, dass niemand hereinplatzen würde.

»Hast du schon mit deinen Eltern gesprochen?« Heike war Einzelkind. Geschwister als verständnisvolle Gesprächspartner waren also nicht da.

»Nein.«

»Und eine Freundin?«

Heike schüttelte so heftig den Kopf, dass Lüthje das Thema wie eine heiße Pellkartoffel fallen ließ.

»Ist es Husvogt oder Blumfuchs?«

»Das ist doch egal!«, sagte Heike laut schluchzend und knallte die Tür hinter sich zu.

Wenn das egal war, wollte Lüthje ab sofort Mao Tse-tung heißen.

Lüthje kaufte in einem Baumarkt vor der Stadt eine leichte, klappbare Sackkarre und einen Umzugskarton, von der Sorte, wie ihn die Spurensicherung benutzte, und fuhr nach Schleswig zur Roekkelsdorff'schen Betonvilla. Vorsichtshalber hatte er vor dem Haus einen Beamten mit Dienstfahrzeug postiert. Lüthje wedelte mit dem Hausschlüssel in der Hand, damit der Beamte sich nicht aus dem Wagen bemühen musste. Der Beamte grüßte ihn mit einem kurzen Tippen an die Mütze. Ein Fernsehteam hatte sich auf der anderen Straßenseite postiert, um das Haus als Kulisse für den Reporter mit dem Mikrophon im Hintergrund zu haben. Als sie Lüthje mit dem Karton und der Sackkarre auf die Eingangstür zugehen sahen, rannten sie über die Straße auf ihn zu. Lüthje war jedoch schneller und verschwand im Haus. Hinter der Türfüllung aus Rauchglas sah er die drei aufgeregt gestikulieren. Die Frau mit dem Mikrophon in der Hand presste ihre Nase an der Scheibe platt, was ihr überhaupt nicht stand. Lüthje würde sich etwas einfallen lassen müssen, um sie beim Verlassen des Hauses abzuschütteln.

Im Haus sah es aus wie an einem halb fertigen Set für eine Fernsehszene. Die Darsteller schienen sich zu verstecken. Er würde sie finden müssen. Dann würde das Spiel beginnen. Dabei hatten die Leute von der Spurensicherung sich Mühe gegeben. Die Kissen lagen gestapelt auf einem Stuhl und müssten aber noch nett auf der Sitzecke drapiert werden. In den Vasen fehlten Blumen. Bücher und Zeitungen lagen gestapelt vor den Regalen und warteten darauf, wieder an ihren Platz gestellt zu werden. Hinter einem Sessel lag versteckt ein Haufen Müll, gekrönt von ein paar Einmalhandschuhen. Ein paar Schubladen in der Schrankwand waren noch nicht geschlossen. Alle Zimmertüren waren weit geöffnet. Lüthje wurde das Gefühl nicht los, dass sich hier jemand versteckte, ihn beobachtete, über ihn lachte. Tote und Lebende. Keine Geister, sondern Gespenster, jedenfalls nach Malbeks Definition.

Die Spurensicherung hatte hier jeden Quadratzentimeter buchstäblich unter die Lupe genommen. Auf dem Lack des Radios waren nur ein paar Fingerabdrücke der Pflegerin und ein paar unbrauchbare Abdruckreste, jahrzehntealter Molekülmüll, gefunden worden. Man hatte ihn aber vorsichtshalber auch gesichert. Man konnte nie wissen.

Bevor Lüthje das Radio in den Umzugskarton stellte, streichelte er mit den Fingerkuppen zärtlich über die Lautsprecherabdeckung. Wie das blonde Haar der Schönen auf der Lackschachtel. Lüthje schüttelte den Kopf über sich selbst. Ich werde alt und sentimental, dachte er.

Seit er erfahren hatte, dass ein Minister zufällig Betreuer dieser Millionärin war und die Tochter vielleicht nie auftauchen würde, schien Lüthje wahrscheinlich, dass der Herr Betreuer das Radio und den alten Mercedes versteigern lassen würde. Es hatte in den letzten Jahren so einige Skandälchen in Betreuungsfällen gegeben, er musste also mit allem rechnen. Und wenn die Tochter und Erbin doch noch auftauchte, würde Lüthje mit ihr reden.

Lüthje hatte das Glitzern in den Augen seines Vaters gesehen, als er ihm vom Emud-Radio erzählt hatte. Es übte einfach eine besondere Anziehungskraft auf Vater und Sohn aus. So was sollte es ja geben. Vielleicht das letzte richtige Geschenk, das er seinem Vater machen konnte.

Als Lüthje das Zimmer verlassen wollte, drehte er sich noch einmal um. Ihm war eingefallen, dass dies ursprünglich das Zimmer der Tochter der Roekkelsdorff war. Überall im Haus gab es ein paar Bilder an den Wänden, unwichtige Städtewappen oder gestickte Blumen, aber in diesem Zimmer waren die Wände kahl.

Röhrenradios konnten so schwer wie ein gefüllter Reisekoffer sein. Er wusste das von den Sammlerstücken seines Vaters, die er ihm oft genug vom Regal an der Kellertreppe auf den Werkstatttisch und zurück schleppen musste. Dies hier war genau 17,5 Kilogramm schwer. Er hatte im Internet in einer Datenbank für Röhrenradios nachgesehen.

Als Lüthje das Haus verließ, bedrängte ihn das Fernsehteam. »Nordfun-TV Regional. Stimmt es, dass Sie die Erbin nicht finden können, Herr Kommissar?« Die Reporterin hielt ihm das Mikrophon direkt unter die Nase.

»Noch mal, du warst zu schnell!«, sagte der Kameramann.

»Und zu leise«, sagte der Mann mit dem Kopfhörern auf den Ohren und dem kleinen Koffer vor dem Bauch.

»Stimmt es, dass die Erbin verschwunden ist, Herr Hauptkommissar?« Diesmal hielt sie Lüthje das Mikrophon unter das Kinn.

»Wenn Sie unbedingt wollen, mögen Sie das von mir aus so sehen, aber ich kann das weder bestätigen noch dementieren. Tschüss.« Der Beamte im Dienstwagen hatte wohl ein wenig geplaudert.

»Würden Sie uns erzählen, was Sie in dem Karton haben?«

»Infizierte Exkremente. Hatten wir in der Toilette vergessen. Vorsicht, da sind auch so komische Fliegen drin.« Es wirkte. Das Fernsehteam filmte zwar weiter, aber sicherheitshalber von der nächsten Straßenecke aus.

Der Beamte hielt die Hecktür seines Passats auf. Den Karton musste Lüthje selbst hineinstellen. Lüthje nickte streng, aber freundlich. Er hatte die ganze Zeit zu dem Beamten kein Wort gesagt, um zu unterstreichen, dass diese Angelegenheit obergeheim sei und der Mann außerordentliches Glück habe, ihm dabei helfen zu dürfen. Um die Wichtigkeit zu unterstreichen, telefonierte Lüthje vor der Abfahrt mit dem Handy. Er versuchte Maren anzurufen. Sie hob nicht ab.

Dann rief er Brotmann an. »Ich fahr jetzt los, bin in ungefähr neunzig Minuten da. Hast du die Knacker und Senf?«

»Und du die Heringe?«

»Ich fahr über Eckernförde. Und? Kannst du mir schon einen Vorgeschmack auf deinen Vorbericht nachher am Lagerfeuer geben? Dann hab ich unterwegs was zum Nachdenken. Sonst langweile ich mich während der Fahrt.«

»Ich habe einige Pointen. Hier die erste. Die DNA des Obdachlosen ist auch im Haus der Roekkelsdorff gefunden worden.«

Das durfte nicht wahr sein.

»Hallo? Bist du noch dran? Eric?«

»Entschuldige. Kein Irrtum möglich?«

»Nein. Wenn dich das schon umhaut, dann freu dich auf nachher.«

Die Frau mit dem Mikro in der Hand klopfte an die Seitenscheibe. Die Kamera schaute auf der anderen Seite rein. Lüthje stellte sich vor, er würde in Gieseckes Porsche Boxster sitzen, und startete durch.

***

Für Kommissar Eric Lüthje und den Gerichtsmediziner Dr. Herbert Brotmann war der ehemalige Flakbunker in Laboe ein Tatort besonderer Art, an den sie eine gemeinsame, überwiegend unangenehme Erinnerung band. Beim Spiel auf dem Bunker war der siebenjährige Herbert durch ein Trümmerloch in den Bunker geklettert und nicht wieder herausgekommen. Eric Lüthje war mit den übrigen Spielkameraden panisch ins Dorf geflohen, ohne auch nur den Versuch einer Rettung zu unternehmen, Herberts Hilferufe in den Ohren. Immerhin hatte Eric die Spielkameraden davon überzeugen können, dass die Polizei angerufen werden musste. Lüthje hatte ein Taschentuch auf die Sprechmuschel gelegt, wie ein Verbrecher. Nach einer unendlich langen Stunde hatte man den kleinen Herbert völlig verstört herausgeholt. Er zog mit seiner Mutter nach Hamburg. Nach achtundvierzig Jahren hatten sie sich in dienstlicher Angelegenheit wiedergesehen. Herbert Brotmann verzieh seinem Spielkameraden, und sie machten den alten Tatort auf Herberts Wunsch zu ihrem regelmäßigen Treffpunkt, auch für dienstliche Besprechungen.

Nach der Obduktion der Roekkelsdorff hatte Brotmann Lüthje angerufen, aber kein mündliches Vorabgutachten erstellt, wie es unter den Freunden so üblich geworden war.

Lüthje war es recht. Wahrscheinlich gab es wieder wissenschaftliche Delikatessen, die für den Gerichtsmediziner fast an eine Sensation grenzten und durch einen Aufsatz in einer entsprechenden Publikation der Fachwelt mitgeteilt werden mussten. Für den Ermittler waren sie leider meist irrelevant.

Brotmann war begeisterungsfähig wie ein kleiner Junge, wenn

es um sein Fach ging. Es wäre nicht das erste Mal, dass er von seinem Freund Lüthje mal wieder »was auf den Tisch bekommt, was sich von dem täglichen Einerlei abhebt«. Es war Lüthje tatsächlich immer persönlich dankbar für diese »Dinge«.

Das Lagerfeuer, auf dem sie Kieler Knacker und Heringe brieten, zündeten sie in der Geschützmulde auf dem Bunkerdach an, direkt neben dem Trümmerloch, in dem Herbert als Kind verschwunden war. Wenn sie ihre Köpfe etwas reckten, konnten sie bei klarer Sicht über den Rand der Geschützmulde durch den spärlichen Birkenwald, der im Krieg zur Tarnung über dem Bunker angepflanzt worden war, den Blick zur Außenförde und bis weit auf die Ostsee hinaus schweifen lassen. Der Blick zum Ostseehorizont an der Kieler Außenförde weitete den gedanklichen Horizont.

»Die Obduktion der Roekkelsdorff hatte mal wieder etwas, was nicht nur deine Ermittlungen weiterbringt, sondern auch Forschung und Lehre«, eröffnete Brotmann das Dienstliche, während sie im Unterholz auf dem Bunker Reisig und ein paar größere Äste sammelten.

Als das Feuer brannte, packte Brotmann Kieler Knacker aus. Lüthje hatte frische Heringe mitgebracht, fangfrisch vom Fischerboot im Eckernförder Hafen.

»Du hattest von Pointen gesprochen.«

»Nicht so ungeduldig, junger Mann. Ich möchte es mal richtig dramatisch machen, nicht so langweilig, wie ich es vor Gericht als Sachverständiger vortragen muss. Und dann die dilettantischen Fragen der Verteidigung, der Staatsanwaltschaft, der Beisitzer, des Richters, ach du lieber Himmel!«

»Du gestattest, dass ich für meinen Teil erst mal mit einem Kieler Knacker beginne.« Lüthje ließ die Würste aus der Verpackung auf einen Blechteller gleiten, den Brotmann mitgebracht hatte. Kieler Knacker wurden im Allgemeinen eigentlich in heißem Wasser erhitzt. Sie machten es aber so, wie sie es immer in ihrer Kindheit gemacht hatten, die Wurst wurde auf einen Ast gespießt und ins Feuer gehalten, bis sie platzte, und dann in ein Glas Senf getunkt. Eine Delikatesse.

»Ich hatte vorsichtshalber die Liste der DNA-Spuren im Haus der Roekkelsdorff beim LKA angefordert. Mit Dienstboten. Hoyer war so freundlich, er war mir auch noch einen Gefallen schuldig. Ich will es kurz machen. Wir müssen nämlich der alten Dame ein bisschen mehr Zeit widmen. Dieser Obdachlose könnte in dem Haus der alten Dame gewohnt haben, zumindest muss er sich dort regelmäßig aufgehalten haben. Die DNA war überall. Am Bett, in der Küche, am Pool, auf einem Fensterbrett. Er war Dauergast, so würde ich das ausdrücken. Habt ihr ihn schon identifiziert?«

Lüthje schüttelte, mit vollem Mund kauend, den Kopf.

»Na gut, ich dachte, du könntest mir das tatsächliche Alter sagen. Ich schätze, dass er zwar über siebzig war, aber ziemlich kräftig und von guter Kondition für sein Alter. Todesursache war ein schlichter Genickbruch. Dem entsprach eine Schädelfraktur. Typischer Trümmertod. Dann konnte ich noch eine Hüftgelenksoperation bewundern, die in den neunziger Jahren ausgeführt worden ist. Unglaublich, wie man das damals gemacht hat. Ich sehe dir an, dass dich das im Moment überhaupt nicht interessiert.«

»Bingo, Herbert. Erkläre mir bitte, wo diese Blutmengen am Leichenfundort herkamen. Die Matratze war doch durchtränkt.«

»Du hast recht, ist sonst nicht zu erwarten bei einer Strangulation.« Brotmann kaute ein paar Sekunden, bis er wieder sprechen konnte. »Ich fange mal mit dem äußeren Befundbild an. Es fehlte bei der Roekkelsdorff das auffällige Stauungssyndrom im Kopfbereich, die Haut blau bis rot. Hier war der Kopfbereich fast blass. Aber so ist das nun mal bei vergreisten Menschen. Gut, es gab auch die Pechiale ...«

»Herbert, du hattest versprochen ...«

»Ja doch, ich weiß, du bist ein Freund und kein Kollege vom Fach, ja ich hatte versprochen, mich umgangssprachlich auszudrücken, aber du weißt ...«

»Herbert, keine Vorlesung, komm bitte schnell auf den Punkt.«

»Also, Pechiale, das sind diese flohstichartigen Blutaustritte in den Augenlidern, Mundschleimhaut, Nasennebenhöhlen und so weiter, aber eben nicht so stark, wie man es bei einem mit derartiger Kraft, ja man kann fast sagen mit rasender Wut geführten Angriff erwarten würde. Aber bei alten Menschen sind die Arterien ausgeleiert. Daher der hier eher spärliche Befundkomplex. Äußerlich jedenfalls. Dazu kommen noch die bei einer vierundneunzigjährigen Greisin eingeschränkten Leistungsreserven, die die Stauungssymptomatik eher unauffällig lassen. Trotzdem wage ich zu behaupten, dass der Kampf mindestens drei Minuten gedauert hat, da ich keine Anzeichen für eine vagale Irritation, Entschuldigung, Eric, also eine durch nervliche Reizleitung ausgelöste tödliche Herzrhythmusstörung, gefunden habe, die den Herzstillstand schon unmittelbar nach Beginn des Angriffs hätte eintreten lassen.«

»Aber warum so viel Blut? Das war doch für eine Strangulation nicht üblich, wie du dich auszudrücken pflegtest.«

»Moment.« Brotmann steckte sich die nächste Wurst auf einen Ast, hielt sie für einen Moment ans Feuer und zog sie dann ab.

»Hab ich dir schon gesagt, dass dein Pförtner die Knacker auch isst?«, fragte Lüthje kauend.

»Nein, aber ich weiß es. Er ist gebürtiger Kölner und hat sich vor zwanzig Jahren in eine Kielerin verliebt. Ich hab sie ihm, ich meine die Knacker, wärmstens empfohlen, und jetzt ist er abhängig.«

»Die ist aber noch nicht richtig heiß, Herbert«, sagte Lüthje mit fachmännischem Blick.

»Das soll sie auch nicht sein. Sie darf nur ungefähr Körperwärme haben, dann ist die Konsistenz am besten für die Demonstration. Du wolltest es ja verständlich.« Brotmann begann die Wurst zu verdrehen, bis die glänzende Pelle plötzlich aufriss.

»So hat es ungefähr ausgesehen. Von außen. Siehst du die schrägen Längsrisse in der Pelle? Erinnerst du dich? Das entspricht den Blutergüssen und Blutaustritten am Hals, die verliefen auch schräg vertikal. Das Innere bewegt sich nur zögernd mit der Haut mit, fast gar nicht, es wird ja von Bändern und Muskeln festgehalten. Und die Wirbelsäule. Deshalb gab es hier erst am Schluss des Geschehensablaufes Frakturen. Der menschliche Hals ist ein ziemlich knorpeliges, faseriges Gemenge …«

»Sag das mal deiner Frau.«

»Sie liebt meine Komplimente. Das Problem für den Mörder ist, dass die Haut einen zähen Film über die Innereien bildet, vergleichbar mit Paketband. Er dreht und würgt, innen ist eigentlich schon genug zerstört, aber der Täter merkt es nicht und dreht vielleicht deshalb weiter, weil er Blut austreten sehen will. Bei den inneren Verletzungen wird es richtig interessant, aber die Pointe beginnt schon auf der Gesichts- und Halshaut. Einen Moment, ich hab es in der Wundertüte.« Brotmann zog ein Foto aus seiner Aktentasche, reichte es Lüthje und tunkte die strangulierte Wurst tief ins Senfglas.

»Im Vordergrund stand für den Täter zunächst der einfache Atemwegsverschluss. Du siehst auf dem Foto um Nase und Mund zahlreiche sichelmondförmige Kratzer. Das sind Fingernageleindrücke des Täters. So weit so gut. Hier siehst du kleinfleckige Abschürfungen um Mund und Nase sowie eine angeschwollene Lippenquetschung mit einem Kratzer. Die Schürfungen im Halsbereich sind Würgemale. Als der Täter merkte, dass der Atemwegsverschluss über Mund und Nase nicht zum Ziel führte, den der Laie schon für den Todeseintritt selbst hält, hat er sich dem Würgen und Drehen des Halses zugewandt.« Brotmann stand auf, rülpste und sah zum Hafen hinunter. »Fällt dir an den Fingernageleindrücken etwas auf?«

»Sie sind nicht alle gleich groß.«

»Richtig. Aber das ist nichts Ungewöhnliches, weil der Täter mit unterschiedlicher Intensität zugepackt hat. Man kann die Eindrücke trotzdem am Eindruckprofil zusammenfassen. Ich kann sogar ermitteln, ob der Täter mit der rechten oder linken Hand zugepackt hat. Aber was ist mit dem hier und mit dem hier? Und denen hier neben der Nase?«

»Sie sehen irgendwie anders aus.«

»Korrekt. Das ist der erste Teil der Pointe. Sie stammen nicht vom Täter. Und sie sind postmortal entstanden.«

»Du meinst …«

»Ja, ich meine.«

»Zwei Täter?«

»Eigentlich nur einer, denn sie war ja schon tot, als der zweite sich an der armen Roekkelsdorff zu schaffen machte.«

»Woher willst du das mit dem Postmortalen so genau wissen? Auf dem Foto sehe ich keinen Unterschied.«

»Postmortale Austrocknung macht nach ein paar Stunden sichtbar, was unmittelbar nach der Tat für den Leichenschauarzt noch unsichtbar war. Deshalb bin ich als Gerichtsmediziner am Tatort meist überflüssig. Nett, dass du mich von dort trotzdem angerufen hast. Postmortale Verletzungen haben nach Stillstand des Kreislaufes einen weiter fortgeschrittenen Zustand der Austrocknung als die vital Entstandenen. Es gibt aber auch eine nach dem Tod kurzfristig andauernde Zeit der Kreislauftätigkeit, aber dafür gibt es hier keine Anzeichen. Ich konnte an der Leiche also postmortale Verletzungen erkennen. Wenn die unterschiedlichen Fingernageleindrücke nicht wären, hätten wir annehmen müssen, dass derselbe Täter nach dem Tod des Opfers noch einmal weitergemacht hat. Hier aber können wir erkennen, dass eine andere Person nach dem Täter eine Strangulation versuchte. Aber die Leiche war ein untaugliches Objekt, wie es in der Juristensprache fast bedauernd heißt. Die Suche nach opferfremden DNA-Spuren im Bereich der Fingernägeleindrücke verlief leider negativ.«

»Wie groß ist die Zeitdistanz?«

»Zwischen dem Todeseintritt und dem zweiten, untauglichen Angriff? Vorsichtige Schätzung zehn bis zwanzig Minuten. Diese Zeit konnte ich noch durch andere Befunde stützen. Ich habe nämlich entsprechende postmortale Blutungen in inneren Weichteilen und Organen des Halsbereiches gefunden.«

»Willst du Hering? Direkt vom Kutter in Eckernförde.« Lüthje hob den vollen Plastikbeutel an.

Sie streuten Salz, Pfeffer und Dill drüber, klemmten die Heringe in Drahtgestelle und hielten sie über das Feuer. Nach drei Minuten war das Fett abgetropft, und sie waren außen knusprig und innen zart. Brotmann und Lüthje grunzten vor Wohlbehagen. Inzwischen war die Sonne untergegangen, aber es herrschte helles Dämmerungslicht. In der Hochnebeldecke schimmerten im Südwesten die Lichter Kiels, und nordwestlich über ihnen, über Laboe, verschmolzen beide Lichtglocken an ihren Rändern, wohl ungefähr über Heikendorf. Das Licht der Flammen des Lagerfeuers tanzte die Birken hinauf und breitete eine eigene, sozusagen private Lichtglocke über dem Kommissar und dem Gerichtsmediziner aus.

»Einblutungen und Blutaustritte in Luftröhre, Schilddrüse, Halsvenen, Halsschlagadern, an den Kehlkopfgelenken. Sogar ein Abbruch des Zungenbeins und der Schildknorpelhörner, was eine Fraktur des Kehlkopfes zur Folge hatte, und natürlich Quetschungsblutungen im Kehlkopfinneren. Kaum vorstellbar, aber alles für sich allein immer noch nicht tödlich. Auch hier leicht zu unterscheiden, überall vitale und postmortale Blutungen. Ich hab das mal herauspräpariert, für eine Veröffentlichung.« Er langte nach einem weiteren Foto in seiner Tasche, reichte es Lüthje und tippte mit der Wurst auf verschiedene Partien. Das Fett tropfte auf das Farbfoto. Etwas überbelichtet, grelle Farben. Lüthje sah auf dem Foto so etwas wie ein längliches, blassrosa Schmetterlingssteak mit einem Loch in der Mitte, links und rechts davon schwärzliche Flecken unterschiedlicher Größe.

»Da, da und da. Spuren des ersten und des zweiten, ›untauglichen‹ Täters. Du siehst einen Horizontalschnitt durch den mittleren Teil des Kehlkopfes, unten die Ringknorpelplatte und die beiden Stellknorpel. Dies hier sind die Stimmfalten …« Er deutete auf die schwärzlichen Flecken neben dem Loch. »… mit ausgedehnten Blutungen.« Brotmann leckte sich das Fett von den Fingern und griff zum nächsten Hering. Das Fett tropfte zischend in die Glut. »Ich wundere mich immer wieder, was der menschliche Körper aushält. Erst die Summe der Verletzungen hat den großen Blutverlust und damit den Tod verursacht. Aber wie gesagt, nach Todeseintritt kam noch ein untauglicher Täter. Die Halswirbelsäule mit beteiligten Muskeln, Bändern, Gelenken, Bandscheiben, Wirbelarterien, alles ist in Mitleidenschaft gezogen worden … so einen Befund hat die Fachwelt noch nicht gesehen.« Das Lagerfeuer flackerte in seinen glänzenden Augen.

Lüthje betrachtete immer noch nachdenklich das Foto. Die postmortalen Fingernageleindrücke waren kleiner als die vital entstandenen. »Erst ein Täter und dann eine Täterin?«

»Möglich, aber nicht zwingend. Für die Abklemmung der Halsarterien reichen schon drei bis fünf Kilo Kraftaufwand. Für den Verschluss der Wirbelarterien allerdings mehr als acht Kilo. Aber es ist nur eine Frage der körperlichen Konstitution. Mann oder Frau, beides in jeder Konstellation möglich. Das ist dein Problem.«

Davon hatte Lüthje schon genug. »Nein, ich meine auch die Form und Größe der Fingerabdrücke. Diese hier sind kleiner, das könnte doch eine Frau sein.«

»Korrekt. Die DNA hat mir so was geflüstert. Übrigens danke für das Blut und das Stück Teppichboden. Ein richtiger Eintopf war das, jede Menge anorganischer Dreck.« Brotmann rutschte langsam aus seinem Fachjargon. Lüthjes Befund: das dritte Fördepils.

»Du sagtest vorhin, dass der Obdachlose eine ziemlich gute Kondition gehabt hat. Könnte er nicht der Mörder der Roekkelsdorff sein?«

»Er hatte nicht die den Eindrücken entsprechenden Fingernägel, schon gar nicht mit der DNA der Roekkelsdorff.«

»Dann brauchen wir nur die Person zur Fingernagel-DNA zu finden. Und ermitteln, wer der zweite untaugliche Täter war.«

»Du. Du musst das. Nicht ich. Dein Problem. Prost.« Mit einem Plopp öffnete er sein viertes Fördepils.

»Prost, Herbert. Ich bin dir wieder zu unendlichem Dank verpflichtet.«

»Prost, Eric. Ich dir auch, weil du es warst, der die anderen Jungs überredet hat, die Polizei zu verständigen.« Er nahm einen tiefen Schluck und sah verwundert auf das Flaschenetikett. »Ich wundere mich schon die ganze Zeit, warum mir das Zeug heute so in den Kopf steigt. Das reinste Stauungssyndrom. Aber guck mal. Wir trinken schon die ganze Zeit das Weihnachtsbockbier. Die fangen immer früher damit an.«

»Na ja, wir haben ja auch bald Ende Oktober.«

»Eric, wie fändest du es, wenn ich da auf meine alten Tage noch mal reinkrieche? Nur so zur Vergangenheitsbewältigung?« Er deutete auf das Trümmerloch links von Lagerfeuer. Ein Stück der Bunkerdecke war abgesprengt, die Trümmer waren nach unten in das Dunkel gefallen. Von hier aus sahen sie aus wie eine etwas schief gebaute Treppe. Das hatte Brotmann damals als Kind fast das Leben gekostet.

»Und ich soll wieder ins Dorf laufen und die Bullen alarmieren. Dann kannst du unsere Treffen hier wohl vergessen«, sagte Lüthje mehrdeutig.

»Das überzeugt mich. Hab ich dir mal erzählt, wie es aussieht, wenn du von unten nach oben siehst? Da unten, meine ich, im Bunkerloch. Der Trümmerschutt besteht plötzlich nur noch aus kleinen Brocken, an denen deine Schuhe keinen Halt finden. Und du versuchst es trotzdem, krallst dir die Hände im Beton wund, schlägst dir vor Erschöpfung das Gesicht, die Stirn blutig, bis es dir in die Augen läuft, Blut in den Augen …« Brotmann rollten plötzlich Tränen über die Backen.

Zwei Wohnmobile fuhren auf den Parkplatz. Das Motorengeräusch erstarb, die Scheinwerfer erloschen. Autotüren klappten, Gelächter, das schwächer wurde, als die Leute den Blauen Blick Richtung Hafen hinuntergingen.

Lüthje und Brotmann genossen die wiedergewonnene Stille und sahen sich die von den Lichtern der Nacht beleuchtete Hochnebeldecke an. Das Feuer war zur Restglut heruntergebrannt. Sie waren satt und ein wenig angetrunken. Sie würden sich gleich mit dem Handy ein Taxi rufen, Brotmann würde wie immer in einem kleinen Hotel neben seinem Geburtshaus übernachten. Lüthje wollte sein Stammhotel am Ehrenmal aufsuchen und am nächsten Morgen Frau Jasch über seinen Vater ausfragen.

Lüthje deutete zum Himmel. »Das ist wie ein riesiges Zirkuszelt, auf das Kiel und alle Orte um die Förde herum projiziert sind, nur dass alles auf dem Kopf steht«, sagte er. »Man müsste eigentlich die Menschen, ihre Wohnungen, die Restaurants, Spaziergänger, Autos, Busse auf den hell erleuchteten Straßen sehen. Die Verbrechen, Morde auch. Merkwürdig, ich hatte noch nie ein Kapitalverbrechen, das in einem dunklen Raum oder in schwarzer Nacht geschah.«

»Gerade Mörder haben Angst in der Dunkelheit«, erwiderte Brotmann und griff nach dem Schlussbier, wie er es nannte. »Willst du heute Abend noch zu deinem Vater?«

»Ich übernachte wieder im Strandhof. Morgen früh besuch ich ihn. Mein Vater baut etwas Seltsames«, sagte Lüthje, als ob er nur mit sich selber spräche. »Etwas, das entfernte Ähnlichkeit mit dem Chassis eines Röhrenradios hat, weißt du, die Metallplatte, auf der das Innenleben des Radios aufgeschraubt und gelötet ist, die Röhren. Ich weiß nicht, was er baut, ich wage nicht, ihn zu fragen, vielleicht aus Angst, in seiner Antwort die Sprache der Demenz oder Alzheimer zu erkennen.«

»Du musst ihn fragen, vielleicht wartet er darauf. Dein Schweigen kann seinen Rückzug in die eigene Welt beschleunigen. Dein Interesse könnte helfen, den Ablauf hinauszuzögern. Was sagt der Hausarzt?«

»Die Hausärztin sagt, in dem Alter muss man damit rechnen,

und ich soll mich nach einem Heimplatz für ihn umsehen. Heimplatz! Wenn er seine Werkstatt verliert, ist es aus mit ihm. Den lassen sie doch im Heim nicht die ganze Nacht löten und alles mit Kolophonium vollstänkern. Wenn er das nicht mehr darf, ist es aus mit ihm.«

Brotmann schwieg und stocherte mit dem Stock in dem erlöschenden Feuer herum, warf die glühende Asche, die wie die glühende, Funken sprühende Lava winziger Vulkane aussah, in kleinen Brocken hoch.

»Hast du mal überlegt, dass dein Vater vielleicht etwas Sinnvolles bastelt und du es aber nicht verstehst?«

»Wie meinst du das?«

»Ihr seid schließlich Vater und Sohn. Denk mal nach.«

»Er hat von zwei Engländern erzählt, die plötzlich in seinem Schlafzimmer standen. Sie haben aber vorher angeklopft. Angeblich hat er sie bei Kriegsende kennengelernt. Er hatte im Krieg mit Briten zu tun, das hat er mal erzählt, aber plötzlich tauchen da Namen auf, und die Männer stehen in seinem Schlafzimmer.«

»Wo war dein Vater im Krieg?«

»Nicht an der Front. Nur hier in Kiel. Er hatte nichts auszustehen. Sagt er jedenfalls immer. Offiziell war er Marinefunker, aber man brauchte seine Kenntnisse. U-Bootelektrik und so.«

»Nichts auszustehen? In Kiel? Weißt du, was da los war? Von seinen Gefühlen damals hat er vermutlich nicht gesprochen?«

»Er sagt nur, da wäre nichts Erfreuliches passiert.«

»Na, immerhin, er scheint auf dem Wege zu sein. Trauma-Reaktivierung ist das bei deinem Vater. Ich kann ein Lied davon singen. Man tut so, als sei es Geschichte, die man in einem Buch gelesen habe. Die Gefühle haben sie in die unterste Schublade gelegt, abgeschlossen und verdrängt. Posttraumatische Belastungsstörungen, die eine ganze Generation belasten, ihre Kinder beeinflusst haben oder noch beeinflussen, also über deinen Vater auch dich, und nach dem bisherigen Forschungsstand sogar genetische Folgen haben können. In traumatischen Erlebnissen überschwemmen Stresshormone das Gehirn und können sogar organische Schäden in Teilen des Gehirns verursachen, im Hippocampus und in den Amygdalae.«

Brotmann sammelte Aststücke rund um das Feuer. Immer

wenn er einen Satz anfing, hob er eines auf, und wenn der Satz sich dem Ende zuneigte, holte er zum Wurf aus und warf es ins Feuer. »Okay. Ich vergaß, du willst es populärwissenschaftlich. Es sind die Schaltstellen für Gefühl und Erinnerung, die beschädigt werden. Archetypische Muster sind im Unterbewusstsein verankert, sagt man, aber ich behaupte, es sind genetische Folgen der Kriege. Kriege sind Geburtsstunden des Bösen, des Bösen, dem du jeden Tag begegnest, ohne die Ursachen zu begreifen. Das Böse lauert in uns allen, Kommissar Lüthje. Und vergiss bei deinen Ermittlungen nie: Wir sind, was wir erinnern, auch wenn wir es nicht wahrhaben wollen. Täter, Opfer. Und die Ermittler.«

»Du meinst, ohne den Krieg gäbe es das Böse nicht?«, fragte Lüthje.

»Das habe ich nicht gesagt. Aber das Böse wäre ohne Krieg … na, sagen wir … überschaubarer.«

»Also kann ich meinen Vater jetzt aufgeben, oder wie meinst du das?«

»Dein Vater empfindet sich zurückgeworfen auf sein leeres Haus und seine Erinnerungen. Die drängen jetzt ins Bewusstsein, erfüllen das Haus, besetzen es und wollen ihn schließlich herausdrängen. Das ist jetzt seine Welt. Es kann für euch beide eine Chance sein, du musst Fragen stellen, und er muss antworten. Das müsst ihr üben, ihr habt es seit deiner Kindheit nicht mehr geübt. Da war es natürlich, das Kind erforscht die Welt, ein Vater gibt Antworten.«

»Wieso weißt du das alles so genau?«

»Mein lieber Eric, glaubst du wirklich, dass ich mich nur für Leichen interessiere? Außerdem habe ich selbst mein Päckchen zu tragen.« Brotmann sah in Richtung des Munitionsarsenals Korügen, in dem sein Vater nach Kriegsende bei der Entschärfung eines alten Torpedos gestorben war. Ein Grab gab es nicht.

Die Feuchtigkeit in den Aststücken kochte, zischend stiegen Dampf und Rauch auf. Rauchzeichen. Vom Bergfriede würde man es sehen können.

»Aber wen interessiert schon das Schwadronieren eines Gerichtsmediziners? Eines Mannes, der Tote aufschneidet und die Innereien in die Hand nimmt, als ob ihnen nicht schon genug Leid widerfahren wäre. Was kann man so einem schon glauben?«

Lüthje fragte sich, warum der Hauptbestandteil von Bockbier Selbstmitleid war. Brotmann hatte Gerichtsmedizin studiert, weil er genau wissen wollte, wie das aussah und wie es funktionierte mit dem Bösen. Aber er schien beim Obduzieren bisher keine Antworten gefunden zu haben.

»Ich glaub dir fast alles, Herbert.«

An der Ecke zum Bergfriede ließ Lüthje das Taxi anhalten. Brotmann half ihm, das Radio und die Sackkarre aus dem Kofferraum des Taxis zu holen.

»Herbert, wie unterscheide ich eine fixe Idee von einem vernünftigen Gedanken?«

»Das kommt darauf an, wessen fixe Idee du meinst.« Brotman sah Lüthje fest in die Augen.

»Ich denke in letzter Zeit manchmal …« Lüthje suchte nach Worten.

»Ich verstehe«, sagte Brotmann. »Dann ist es wirklich schwierig. Weil wir doch gelernt haben, dem hier …« Er tippte an die Stirn. »… als einziger Instanz zu vertrauen. Und das tun wir sogar, wenn es uns das Leben kostet. Meine Maxime … ja, ich spinne auch manchmal und habe es bisher immer rechtzeitig bemerkt … also meine Maxime ist: Wenn es dein gewohntes Leben verändert und du nichts anderes mehr denken kannst, ist es so weit. Und selbst das rechtzeitig zu erkennen ist schwierig. Ich kenne da einen guten Psychotherapeuten …«

»Danke, Herbert.«

»Ich dachte immer, das wäre bei deinem Studium Hauptfach gewesen«, rief ihm Brotmann hinterher und winkte Lüthje aufmunternd zu, als er mit dem Emud-Radio auf der Sackkarre auf sein Elternhaus zuging.

***

»Ich brauche immer weniger Schlaf.« Sein Vater hatte ihn kommen hören und gleich drauflosgeredet, ohne Begrüßung, ohne von seinem Werkstatttisch aufzublicken, an dem er an seiner Revuetreppe arbeitete, von Kolophoniumrauch umhüllt. »Wie hat Mutter immer gesagt: ›Hauptsache, die Kleider haben geruht.‹ Sag mal, hast du überhaupt Zeit für mich als viel beschäftigter Kommissar?«

»Seit wann ist ein Kommissar deiner Meinung nach ein viel beschäftigter Mann?«

»Hast du nicht diesen Roekkelsdorff-Fall?«

»Äh, wie kommst du darauf?« So leicht wollte Lüthje es ihm nicht machen.

»In Schleswig soll sie doch gewohnt haben. Das gehört doch zu deinem Bereich.«

»Ja, stimmt leider.«

»Und? Hast du den Täter noch nicht?«

»Was? Das ist ja ganz neu. Seit wann interessierst du dich für meine Arbeit?«

»Ach, diese Roekkelsdorff. Ich hab's im Radio gehört. NDR 1. Die heißt doch gar nicht so.«

»Wer?« Lüthje hatte das Gefühl, dass die Gedanken seines Vaters immer sprunghafter wurden. »Wen meinst du? Die Nachrichtensprecherin?«

»Nein, die Minz. Schlicht und einfach Margot Minz heißt die. Oder hieß sie, muss man jetzt ja sagen. *Von* Roekkelsdorff, dass ich nicht lache!«

Lüthje ging im Tigerkäfiggang im Zimmer herum. Er dankte Gott, dass sein Vater über seinem Werkstatttisch gebeugt lötete, bohrte und schraubte. Vielleicht tat er auch nur so.

»Minz? Haben die das im Radio gesagt?« Es wäre nicht das erste Mal, dass ihm die Medien bei den Ermittlungen voraus waren.

»Nein. Ich glaube nicht. Nein, die haben immer Roekkelsdorff gesagt. *Von* Roekkelsdorff. Dass ich nicht lache ...« Offensichtlich konnte sein Vater sich aber nicht mehr auf seine Bastelei konzentrieren. Er war aufgebracht wie schon lange nicht mehr und rang um Fassung. Er tat so, als sortiere er das Werkzeug auf seinem Tisch, dabei legte er es mal hier-, dann wieder dorthin, hängte es an die Wand und nahm es wieder ab.

Lüthje war sprachlos. »Woher ...«

»Ich weiß es einfach«, sagte sein Vater, als hätte er die unausgesprochene Frage seines Sohnes erwartet. Es klang jetzt trotzig. Als hätte er gemerkt, dass er etwas verraten hatte, was er lieber für sich behalten hätte.

»Kanntest du sie etwa? Diese Roekkelsdorff?«

»John und Tom wussten es auch, dass sie Minz hieß. Hast du mal ermittelt, ob Tom auch gestorben ist? Ich habe dich doch gefragt, als du letztes Mal da warst.« Sein Vater sah ihn nicht an. Das war immer schon die schlimmste Form der Missbilligung gewesen.

»Die Ermittlungen laufen noch.« Das war im Moment die beste Antwort. Überhaupt hatte er das Gefühl, dass etwas passierte, was er nicht begriff. Irgendetwas war seiner Kontrolle entglitten. Sein Vater kannte die Roekkelsdorff. Die Roekkelsdorff kannte den Obdachlosen. Zumindest war dessen DNA in der Nähe des Tatortes gefunden worden. Der Obdachlose kannte ihn. Denn warum sollte er sonst ein Foto von ihm haben? Wenn er nun das Foto aus den Kisten hatte, die Blumfuchs gerade auswertete. Alles Blödsinn. Hier konnte er sowieso nicht richtig nachdenken. Außerdem war er viel zu müde. Seine Gedanken drehten sich im Kreis. Das Kolophonium war sicherlich auch daran beteiligt. Sein Vater hatte wieder den ganzen Tag nicht gelüftet.

»Das Radio«, sagte sein Vater. »Das Emud. Das hast du doch bei ihr fotografiert? Sei ehrlich, Junge. Du wolltest mich testen.« Sein Vater sah seinen Sohn listig an. »Flunker deinen alten Vater nicht an, Junge. Mein Gedächtnis funktioniert noch besser, als ihr denkt. Ich brauche nicht ins Heim. Sag das dieser Jasch. Die will mich loswerden!« Er sah seinen Sohn mit angstvollen Augen an, die sich langsam mit Tränen füllten.

»Mach mal Platz auf dem Tisch. Ich hab dir was mitgebracht.« Lüthje hatte das Radio vor der Zimmertür stehen lassen, um erst mal die Lage zu sondieren. Das war jetzt der richtige Moment. Er zog die Decke weg. Sein Vater stellte die Revuetreppe auf ein Regalbrett.

»Fass mal mit an.« Lüthje trug praktisch das ganze Gewicht, aber er wollte seinem Vater ein Vater-und-Sohn-Gefühl geben. »Na, was sagst du?« Lüthje öffnete den Plattenspieler und stellte die Arbeitslampe höher.

Sein Vater atmete schwer und starrte das Gerät an.

»Ich habe es mir schon einmal ausleihen können, damit du es prüfen kannst. Vielleicht ist ja so viel kaputt, dass es sich nicht lohnt, dann nehme ich es wieder mit. Aber lass dir Zeit. Mittelwelle und Langwelle schienen in Ordnung zu sein.«

»Wahrscheinlich nicht geerdet«, brummelte sein Vater. Er sah sich die Gehäuseabdeckung auf der Rückseite an und nahm unschlüssig einen Schraubenzieher von der Werkzeugleiste.

»Es hat der Frau von Roekkelsdorff gehört. Ich hab's dir zuerst nicht sagen wollen. Nun wird ihr Haushalt aufgelöst, und ehe es sich jemand anders unter den Nagel reißt, hab ich es dir als Sachverständigem gegeben. Wenn sich die Erbin meldet, werden wir uns sicher über den Preis schnell einig werden.«

Sein Vater warf den Schraubenzieher wütend auf den Tisch. »Minz heißt die. Margot Minz! Wann begreifst du das endlich?«

»Ist ja gut. Beruhige dich. Margot Minz. Margot Minz. Ich hab es kapiert. Woher wusstest du, dass dieses wundervolle Radio der Roek… der Minz gehörte? Das Foto auf dem Handy, da hast du es doch schon erkannt! Wieso?«

»Mein Gott, Junge, was schwitzt du so?«

Lüthje wischte sich den Schweiß mit der Hand von der Stirn, zog die Cordjacke aus. Das Lagerfeuer war heißer gewesen, aber da hatten sie auch die Abendkälte im Rücken gehabt.

»Ich bring dir alles durcheinander«, sagte sein Vater, plötzlich füllten sich seine Augen wieder mit Tränen. »Alles durcheinander, wie damals. Alles ist so lange her, aber es hat sich nichts geändert.«

In den Augen seines Vaters entdeckte Lüthje keine listigen Hintergedanken, sondern ehrliche Sorge um seinen Jungen und schlechtes Gewissen. Das passierte ihm in letzter Zeit wahrscheinlich öfter. Menschen zu verwirren, wenn er sich doch nur mit ihnen unterhalten wollte.

»Papa, sag mir einfach, woher du sie kennst. Die Margot Minz.« Lüthje fühlte sich unendlich müde. Er legte sich auf die alte Couch neben dem Werkstatttisch.

»Ich hab sie am Ende des Krieges kennengelernt. Auf der Werft. Nein, auf der Siegesfeier. Eigentlich hab ich sie nie kennengelernt. Aber da kannte sie schon Tom und John.«

Lüthje setzte sich wieder auf. Schon wieder Tom und John. Wer weiß, ob es die je gegeben hatte. »Ich muss dich noch mal fragen: Woher weißt du, dass dieses wundervolle Emud-Radio der Minz gehörte? Das ist doch aus den fünfziger Jahren. Hast du sie denn da noch gekannt?«

»Dann hab ich das verwechselt. War wohl ein anderes Radio, das so ähnlich aussah, damals im Krieg. Ich hab das so gewusst, dass sie das ist. So was weiß man, wenn man eine Frau wirklich geliebt hat.«

Empört, trotzig klang das jetzt wieder. Eine Zumutung war es, dass sein Sohn ihm so eine Frage stellte. Lüthje hörte solche Worte aus dem Munde seines Vaters zum ersten Mal. Wenn man eine Frau wirklich geliebt hat. Über so etwas hatte sein Vater nie geredet. Da war immer nur Mutter, seine Frau, gewesen. Jetzt hörte er das erste Mal, dass es im Leben seines Vaters noch eine Frau gegeben hatte. Sein Vater war ihm fremd geworden, obwohl es doch derselbe war, der jetzt vor ihm hilflos, sinnlos eine Zange auf- und zumachte. Konnte es sein, dass sein Vater ein ganz anderes Leben gelebt hatte, als er es kannte?

»Du hast sie geliebt? Diese Roekkelsdorff?«

»Margot Minz. Du begreifst es einfach nicht, Junge. Margot Minz heißt die. Das ist lange her und spielt also keine Rolle mehr bei deinen Ermittlungen. Zufall. So lange her.« Er legte die Zange weg und nahm dafür den Lötkolben in die Hand. Er spuckte auf die Lötspitze und nickte befriedigt, als der Speichel zischte. Es stank verbrannt. Kolophonium roch besser.

»Das will ich hoffen, dass das keine Rolle mehr spielt.« Lüthje legte sich aufs Sofa und schloss die Augen. Ob die Frau wieder angerufen hatte? Das konnte er später fragen. Es würde auch mühsam, letztendlich vielleicht sogar vergeblich sein, darüber etwas Näheres aus seinem Vater herauszubekommen. Ein bisschen abschalten musste er jetzt, sich wieder sammeln, Ordnung in seine verknoteten Gedanken bekommen. Das Weihnachtsbockbier machte die Sache nicht einfacher.

Sein Vater drückte einen Knopf auf dem riesigen Nordmende-Radio auf dem unteren Regalbrett. Ein Gerät aus den Fünfzigern. Sanft fing es an zu rauschen, eine weibliche Stimme sagte: »And in a moment we will have the ›Shipping Forecast‹. But first ›Sailing By‹.« BBC. Die sanften Wellen von »Sailing By« begleiteten Lüthje, bis er in wirre Träume eingetaucht war.

Er war auf der Flucht und musste gleichzeitig seinen Verfolger suchen. Rechts und links war dunkler Wald. Lüthje ging in der Mitte. Er würde nicht unbemerkt vor ihm auftauchen können. Eine Kralle erhob sich plötzlich vor seinem Gesicht und versank in ihm. Lüthje fiel und fiel und fiel …

Mit einem Knall schlug Lüthje auf. Er lag neben dem Sofa. Er war auf seinen linken Arm gefallen und rollte sich nach rechts, um ihn nicht bewegen zu müssen. Dabei fiel sein Blick auf den Körper seines Vaters, der an der halb offenen Tür lag. Sein Stock lag schräg über seiner Brust wie ein Kreuz.

Er sagte etwas, aber Lüthje verstand ihn nicht. Lüthje brachte ihn in Seitenlage. Mit der linken schmerzenden Hand öffnete er das Hemd seines Vaters, und mit der rechten hielt er das Handy ans Ohr. Es dauerte eine Weile, bis er Brotmann wach hatte.

»Ein guter Mediziner hat sein Köfferchen immer dabei«, sagte Brotmann, als er Lüthjes verwunderten Blick auffing. Brotmann hatte eine komplett gefüllte Arzttasche bei sich.

»Blutdruck ist zu niedrig. Sie sitzen zu viel und gehen zu wenig, Herr Lüthje, hab ich recht?«

»Eric hat gepetzt.« In den Augen seines Vaters blitzte es schon wieder. Sie hatten ihn auf das Sofa tragen wollen, aber erstaunlicherweise hatte er es mit wackeligen Beinen fast selbst geschafft.

»Ich kann Ihnen nur dringend empfehlen, sich ein paar Tage in einer Klinik gründlich durchchecken zu lassen. Jetzt gleich am besten. Spätestens aber morgen früh. Wann haben Sie zuletzt einen Generalcheck machen lassen?«

»Vorige Woche. Bei der Hausärztin. Gute Kriegsware bin ich, hat die Ärztin gesagt«, sagte der Alte trotzig und setzte sich auf.

»Trotzdem. Nur in der Klinik kann ein vollständiges Bild gemacht werden. Gerade bei den Blutwerten wird meist etwas übersehen. Aber das Wichtigste ist für Sie jeden Tag ein Spaziergang am Strand. Dann bleibt Ihnen noch genug Zeit für die Radiotechnik. Ihr Sohn wird den ersten Spaziergang begleiten. Frau Jasch …«

»Ich glaube, es geht schon wieder.« Vater Lüthje drehte demonstrativ den Kopf, schüttelte die Arme und machte angedeutete Kniebeugen. »Seht ihr, nicht mal was gebrochen.«

»War da etwas, was dich umgehauen hat?« Lüthje saß auf dem Werkstattstuhl seines Vaters, beugte sich vor und sah ihm fest in die Augen.

Vater Lüthje hielt dem Blick nicht stand und wandte sich zu Brotmann. »Mein Sohn hat mir erzählt, dass Sie Freunde sind. Meine Frau und ich ... wir haben Ihre Mutter und auch Ihren Vater gekannt. Der Chinnow, der hier an der Ecke wohnte, hat auch in Korügen gearbeitet, dem hatte es die Lippen und die Augenbrauen weggebrannt. Und manche hat man gar nicht mehr gefunden. Es tut mir so leid.« Vater Lüthje drückte Brotmann mit beiden Händen die Hand. Als ob es gestern geschehen wäre.

Brotmann nickte verlegen, sagte ein leises »Danke«, stand auf und betrachtete die unvollendete Revuetreppe.

Vater Lüthje beugte sich geschäftig über den Werkstatttisch, als ob nichts gewesen wäre. Es sah so aus, als ob ihm die geöffnete Rückwand des Emud-Radios bei seinem Schwächeanfall zwischen Tisch und Wand geraten wäre. Er zog sie aus dem Spalt und setzte sie umständlich zurück in die Halterung.

Vierter Tag

Lüthjes Vater hatte alle weiteren Überredungsversuche zum Thema stationäre Abklärung in einer Klinik mit schweigendem Kopfschütteln abgewiesen. Brotmann hatte Lüthje daraufhin geraten, nicht im Hotel, sondern bei seinem Vater zu übernachten.

Am besten dort, wo er sofort hören würde, wenn etwas nicht mit dem Vater stimmte. Er solle Frau Jasch instruieren und, wenn es irgendwie ging, morgens einen Spaziergang mit ihm machen. Brotmann wollte dann telefonisch die Hausärztin unterrichten. Außerdem wollte sich Brotmann noch mit einem befreundeten Internisten in Verbindung setzen.

Als er seinen Vater durch die geöffnete Schlafzimmertür schnarchen hörte, stieg Lüthje in den Keller hinunter. Er schaltete die Werkstattlampe an, zog die Rückwand des Emud-Radios wieder aus seiner Halterung und drehte die geöffnete Rückseite des Radios ins Licht. Wie er vermutet hatte, war da etwas, was normalerweise nicht in einem Röhrenradio zu finden war. Zwischen Netzteil, Röhren und Gleichrichtern eingeklemmt lag ein eiförmiger, elfenbeinfarbener Gegenstand, der da nicht hingehörte und dessen Anblick seinen Vater buchstäblich umgehauen hatte.

Das Ei hatte eine kaum wahrnehmbare Fuge, in die nicht einmal ein Fingernagel passte. Lüthje dachte an ein Spielzeug oder eine Uhr. In jedem Fall eine kostspielige Antiquität. Die Antiquität könnte den Wert des Emud-Radios um ein Vielfaches übersteigen.

Die Erbin würde daran sicherlich Interesse haben, aber die war bis zu dieser Minute nicht aufgetaucht.

Das Elfenbein sah alt aus, sehr alt, hatte ein paar Altersflecken und ein paar Schrammen. Wie menschliche Haut, es schien zu leben. Er hielt es ans Ohr. Er glaubte ein Summen zu hören, aber immer wenn er glaubte, es wahrzunehmen, war es wieder weg. Auf der Längsseite nahe der Fuge war eine Art Signatur, H.H.

Lüthje baute sich im Hausflur ein Bett aus zwanzig bestickten Kissen, ein paar Meter vor der geöffneten Schlafzimmertür seines Vaters.

Er schlief einen scheinbar traumlosen Schlaf, wachte früher auf als sonst und machte sich einen Kaffee. Sein Vater schnarchte immer noch, obwohl er behauptet hatte, immer weniger Schlaf zu brauchen. Lüthje nahm sich das alte Telefon mit der Wählscheibe im Flur, um Frau Jasch anzurufen. Er hatte sich einen Moment gefragt, ob er damit überhaupt »neue« Telefonanschlüsse anwählen könne. Ein reizvoller Gedanke, ein Telefon, mit dem man nur vergessene Telefonnummern aus alten Telefonbüchern wählen konnte. Was das wohl für Unterhaltungen werden würden. Man könnte sich sogar selbst anrufen und Selbstgespräche quer durch die Zeit führen. Oder mit ehemaligen Schulkameraden telefonieren, jung, wie sie waren, die gerade ihre Schularbeiten machten oder Liebeskummer hatten. Er wurde wirklich alt. Diese sentimentalen Anwandlungen kamen immer öfter.

Dann rief er Heike an und erfuhr, dass es keine neuen Erkenntnisse gab, und sagte, dass er »vor Ort« ein paar Befragungen durchzuführen hätte.

Nach dem gemeinsamen Frühstück holte Lüthje seinen Wagen vom Parkplatz am Blauen Blick und fuhr mit seinem Vater Richtung Strand. Sie parkten am Hafen, gingen am Rosengarten vorbei Richtung Ehrenmal und plauderten über das Wetter, die vorbeifahrenden Schiffe und diskutierten, warum die Fahrt mit dem Fördedampfer von Laboe nach Kiel fast genauso lange dauerte wie vor vierzig Jahren, nämlich ungefähr eine Stunde. Neben der Strandhalle setzten sie sich auf eine Bank.

»Hab ich dir mal erzählt, dass ich eigentlich Fischer werden wollte?« Sein Vater hatte den Stock zwischen die Beine gestellt und hielt ihn mit beiden Händen fest.

»Nein. Erzähl! Wann? Wieso?«

»Ach, lass man. Ist schon zu lange her.« Er zeigte mit seinem Stock in Richtung Schilksee, zum ehemaligen Standort von Kiel Radio. »Die Sendemasten hätten sie wenigstens stehen lassen können.«

»Stimmt, die fehlen einfach«, sagte Lüthje und drückte sanft den Stock seines Vaters nach unten, da sich einige Spaziergänger näherten.

»Du weißt ja gar nicht, was es ist.« Er sah seinen Sohn nicht an, sondern blickte mit zusammengekniffenen Augen nach Schilksee hinüber, als könne er die Sendemasten von Radio Kiel wieder an ihrem Platz sehen.

»Was denn?« Lüthje hatte sich an die Sprunghaftigkeit der Gedanken seines Vaters langsam gewöhnt. Eigentlich war sie seiner eigenen Vernehmungstechnik ziemlich ähnlich. Vielleicht kein Zufall. Sprunghaft war sein Vater schon immer gewesen, nur dass es jetzt anstrengend wurde.

»Flunker mich nicht an. Du hast im Radio nachgesehen. Ich hab es dir schon beim Frühstück an der Nasenspitze angesehen. Neugierig warst du doch schon immer, Junge.«

»Du hattest den richtigen Riecher, Kommissar Papa. Ich hab es im Rucksack gesichert. Und wir sollten es da drinlassen, weil wir hier sonst einen Menschenauflauf bekommen. Was ist *es* denn?«

»Wichtig ist, dass du es gefunden hast. Und mir nicht gestohlen hast. Ich akzeptiere, dass du es als mein Sohn oder als Kommissar an dich genommen hast. Dann kann dir nichts passieren.«

»Passieren?«

Er senkte die Stimme und beugte sich zu seinem Sohn herüber. »Ich hab die Spieluhr nach dem schlimmen Bombenangriff auf der Werft gefunden. Ich hab sie Margot gezeigt. Sie hat sie genommen und sich damit bei Tom freigekauft. Für mich. John hat sie dann Tom gestohlen. Und verlor sie beim Streit mit Tom. John starb kurz danach. Margot hat sie aufgehoben, von der Straße, sich wiedergeholt. Sie gehörte ihr, ich habe ihr nicht widersprochen, als sie sich bei Tom freikaufte. Sie hat sie gefunden, nicht gestohlen, genauso wie ich. Jetzt hat sie sie mir wiedergegeben. Sie wollte, dass ich sie finde. Sie hatte begriffen, wie das funktioniert mit der Spieluhr. Deshalb wird mir auch nichts passieren. Deshalb habe ich den Schwächeanfall gestern Abend auch so gut überstanden. Der Herbert hat sich doch selbst gewundert, wie schnell ich wieder auf den Beinen war. Margot hat die Spieluhr in das Radio gelegt. Es war die Brücke zu mir. Die Uhr sollte wieder zu mir. Ich hatte ihr das Radio doch ausgesucht. Sie wusste, dass es mich wieder erreicht.«

»Eine Spieluhr soll es sein?«

»Margot hat gesagt, es sei eine Spieluhr, die sei wie sie. Das war für sie von der ersten Sekunde an klar, nachdem sie sie bei mir gesehen hat. Und berührt hat. Sie macht Musik, wenn sie es will. Sie ist wie Margot.«

»Welches Instrument hat Margot gespielt?«

»Stell nicht so dumme Fragen, Sohn.«

»Ach sooo.« Es musste eine leidenschaftliche Beziehung gewesen sein. »Okay, du hast sie geliebt. Warum habt ihr euch getrennt?«

»Ich weiß es nicht mehr. Zu lange her.«

Es war gelogen. Die Antwort kam zu schnell, zu schroff. Sonst dachte der Alte länger über Gefragtes nach und antwortete bedächtig. Er wusste mehr. Da war viel mehr. Fraglich, ob es die Ermittlungen weiterbrachte. Hoffentlich nicht. Dann könnte Lüthje sich später, wenn der Mörder gefunden war, mit seinem Vater darüber unterhalten. Aber … war das alles zu trennen?

»Was ist das mit dem Radio? Gestern hast du zuerst gesagt, du hast das Emud-Radio wohl mit einem anderen verwechselt. Weil das Emud-Radio ja auch aus den Fünfzigern stammt. Und nicht aus den Vierzigern.«

Sein Vater hatte die Augen geschlossen.

»Bist du müde?«, fragte Lüthje.

»Ich schlafe nicht, ich begucke mich nur ein bisschen von innen.« Der Vater stand seufzend auf, als füge er sich in das Schicksal, sich nicht einmal in Ruhe von innen begucken zu dürfen. »Komm, wir gehen noch ein Stück.« Nach ein paar Metern sagte er mit einem bösen Blick auf den Stock in seiner Hand: »Er hilft mir, aber ich hasse ihn.«

»Wieso steckt die Spieluhr in dem Emud-Radio aus den Fünfzigern?« Lüthje hoffte, dass diese Fragestellung frei von Vorwurf und Unterstellung war. Sein Vater war dabei, sich einzumauern.

»Das habe ich dir doch gesagt. Weil sie wusste, dass das Radio mich erreicht.«

»Aber es ist doch gar nicht das Radio, das du zu erkennen glaubtest.«

»Sie hat es trotzdem gewusst.« Lüthjes Vater blieb stehen und zeigte mit dem Stock auf das Souvenirlädchen an der Promenade. »Weißt du noch? Da musste man die Eintrittskarten für den Strand kaufen, wenn man nicht Laboer war. Eis und Spielsachen gab's da. Da hab ich dir mal diesen Kunstoffflieger gekauft, mit den Drehflügeln, die konnte man steigen lassen wie Drachen. Weißt du noch? Ob es die heute noch gibt?« Er marschierte zu dem kleinen geöffneten Fenster und fragte den Verkäufer. Der schüttelte den Kopf.

Lüthje sah zum blauen Himmel, unter dem ein paar Wattewolken eilig nach Osten unterwegs waren. Lieber Gott, schenke mir Geduld, aber ein bisschen plötzlich.

»Du hast die Minz also in den Fünfzigern wiedergetroffen?«

»Mein Gott, Junge, bist du hartnäckig! Ja, und da wollte sie sich gerade ein Radio kaufen und hat mich als Fachmann um Rat gefragt. Da hab ich ihr das Emud mit dem eingebauten Plattenspieler empfohlen.«

»Wann war das denn?«

»Ende der Fünfziger.«

»Und wo?«

»In Kiel. Zufrieden, Herr Kommissar?«

Nein, Lüthje war nicht zufrieden. Das Gerät war 1959 auf den Markt gekommen und erst ab 1960 überall in Deutschland erhältlich. So viel hatte er in der Internetdatenbank ermittelt. 1959 wäre gerade noch knapp die Fünfziger. Der Alte verschwieg etwas. Wenn er flunkerte, dann kamen die Antworten schnell. Andere Leute brauchen lange, um sich eine Lüge zurechtzulegen. Bei seinem Vater ging das immer sehr schnell. Es musste später als 1959 gewesen sein. Anfang der Sechziger. 1963 war das Gerät noch zu haben und im Preis gesunken. Qualität zum günstigen Preis, das war immer das Motto seines Vaters gewesen. Er hatte einmal ein Jahr gebraucht, um nach diesem Motto einen der ersten Kassettenrekorder von Grundig zu erstehen. Warum log er? Es musste ihm sehr wichtig sein.

Sein Vater blieb stehen, als sie zwischen U-Boot und Ehrenmal angelangt waren. »Jetzt reicht's. Komm, Junge, wir kehren um.«

»Papa, gibt es noch irgendetwas, was du mir über die Margot Minz erzählen solltest?«

»Nein, Junge. Wie kommst du darauf?«

Da war er wieder, dieser Blick, der seinen Sohn mit einem ängstlichen Flackern von der Seite streifte.

***

Der Antiquitätenhändler Fielspitz hatte kein Antiquitätengeschäft mit Schaufenster zur Straße und fester Adresse. Nach telefonischer Voranmeldung präsentierte er seiner betuchten Stammkundschaft eine Auswahl seiner besten Stücke in Acht- bis Zehnzimmerwohnungen in seinen zahlreichen Immobilien. Um es der Kunstmafia schwerzumachen, wechselte er die Wohnungen in unregelmäßigen Abständen. Lüthjes Informant sagte, dass er Fielspitz heute erstaunlicherweise im »öffentlichem Raum« finden würde. Er würde seine Uhrensammlung zum ersten Mal vollständig zeigen. In ein paar Stunden sei Eröffnung, und er sei vor Ort, um die letzten Vorbereitungen zu überwachen.

Die Ausstellung fand in der ehemaligen Reithalle von Schloss Gottorf statt. Wer gebeten wurde, hier seine Privatsammlung auszustellen, hatte es geschafft. Er war als Mäzen und Kunstsachverständiger ersten Ranges anerkannt, nicht nur in Schleswig-Holstein. Es kam einer Heiligsprechung gleich.

Wer in Schleswig-Holstein etwas auf sich hielt und das entsprechende Bankkonto besaß, kaufte bei Fielspitz. Was der nicht »am Lager hatte«, konnte er in angemessener Lieferfrist beschaffen. Ab einer bestimmten Jahreseinkommensgrenze aufwärts hatte fast jeder einmal bei Fielspitz eingekauft, auch wenn es dabei nur darum gegangen war, die Vorstandsetage mit passenden Gobelins zu schmücken. Für Lüthje war er ein wertvoller Informant, auch Richter schätzten ihn als Geschäftspartner und Sachverständigen. Dazu kam, dass Fielspitz das Geld nicht nötig hatte, seine Antiquitäten am liebsten alle für sich behalten hätte, denn er hatte von seinem Vater nicht nur das Antiquitätengeschäft, sondern auch ganze Stadtviertel geerbt.

Lüthje erstand einen Ausstellungskatalog im alten Wachhaus am Eingang zur Schlossinsel. Der Katalog kostete satte 99,99 Euro. Er hätte ihn auch in der Ausstellung selbst kaufen können, aber er wollte bei Fielspitz schon einen informierten Eindruck machen. Man musste seine Neugier wecken und ihn dann lange genug zappeln lassen. »Vermessene Zeit – Die Fielspitzsammlung – Uhren in der Kulturgeschichte Schleswig-Holsteins«, stand im goldenen Prägedruck auf dem Einband und dem Ausstellungsplakat. Das Gehäuse einer mittelalterlichen Turmuhr war abgebildet.

Fielspitz wartete schon an der Eingangstür auf ihn. Offensichtlich war er schon informiert worden, dass der Kommissar wieder mal auf dem Wege zu ihm war.

»Schöner Titel«, sagte Lüthje und hielt den eben erworbenen Ausstellungskatalog in die Höhe.

Fielspitz blieb in der halb geöffneten Tür stehen und versperrte ihm den Eintritt. »Erzählen Sie mir nicht, dass Sie wegen der Ausstellung kommen. Aber gut, ich habe auf diesem Titel bestanden. Er hat eine doppelte Bedeutung. Die Zeit als Objekt. Sie wird vom Menschen vermessen, falsch gemessen, eben *ver*messen. Die andere Bedeutung ist die Zeit als Macht, der wir uns unterwerfen.« Fielspitz ruderte mit seinen langen dürren Armen dramatisch wie ein Dirigent, wie immer, wenn er über sich und seine Welt reden konnte. »Macht ist immer vermessen. Maßlos, überheblich und ungerecht. Macht und Zeit gehen über Leichen. Ich werde es in meiner Eröffnungsrede ansprechen. Doch, doch, glauben Sie mir, Herr Kommissar.« Fielspitz hatte Lüthjes erstaunte, zweifelnde Miene registriert.

Aber Lüthje war nicht über die Worte erstaunt, sondern über Fielspitz' Gefühlsaufwallung. Der Antiquitätenhändler war eigentlich ein Mensch, der alles mit sich allein abmachte und höchstens beim Klavierspiel seinen Gefühlen sichtbaren Ausdruck verlieh.

»Es wird vielen nicht gefallen, den Vertretern aus Wirtschaft und Politik. Vielleicht meine letzte Ausstellung an diesem Ort.«

»Was sind das für Töne, Herr Antiquitätenhändler? Verderben Sie es sich nicht mit Ihrer Kundschaft.«

»Ich habe meine Gründe. Was führt Sie ausgerechnet heute zu mir? Ich habe wenig Zeit, wie Sie sich vielleicht vorstellen können.« Fielspitz hatte sich dem Ausstellungsraum zugewandt, ohne Lüthje hereinzubitten, seine dürre Gestalt straffte sich, und seine spitze Nase schien prüfend eine verdächtige Witterung aufzunehmen.

»Na gut, wie dem auch sei«, sagte Lüthje. »Weil ich frühzeitig von Ihrem Ausstellungsprojekt gehört habe, habe ich buchstäblich etwas Zeit mitgebracht.«

»Buchstäblich?«

»Später mehr dazu. Darf ich jetzt eintreten?«

»Bitte.«

»Ich danke Ihnen.«

Die Ausstellungsvorbereitungen waren fast beendet. Lüthje sah in der Halle vereinzelt ein paar Männer und Frauen in weißen Arbeitskitteln, weißen Handschuhen und Haarnetzen. In schwarzen Anzügen steckten ein paar Sicherheitsleute. Der Reitstall war Hochsicherheitstrakt. Man flüsterte. Ein paar zu laut gesprochene Worte waberten durch den Saal und zerplatzten zwischen den Exponaten. Uhren aller Größen und Formen standen im Raum.

»Wie ist die Versicherungssumme für Ihre Schätze?«

»Fragen Sie das zuständige Finanzamt.«

»Wie kommt es, dass Sie sich so gut mit Uhren auskennen, obwohl die einzige Uhr, die ich bisher in Ihren Räumen gesehen habe, die Darstellung einer Kaminuhr in einem Gemälde war?«

»Louis Pagnoux, 1924, Uhr und Lampen auf herrschaftlichem Kaminsims. Ein schönes Stillleben. Sie müssen es gesehen haben … lassen Sie mich überlegen … als Sie mich in meinen Räumen in der Franckestraße in Kiel belästigten.« Er lächelte. »Folgen Sie mir.« Er wies auf einen imaginären Punkt am Boden, ungefähr fünf Meter vor ihnen. Sie standen jetzt am Treppenaufgang zur oberen Etage, die, wie ein kleines Schild verkündete, Uhren von 1850 bis 1879 zeigte.

»Und jetzt … jetzt versuchen Sie eine, nur *eine* Minute zu schweigen. Es ist eine Gedenkminute für die Zeit. Sehen Sie dabei auf Ihre Armbanduhr. Dann wissen Sie, warum ich diese Uhren nicht in meiner Nähe haben will.«

Nach fünfzehn Sekunden traten das Scharren der Schuhe und das Flüstern der schwarzen Anzüge und der weißen Arbeitskittel aus der Stille in den Hintergrund und machten einem nähmaschinenartigen Geräusch Platz. Nach etwa fünfundzwanzig Sekunden wurden einzelne Uhrenstimmen identifizierbar, die in einem sonderlichen Wettbewerb zueinander standen. Ein hartes Schlagen stach sich vereinzelt nach vorn, weitere zehn Sekunden dauerte es, bis sich neben die schärfer gewordenen Treffer der ersten Vorhut das unregelmäßige Klickern aufschlagender Pfeilspitzen stellte. Nur fünf Sekunden vergingen, bis sich die Vorhut untrennbar mit den Bogenschützen vereinte, aus dem Prasseln wurde ein Angriff. Lüthje spürte aufsteigende Unruhe und eine unbestimmbare Angst, ohne dass er abschätzen konnte, wie lange er sie noch beherrschen konnte. Ein schwarzes Loch schien ihn zu verschlingen. Er presste die Hände auf die Ohren und gab einen Schmerzenslaut von sich. Ein paar Sekunden dauerte es, bis sich der Lärm zurückzog und er es wagte, die Hände wieder von den Ohren zu nehmen. Er verspürte den unwiderstehlichen Wunsch zu sprechen, die eigene Stimme zu hören.

»Das sollte wohl eine besondere Art von Rache sein?« Auch eine neue Erfahrung: Fielspitz' sadistische Züge.

»Man kann sich auf Dauer hier nur unbeschadet aufhalten, wenn man spricht, wenn die eigene Stimme sich über diesem Geräusch erhebt.« Fielspitz hatte einen ausgesprochen zufriedenen Gesichtsausdruck. »Sie hören nicht die Uhren, sondern den Schmerz der Zeit, die sich vom Menschen vermessen lassen muss. Dafür rächt sie sich manchmal. In unregelmäßigen Abständen. Das ist das, was wir das Böse nennen.«

»Interessante Theorie.«

»Stellen Sie sich vor, ich würde auch nur in jedem Zimmer meiner Ausstellungswohnungen eine Uhr aufstellen. Jede alte Uhr hat ihren eigenen Charakter. Und diese Charaktere würden von Zimmer zu Zimmer miteinander sprechen. Können Sie sich dieses ständige Palaver vorstellen? Wie soll ich mich da auf mein Klavierspiel konzentrieren? Ich würde nach zwei Tagen den Verstand verlieren. Deshalb habe ich im Flur dieses Gemälde von Pagnoux mit der Uhr. Es soll den Kunden darauf aufmerksam machen, dass ich auch Uhren führe. Jeder, der wirklich interessiert ist, fragt danach.«

»Wo führen Sie den Kunden dann hin? Wo lagern Sie diese Uhren?«

»Raten Sie. Sie wissen sowieso schon zu viel über mich.«

»Das ist in unserem beiderseitigen Interesse und deshalb leider unumgänglich«, sagte Lüthje mit salbungsvoller Miene.

»Sie sagten, Sie haben etwas Zeit mitgebracht? Wenn ich Ihnen alles erläutere, sind wir nächstes Jahr um die gleiche Zeit noch hier. Kommen Sie, ein paar besondere Schmuckstücke will ich Ihnen gern zeigen.« Fielspitz richtete sich auf und schien einen Kopf größer zu werden. Jetzt war er in seinem Element, er konnte über seine Sammlerstücke sprechen. Lang und dürr, wie er war, schien er sich auseinanderzuwickeln, einen Eindruck, den die gestikulierenden Bewegungen seiner Arme noch unterstützten. Es sah so aus, als ob er mit beiden Händen einen Dirigentenstock durch die Luft schwingen würde.

»Unter diesem Dach befinden sich dreihunderteinunddreißig Exponate, davon zweihundertneunundsechzig Uhren, sämtlich intakt, die genaue Uhrzeit anzeigend. Ich habe fünf Uhrmachermeister angestellt, um sie den ganzen Tag über funktionsfähig zu halten und gegebenenfalls aufziehen zu lassen. Unter den anderen Exponaten finden Sie Ketten, Gehäuse, Taschenuhrkapseln, Uhrenschlüssel, Uhrenständer, Uhrmacherutensilien, Gemälde und Plakate.«

Fielspitz beobachtete einige Sekunden, wie die Worte auf Lüthje wirkten.

»Ich bin beeindruckt«, sagte Lüthje höflich. »Diese Tisch- und Schrankmöbel, auf denen Sie Ihre Exponate zeigen, stellen Sie die auch aus?«

»Äh, nein, wieso?«

»Na ja, ich dachte, die gehören auch Ihnen?« Lüthje kamen einige Tische und Kommoden bekannt vor. Vor allem dieser Schellackplattenschrank, eine Kommode mit einer einzigen Schubladenklappe und etwas lädiertem Furnier auf der Oberseite.

Fielspitz wand sich. »Sie haben ein paar Stücke wiedererkannt. In unserem beiderseitigen Interesse bitte ich Sie um Diskretion. Ich darf hier keine Verkaufsausstellung machen, aber … wenn sich jemand für die Möbel interessiert …«

Lüthje sah erfreut, wie sich auf Fielspitz' Glatze dieser schweißnasse Film bildete, den er die ganze Zeit vermisst hatte. »Das ist doch dieser Schallplattenschrank, den ich einmal in Ihrer Ausstellungswohnung in der Franckestraße in Kiel gesehen habe.«

»Ja«, antwortete Fielspitz einsilbig.

Lüthje vermutete, dass das gute Stück schwer verkäuflich war, ein Ladenhüter, wie alle Möbel hier. Deshalb standen sie hier. Eine gute Verhandlungsposition für Lüthje.

»Er ist immer noch nicht vollständig restauriert.« Lüthje strich an dem Furnier entlang. Die Schäden waren durch eine Spitzendecke notdürftig abgedeckt. Darauf stand das Objekt mit der

Nummer 11. »Vergoldete Figurenuhr, ein Löwe mit einem beweglichen Kopf wird von einem Mohren mit Szepter geführt, für den Gottorfer Hof gefertigt 1654«. Sehr hübsch, besonders wenn einem das unter der Brust des Löwen platzierte Ziffernblatt gefiel. Für Lüthje unerschwinglich und uninteressant. Er stellte sich das Emud-Radio auf diesem Platz vor. Der Plattenspieler war auf achtundsiebzig Umdrehungen einstellbar, und entsprechende Abtastnadeln für Schellackplatten waren noch erhältlich.

»Diesen Ausdruck in Ihren Augen kenne ich«, sagte Fielspitz und trat näher an Lüthje heran. »Als Sie damals die russische Lackschachtel so ansahen und mit der Fingerkuppe darüber strichen ... und jetzt hält Sie wieder etwas gefangen an diesem Gegenstand, etwas, von dem Sie nicht wissen, was es ist und woher es kommt. Sie können sich nicht dagegen wehren, es wird Sie nicht mehr loslassen, immer wieder kreisen Ihre Gedanken um dieses köstliche Möbelstück.« Er sah Lüthje mit einer Mischung aus Neugier und Triumph an.

»Sie können aufhören. Ihre Verkaufstechnik hat mich wieder überzeugt. Das Problem wird der Preis sein.«

»Nicht so schnell. Sehen Sie noch einmal hinein.« Fielspitz bückte sich, öffnete die Klappe und zog den Drahtschlitten heraus, in dem die schokoladenschwarzen Scheiben in den vergilbten Papphüllen standen.

»Ich muss Sie darauf aufmerksam machen, dass ich das gesamte Opus 28 von Chopin, das sind zwölf Schallplatten, herausgenommen und meiner privaten Sammlung einverleibt habe. Ich spiele ein wenig Klavier, wie Sie wissen, und es sind alle vierundzwanzig Präludien interpretiert von Alfred Cortot, darunter mein Lieblingsstück, Nr. 15, das Regentropfenpräludium. Die Interpretation ist einfach göttlich.«

»Sie brauchen sich nicht zu entschuldigen.« Lüthje wollte ihm lieber nicht sagen, dass er sich das Schränkchen eigentlich nur als passendes Möbel für ein altes Röhrenradio mit Plattenspieler vorstellte. Er beugte sich zur Schublade hinunter und »blätterte« ein wenig in den Schallplatten.

»Ich muss Sie außerdem darauf hinweisen, dass die Sammlung nicht originär ist«, sagte Fielspitz wieder mit bedauerndem Tonfall. »Damit meine ich, dass ich jede alte Schellackplatte einsortiert habe, für die ich mich in den letzten Jahren interessiert habe. Wer weiß, was ich mir dabei gedacht habe.« Er seufzte gekünstelt. »Na ja, die Preise sind noch nicht hoch genug. Aber vielleicht ist mal ein wirkliches Einzelstück darunter, außerdem sind sie sehr fragil. Das heißt, sie werden immer seltener. So können Sie es als Wertanlage mit guter Rendite sehen. Ich habe die Plattentruhe übrigens von meinem Vater geerbt.«

Comedian Harmonists, Lys Assia, Hans Albers, das würde Lüthjes Vater gefallen. Ein paar Platten hatten keine Hülle, er zog eine davon heraus.

»Sehen Sie, hier ist das Etikett zerkratzt. Auch auf der Rückseite. Da ist sogar die Tonrille hinüber.«

Wieder zuckte Fielspitz bedauernd mit den Schultern. »Wer weiß, warum jemand so etwas macht. Sie müssen die Schallplatte eben hören, um zu wissen, was drauf ist. Vielleicht ist es etwas Besonderes, zum Beispiel der letzte Tonträger auf der Welt mit einer historischen Aufnahme. Das klingt nach sehr viel Geld.«

Der Kratzer war eigentümlich. Als wenn jemand mit einer Gabel etwas hätte schreiben wollen. Vier parallele Linien, die in einer steilen Welle aufstiegen, oben nervös zitterten und das Zittern spiralförmig zur Mitte hin fortsetzten. Es hatte eine gewisse innere Harmonie, wie eine Unterschrift. Als wollte jemand das Label unleserlich machen und dabei seine Handschrift hinterlassen oder eine Botschaft.

»Macht nichts«, sagte Lüthje und stellte die Platte zurück. Er sah die anderen ohne Hülle durch. Sie hatten kein zerkratztes Label. »Also, Sie kennen meine Einkommensverhältnisse …«

»Bevor wir über den Preis reden, sagen Sie mir bitte, wie Sie das vorhin gemeint haben, als Sie sagten, Sie hätten heute buchstäblich etwas Zeit mitgebracht.« Fielspitz sah Lüthje an wie ein Abhängiger seinen Drogenlieferanten.

Lüthje zog wortlos seinen Rucksack von der Schulter, nahm die Uhr aus einer Innentasche und reichte sie Fielspitz. Der drehte sie mit ungläubigen Augen in seinen Händen hin und her, öffnete plötzlich ein wenig den Mund, als ob er etwas sagen wollte, blickte kurz um sich und zog Lüthje zu dessen Überraschung an der Hand quer durch den Saal, eine Vertraulichkeit, die Lüthje diesem staubtrockenen Antiquitätenhändler nie zugetraut hätte und die einen gewichtigen Grund haben musste. Die Uhrengeräusche prasselten wie ein Heuschreckenschwarm in Lüthjes Ohren, als er Fielspitz hinterherstolperte, bis sie an der Westseite des Saales hinter einer Wanduhr angelangt waren. Durch ein großes Fenster sah man den Schlossturm mit flatternden Fahnen, die Macht und Triumph signalisieren sollten. Darüber flohen steingraue Wolkenfetzen nach Osten.

Lüthje sah erstaunt, dass die Standuhr, hinter der sie sich befanden, auch auf der Rückseite ein Ziffernblatt hatte, das zum Fenster wies.

»Man könnte unser Gespräch vielleicht belauschen, aber nicht verstehen«, sagte Fielspitz. »Das Uhrwerk dieser Standuhr hat in etwa das Frequenzprofil der menschlichen Stimme. Der männlichen Stimme, um genau zu sein. Sie zerhackt die Konsonanten. Ein Lauscher hinter der nächsten Wanduhr da drüben würde glauben, dass wir uns auf Finnisch unterhalten.«

Die Uhr sprach: »Ott Tö Ott, Ka Rack Te, Ott Tö Ka Rack, Ott Tö«, und aus der Tiefe glaubte Lüthje gleichzeitig ein leises Knarren, Schleifen und Kratzen zu hören. Es schien, als wollte sich die Standuhr in das Gespräch einmischen.

»Wenn wir Pech haben, hören wir ein Pochen. In dieser Uhr ist der Käfer, den die Landbevölkerung noch heute die ›Totenuhr‹ nennt. Der *Xestobium rufovillosum*, der Bunte Pochkäfer, gehört zur Familie der Nagekäfer. Während der Paarungszeit schlägt das Männchen mit dem Kopf auf das Gehäuse der Uhr, um Weibchen anzulocken. Dies der Fortpflanzung dienende und damit dem Leben durchaus zugewandte Verhalten verbindet der alte Volksglauben wegen der unheimlichen Klopfgeräusche mit dem Sterben von Verwandten oder Freunden. Noch vor hundert Jahren war das Insekt als Verursacher des Klopfens nicht bekannt, und man glaubte, der Tod selbst klopfe mit seinen knöchernen Fingern an die Tür. Und beachten Sie die beiden Ziffernblätter.«

Bei den letzten Worten hatte Fielspitz eine Uhrmacherlupe aus seiner Anzugweste gezaubert und sich ins Auge geklemmt. Er strich immer wieder über die elfenbeinartige Oberfläche der Uhr und drehte sie dabei, beim Monogramm innehaltend.

»Wo haben Sie diese Uhr her?«, fragte Fielspitz, ohne den Blick von der Uhr abzuwenden.

»Es ist wie immer, wenn ich Ihnen etwas zu Begutachtung vorlege, Herr Antiquitätenhändler. Auch dieses Stück gehörte jemandem, der einen gewaltsamen Tod gestorben ist.«

»Wo haben Sie sie gefunden?«

»Die *Uhr* meinen Sie?«

Fielspitz nickte und fuhr mit der Fingerkuppe seines Zeigefingers langsam über den feinen Spalt, der um das Uhrgehäuse zog.

»Also ist es eine richtige Uhr? Keine Spieluhr oder ein Spielzeug?«

»Eine Frage der Perspektive, wie mein Vater gerne sagte.«

»Könnten Sie als Sachverständiger diese Uhr nicht öffnen und sagen, was sie kann und warum sie so aussieht, wie sie aussieht?«

»Versuchen Sie nie, diese Uhr auseinanderzunehmen, es bringt nicht nur Unglück, Sie könnten sie für immer zerstören! Ich bin zwar ein anerkannter Sachverständiger auf diesem Gebiet, aber ich würde das physikalische Öffnen auf jeden Fall vermeiden. Wenn wir sie öffnen, wissen wir nicht, ob wir sie je wieder funktionierend zusammenbekommen. Ich vermute, sie ist so konstruiert, dass man sie beim Öffnen zwangsläufig zerstört.« Fielspitz hielt die Uhr in verschiedenen Positionen ans Ohr und drückte sie sich für fast eine Minute mitten auf den kahlen Schädel. Lüthje spielte mit den Knäckebrotkrümeln in seiner Jackentasche, weil er sich so besser ein Lachen verkneifen konnte.

»Hier, Herr Kommissar.« Fielspitz setzte Lüthje die Uhr an den Kopf. Der zuckte kurz zusammen, aber versuchte sich zu entspannen. Er spürte ein Summen, fast angenehm, dann wurde aus dem Summen ein rhythmisches Schwingen, das sich über seinen ganzen Schädel ausbreitete. Lüthje zog erschreckt den Kopf zurück.

»Wer alles wissen will, kann alles verlieren«, orakelte Fielspitz. »Aus der Art der Schwingungen, die Sie offensichtlich gespürt haben, kann man schließen, dass sich zwei Uhrwerke in der Knochenkapsel befinden, deren fast lautlose Einzelschwingungen sich alle paar Sekunden zu Resonanzschwingungen aufschaukeln. Wenn Sie länger ausgehalten hätten, hätten Sie das Abklingen der Resonanzschwingung bemerkt. Die Uhr hat sehr wahrscheinlich zwei Ziffernblätter, deren Uhrzeiten in irgendeiner Beziehung zueinander stehen. Ich vermute, dass auf einem Ziffernblatt die Zeit rückwärtsläuft. Es würde dem Schöpfer der Uhr ähnlich sehen. Wenn Sie etwas über ihr Innenleben erfahren wollen, insbesondere wie der Schließmechanismus beschaffen ist, wenn es ihn denn überhaupt gibt, müssen Sie eine Computertomographie anfertigen lassen. Dann könnten Sie eine räumliche Darstellung des Innenlebens sehen und beliebig drehen, ja, Sie könnten darin virtuell herumwandern. Aber das ist teuer. Und kann völlig vergeblich sein, weil Sie dann vielleicht nur verstehen, dass Sie die Funktionsweise nicht verstehen können. Sicher scheint nur, dass sie eine frühe Form eines selbstaufziehenden Uhrwerks hat. Das Prinzip ist einfach: Eine Feder wird bei Bewegungen durch einen Rotor in kleinen Schritten aufgezogen. Wie lange die Uhr unberührt an einem Ort liegen muss, um irgendwann stehen zu bleiben, ist eine interessante Frage. Und welchen Einfluss dies auf die angezeigte Zeit auf den beiden Ziffernblättern hat, wäre noch interessanter.«

»Da das Innenleben dieser Uhr für den weiteren Ermittlungsgang nicht erheblich sein dürfte, wird eine CT auf Kosten des Steuerzahlers nicht in Betracht kommen.« Mit der Bemerkung über den weiteren Ermittlungsgang war Lüthje sich nicht so sicher, aber das musste er Fielspitz nicht auf die Nase binden, zumal der ihm wieder einmal viel erzählte und wahrscheinlich manches verschwieg. In jedem Fall schien die Uhr eine Rolle im Leben der ermordeten Greisin gespielt zu haben. Vielleicht war sie sogar das Motiv. Ein Auftragsmord für einen besessenen Sammler war nicht ausgeschlossen. Die Roekkelsdorff hatte möglicherweise in ihrem Leben vielen von der Uhr erzählt. Fielspitz wusste vielleicht längst, dass sie im Besitz einer solchen Uhr war. Oder war da noch mehr?

»Aber wenn *Ihnen* diese Uhr gehören würde …?«, fragte Lüthje.

»Ich muss zugeben … wenn ich über diese Uhr verfügen könnte, würde ich eine Computertomographie möglicherweise, ich betone, möglicherweise in Erwägung ziehen.«

»Wieso glauben Sie an einen Selbstzerstörungsmechanismus? Was wissen Sie noch über diese Uhr?«

»Ich weiß nichts.«

»Sie wissen alles.«

»Ich bin geschmeichelt.«

Fielspitz wusste mehr, als er zugeben würde, es musste ein An-fang her, auf dem Lüthje aufbauen konnte, ein Einstieg in Fielspitz' Seele, die ausschließlich mit seiner Leidenschaft für Antiquitäten angefüllt war.

»Ist es Elfenbein, über das Sie so zärtlich mit den Fingern strei-chen, oder ein Stück vom knöchernen Finger des Sensenmannes?«

Fielspitz nahm entschlossen sein Lupenglas aus dem Auge und sah zum Fenster hinaus, zum Schlossturm hinauf. »Eine lange Reise. Sie ist zurückgekehrt. Alles spricht dafür, dass dieses Kunstwerk hier, dort drüben im Schloss, vor ungefähr dreihun-dertfünfzig Jahren entstanden ist. Hier, sehen Sie.« Er hielt die Uhr ins Licht und wies auf einige Verfärbungen und Riefen in der Oberfläche. »Sie hat ein paar Schrammen und Kratzer abbekom-men, aber gemessen an der Länge ihrer Reise ist sie praktisch unversehrt. Diese beiden Buchstaben H.H. sind in der im 17. Jahr-hundert gebräuchlichen verschnörkelten Schriftart Fraktur gra-viert. Ich habe seine Signatur noch nie gesehen.« Fielspitz war er-griffen.

»Von wem reden Sie?«

»Hofuhrmacher Heinrich Habrecht natürlich. Es gibt gar kei-nen Zweifel. Ein Kunstwerk von seiner Hand und seinem Geiste in meinen Händen zu halten … dass ich das noch erleben darf!«

»Es ist also eine Antiquität von beträchtlichem Wert. Wie viel?«

Fielspitz lächelte Lüthje mitleidig an. »Kommen Sie, wir gehen ein paar Schritte vor die Tür.«

Fielspitz ging zu einem Stuhl neben der Treppe, auf dem Hut und Mantel lagen. Lüthje war überrascht, Fielspitz das erste Mal mit Hut und Mantel zu sehen. Er war selbst eine über hundertjäh-rige Antiquität geworden, der Mantel mit dem Pelzkragen und der Hut schienen aus den zwanziger Jahren zu stammen.

»Gestatten Sie mir, dass ich das Kunstwerk in meinen Händen halte. Vermutlich ist sie dem Gezeitenstrom der Geschichte ge-folgt, an den Zarenhof und im letzten, hoffentlich letzten Welt-krieg wieder zurückgespült worden. Von 1626 bis 1653, also nach damaligen Maßstäben fast ein Menschenalter, hatte der Gottor-fer Herzog Friedrich III. als Hofuhrmacher einen Mann namens Heinrich Habrecht, einen gebürtigen Straßburger. Habrecht wurde nachgesagt, dass er mit dem Teufel im Bunde stand. Schriftlich überliefert ist, dass er angeblich an mehreren Orten gleichzeitig gesehen worden war, in Wien, Bremen und Schleswig. Viel spricht dafür, dass er mit Mächten im Bunde war, die nicht von dieser Welt waren. Als Habrecht bei dem Besuch des norwegischen Prinzen von einem der Hunde ins Bein gebissen wurde, heilte die Verletzung ohne Folgen innerhalb kurzer Zeit ab. Normalerweise starb man damals nach dem Biss eines höfischen Jagdhundes an Blutvergiftung oder nach langem Siechtum. Viel erstaunlicher aber ist, dass der Prinz Habrecht sogar freiwillig eine nicht unbeträchtliche Entschädigung zahlte. Habrecht signierte seine Uhren fast nie. Nur von der ungewöhnlichen Mechanik der Uhren aus ist manchmal, ich betone, manchmal eine Identifizierung möglich. In Kopenhagen kann man im Museum allerdings Gewehre mit den Initialen Heinrich Habrechts bestaunen, ohne dass man sich erklären kann, wann oder wo Habrecht Waffen entworfen oder sogar gebaut haben könnte. In den historischen Dokumenten steht, Habrecht sei 1653 gestorben und habe eine Frau und einen Stiefsohn hinterlassen. Sein Grab wurde nie gefunden. Die Zeit, in der Schloss Gottorf einen bedeutenden Beitrag zum europäischen Uhrenwesen geleistet hatte, war zu Ende. Mit dem Herzog und Schloss Gottorf ging es endgültig abwärts. Herzog Friedrich starb 1659 einsam und elend in Tönning. Im Großen Nordischen Krieg hatte Friedrich IV. sich auf die Seite der Verlierer, der Schweden, gestellt. Er starb auf dem Schlachtfeld. Der Krieg ging verloren. Die Gottorfer Herzöge wurden durch das dänische Königshaus entmachtet und deren Ländereien in Schleswig besetzt. Das Schloss verkam, wurde Kaserne, Lazarett und am Ende des Zweiten Weltkrieges Lager für hunderte von Flüchtlingen. Der Niedergang des Schlosses als Residenz fing also an, nachdem der Uhrmacher Heinrich Habrecht verschwand.«

Fielspitz öffnete die Hand und hielt Lüthje die Uhr entgegen. »Und Sie fragen nach dem Wert dieses Kunstwerkes, das nach dreihundertfünfzig Jahren an seinen Geburtsort zurückgekehrt ist, eines Kunstwerkes, das aus der Hand und dem Geist eines Heinrich Habrecht entstanden ist? Hier, nehmen Sie es wieder an sich, aber seien Sie auf der Hut. Denken Sie nicht einmal daran, es zu besitzen oder zu verkaufen. Sie müssen herausfinden, wem es gehört, und es ihm zurückgeben, auch wenn er nicht mehr am Leben ist. Ich empfehle mich.«

Fielspitz stolzierte mit hocherhobenem Haupt zum Eingang. Ein sehr guter Abgang. Fielspitz hatte sich schon immer auf das Theatralische verstanden.

»Herr Fielspitz, der Schallplattenschrank! Wir sind darüber noch nicht zu einer Einigung gekommen!«

»Oh, es tut mir leid.« Fielspitz kam zurück, den Blick fest auf Lüthje gerichtet. »An welche Adresse soll ich den Schrank schicken?«

»Aber der Preis! Wir haben noch nicht über den Preis geredet!«

»Zu welchem Preis?« Ein Lächeln mit einer seltsamen Mischung aus Triumph und Resignation umspielte Fielspitz' hageres Gesicht. »Sie versprechen mir, dass Sie mich über Ihr weiteres Vorgehen mit diesem Kunstwerk unterrichten, Herr Kommissar. Ich weiß, dass es für Sie nur ein mögliches Beweisstück ist, und ich vermute, es hat etwas mit dem Tod der reichen Frau von Roekkelsdorff zu tun, von dem im Moment viel gesprochen wird. Ich bin ihr zu Lebzeiten mehrfach begegnet. Trotz ihres Reichtums bin ich nie mit ihr ins Geschäft gekommen. Sie hat sich angeblich nicht für Antiquitäten interessiert. Kein Wunder, wenn sie das da besaß. Wissen Sie, woher sie es hatte?«

»Noch nicht.«

»Versprechen Sie mir, dass Sie es mir sagen, sobald Sie es wissen. Und wenn Sie niemanden finden, dem die Uhr gehört, dann bin ich bereit, sie zu einem guten Preis zu erwerben. Bringen Sie mein Interesse ins Gespräch mit der Erbin ein. Oder deren Erben.«

»Sie sind wie immer sehr gut informiert, Herr Antiquitätenhändler. Und sehr mutig. Gut, der Handel gilt.« Lüthje hielt ihm die Hand hin, und Fielspitz schlug ein.

»Lassen Sie den Schrank an diese Adresse schicken.« Lüthje angelte einen alten Einkaufszettel aus seinem Rucksack und schrieb die Adresse seines Vaters auf. »Rufen Sie mich an, wann er dort eintrifft. Ich muss dabei sein.«

***

Das aufziehende Unwetter war sicher kein gutes Omen, aber Lüthje war nicht abergläubisch. Er war auf dem Weg zum Mittagessen mit Maren und Sophie. Er hatte Maren gleich nach dem Rasieren angerufen, ihr vorgelogen, dass er heute Mittag ein paar Stunden Zeit habe. Da sie ja im Moment nur eine Halbtagsstelle hatte, würde es doch gut passen, und Sophie hätte heute doch auch nur vier Stunden in der Schule. Das hatte er nicht vergessen, diese Botschaft hatte er damit unauffällig rübergebracht. Auf ihren Vorschlag auf dem Anrufbeantworter, dass man sich in der Familienberatungsstelle treffen könne, um die anstehenden Probleme mit Hilfe einer Mediatorin klären zu lassen, ging er mit keiner noch so kleinen Anspielung ein.

Maren war Sozialpädagogin in der Erwachsenenbildung in Schleswig und wohnte mit ihrer Tochter Sophie auf zwei Etagen in einer umgebauten Scheune eines Resthofes bei Kropp.

Als er den Wagen unter der Linde vor dem Haus geparkt hatte, klingelte sein Privathandy. Maren sah aus dem Küchenfenster und musste annehmen, dass er schon wieder ein Dienstgespräch führte.

Es war seine Schwester Rita. Sie erzählte wortreich, dass sie Vater Lüthje zehn Gläser eingelegte Heringe gebracht habe, und Frau Jasch sei auch da gewesen und hätte ihr alles von Vaters Zusammenbruch erzählt.

»Du musst dich mehr um ihn kümmern. Er braucht dich, das meint auch Frau Jasch!«

»Davon merke ich nichts.«

»Du hast genauso einen Dickkopf wie Papa.«

»Wundert dich das? Was hat er denn gesagt?«

»Wer?«

»Na, Papa!«

»Er hat nur an seinen Röhren gebastelt und mit dem Lötzinn geräuchert. Und Welle Nord und BBC abwechselnd gehört.«

»Was willst du? Dann geht's ihm doch gut.«

»Hast du schon vergessen, dass er einen Herzanfall hatte?«

»Vielleicht hast du es vergessen, aber ich war dabei. Es war ein Schwächeanfall, sein Blutdruck war abgesackt. Ich hatte gleich einen befreundeten Arzt da.«

»Das hast du mir gar nicht erzählt, dass du mit dem Arzt befreundet bist! Ich finde, wir können doch mal wieder zusammen zu Papa fahren.«

Bitte nicht!, dachte Lüthje.

»Hallo, Eric! Bist du noch dran?«

»Du, ich hab keine Zeit mehr, bis dann.«

»Bitte erinnere Maren daran, mir ihr Spargelrezept zu mailen. Sei lieb zu ihr, tschüss.« Sei lieb zu ihr. Maren und Rita hatten also bis vor drei Minuten telefoniert. Sophie bestellte sie keinen Gruß, also wusste sie, Sophie würde nicht da sein.

Maren hatte eine Schüssel in beiden Händen und hielt ihm die Backe zum Kuss hin. Sie hatte Spargel mit Schinken und Pellkartoffeln zubereitet, nach Lüthjes Art, wie sie immer sagte. Lüthje glaubte, dass sie dadurch eine frühlingshafte Atmosphäre zaubern wollte.

»Sophie hat vorhin angerufen, sie wollte mit ihrer Arbeitsgruppe Biologie kochen und dann lernen. Knut ist auch in dem Kurs«, sagte Maren und reichte ihm die Soße. »Ich hab auch Muskat dran. Wie du es magst.«

»Danke.« Lüthje lächelte zurück. »Ja, ich weiß, Sophie hat mir erzählt, dass er in den Kurs wollte.« Wo immer Sophie heute war, sie hatte es richtig gemacht. Sie wusste, dass ihre Mutter und ihr Freund Beziehungsprobleme hatten. Das sollten die gefälligst alleine ausbaden. Gleichzeitig tat sie den beiden Alten durch ihre Abwesenheit einen Gefallen. Sie hatten ein Gesprächsthema. Das Thema Sophie.

»Die beiden sind jetzt schon über zwei Jahre zusammen.«

»Ja, schön«, sagte Lüthje.

»Meinst du nicht auch, dass die frühe Bindung die kindliche Entwicklung hemmt?«

»Ist das nicht immer eine Frage der Perspektive? Zum Beispiel wenn man bedenkt, dass die beiden fast achtzehn Jahre alt sind.«

Es klapperte von oben. »Du musst endlich die Balkonverkleidung fester anschrauben.«

»Na, bei dem Sturm ist das kein Wunder, wenn es klappert. Aber am Wochenende hab ich sicher Zeit, dann guck ich mir das mal an.« Lüthje biss sich auf die Lippen. Er hatte sich so vorgenommen, das nicht mehr zu sagen. Die letzten Wochenenden hatte er nie Zeit gehabt. Er wollte eigentlich sagen, wenn ich mal Zeit habe. Oder noch besser, ich nehm mir nächste Woche einen Tag frei, dann kann ich auch die losen Äste absägen.

Lüthje spießte eine Kartoffel auf und pellte sie ab.

»Ich habe diesmal die Princess genommen«, sagte Maren. »Die gab es auch Bio und ist doch noch festkochender als die Linda, findest du nicht auch?«

»Ja, stimmt, und die schmeckt besser, richtig nussig.« Lüthje zerdrückte eine dicke Princess auf dem Teller und goss einen Klecks Soße darüber. Er hatte nicht den geringsten Appetit.

»Heike ist schwanger«, sagte er. Eigentlich wollte er doch fast gar nichts mehr sagen.

»Oh Gott!« Maren ließ ihre Gabel samt Spargel fallen.

»*Heike*! Ich sprach von Kommissarin *Heike Schönberg*, meiner Mitarbeiterin«, sagte Lüthje besänftigend und legte seine Hand auf Marens Arm. Sie zitterte. Lüthje war sich sicher, dass Maren gerade an Sophie gedacht hatte.

»Das Problem ist nicht nur, dass mir jetzt eine wertvolle Mitarbeiterin ausfällt, sondern dass Husvogt oder Blumfuchs der Vater ist.«

»Und was sagt sie, die Heike?«

»Sie will das Kind, aber keinen von beiden als Vater.«

»Aber es kann doch nur einer der Vater sein.«

»Vielleicht weiß sie es nicht so genau.«

»Hat sie Bezugspersonen, an die sie sich wenden kann, ich meine Eltern, Geschwister, Freunde?«

»Ja. Aber zu denen hat sie wohl keinen Bezug.«

»Na, das sind ja schöne Verhältnisse in deinem Laden. Du solltest unbedingt mal eine Supervision machen lassen. Dabei kommt manches zur Sprache.«

»Wenn es denn wieder Ordnung schafft. Werde ich vorschlagen.«

»Du musst das anordnen!«

»Supervision kostet Geld, hast du mir jedenfalls mal erzählt. Ich muss das also beantragen. Das gehört auf den Dienstweg. Der ist lang.«

»Aber es ist doch dringend!«

»Vieles ist dringend in meinem Laden. Wir sollten im K1 vielleicht einen Meditationskursus machen. Geduld ist bei der Kripo das A und O.«

»Das finde ich überhaupt nicht komisch. Deine Mitarbeiter brauchen jemanden, der ihre Konflikte ernst nimmt.«

»Du meinst also …«

Lüthjes Diensthandy klingelte. Er nahm das Gespräch dankbar an. Husvogt war dran. Lüthje ging zum Fenster und sah auf die Linde auf dem kleinen Vorplatz, aus dem der Sturm die letzten Blätter herausfegte.

»Hallo, Chef, ich habe drei gute Nachrichten und eine schlechte. Welche möchtest du zuerst hören?«

»Die schlechte.«

»Sie hat die Aussage widerrufen.«

»Wer?«

»Moment, Chef, du wolltest die Reihenfolge so. Jetzt die erste gute Nachricht: Deine Linoleumfrau heißt Mary Townsend und wohnt in Tockwith, einem Dorf in North Yorkshire. Sie ist am Dienstag mit British Airways mit dem Flug BA 0964 um sieben Uhr fünfundfünfzig ab Heathrow geflogen und zehn Uhr fünfundzwanzig in Fuhlsbüttel gelandet. Hildburg Gilbert ist, wie wir wissen, am selben Tag nach Hamburg geflogen, allerdings abends. Und jetzt die zweite gute Nachricht: Die Tochter und Erbin der Roekkelsdorff, Hildburg Gilbert, ist aufgetaucht. Lebend. Und dazu die dritte gute Nachricht: Sie hat eine Aussage als Zeugin gemacht.«

»Als Zeugin?«

»Sie war im Haus, als der Mord geschah. Hat sie jedenfalls zuerst gesagt.«

»Hat sie den Täter erkannt?«

»Zuerst hat sie gesagt, sie hätte einen Mann fliehen sehen. Dann meinte sie, dass wohl mehrere Leute im Haus waren.«

»Eine Bande?«

»Hörte sich nicht so an. Sie war ziemlich durcheinander. Da war die Rede von einem Geigenspieler und einer Ausländerin und noch einem Mann. Fehlte nur noch ein grüner Chinese. Vielleicht hat sie auf den Schock, nun plötzlich als einsame Erbin dazustehen, ein paar Whiskey ohne Wasser statt des Abendessens zu sich genommen. Also sie war nicht betrunken, aber ich denke an Restalkohol und den Schock.«

»Habt ihr das protokolliert? Ich meine die Aussage, die sie widerrufen hat.«

»Ich hab mir nur erst mal Notizen gemacht, weil sie so durcheinander war. Sie wollte ja am nächsten Tag wiederkommen und alles fein säuberlich zu Protokoll geben. Aber du hast die schlechte Nachricht vergessen.«

»Nein, hab ich nicht. In welcher Form hat sie widerrufen?«

»Sie hat angerufen.«

»Ich hoffe doch sehr, du hast dir Name und Adresse geben lassen und danach verifiziert.«

»Bülker Hof in Schilksee. Sie hat gesagt, du sollst dich an der Rezeption melden. Sie erwartet dich.«

»Was heißt das, sie erwartet mich? Ist sie bewaffnet, brauche ich Unterstützung?«

»Ich glaube, sie brauchte etwas Ruhe, sie hat ihre tote Mutter gesehen und stand unter Schock.«

»Sie hat sie gesehen? Es hört sich so an, als ob du dich von ihr hast einwickeln lassen. Der alte Trick. Ist sie hübsch? Hat Blumfuchs was gefunden?«

»Sieht so aus. Alle Zeitungen, die er sortiert hat, waren vollständig, anscheinend ungelesen, jedenfalls höchstens einmal durchgeblättert. Er hat eine herausgerissene Seite aus einem Wirtschaftsteil aus dem Jahre 2005 gefunden, auf der ein kurzer Bericht über ein neues Wertpapier mit Bleistift fett markiert war.« Der Theodor-Storm-Bleistift.

»Bring mir eine Kopie.« Hinter Lüthje polterte und klirrte es, ein schluchzender Laut. Als Lüthje sich umdrehte, sah er noch, wie die Tür zuschlug. Die Kartoffelschüssel war über den Tisch gefahren und hatte Besteck und Teller aus dem Weg geräumt.

»Ich muss Schluss machen, bring die widerrufene Aussage und eine Kopie des Zeitungsausschnittes mit und warte bei der Straßenunterführung der B 201, B 76, kurz vor Schleswig auf mich.« Lüthje beendete das Telefonat.

Er klopfte an die Tür zu Marens Arbeitszimmer. Er hatte gehört, dass es diese Tür war, die zugeschlagen worden war. Sie war in letzter Zeit oft zugeschlagen worden und hatte inzwischen so einen kleinen Nachklapp.

Er drückte auf die Klinke. Natürlich war die Tür zugeschlossen. Er hatte es gewusst, aber er wollte es wenigstens versucht haben, sie sollte sehen, dass er zu ihr wollte, aber nicht konnte. Sie hätte ja nicht abzuschließen brauchen. Aber er hätte jetzt schon unterwegs sein müssen. Er beschloss, diese Szene mit einem Monolog vor verschlossener Tür zu Ende zu bringen.

»Ich nehme mir Urlaub. Ich verspreche es. Wenn ich den Roekkelsdorff-Fall abgeschlossen habe, fahren wir, wohin du willst, nach Island oder Finnland. Das hast du dir doch immer gewünscht. Ich hab noch fast den ganzen Jahresurlaub. Wir könnten fünf Wochen wegfahren, wenn wir es so legen, dass ein paar Feiertage mitspielen.« Sie hatten noch nie zusammen Urlaub gemacht. Vielleicht aus Angst.

»Maren, sag etwas!« Statt einer Antwort schlug etwas gegen die Tür und fiel herunter. Sie hatte nach ihm geworfen. Das war ein gutes Zeichen. Und für ihn ein guter Grund, beleidigt loszufahren.

Als er seinen Dienstwagen unter der Linde warten sah, war irgendetwas anders als sonst. Es fehlten die tausend Harztropfen aus der Baumkrone, die er morgens so oft auf dem Lack und den Scheiben gefunden hatte, wenn er im Sommer bei Maren übernachtet hatte. Am Wochenende hatten sie ihre Wagen gemeinsam nach Marens Geheimrezept gereinigt, Rapsöl, dann Spülmittel und heißes Wasser. Und sie hatten sich auf die nächste Woche gefreut. Der letzte Sommer war plötzlich eine Ewigkeit her. Anders war es wohl nicht zu erklären, dass die Erinnerung daran schon verblasste.

Er sah sie nicht im Rückspiegel, winkend wie sonst. Ein paar Kilometer weiter fragte er sich, ob er nicht wenigstens die Scherben der Kartoffelschüssel hätte beseitigen sollen, als sichtbaren Versuch einer Wiedergutmachung.

Husvogt stieg aus, als er Lüthje kommen sah, und wedelte zur Begrüßung mit einer dünnen Mappe, die einen Bericht enthielt. Lüthje warf einen Blick darauf.

Ein Gewitterschauer fegte über das Land. Sie gingen unter der Brücke hin und her.

»Wo sind die Fotos?«

Husvogt zog einen Umschlag aus der Innentasche seines Jacketts. »Stubenhals hat gesagt, du wärst einen Tag vor dem Tod des Obdachlosen in dem Gebäude gewesen. Er hätte dich auf der freistehenden Treppe gesehen.«

»Und?«

»Er hat sich in der Kantine zu Blumfuchs und mir gesetzt. Er meinte, du hättest wohl schon einen besonders guten Riecher. Dann ist er aufgestanden und hat gesagt: ›Schönen Tag noch.‹«

»Arschloch. Wem hat er das noch so erzählt?«

»Keine Ahnung. Stimmt das denn?«, fragte Husvogt.

»Ich hab den Obdachlosen vormittags aus Versehen angerempelt. Dabei sind ihm ein paar Sachen heruntergefallen. Die wollte ich ihm in seine Behausung bringen. Aber ich kam gar nicht in das sogenannte Zimmer rein. Das war lebensgefährlich.«

»Ach so.«

Lüthje zwang sich, nicht nachzuprüfen, ob *sein* Foto im Umschlag war.

»Da ist ein Schwarz-Weiß-Foto, da steht so ein Halbstarker mit Sonnenbrille an einer Reling oder so, der sieht dir irgendwie ähnlich, der hält auch den Kopf so schief, wie du das manchmal tust, fand ich irgendwie witzig.« Husvogt lächelte unsicher. Er fand es nicht witzig, sondern verdächtig. »Den Obdachlosen haben wir identifiziert. Werner Göttsch, geboren 9.5.1935. Es war eigentlich ganz einfach, man muss nur drauf kommen. Der Göttsch war eigentlich nicht obdachlos. Er war ganz korrekt gemeldet. Das Gebäude hatte eine Hausnummer, und die im Meldeamt wussten nicht einmal, dass es nur noch eine Ruine war. Unter der Adresse war er mit Unterbrechungen seit Mitte der fünfziger Jahre gemeldet.«

»Was ist mit den Fotos von der Roekkelsdorff?«

»Es ist wirklich nicht einfach. Landschaftsaufnahmen, manches scheint englische Landschaft zu sein, London, Piccadilly Circus, Tower Bridge, aber die scheint ihre Tochter nie fotografiert zu haben.«

Husvogt gab ihm eine Kopie der Zeitungsmeldung über das Wertpapier. Obenauf lag eine gezackte Kurve, die nach unten wies. Garniert mit Worten wie »Push« und »Intraday«, Emittentenkündigung.

»Es ist eine Anleihe«, sagte Husvogt. »Und zwar in Form einer Schuldverschreibung, S.B.C.F. TR.05, ein Wertpapier, das von der Solitär Bank Capital Funding Trust herausgegeben wurde.«

»Sieh an. Hätte ich nie für möglich gehalten, wo die Solitär

Bank doch zufällig die Hausbank der Roekkelsdorff ist. Und woher hast du das Bankvokabular?«

»Kollege Kieselbach von der Wirtschaftskriminalität war wieder so freundlich, auszuhelfen. Das hörte sich damals für die Anleger bombig an, garantierte Rendite von 8,84 Prozent, solider Emittent, die Solitär Bank, das Ganze hatte ein Volumen von fast vierhundert Millionen. Die Bank hat sofort viel Bargeld gesehen, und die Anleger haben geduldig auf die versprochene Rendite gewartet. Viele Leute haben sich dann auch noch überzeugen lassen, gerade dieses Papier bei der Luxemburger Filiale der Solitär Bank anzulegen, was dann nur ein Detail war, das die Steuerfahndung und unser K3 tätig werden ließ. Die Roekkelsdorff allerdings war nie in die Schusslinie geraten, weil beim Finanzamt alles in Ordnung schien.«

»Kein Wunder, sie hatte ja auch einen prominenten und integren Betreuer und Berater.«

»Ein Jahr ging es gut mit dem Papier, was heißt, es stieg nicht, aber es sank auch nicht. 2007 ging es bis auf achtzig Prozent runter, 2008 waren es dann im Schnitt nur noch fünfundsechzig Prozent, und ab Januar wurde aus dem übersichtlichen Abstieg eine Schussfahrt. Seit Mittwoch sind es nur noch siebzehn Prozent.«

»Mittwoch?«

»Ja. Der Tag, an dem die Multimillionärin Margot von Roekkelsdorff ermordet wurde.«

»Lass mich raten. Gehe ich recht in der Annahme, dass die Solitär Bank sich mit der Kontenauskunft noch ziert?«

»Stimmt. Heike war da zuletzt dran. Es hieß, das ließe sich doch alles eleganter regeln, wir sollten den Betreuer fragen, und die Erbin würde sich sicherlich auch in Kürze melden. Von der Erwirkung eines Beschlusses hielte man gar nichts. Man hätte schon die Hausanwälte konsultiert. Die hätten empfohlen, Beschwerde einzulegen.«

»Wir sollten uns nichts vormachen. In einer wirtschaftlichen Rezession stecken zwar jede Menge Mordmotive, aber hier? Wenn der Betreuer auf Anraten des Wertpapieranalysten der Bank an das falsche Wertpapier geglaubt hat, hätte er ein gutes Motiv gehabt, dem den Hals umzudrehen, aber nicht der greisen Roekkelsdorff. Deswegen werden die Kontobewegungen interessant sein, aber sie würden uns ablenken. Da muss noch etwas anderes im Spiel sein. Ich glaube, wir können das eleganter, als es der Herr Betreuer und seine Bank für möglich halten.«

Lüthje blieb stehen und sah Husvogt prüfend ins Gesicht. »Gibt's sonst was Neues?« Husvogt blies die Backen auf und ließ die Luft mit einem »Pfffffft« entweichen. Er zuckte mit den Schultern und sah angestrengt zum Himmel, der von Westen her aufklarte.

»Bist du der Vater?«, fragte Lüthje.

Er nickte. »Chef, ich …«

»Würdest du dich bitte etwas deutlicher ausdrücken? Du musst berücksichtigen, dass mir in dieser Sache ein paar Informationen vorenthalten worden sind. Und hör auf, den Himmel anzustarren! Von dort hast du mit Sicherheit keine Hilfe zu erwarten.«

»Chef, Heike fällt auf unbestimmte Zeit aus. Sie ist heute Morgen krankgeschrieben worden. Schwangerschaftsdiabetes. Sie muss nicht ins Krankenhaus, das wird jetzt ambulant eingestellt und ist auch nicht weiter gefährlich.«

»Aber ich bin gefährlich. Bist du der Vater? Ich habe noch keine verständliche Antwort auf meine Frage bekommen. Ja oder nein.«

»Ja. Aber …«

»Und was ist mit der Frau Diplom-Psychologin Rüllschau?«

»Ich hab mit ihr Schluss gemacht.«

»Das nenn ich elegant. Ich kenne ihren Vornamen nicht. Du hast ihn nie genannt, warum nicht?«

»Barbara. Ich mochte den Namen nicht.«

»Wieso nicht?«

»Er passt nicht zu ihr.«

»Und welcher würde zu ihr passen?«

»Ist doch egal.«

»Ne, nun will ich es wissen.«

»Maren.«

»Du kennst Maren doch gar nicht.«

»Deshalb ja.«

»Weshalb habt ihr mich nicht vorher über die Problematik informiert?«, fragte Lüthje. Er fühlte sich gekränkt, hintergangen.

»Maren …?«

»Verdammt noch mal, nein. Wenn du mit einer Kollegin aus deinem Dezernat ins Bett gehst, ist das fast so … als wenn du es mit einer Zeugin machst, es beeinflusst eure tägliche Arbeit. Kinder kriegen sowieso. Das muss auf den Tisch, und einer von euch beiden hätte in eine andere Abteilung versetzt werden müssen. Genau das wird jetzt auch passieren. Die schleswig-holsteinische Kripo hat sich wahrscheinlich schon das Maul über die Zustände beim K1 in Flensburg zerrissen. Warum habt ihr mir nichts gesagt?«

»Weil das alles eine rein private Angelegenheit ist.«

»Du trotzige Rotznase! Wenn einer von euch Grünschnäbeln meine beste Mitarbeiterin schwängert, ist das eine verdammt dienstliche Angelegenheit! Ausnahmsweise ist das nicht eine Frage der Perspektive. Natürlich, Liebe ist privat. Hört sich gut an. Aber nicht bei uns. Nicht in derselben Abteilung. Das kannst du als Finanzbeamter oder bei der Müllabfuhr trennen, auch noch bei der Wasser- und Schifffahrtsdirektion, aber nicht bei uns, nicht bei der Kripo und schon gar nicht beim ›Dezernat Mord und Totschlag‹. Ich hab auch nichts gesagt, als du was mit unserer Dienstpsychologin angefangen hast. Die war ja auch nicht im K1, nicht mal in Flensburg. Kiel ist weit weg. Heike wird ins K3 abgeordnet. Ich sprech mit Kiesling, da können wir ihre Fähigkeiten auch nutzen. Was hat Blumfuchs eigentlich zu der ganzen Situation gesagt?«

»Er fand das nicht so gut.«

»Na also, wenigstens einer von meinen Mitarbeitern, der bei Verstand ist.«

»Na, ich weiß nicht. Er fand das mit Heike und mir nur deshalb nicht so gut, weil er … eifersüchtig war. Und immer noch ist.«

Lüthje schnappte nach Luft. »Sodom und Gomorrha im K1! Hau ab an die Arbeit. Treibt mir diese Linoleumfrau auf! Und bestell Blumfuchs einen schönen Gruß. Wir sprechen uns noch.«

***

Hinter Eckernförde verließ Lüthje die B 76 und fuhr nach Norden, quer durch den Dänischen Wohld, Richtung Strande. Er wähl-

229

te mit der Freisprechanlage Jettes Handynummer. Im Hintergrund hörte er Stimmengewirr. »Ich ruf dich gleich zurück.«

Ein paar Minuten später meldete sie sich wieder. Im Hintergrund hörte er diesmal Gewitterdonnern.

»Wir hatten gerade eine aktuelle Meldung, die mit in die Ausgabe für morgen sollte. Ich muss gleich wieder in die Redaktion.«

»Lass mich teilhaben an deinem aufregenden Leben. Was war es?«

»Bei einer Ausstellungseröffnung heute auf Schloss Gottorf haben ein paar prominente Gäste einen Schwächeanfall gehabt. Ich habe versucht, die Hintergründe zu recherchieren.«

»Lass mich raten. War es eine Uhrenausstellung? Die Fielspitzsammlung?«

»Ja«, sagte Jette erstaunt.

»Der Fielspitz hat eine Rede gehalten und die Gäste zu einem Experiment aufgefordert?«

»Was für ein Experiment? Ich weiß nur etwas von einer provokanten Rede. Woher weißt du das überhaupt?«

»Er hat die versammelte Prominenz aufgefordert, eine Minute auf die Uhr zu sehen, zu schweigen und den ausgestellten Uhren zuzuhören. Und dabei sind ein paar Gäste umgekippt.« Lüthje freute sich.

»Nur einer.«

»Aha. Ich vermute, der konnte noch rauslaufen und hat vor der Tür einen Kollaps gehabt, stimmt's?«

»Ja, äh, das Detail hat die Pressestelle der Landesregierung auch so ähnlich gemeldet. Warst du dabei?«

»Nein. Ich habe nur in letzter Zeit solche Eingebungen. Eine Eingebung sagt mir, dass es sich um unseren schleswig-holsteinischen Innenminister Herrn Wittfuß handelt.«

»Bingo.«

»Ich weiß zufällig, dass er gerade unter starkem Stress steht. Du bist so einsilbig, Frau Journalistin. Ach ja, und ich vermute, dass der Minister sich die Ohren zugehalten hat, als er rauslief.«

»Du wirst mir unheimlich, Herr Kommissar.«

»Ich mir auch! Wie alt ist der Wittfuß eigentlich?«

»Offiziell dreiundsiebzig. In den Wahlbroschüren seiner Partei hat das auch so gestanden. Es gibt da aber in der Vita ein paar

Unstimmigkeiten. Manche Kollegen legen drei oder vier Jahre dazu.«

»Er macht zwar noch einen ziemlich fitten Eindruck, aber da muss doch was dahinterstecken, wenn so ein Jahrgang noch Minister wird. Er war vorher Staatssekretär, das war doch genug.«

»Du musst bedenken, dass der beachtliche Wahlerfolg seiner Partei nicht zuletzt auf den Slogan ›Global denken, regional lenken‹ zurückgeführt wird, und der soll auf Wittfuß' Mist gewachsen sein. Dazu kommt noch, dass er ein persönlicher Freund des Ministerpräsidenten ist. So hat man ihm einen Lebenswunsch erfüllt, solange es noch geht. Einmal Minister sein und sei es auch nur auf Landesebene. Man munkelt übrigens, dass Wittfuß vorher versprochen hat, nach Ablauf der ersten Hälfte der Legislaturperiode seinen Abschied zu nehmen. Aus gesundheitlichen Gründen, wird es offiziell heißen.«

»Frau Journalistin, du solltest zur Chefredakteurin befördert werden. Und was hast du über Frau von Roekkelsdorff herausgefunden, Frau Journalistin?«

»Margot von Roekkelsdorff hieß früher Margot Minz.«

»Es ist mir fast peinlich, aber …«

»Du weißt es schon. Ja, war schön, mit dir mal wieder telefoniert zu haben. Ich wünsche dir noch …«

»Dieser beleidigte Tonfall klingt mit deinem dänischen Singsang sehr attraktiv. Das solltest du in dein Repertoire aufnehmen. Ich verspreche, mehr weiß ich nicht über die Roekkelsdorff. Also, ich warte.« Das war gelogen, aber in Verbindung mit einem Kompliment würde sie jede Lüge schlucken.

Margot Minz. Seit sein Vater den Namen ausgesprochen hatte, war er sicher, ihn zu kennen. Irgendwo, irgendwann hatte er diesen Namen schon einmal gehört. Aber immer wenn er darüber nachdachte, war da nur ein Gefühl. Merkwürdigerweise ein warmes Gefühl, Weichheit. Das passte aber nicht zu der Greisin. Er spürte sogar, dass sich hinter dem Gefühl Bilder verbargen. Gesichter ohne Gesicht. Als wenn eine Milchglasscheibe vor dem Gesicht schweben würde, wie ein Heiligenschein.

»In den Siebzigern ging die Geschichte durch die Presse. Schlagzeilen waren zum Beispiel im Stern ›Das geheime Testament‹, in der Neuen Revue ›Der Millionär und seine uneheliche

Tochter‹ und ›Das Kind der Liebe‹. Seitdem der blaublütige von Roekkelsdorff in den Geldadel aufgestiegen war, hatte es Spekulationen über mögliche Erben gegeben. Jede seiner Affären wurde genau beobachtet. Aber er heiratete nie, und sein Testament blieb geheim. Tatsächlich ist es erst bei der Testamentseröffnung herausgekommen, dass der angeblich kinderlos gebliebene Margarinekönig eine uneheliche Tochter hatte. Der Roekkelsdorff hatte aus seinem Gutshofladen mit Hilfe des Wirtschaftswunders ein Unternehmen mit zuletzt dreißigtausend Beschäftigten gemacht. ›Roekkelsdorff, die Margarine vom Gutshof, Gutshofqualität‹, das kam an. Das ist doch deine Generation, na ja, deine Kindheit. Du kannst dich doch bestimmt erinnern, oder?«

»Wer?«

»Eric, du hast mir nicht zugehört! Da arbeite ich rund um die Uhr an deinem Ermittlungserfolg, und du bist mit deinen Gedanken ganz woanders. Das höre ich, auch wenn du schweigst.«

Maren hat sich bei ihr ausgeweint, und jetzt dachte Jette, er hätte die Probleme mit Maren im Kopf. Er bemerkte in diesem Moment, dass es ihm egal war. Er hatte nicht einmal ein schlechtes Gewissen deswegen. Lüthje entschied sich, zu diesem Thema weiter ein betroffenes Schweigen auszustrahlen.

»Ich will ganz offen sein«, unterbrach Jette das stille Netzrauschen im Telefon. »Maren hat mich angerufen. Ich weiß, dass ihr beide es im Moment schwer miteinander habt. Aber tröste dich, Gerson und ich haben gerade auch eine schwierige Phase.«

Lieber Himmel, ein Themenwechsel musste her, ihm fiel doch sonst immer etwas Passendes ein. Das Einzige, was ihm jetzt durch den Kopf ging, war die farbige Zeichnung im Zimmer der Toten, im Stil der fünfziger Jahre, mit dem kleinen Mädchen mit pechschwarzen Locken und knallroten Wangen, das in eine dicke Butterstulle beißen wollte und dabei glückstrahlend den Betrachter ansah. Nur dass die Butterstulle eine Margarinestulle war. Auf der Zeichnung fehlte der Werbetext. Vielleicht war es ein Originalentwurf. Und das Mädchen hatte Ähnlichkeit mit der jungen Frau, die sich theatralisch in die schwarze Haarpracht griff. Mädchen und junge Frau, das waren Momentaufnahmen aus dem Leben der Margot Minz. Der Vater hatte in der Werbung heimlich seine uneheliche Tochter benutzt. Er musste irgendeinen Kontakt zu ihr gehabt haben.

»Hat er sich denn nie um seine Tochter gekümmert, hat er sie nie gesehen, weißt du was darüber?«

»Ich sagte doch, niemand wusste darüber etwas. Wenn er Kontakt gehabt hat, hat er es jedenfalls perfekt verborgen. Du willst also nichts zum Thema Maren sagen?«

»Und es gab wirklich keinen anderen Erben? Vielleicht noch ein uneheliches Kind?«

»Es hat sich doch bisher niemand gemeldet, oder?«

»Nein. Bisher nicht.« Lüthje fand sich herrlich skrupellos. Schließlich war er gerade auf dem Weg zur Enkelin des alten Roekkelsdorff, der Erbin von Margot Minz alias Margot von Roekkelsdorff.

»Wehe, du lügst mich an, Eric!«

»Wie könnte ich diesem beleidigten Tonfall widerstehen …«

»Na gut …« Jette schmollte.

»Was hat Margot Minz denn nun eigentlich alles geerbt?«, fragte Lüthje.

»Der alte Roekkelsdorff hatte seine Margarine einem schweizerischen Nahrungsmittelkonzern für hundertfünfzig Millionen verkauft. Die haben die Marke ›Roekkelsdorffs Gutshof-Margarine‹ noch eine Weile weitergeführt und dann die Produktion eingestellt, angeblich wegen mangelnder Nachfrage. Tausende verloren ihren Arbeitsplatz. Und der Nahrungsmittelkonzern war einen unliebsamen Konkurrenten elegant losgeworden. Sie hatten ihn quasi aus dem Markt gekauft. Der Roekkelsdorff hat seinen Verkaufserlös in Grundstücke und Immobilien gesteckt, sein Gutsland entlang des Küstenstreifens zwischen Kappeln und Glücksburg hat er behalten.«

»Und was hat Margot gemacht?«

»Eigentlich gar nichts. Sie hat alles von einer Holding verwalten lassen, in der sie regelmäßig auf Sitzungen ein Schreckensregime führte. Im Übrigen lebte sie zurückgezogen.«

»Du hast etwas Wichtiges vergessen, Jette. Wann hat der Roekkelsdorff denn Margots Mutter getroffen und geschwängert?«

»Darüber gab es wilde Spekulationen. Aber nichts Greifbares. Einmal war sie Garderobenfrau in einem Theater, das andere Mal schlicht eine Prostituierte, dann wieder Telefonistin in seiner Firma, oder er hat sie einfach auf der Straße angesprochen. Nichts

Genaues weiß man nicht. Wieso willst du das denn auch noch wissen? Spielt das eine Rolle?«

»Ich muss mir ein umfassendes Bild vom Mordopfer machen. Das ist alles.« Er passierte das Ortsschild Schilksee. »Ich habe einen Spezialauftrag für dich.«

»Hey, ich denke, du hast deine Leute für so etwas.«

»Denk an die Story, die du brauchst. Besorge dir den Terminplan von Innenminister Wittfuß für die nächsten Tage, mindestens eine Woche. Du erinnerst dich doch, der Prominente mit dem Kollaps auf der Uhrenausstellung. Und was du sonst noch Hintergründiges über den Mann herausfindest.«

Netzrauschen in der Leitung.

»Du wolltest doch eine gute Story, oder, Frau Journalistin?«

»Ich fange gerade an, wieder daran zu glauben.«

»Und bleib an der Margot weiter dran.«

»Rufst du bitte Maren an?«

»Äh, wieso?«

»Eric, stell dich nicht so blöd an!«

»Ist ja schon gut, farewell, Frau Journalistin.«

Sie legte auf.

Maren. Am besten anrufen, ohne sich vorher die Worte zurechtzulegen.

Sie meldete sich mit einem verweinten »Ja?«.

»Maren, bitte versteh mich, dieser Fall ist etwas verwirrend für mich. Da sind …«

»Oh, Eric ist verwirrt! Der nüchterne, analytische Eric ist endlich wieder verwirrt. Es ist schon lange her, dass du verwirrt warst. Eric, bist du eigentlich mal ins kalte Wasser gesprungen?«

Ihre Stimme klang nach dreieinhalb Gläsern Rotwein. Er fühlte kein Mitleid, keine Sorge. Lüthje unterbrach die Verbindung.

***

Lüthje parkte nicht vor dem Hotel, sondern auf einem versteckten Parkplatz zwischen Einfamilienhäusern im Rudolf-Kinau-Weg und ging zu Fuß zum Hotel in der Strandstraße.

Er versuchte vergeblich einen roten Faden in diesem Tag zu finden. Persönliches und Dienstliches vermischten sich zu einem ungenießbaren Brei. Und dann hatte er Husvogt auch noch eine Predigt darüber gehalten, wie wichtig es sei, bei diesem Job beides auseinanderzuhalten. Er versuchte sich einzureden, dass seine überreizten Nerven ihm die Realität völlig verzerrt vorgaukelten. Aber es ließ sich nicht leugnen, dass er in seinem Rucksack eine dreihundert Jahre alte Uhr mit sich herumtrug, die die ermordete Margot mit seinem Vater schicksalhaft verband. So nebenbei hatte sie einen enormen materiellen Wert.

Er war zwischen Hafen und Strand angelangt, der Blick flog zwölf Kilometer weit über die Außenförde, die hier, wie die Flussmündung eines riesigen Stromes, mit der Ostsee verschmolz. Die Sicht war klar. Von Strande aus war der »Bugbogen« des Ehrenmals nicht zu sehen, der dem Schiffsbug von Kriegsschiffen Anfang des vorigen Jahrhunderts nachempfunden war. Ohne diesen Bogen hatte der Turm für manche verdammte Ähnlichkeit mit dem Krematoriumsschornstein auf dem Flensburger Friedhof. Für Lüthje war der Anblick des achtzig Meter hohen Turms aus jeder Perspektive keine Frage der Architektur, sondern der Gefühle. Heimat, Kindheit, Jugend, Geborgenheit, Enttäuschungen, Niederlagen, Verletzungen, Ängste. Ach was, im Großen und Ganzen hatte er eine glückliche Kindheit, auch wenn seine Schwester immer alles besser gewusst hatte. Und trotzdem stand er hier und wusste, dass irgendetwas schiefgelaufen war. Er hatte seinen Traumberuf. Aber keine Traumfrau. Keine Kinder. Jetzt war es zu spät.

Weiter flog sein Blick, in die Propstei, noch sanfter waren dort die Hügel, mooriger die Niederungen als im Dänischen Wohld, den er gerade durchquert hatte.

Der Strander Hafen war fast leer, die letzten Segelboote wurden mit einem Kran aus dem Wasser gehievt und ins Winterlager gebracht. Die Strandkörbe hatten den Holzbuhnen Platz gemacht, in denen sich der Sand bei Sturm und Wind fing. Lüthje zog den Rucksack von der Schulter und betrachtete die Uhr, die in einer Innentasche steckte. War sie überhaupt ein Beweisstück? Oder musste er sie der Tochter als Erbin schon jetzt aushändigen? Worüber könnte die Uhr Auskunft geben? Über die Vorgänge bei Kriegsende, von denen sein Vater bruchstückhaft erzählt hatte? Hatte die Uhr wirklich Tom und John gesehen? Johns Tod gesehen? Margot als junge schöne Frau, in die sich sein Vater verliebt hatte? Gespenster? Welche Bedeutung hatten diese Dinge für den Mord an Margot? Es war ein Gefühl, von dem er sich leiten ließ. Der Lupenkieker, der Spurenfanatiker, ließ sich zum ersten Mal vom Gefühl leiten. Es beunruhigte ihn, dass er nicht wusste, warum das so war.

Er legte die Uhr zurück, schloss die Innentasche, schulterte den Rucksack und ging weiter. Vielleicht würde sich vieles, was ihn beunruhigte, bei der Begegnung mit der Tochter der Ermordeten auflösen. Sie würde Erklärungen geben können, die ganze Geschichte der Beziehung zwischen ihrer Mutter und seinem Vater in ein klares Licht setzen können, eine erträgliche Perspektive herstellen. Auch was dieses Foto vom jungen Eric Lüthje mit der Sonnenbrille betraf.

Der Bülker Hof war ein Hotel mit den üblichen terrassenartig übereinandergestapelten Gästezimmern. Geweißte Ziegel und viel Glas, innen und außen. An der Rezeption fragte er einen jungen Mann im weißen Rollkragenpulli und schwarzer Gelfrisur nach Hildburg Gilbert. Er langte wortlos hinter sich und gab Lüthje ebenso wortlos einen Notizzettel. »Ich bin am Strand Richtung Bülker Leuchtturm.« Das war kein Treffpunkt, sondern eine fast sieben Kilometer lange Strecke. Er ging zum Wagen und fuhr den Bülker Weg, vier Kilometer im Schritttempo, immer mit Blick auf den Strand, der ein paar Meter neben der schmalen Straße lag.

Es war menschenleer. Der schwache Westwind wehte den Duft der Kläranlage herüber, die mitten in die Wiesen gebaut worden war.

Er hielt drei Kilometer vor dem Leuchtturm. Er lag an der äußersten Landspitze des Fördeufers. Die früher roten »Bauchbinden« waren Ende der sechziger Jahre schwarz gestrichen worden. Seit dieser Zeit gab es keinen Leuchtturmwärter. Das Leuchtfeuer wurde von Travemünde aus ferngesteuert.

Auf Höhe des Leuchtturms drehte er sich um. Nichts. Er würde also bis zum Leuchtturm weitergehen müssen. Ihm fiel ein, dass er sich die widerrufene Aussage nicht durchgelesen hatte. Er hatte sie auf dem Rücksitz des Wagens liegen lassen. Vergessen.

Er wanderte am Leuchtturmpavillon vorbei, in dem es am Wochenende Kaffee, Kuchen und Glühwein gab, zur Stärkung der Spaziergänger, wenn sie es durch Wind und Wetter bis hierher geschafft hatten. Noch ein Stück weiter standen ein paar Mannschaftsbaracken aus dem Zweiten Weltkrieg, und ganz zuletzt kam ein kleiner Flakbunker mit einem Geschützstumpf.

Dann kam die Landspitze, die weit ins Meer reichte, die einen auf das Meer stellte. Man war selbst zum Leuchtturm geworden, man war an diesem Punkt das Leuchtfeuer, das den Weg wies in den sicheren Hafen, aber auch in nasse Wüste, die ein paar Meter weiter begann und bis weit über den Horizont reichte. Das letzte Stück fester Boden ein paar Kilometer weiter nördlich war der Leuchtturm Kiel, auf ein Stück Stahlbeton verankert im Ostseeboden, wie eine Bohrinsel.

Nordwestlich ging es in die dänische Inselwelt. Lüthje kniff die Augen zu schmalen Schlitzen und meinte, die dänischen Inselküsten wie dünne Knäckebrotscheiben auf dem Horizont liegen zu sehen. Weiter östlich blieb alles unsichtbar, war jenseits des Horizontes, da mochte die Sicht so gut sein, wie sie wollte. Dort ging es nach Schweden, etwas weiter rechts nach Bornholm und Gotland und noch weiter rechts nach Finnland, Estland und St. Petersburg. Wenn man sich nur auf den Horizont konzentrierte, glaubte man die Erdkrümmung zu sehen, darüber der Himmel und die Unendlichkeit.

Herbert Brotmann hatte gemeint, die Erlebnisse seien da, aber die Gefühle nicht. Bei Lüthje war es wohl andersherum. Die Gefühle waren da, die Gefühle einer glücklichen Jugend, aber er konnte sich an wenig Konkretes erinnern.

Hatte er in seinem Leben irgendwann einmal sagen können, dass er wirklich glücklich war? Keine Frau hatte ihm dieses Gefühl geben können. Er hatte keine Lust, mit Maren nach Island oder Finnland in Urlaub zu fahren. So wie es aussah, war es mit Maren aus. Seinen Beruf würde er für sie bestimmt nicht aufgeben.

Was sollte jetzt noch kommen in seinem Alter? Irgendetwas war schiefgelaufen in seinem Leben. Was ihm blieb, war die Lackschachtel mit der schönen Frau auf den Armen des Jünglings. Inbegriff der Jugend, vielleicht war es das, diese Allegorie, die ihm so gut daran gefiel. Diese Uhr in seinem Rucksack und die Niederungen des Alltags.

»Eric.« Eine weibliche Stimme sagte es dicht hinter ihm. Er sprang auf, drehte sich um. Zwanzig Meter entfernt stand eine Frau.

Sie kam zögernd ein paar Schritte näher, dann lief sie auf ihn zu, umarmte ihn, drückte ihr Gesicht an seine Brust. Er erstarrte, ließ sie gewähren.

»Eric. Ich bin's, deine Hilly! Hier ist sozusagen neutraler Boden in Sichtweite des Paradieses da drüben, das wir verlassen mussten.« Sie wies hinüber zum Ehrenmal nach Laboe. »Hier in Bülk haben wir stundenlang im Sand gesessen und zum Horizont gesehen. Erinnerst du dich? Da zum Horizont wollten wir gemeinsam hin. Aber es wurde dunstig, der Horizont verschwand, das Wasser verschwand. Es wurde kalt. Das Nebelhorn tutete, und uns dröhnten die Ohren noch am nächsten Tag. Aber wir lachten noch.«

Er hörte ihr nicht zu. Er sah sie nur an und wiederholte nur die Worte »Hilly … Minz …«. Das verlorene Paradies. Aber leider gleichzeitig eine Katastrophe.

Er griff in seine Jackentasche, um ein Knäckebrot auf seine Zunge zu legen, aber im selben Moment spürte er, dass es nicht nötig war. Irgendetwas Wichtiges musste passiert sein. Hoffentlich etwas Gutes.

»Hildburg Minz. Nur eine böse Mutter kann ihrer Tochter so einen Vornamen geben. In London habe ich Hilly mit Ypsilon daraus gemacht, so wie es sich für eine richtige Britin gehört.«

»Hilly«, sagte er und lachte. »Hildburg!«, und lachte wieder. »Klingt doch beides wunderbar. Himmlisch. Hildburg, Hilly!« Hildburg Hilly Minz.

»Eric.« Sie streckte sich ihm entgegen, bot ihm ihre Lippen dar, er berührte sie mit seinen Lippen. Und zuckte zurück.

»Du warst nicht überrascht. Woher wusstest du, dass ich es bin? Woher weißt du, dass ich die Ermittlungen in dem Mord an deiner Mutter leite?«

»Lass uns zum Hotel zurückgehen.«

Sie gingen schweigend nebeneinanderher. Immer wieder sah sie ihn ernst und gleichzeitig strahlend an. Ungläubig. Seine Jugendliebe lief plötzlich neben ihm her. Er blieb stehen, nahm ihr Gesicht in beide Hände, kopfschüttelnd, dann gingen sie weiter. Nach ein paar Metern wiederholte sich das Spiel. Sie ließ ihn gewähren, ohne Fragen, als täte er das Selbstverständlichste auf der Welt.

Sie zeigte hinüber nach Laboe, drückte seine Hand und hielt sie fest, als sie weitergingen.

Bis vor ein paar Minuten war sein Leben und waren seine merkwürdigen Verwicklungen in den Fall Roekkelsdorff völlig verfahren gewesen. Jetzt war es eine klassische Tragödie. Egal, was er tun würde, man würde ihn suspendieren, aus dem Amt entfernen, bemüht, die Geschichte vor der Presse geheim zu halten, unbemerkt den Schandfleck auf der weißen Weste des schleswig-holsteinischen Polizeiapparates und seines obersten Dienstherrn, des verehrten Herrn Innenministers, zu tilgen. Pensionsansprüche adieu. Jette wäre die Sensationsreporterin des Jahres. Sie hätte *die* Story.

Die Ermordete war die Jugendliebe seines Vaters. Spätestens bei dieser Erkenntnis hätte er den Fall abgeben müssen.

Die Tochter der Ermordeten war seine Jugendliebe. Jetzt müsste er die Ermittlungen auf der Stelle fallen lassen, wie ein glühendes Stück Kohle.

Wieder blieb er stehen und nahm ihr Gesicht in beide Hände. Es gab keinen Zweifel. Es war Hildburg Minz, seine große Jugendliebe, die aus unbekannten Gründen vor über vierzig Jahren aus seinem Leben verschwunden war. Er kannte diese Augen. Diese Stirn, die leicht raue Haut an den Schläfen, Überreste der Pubertätspickel, die er so geliebt hatte, der sanfte Schwung des Nackens zu Schultern und Rückenlinie. Sein Herz klopfte wie damals. Die Schmetterlinge in seinem Bauch flatterten zum ersten Mal seit Jahrzehnten wieder.

Wenn er jetzt die Ermittlungsführung abgab, würde jemand anderes in seiner Privatsphäre herumschnüffeln und Dreck und Gülle über seinen Vater, ihn und Hilly ausschütten. Sie würden ganz oben auf der Liste der Verdächtigen im Mordfall Roekkelsdorff stehen. Lüthje würde nie die Wahrheit herausfinden, die hinter allem steckte, Tom und John, das Emud-Radio, Margot, der Obdachlose mit Lüthjes Jugendfoto, die Uhr in seinem Rucksack, die der Frau gehörte, die er immer noch liebte und die neben ihm ging und ihn jetzt wieder ansah. Ihr Blick verriet jetzt Sorge und Neugier, sie sah in seinem Gesicht die Kämpfe, die sich in ihm abspielten.

Hilly konnte offensichtlich seine Gedanken lesen. »Es ist doch ganz einfach: Über vierzig Jahre sind eben zu Ende gegangen. Jetzt müssen wir uns aus dem Müll befreien, den jemand über uns ausgeschüttet hat. Den oder die Schuldigen finden. Das kannst du doch, es ist dein Beruf, von dem du schon damals geträumt hast. Du bist der beste Mann dafür.«

Wieder blieb er stehen, strich mit den Händen über ihr Gesicht, schüttelte den Kopf, dann ließ er sie los, und sie gingen weiter.

Polizeirat und Staatssekretär Arnulf Lütje würde ihn persönlich in die Mangel nehmen. Man würde ihm nicht glauben, dass er einen Teil seiner Jugend vergessen und verdrängt hatte. Das Paradies seiner großen Jugendliebe. Auslachen würde man ihn. Die Wahrscheinlichkeit, dass man ihn fertigmachen würde, war in beiden Fällen sehr hoch. Er durfte nicht kampflos aufgeben. Vielleicht schaffte er es sogar, den unangenehmen, unbekannten Teil, der sich noch verbarg, den sein Vater ihm verschwieg oder den er vergessen hatte, herauszuhalten, ihn säuberlich abzutrennen und für die Ermittlungen als irrelevant einzustufen. Vielleicht hatte Hilly für alles eine Erklärung. Sie hatte doch gesagt, dass sie Zeugin war.

»Hast du den Mörder gesehen?«

»Nein. Aber gehört. Ich habe das in den letzten Tagen in Ruhe alles für dich aufgeschrieben.«

»Hat der Mörder dich gesehen?«

»Nein. Aber im Haus gesucht.«

»Ich werde mir deinen schriftlichen Bericht später ansehen. Wir müssen das so bald wie möglich am Tatort durchgehen. Hier kannst du jedenfalls nicht bleiben«, sagte Lüthje.

Sie holten Hillys Sachen aus dem Hotel. Lüthje überflog schweigend ihren Bericht und nickte ein paarmal.

Als sie durch den Dänischen Wohld Richtung Flensburg fuhren, hatte Hilly ausnahmsweise nur Augen für die Landschaft. »Oh Gott, wie ich mich danach gesehnt habe!«, und: »Die Mühle da drüben: Sie ist so ähnlich wie die in Laboe«, und etwas später: »Ob hier irgendwo noch ein kleines Häuschen mit Strohdach frei ist?« Wobei sie ihn wieder strahlend von der Seite ansah, als ob sie im Urlaub wären. Als sich rechts der Straße die Eckernförder Bucht ausbreitete, dachte er, es wäre Zeit, mit der Arbeit zu beginnen.

»Hast du bei meinem Vater angerufen?«

»Er hat dir davon erzählt?«

»Nein, ich habe durch Zufall herausgefunden, dass jemand für mich angerufen hat. Er konnte sich nicht mehr erinnern. ›Eine Frau mit ausländischem Akzent‹, hat er noch gesagt.«

»Dreißig Jahre London hinterlassen Spuren. Klingt es sehr schlimm?«

»Wie hast du die Telefonnummer herausbekommen?«

Sie sah ihn amüsiert an. »Komm, du kannst doch nicht alles verdrängt haben.«

»Natürlich nicht. Entschuldige.« Er erinnerte sich. Seine Eltern hatten sich Anfang der sechziger Jahre entschlossen, das Souterrainzimmer, in dem sein Vater jetzt seine Werkstatt eingerichtet hatte, an Kurgäste, wie es sich damals für ein richtiges Ostseebad gehörte, zu vermieten.

Die Nachkriegszeit war vorbei, das Wirtschaftswunder schwebte beständig wie ein stabiles Hochdruckgebiet über Deutschland, und man entdeckte Laboe als Tagesausflugs- und Urlaubsziel wieder, was es schon vor dem Kriege war. Die Kurverwaltung hatte lange Listen von Eigenheimbesitzern, die vermieteten. Die alte Waschküche wurde in eine richtige Küche umgebaut, der Keller hatte schon seinen separaten Zugang, und man war ohne Weiteres bereit, das Bad im Erdgeschoss mit den Kurgästen zu teilen. So zog die Familie Wiese zufällig eines Tages in das Souterrain ein. Margot Minz alias Margot Wiese tauchte plötzlich im Haus von Heinz Lüthje auf. Und für Eric und Hilly begannen drei Jahre im Paradies.

»Dein Vater hat mir am Telefon gesagt, dass du eine bayerische Bankkauffrau geheiratet hättest. Einen Pub hättest du aufgemacht, dort, wo der Hopfen wächst. Ihr hättet keinen Kontakt mehr.«

»Und den Quatsch hast du geglaubt?«

Sie zuckte mit den Schultern. »So was gibt's doch, solche Lebensläufe.«

Dieses hinterlistige Arschloch! Warum sagte er so was? Lüthje war sich sicher, dass er seinen Vater unterschätzte. Wer weiß, was er noch hinter dieser Tütteligkeit verbarg.

»Hat er dich am Telefon erkannt?«

»Er hat anfangs aufgeregt rumgestottert. Er war so überrascht, das kann man ja verstehen. Du warst ja auch überrascht.«

Er kniff ihr in den Oberschenkel. »Woher wusstest du, dass *ich*, *dein Eric*, hier als Kommissar auftauche?«

»Eric, ich habe etwas Schreckliches erlebt. Ich …« Sie hielt sich die Hände vors Gesicht und schluchzte auf. »Nein, ich hab sie nicht umgebracht. Obwohl ich es tausendmal in Gedanken gemacht habe. Ihr den Hals umgedreht. Ich glaube, ich habe es sogar einer Freundin einmal erzählt. Aber ich war es nicht, hörst du, ich war es nicht. Aber ich … ich habe es aufgeschrieben. Die erste Aussage habe ich widerrufen, weil ich dich nicht anlügen kann. Als mir dieser Husvogt sagte, dass sein Chef Eric Lüthje heißt, habe ich ihm gesagt, dass ich widerrufe und dass du nach Strande kommen sollst.«

Er war hinter Eckernförde von der B 76 in Richtung Rieseby abgebogen. Er wollte über die Schleibrücke und dann durch Angeln nach Flensburg. Sie brauchten Zeit und den Blick auf die vorbeiziehende Landschaft. Er hoffte, dass das ihre innere Landschaft wieder etwas übersichtlicher machen würde.

Vor der einspurigen Klappbrücke bei Lindaunis standen die Ampeln auf Rot, die Schranke war heruntergelassen. Vor ihnen wartete ein schwarzer Mercedes mit Hamburger Kennzeichen mit einem Heck wie ein Aktenkoffer. Das Paar, dessen reglose Hinterköpfe sie sahen, war wohl unterwegs ins Wochenendhäuschen auf dem Lande, wahrscheinlich gleich rechts in Lindaunis mit unverbaubarem Schleiblick. So konnte man jedem in der Stadt sagen, dass man Nachbar des »Landarztes« sei. Das Haus, das dieser in der gleichnamigen ZDF-Serie »bewohnte«, lag in Sichtweite auf der anderen Seite der Gleise. Die Grundstückspreise in und um Lindaunis hatten Metropolenniveau erreicht. Direkt vor der Ampel schrummelte ein blitzblanker Trecker der Superklasse, Vater und Sohn hatten ihn wohl gerade beim Händler abgeholt. Vornehm ging die Welt zugrunde. Ratternd kam die Regionalbahn aus Flensburg über die Brücke und verschwand hinter ihnen in einer lang gezogenen Gleiskurve nach Rieseby, die Schranke hob sich, die Ampeln schalteten auf Grün, der Hightech-Trecker fauchte beim Kavalierstart auf wie ein Formel-1-Rennwagen. Der Aktenkoffer samt Pärchen glitt naserümpfend hinterher.

»Man hat dich mit einer Frau namens Mary Townsend, wohnhaft in Tockwith, Yorkshire, vor der Botschaft und in einem Pub in London gesehen, letzten Montag. Das könnte uns egal sein. Leider ist diese Frau am Morgen des Mordes hier in der Nähe gesehen worden, als sie das Haus deiner Mutter beobachtete. Einen Tag nach dem Mord ist sie in einem Café gesehen worden und in einem Bus zwischen Schleswig und Satrup. Dort hat sie im Angelner Hof übernachtet. Danach verliert sich ihre Spur.« Und ich habe sie auch schon erlebt, dachte Lüthje. »Husvogt hast du erzählt, dass du sie zufällig vor der Botschaft getroffen hast und sie Fragen wegen eines Visums hatte. Du hast sie zum Essen in einen Pub eingeladen. Erzähl mir mehr von dieser Mary.«

»Da gibt es nicht viel zu erzählen. Ich habe sie zufällig vor der Botschaft getroffen, sie wollte ein Visum für Deutschland haben, und ich habe ihr gesagt, dass sie keins braucht. Dann kamen wir ins Plaudern, und ich habe sie zum Essen in unseren Stammpub eingeladen. Dort haben mich Kollegen wohl mit ihr gesehen. Wenn ich was zu verheimlichen hätte, wäre ich mit ihr doch da nicht hingegangen, dort, wo mich alle kennen.«

»Das hört sich plausibel an. Erklärt aber nicht im Mindesten, warum diese Mary sich am Tag des Mordes in einem Gebüsch vor dem Haus deiner Mutter versteckt.«

»Das ist mir auch unheimlich. Ich habe mich in diesem Hotel in Bülk verkrochen, weil ich mich dort sicher fühlte«, sagte Hilly und sah zum Wasser hinab, das sich unter der Brücke in gurgelnden Strudeln in Richtung Ostsee durchzwängte.

Lüthje fragte sich, ob der Themenwechsel zufällig, assoziativ war oder ein mehr oder weniger geschicktes Ablenkungsmanöver darstellte. Er entschied sich dafür, das später anzusprechen. Fürs Erste war es besser, ihr jetzt zuzuhören.

»Ich wollte dich finden. Als ich wieder halbwegs klar denken konnte, bin ich zur Polizei gegangen. Dann hat ein Kommissar Husvogt aus Flensburg angerufen und mir gesagt, dass Herr Hauptkommissar Lüthje noch ein paar Fragen zu meiner Aussage hätte, ob ich kommen könnte. Ich habe gefragt, ob der Hauptkommissar Lüthje Eric mit Vornamen heiße und aus Laboe stamme. Als er erstaunt ja sagte, habe ich mich gar nicht gewundert. Es sollte so sein. Eine Fee hat das so eingerichtet.«

Diese Fee hatte es auch so eingerichtet, dass Husvogt jetzt wusste, dass die Hauptzeugin den Hauptkommissar Lüthje wahrscheinlich persönlich kannte. Lüthje seufzte tief.

»Meine erste Aussage war falsch«, sagte Hilly. »Aber als ich wusste, dass ich *dich* damit anlüge … Deshalb habe ich sie widerrufen. Aber glaub nicht, dass jetzt alles einfacher für dich, für uns wird, geliebter Herr Kommissar.«

»Na, dann bin ich ja beruhigt«, sagte er und kniff ihr wieder in den Oberschenkel. »Wir verstecken dich erst mal bei mir.«

»Dies ist die Wohnung eines überwiegend alleinstehenden Herrn.« Mit ausladender Handbewegung führte er sie in den Flur seiner Zweizimmerwohnung im vierten Stock eines Mietshauses mit Blick auf das Mühlental in Flensburg. Maren musste er ja nicht jetzt erwähnen. Später vielleicht.

»Du hast keine Freundin? Ohje, sag nichts, dein Gesicht spricht Bände. Wir reden später mal drüber.«

Sie sah in die Küche, ins Bad. Ihm fiel plötzlich auf, dass er keine einzige Blume, nicht mal eine Topfpflanze auf den Fensterbrettern stehen hatte. Sie sah in den Kleiderschrank, fand die Lackschachtel und stellte sie aufs Fensterbrett.

»Warum versteckst du denn so was Schönes im Schrank?«

»Das bist du«, sagte Lüthje verlegen und deutete auf die schöne Frau auf den Armen des Jünglings.

»An der Backe dieser jungen Dame ist etwas der Lack abgescheuert. Ich bin eifersüchtig!«

Es stimmte, ein paarmal hatte er versonnen mit dem Finger versucht, sie zu berühren. Ihm kam der Gedanke, dass es vielleicht die Jungfrau aus dem Brautsee war, die gerade ihren Liebsten wiedergefunden hatte.

»Was ist mit dir? Wessen Backen hast du berührt?«, fragte er.

»Wie schön, du bist eifersüchtig.« Sie schlang ihre Arme um seinen Hals. »Eric, ich liebe dich, ich liebe dich, und du liebst mich auch.«

»Ich kann das weder bestätigen noch dementieren. Aber Sie können das so sehen, wenn Sie mögen.«

»Hilfe, dieser Gesichtsausdruck! Eric, du bist immer noch siebzehn, höchstens achtzehn!«

Fünfter Tag

Als er am nächsten Morgen langsam mit der Wärme ihres Körpers neben sich erwachte und sein Blick auf die Lackschachtel fiel, waren seine ersten Gedanken, dass er mit seiner großen Jugendliebe das erste Mal seit vierzig Jahren geschlafen hatte, dass sie leider Tochter des Opfers im Roekkelsdorfffall und möglicherweise die wichtigste Zeugin war. Er hätte mit ihr eine stundenlange Vernehmung machen müssen. Dann folgte, begleitet vom lauter werdenden, stakkatoartigen Alarm des Weckers der Rest: Er selbst war schon verdächtig, auch wenn er anscheinend bisher der Einzige war, der es wusste. Er hatte Zeit genug gehabt, mit ihr einen Plan für das perfekte Verbrechen zu schmieden, um mit seiner Geliebten endlich an die Roekkelsdorffmillionen zu kommen.

Hilly langte über ihn und schlug auf den Wecker. »Versuch ja nicht, auch nur ein Gramm abzunehmen«, murmelte sie verschlafen halb über ihm und strich über seinen Bauch. »Du warst immer schon knuffig, und das soll auch so bleiben.«

»Hör auf, ich … nein, *wir* müssen zum Dienst.« Sie war nicht knuffig, sie war einfach perfekt, alles an der richtigen Stelle. »Nein, als Erstes müssen wir nachdenken. Und frühstücken. Aber umgekehrt. Ich meine die Reihenfolge. Ach egal.«

»Und dein freches Haar hier, siehst du, es pikt mich in die Nase. Es hat wohl auch noch nicht genug bekommen!« Er hatte den Wecker vorsichtshalber auf sechs Uhr gestellt, deshalb machte eine halbe Stunde keinen großen Unterschied.

»Sieh mal, da liegen Notenblätter drin.« Sie hatte die Lackschachtel geöffnet. Er hatte vergessen, wie neugierig Hilly war. »Das Regentropfenpräludium, wie schön. Eric, spielst du Klavier?«

»Was? Nein, das …«

»Wie gruselig! Ein Totenkopf, der Notenschlüssel, da hat jemand einen Schädel draufgezeichnet.«

»Das hat mir der Antiquitätenhändler als Zugabe reingelegt, als wir über den Preis verhandelt haben. Ein altes Beweisstück, ich hab es da drin einfach vergessen. Der Fall ist gelöst, mach dir keine Sorgen. Ich bin manchmal etwas zu leichtsinnig, was Beweisstücke angeht. Himmel, natürlich, warte …« Lüthje wühlte nervös in seinem Rucksack. »Deinen Feen sei Dank, sie ist noch da. Hier, kennst du das?« Er legte die Uhr auf den Nachttisch.

»Müssen wir jetzt darüber sprechen? Nach dem Frühstück, bitte.« Sie sah mit einer Mischung aus Angst und Misstrauen auf die Uhr.

Er zog sie an sich und nahm ihr Gesicht wieder in die Hände. »Du kennst die Uhr also. Hilly, wir haben sehr viel Arbeit vor uns. Wir sollten uns erst mal duschen.« Der Kühlschrank hatte Cornflakes, Milch, Salami, Eier und zufällig drei Fischbrötchen, belegt mit Schillerlocken, zu bieten. Hilly war entzückt. Kaffee und Fischbrötchen reichten ihnen. Viel mehr hätte auch nicht auf den kleinen Bistrotisch in der Küche gepasst, den Lüthje sonst nur für sich deckte. Hilly legte die Füße auf die Heizung am Fenster und genoss den Blick über das Mühlental bis weit ins Angelner Hügelland.

»Weißt du noch?«, fragte sie kauend. »In Laboe, unten an der Ecke vom Buerbarg, wo es rechts zum Hafen und Strand ging, da gab es doch diese kleine Fischräucherei. Als wir den Sommer aller Sommer dort als Kurgäste im Souterrain bei euch im Haus verbrachten, hat mein Vater mir jeden zweiten Tag um halb fünf zwei Mark fünfzig in die Hand gedrückt, damit wir in der Fischräucherei einkauften. Im Hausflur hatte der Fischer seinen Laden, im Hof den Räucherofen, so groß wie ein Hühnerstall. Bis auf die Straße duftete es, himmlisch. Und damit der Korb ganz voll wurde, hat er uns den Bruch von den Schillerlocken obenauf gelegt, ganz warm aus dem Rauch war alles. Als wir zu Hause ankamen, waren wir schon satt nur von den Schillerlocken. Kannst du dich erinnern?«

»Ich hab den Korb getragen, und einmal ist er ausgekippt, als wir uns mitten auf dem Buerbarg küssten.« Lüthje hatte viele dieser Erinnerungen an das Paradies hastig in irgendeine Schublade gesteckt und den Schlüssel weggeworfen. Hilly war danach mit ihrer Familie nach Köln gezogen, ihr Vater bekam eine Stellung als Diplom-Ingenieur im Beschaffungsamt, Versetzungen waren an der Tagesordnung, sie schrieben sich täglich Briefe. Dann war plötzlich Funkstille, sie meldete sich nicht mehr, seine Briefe kamen zurück. Jeder musste vom anderen annehmen, dass er wortlos Schluss gemacht hatte. Für Lüthje bedeutete das: Vernichtung aller Fotos, einschließlich der Negative und Briefe. Danach hatten sie beide ein verkehrtes Leben gelebt.

Es war verständlich, dass Hilly versuchte, dort anzuknüpfen, wo es aufgehört hatte. Lüthje sah in Hillys Augen, die vor Eifer glühten, sie wollte an der verschlossenen Schublade rütteln, noch mehr zutage fördern. Wenn Lüthje nicht aufpasste, würde es den ganzen Tag so weitergehen.

»An die Arbeit«, sagte er und legte ihr die Uhr auf den Teller.

»Meine Mutter hatte das früher auf dem Fernseher stehen, als nette Dekoration, wie sie sagte. Zuerst war es für sie eine Spieluhr, die hätte einem der Männer gehört, die sich im Krieg ihretwegen duelliert hätten. Geglaubt hab ich es ihr nie. Stell dir vor, mein Vater hatte diese merkwürdige Trophäe jeden Abend beim Fernsehen vor der Nase. Sie hat ihn schikaniert, wo sie nur konnte. Als er tot war, hat sie die Uhr vom Fernseher genommen und in die Schrankwand gestellt. Kurz danach bin ich nach London gezogen und habe geheiratet.«

Lüthje fuhr mit Hilly ins Büro. Während der Fahrt nahm ihr Redefluss kein Ende, es hatte sich über die Jahre zu viel angestaut.

»Die Duellgeschichte hat sie meinem Mann Tony gegenüber natürlich auch zum Besten gegeben. Er hat darüber gelacht. Das hätte ich ihm gar nicht zugetraut. Plötzlich war es ein Talisman und eigentlich eine Totenuhr, weil ein Mann ihretwegen sterben musste. Das hat Tony schwer beeindruckt, und sie war zufrieden. Sie hat das Ding immer mit sich herumgeschleppt. Auch wenn sie alleine bei uns auf Reisen ging, zwei, drei Tage, einmal war sie eine ganze Woche unterwegs. Sie hat nie darüber gesprochen, wo sie war. Ich glaube, sie hat jemanden gesucht. Nach Norden sei sie gefahren, mit der Bahn und mit dem Taxi, das hat sie mal geschworen, dramatisch wie in einem Stummfilm, die Pose, als ich behauptete, sie würde wahrscheinlich immer nur nach Blakeney an die Nordsee fahren. Immer wenn sie zurückkam, hat sie die Uhr so wie einen Hautschmeichler in der Hand gehalten und manchmal damit über ihre Haut gestrichen, so den Arm entlang am Hals …« Hilly schüttelte sich. »Ich habe mich so geekelt, ich habe sie gebeten, damit aufzuhören, und sie hat mich angespuckt.

Du glaubst nicht, wie oft sie mich angespuckt hat. Je älter sie wurde. Bis ich ihre Nähe nicht mehr ertragen konnte. Der Zoll hat sie einmal bei der Ausreise in Harwich festgehalten, wegen des Verdachts der verbotenen Ausfuhr von Antiquitäten oder so. Sie hatte für das Ding ja keine Papiere. Wir waren schon wieder in London, und sie hat Tony überredet, mit mir nach Harwich zu kommen. Sie brauchte zwei britische Staatsangehörige, die für sie bürgten, dass alles in Ordnung sei. Ich habe mich geweigert mitzufahren, aber Tony hat mir ins Gesicht geschlagen.«

»Wo ist dieser Tony jetzt?«

»In der Hölle. Er wird Margot dort suchen, weil es sich rumgesprochen hat, dass sie endlich auch da ist. Wenn er sie findet, wird sie von einem Schwarm von Männern umringt sein, und sie werden fragen, wer die Totenuhr jetzt hat, und sie werden darüber diskutieren, ob er sie gefunden oder im Spiel gewonnen hat, ob er sie weitergeben oder verlieren wird und wer ihnen als Nächster hier unten Gesellschaft leisten wird. Das ist nämlich keine ausgemachte Sache.«

»Woher weißt du das alles?«

»Ich habe zu lange in London gelebt, um dir das auf Deutsch zu sagen. Es gibt keine deutschen Wörter, mit denen ich es richtig übersetzen könnte. Die Briten haben dafür eine wunderbare Redewendung: It was just an inspired guess.«

Das verstand Lüthje. Aber das mit Tony noch nicht. »Du hast mir also erzählt, dass Tony in der Hölle ist. Aber nicht, wie er dahin gekommen ist.«

»Ein vom Hausarzt attestierter Hirnschlag, Herr Kommissar.«

Für den Kommissar war das eine recht schwammige Auskunft, aber Eric war mit der Antwort zufrieden.

Der Trümmerberg war flacher geworden, aber immer noch durch Bauzäune abgesperrt und nachts durch Scheinwerfer erhellt. Die Grundstückseigentümerin, die Nordgrund Holding, hatte alles sehr kooperativ finanziert, weil sie hoffte, dadurch mit dem Bau und dem Verkauf des Apartmentkomplexes endlich voranzukommen. Die Leute von der Spurensicherung und der Baggerführer waren inzwischen ein eingespieltes Team.

»Wir haben ein Ermittlungsverfahren wegen fahrlässiger Tö-

tung gegen unbekannt eingeleitet. Aber bei der Nordgrund ist man
sehr mundfaul.«

»Und wer ist getötet worden?«

»Erzähl ich dir später. Wir versuchen herauszubekommen,
welcher Vorgesetzte die Anweisung zum sofortigen Abriss gegeben hat, es hieß, das Gebäude stehe leer. Es geht um das sogenannte Aufsichtsverschulden. Die Befehlskette ist außerordentlich
verschlungen, und die Verantwortlichen sind komischerweise oft
auf Reisen, gerne im Ausland. Übrigens, vergiss nicht, ab sofort
siezen wir uns offiziell, Frau Gilbert. Oder muss ich Mrs. Gilbert
sagen?«

»Klingt besser, Herr Kommissar.«

»Und Sie haben in einem Flensburger Hotel übernachtet.«
Stimmte auch irgendwie.

Blumfuchs und Husvogt hatten ihn offensichtlich vom Fenster
her kommen sehen und erwarteten ihn an der Pforte. Sie versuchten Hilly an seiner Seite höflich zu ignorieren. Die Atmosphäre war
angespannt.

»Wir müssen dich sprechen, Chef«, sagte Husvogt. Lüthje stellte Hilly vor. Lüthje und Husvogt traten verlegen von einem Bein
aufs andere, und Hilly sagte, dass es doch entsetzlich gewesen sein
musste, den Toten aus den Trümmern zu bergen. Husvogt und
Blumfuchs meinten, dass es nicht einfach gewesen sei. Lüthje holte eine Beamtin aus der Wache und wies sie an, die Tochter der ermordeten von Roekkelsdorff, Mrs. Gilbert, nach unten in das
Trümmerarchiv zu führen, damit sie nachprüfen könne, ob ihr irgendetwas bekannt vorkomme, er werde gleich nachkommen.
Hilly benahm sich äußerst professionell, eine gespielte Mischung
aus ängstlicher Höflichkeit und beflissenem Eifer. Sie sah an der
Treppe nicht einmal zu Lüthje zurück.

In seinem Dienstzimmer setzte sich Lüthje betont lässig, aber
mit verschränkten Armen auf die Schreibtischkante. Blumfuchs
lehnte sich ebenso lässig gegen die Tür, als wolle er verhindern,
dass jemand eintrat ohne anzuklopfen. Husvogt setzte sich auf
den Besucherstuhl, lehnte sich vor und stützte die Arme wichtig
auf den Knien ab. Das sah nach Verhörpose aus. Aber sie konnten
doch nichts wissen.

»Also, wie stellt ihr euch die Zusammenarbeit vor? Oder habt ihr das Thema Eifersucht in den Griff bekommen?« Blöd formuliert, dachte Lüthje, aber es ist besser, den ersten Schuss zu haben.

»Äh, das ist nicht das Problem.«

»Ach, dann hab ich Blumfuchs missverstanden. Oder habt ihr euch in der Kantine mal so richtig ausgesprochen?« Zu gehässig der Ton, aber der Kurs war richtig.

Husvogt und Blumfuchs sahen sich kurz schweigend an.

»Also wenn es nicht die Gefühle sind, geht es um Geld.« Lüthje ging zum Fenster und sah der Spurensicherung auf den Trümmern bei der Arbeit zu. Morgen würden sie sich durchgearbeitet haben.

»Nein, wir sind nicht das Problem.«

Lüthje schwante Übles. Er drehte sich langsam um und sah sie abwechselnd an.

»Wer denn sonst?«

»Du hast ein Problem. Es geht auch uns an.«

»Stubenhals?«

»Du weißt?«

Glück gehabt. Gestern war *das* noch die Katastrophe, dass Stubenhals herumerzählen würde, er habe den Lüthje vom K1 in der Ruine herumschnüffeln gesehen. Oder hatte Stubenhals ihn auch mit dem Mann auf der Straße reden sehen? Aber Stubenhals konnte doch nichts von dem Foto wissen, es sei denn …

»Ich hab ihn hinter seinen Topfpflanzen durchlunzen sehen, als ich oben in der Ruine mal nach dem Rechten sehen wollte, wie der Obdachlose da oben wohnt. Gesehen haben wir ihn doch alle schon mal. Weißt du noch, Husvogt, als ich hier in Flensburg anfing und wir uns über den Gott mit Herz unterhalten haben, den er da in das eine Zimmer gemalt hatte, direkt vor meinem Fenster? Das war doch schon ein alter Bekannter, der Obdachlose!«

»Du hast ja recht«, sagte Blumfuchs. »Nur, der Mann ist jetzt tot. Seine DNA ist merkwürdigerweise auch im Haus der Roekkelsdorff gefunden worden, und im Schutt der Puppenhausruine haben wir ein Jugendbildnis von dir gefunden. Uns kam es auch so vor, als ob du wusstest, dass wir etwas Ähnliches finden würden. Warum sonst solltest du uns solche präzisen Anweisungen geben, dass gefundene Fotos dir sofort zu überbringen sind?«

»Verdammte Scheiße, ist das jetzt ein Verhör oder was?«

Husvogt und Blumfuchs bedeuteten ihm mit Gesten, leiser zu sprechen, jemand könne ihn auf dem Flur hören.

Lüthje war es egal, wenn er jetzt die Wut nicht rausließe, würde er platzen. »Habt ihr schon einen Haftbefehl in der Tasche? Los, raus damit!«

»Ganz ruhig, Chef, ganz ruhig. Das mit der DNA wissen im Moment nur wir und Brotmann. Und der ist dein Freund. Und wir sind auch deine Freunde. Du bist manchmal ein Ekelpaket, aber trotzdem der beste Chef, den wir uns im Moment vorstellen können. Der Meinung ist übrigens auch Heike, wir haben das auch mit ihr durchgesprochen. Das meinte ich vorhin mit ›wir‹.«

»Wie geht es ihr?«

»Gut. Wir sollen dich grüßen. Es geht ihr jedenfalls besser als dir.« Husvogt nickte Blumfuchs zu.

Blumfuchs setzte sich auf einen Stuhl und beugte sich vor. »Ich hab heute Morgen einen Anruf von King Arnulf aus Kiel bekommen. Er wollte einen mündlichen Bericht von mir. Nach einem Satz hat er mich unterbrochen und gesagt, das sei alles Quatsch, er hätte einen vertraulichen Anruf aus Flensburg bekommen und den Eindruck, dass die Ermittlungsführung im Fall Roekkelsdorff ausgewechselt werden muss. Eine Sonderkommission sei wohl das Beste. Wir sollen schon mal einen Sachstandsbericht in dreifacher Ausfertigung fertigen. Es hörte sich so an, als wenn er so nebenbei selbst die Sonderkommission von Kiel aus leiten will. Das ist eigentlich alles, was wir dir sagen wollten.«

»Aber wir wollten auch wissen, was es mit diesem Foto auf sich hat, weil wir was für den Bericht brauchen«, sagte Husvogt.

»Das mit dem Foto ist mir so unheimlich wie euch. Weiß Lord Arnulf, dass die Tochter aufgetaucht ist?«, fragte Lüthje. Er war erleichtert. Die Jungs hielten zu ihm. Es gab also wieder Hoffnung.

»Nein, Chef, du hattest ja noch nicht einmal mit ihr gesprochen.« Blumfuchs grinste. Lüthje war einen Moment verunsichert. Nein, das Grinsen bezog sich auf den Mut, den ehemaligen Chef anzulügen. Ein Beweis seiner Solidarität mit Lüthje.

»Wie schätzt ihr Stubenhals ein?«

»Er macht seit gestern Andeutungen, dass er eine Beförderung erwartet.«

»Dann ist er blöd genug. Er will Informationen. Ihr werdet ihn versorgen, nein, nur du Blumfuchs. Das fällt weniger auf. Wir drehen den Spieß jetzt um.«

»Schieß los, Chef.«

»Ihr vertraut mir also?«

»Ja, Chef!«, sagten beide im Chor.

Lüthje drehte sich wieder zum Fenster um und sah hinunter auf die Trümmer. »Das sind wir auch ihm schuldig. Wer immer er war.«

***

Nach fast einer Stunde mit dem Telefonhörer in der Hand hatte er in Arbeitsteilung mit Blumfuchs und Husvogt herausbekommen, dass Werner Göttsch seit 1995 einen Schwerbehindertenausweis besaß, mit dem er für ein paar Euro im Jahr den ganzen Tag zwischen Flensburg und Schleswig mit Bus oder Bahn hin- und herkutschieren konnte. Für die Busfahrer war er ein alter Bekannter. Angeblich war er fast jeden Tag mit dem ersten Bus losgefahren und am Mittag oder Nachmittag zurückgefahren. Auch am Mordtag. Entweder war er der Mörder oder er hatte den Mörder gesehen.

Jette erreichte er zu Hause. Sie hatte nicht nur mit einem phantastischen Trick den Terminplan des Ministers für die nächsten Tage herausbekommen, sondern kannte auch Werner Göttschs »stadthistorische« Bedeutung. Letztere hatte sie in der »Munitionskiste« ausgegraben, einer geheimen Datenbank der Redaktion, mit der sie auch Malbek schon das eine oder andere Mal weitergeholfen hatte. Der obdachlose Werner Göttsch war der Sohn des Bordellbesitzers Peter Göttsch, der mit seiner Bordellbar »Zur Roten Laterne« in den fünfziger Jahren zu Geld gekommen war und damals den einzigen roten Cadillac in Schleswig-Holstein fuhr. Als sich die Bordellszene in den Oluf-Samson-Gang verlagerte, ein paar hundert Meter weiter östlich, wanderte die Kundschaft ab. Werner Göttsch machte in den Achtzigern einen Beatschuppen aus der Bordellbar und, als das nicht mehr lief, ein Kunstcafé mit Restaurant für die regionale High Society. Wieder unter dem Namen »Zur Roten Laterne«. Hier lernte er die Witwe

Margot kennen. Als für die regionale High Society das schicke Kribbeln beim Speisen Aug in Aug mit der Halbwelt ausblieb, versuchte Göttsch, in der Kieler Szene Fuß zu fassen, mit Diskotheken, die eine Weile liefen, dann waren auch die Achtziger vorbei. Zu diesem Zeitpunkt erbte Margot, war plötzlich vielfache Millionärin, aber anstatt Göttsch finanziell zu helfen, trennte sie sich von ihm. Man sagte, ihr sei seine Vergangenheit nicht mehr standesgemäß gewesen. Er zog in das heruntergekommene leer stehende Gebäude der »Roten Laterne«, die »Puppenhausruine«. Es gab Gerüchte, dass das Gebäude einer Investmentgruppe der Roekkelsdorff Holding gehöre. Das hatte Lüthje geahnt. Jette versprach, weiter dranzubleiben.

Nachdem Lüthje sich mit Husvogt und Blumfuchs über den weiteren Kurs abgestimmt hatte, rief er Brotmann an und bat ihn, in den nächsten Tagen bei seinem Vater oder Frau Jasch anzurufen, um den Gesundheitszustand seines Vaters im Blick zu behalten. Er selbst stecke in der Scheiße und würde sich bei Brotmann melden, wenn er sich an seinen grauen Geheimratsecken selbst aus dem Sumpf gezogen hätte. Brotmann war ein wirklicher Freund und stellte keine Fragen.

Lüthje ging erleichtert ins Kellerarchiv.

Blumfuchs hatte die Funde in zwei nebeneinanderliegenden Kellerräumen ausgebreitet. Die dort vorher seit Jahrzehnten gelagerten Büromöbel waren auf Lüthjes Befehl endlich von der Sperrmüllabfuhr abgeholt worden. Außer ein paar Tischen, die als »Präsentierteller« fungierten. Husvogt hatte die Fundstücke mit Schildchen der Spurensicherung alphabetisch geordnet, Bettwäsche, Bücher (und Ähnliches), Fotos, Handtücher, Kleidung (einschließlich Schuhen), Nichtidentifizierbares, Scherben, Schmuck, Sonstiges und so weiter.

Lüthje nickte der Beamtin zu. Sie verschwand mit einem Ausdruck der Erleichterung.

»Was hast du mit Polizeimeisterin Harbaum gemacht?«, fragte er Hilly.

»Sie!«

»Sie?«

»Du musst mich siezen. Hast du das vergessen?«

»'tschuldigung.«

»Frau Harbaum habe ich klargemacht, dass ich mir das lieber zusammen mit dem Kommissar Lüthje ansehe. Dann haben wir uns über Männer unterhalten. Ich sagte, dass man Männer nicht ändern kann. Sie war da anderer Meinung.«

»Na, da bin ich ja beruhigt, ich meine, dass du mich nicht ändern kannst.«

»… dass *Sie* mich nicht ändern können.«

»Ich glaube, das stehen wir hier nur durch, wenn niemand kommt. Also?«

»Wo hatte der das alles gelagert?« So aufgedreht sie eben noch war, jetzt versank sie in schweigende Betrachtung. Lüthje erinnerte sich. So war sie immer gewesen. Sturm und Stille. Leidenschaft und Verstand.

Lüthje sah auf ein Formular neben dem Laptop. »Das gehört alles zum Nachlass von Werner Göttsch, geboren am 9.5.1935.«

»Das bezweifle ich«, sagte Hilly. »Die Vase aus grünem Marmor da drüben auf dem Tisch ›Sonstiges‹, sie gehört mir, meine Mutter hat sie irgendwann aus einem Zimmer genommen und auf mein Fensterbrett gestellt. Ein Wunder, dass sie nicht in tausend Stücke zersprungen ist. Du musst sie auch kennen, sie stand auf meinem Bettkasten. Und da drüben, die Eulenbuchstützen. Ich hab als Kind immer mit denen gespielt, weil sie doch immer so allein waren im Bücherregal, getrennt durch die Lebensschicksale der Romanfiguren, die Landschaften, ganze Erdteile waren in den Büchern, die zwischen ihnen standen. Hier, die Fotos im Schuhkarton, da ist fast überall meine Mutter mit drauf, dort mit meinem Vater, hier komischerweise ein Foto von der Beerdigung meines Vaters, meine Mutter überall von Männern umringt, so wie sie es liebte. Sieht unheimlich aus, alle in schwarzen Mänteln. Dahinten am Baum, da steh ich, mein Gott, habe ich eine Angst gehabt.«

Immer schneller ging sie zwischen den Tischen umher. Wenn sie etwas erkannte, quietschte sie fröhlich auf oder jammerte. Lüthje musste aufpassen, dass er nicht nur ihren Bewegungen zusah, sondern ihr auch zuhörte, die Einzelheiten sorgsam in seinem Ermittlungsgedächtnis ablegte und die richtigen Verknüpfungen schaltete.

»Den Karton mit Fotos kann ich mir doch mitnehmen, Herr Kommissar?«

»Dürfen Sie, Mrs. Gilbert. Blumfuchs wird heilfroh sein, dass er sie nicht mehr sortieren muss.«

Alles auf den Tischen gehörte zum Roekkelsdorffnachlass. Werner Göttsch hatte ein Archiv des Lebens der Margot Minz aufbauen wollen, um sie so immer bei sich zu haben, auch wenn sie sich immer weiter von ihm entfernte. Hatte er es komplett gehabt und sie jetzt in einer manischen Verblendung umbringen müssen? Hatte er es lang geplant oder in einem krisenhaften psychotischen Schub getan, um sie ganz und gar bei sich zu haben? *Dat is de Dot, de Allens fritt.*

»Wo fahren wir eigentlich hin?«

»Zum Tatort. Hilly, ich weiß, es tut dir weh, aber die Zeit sitzt uns im Nacken. Es ist verrückt, wir mussten über vierzig Jahre warten, und plötzlich rast die Zeit, und wir laufen ihr hinterher.«

»Es tut nicht weh. Es ist ein schmerzhafter Ekel, den ich empfinde. Das ist etwas anderes.« Sie drückte sich an ihn.

»Nicht im Dienst.«

»Aufgeschoben ist nicht aufgehoben«, sagte sie trotzig. Sie zog sich auf den Beifahrersitz zurück. Sie hatten in der Wohnung ihren Koffer geholt. Er hatte noch einiges allein zu erledigen und wusste nicht, wann er nach Hause kommen würde. Allein konnte Hilly dort nicht bleiben.

Lüthje setzte Hilly während der Fahrt über diese Erkenntnisse ins Bild.

Hilly erinnerte sich an Werner Göttsch. »Sie kämpften um die Macht in der Beziehung. Jedes Mal, wenn ich zu Besuch kam, wurde gestritten mit allen Gemeinheiten und Tricks. Meine Mutter hat zum Schluss gesiegt. Sie war einfach fieser. Das Perverse an dieser Beziehung war, dass er zwischendurch Unterwerfung demonstrierte und sich beschimpfen, ja auch anspucken ließ. Sadismus und Masochismus tanzten einen teuflischen Walzer. Das Tragische war, dass er sie liebte, vergötterte, er machte Schulden, um ihr Geschenke machen zu können. Den Schmuck hat sie weggeworfen und alles Brennbare im kleinen Garten hinter dem Haus verbrannt. Darin hatte sie Übung.«

Das also war Werner Göttsch. Er brauchte die Qual, um von der Macht zu träumen.

Und lässt mit stillen Worten nicht ab,
Bis ich gerecht gerichtet hab'.

Margot hatte ihm seinen Lebenstraum nicht erfüllt, er hatte den Kampf verloren. Hat er ihr deshalb den Hals umgedreht?

»Wieso hat Göttsch mein Sonnenbrillenfoto seinem Margot-Archiv einverleiben wollen? Magst du nicht darüber reden, oder verstehst du es auch nicht?«, fragte Lüthje.

Sie holte es aus der Handtasche und betrachtete es eine Zeit lang schweigend. »Ja, es fällt mir schwer. Ich hatte es auf meinem Stringboardregal über meinem Schreibtisch stehen. Nachdem … wir uns verloren hatten. Ich nahm an, dass du mich nicht sehen wolltest. Das Beste war dann ein Foto von dir mit Sonnenbrille. Es zeigte die Distanz, und trotzdem warst du bei mir.«

»Und wieso hat der Göttsch es jetzt bei deiner Mutter gefunden?«

»Nach und nach verschwanden die Fotos von dir. Ich hatte lange Zeit keine Erklärung. Schließlich habe ich verdrängt, danach suchen zu wollen. Dann kam dieser Abend in Southgate, als ich instinktiv begann, das Besucherzimmer meiner Mutter endlich zu räumen. Als ich ein Handtuch aus einer Kommode nahm, fielen sie heraus, die Fotos von dir, die ich jahrzehntelang nicht gesehen hatte. Die Fotos, die ich gemacht hatte, mit deinem verliebten Lächeln. Sie hat sie mit sich herumgetragen, bis das Alter ihr die Erinnerung zerfraß.«

»Deine Mutter hat Fotos von mir herumgetragen? Von mir? Warum?«

»Sie hatte kein einziges Foto von deinem Vater …«

»… und ich sehe ihm sehr ähnlich …«

»Das ist es. Du bist auf den Jugendfotos ungefähr so alt wie dein Vater, als er meine Mutter bei Kriegsende kennenlernte.«

»Und deswegen konnte sie es nicht ertragen, dass du in mich verliebt warst.«

Hilly nickte. »Ich bin es noch.« Sie holte aus ihrer Handtasche ein kleines Büchlein mit rotbraunem, genarbtem Plastikeinband und blätterte darin.

»Es ist ein Taschenkalender meines Vaters von 1947. Er lag auf dem Tisch ›Bücher und Ähnliches‹. Von der Firma Siemens, da hat mein Vater nach dem Krieg angefangen. Hitzebeständige Legierungen haben die in Hanau gemacht. Das brauchte man wohl auch für die Waffen, die wieder gebaut wurden.« Sie blätterte weiter.

Lüthje kam es so vor, als ob Hilly vom Thema der Ähnlichkeit mit seinem Vater ablenkte. Aber vielleicht war es nur die Flut von Fragen, die Hillys Antwort ertränkte. Die ermordete Margot hatte Jugendfotos von ihm bei sich gehabt, weil sie seinen Vater in ihm sah. Die große unerfüllte Liebe? Ihrer Tochter verwehren, was ihr das Schicksal verwehrt hatte? Eine kranke Seele, die keinen Ausweg mehr aus dem selbst geschaffenen Gespinst von Schuld und Hass sah. Das selbst geschaffene Gespinst ... Irgendetwas war da in Lüthjes Hinterkopf, ganz leise und undeutlich, aber es war da. Es war schon seit gestern da, aber heute hatte es etwas unverwechselbar Eigenes, was es von anderen Gedanken unterschied.

»Später ist mein Vater von Siemens zum Beschaffungsamt gegangen, weil er dachte, da würde er nicht so viel reisen müssen. Hier sind Telefonnummern, er hat Buch geführt über den Haushalt, offensichtlich war sich meine Mutter dafür zu fein. Zigarren eine Mark zwanzig, das war doch teuer, Kuchen eine Mark fünfzig, Fördedampfer eine Mark achtzig ... das war ein Sonntag im Juli ... Oh Gott!«

»Was ist? Soll ich halten?« Lüthje fuhr auf den Randstreifen. Ein Lastwagen jagte hupend an ihnen vorbei.

Sie lehnte mit geschlossenen Augen gegen die Kopfstütze. »Dieser Traum. Ich weiß nicht, wie viele Nächte mich dieser Traum verfolgt hat. Jetzt verstehe ich ihn. Fast. Wie lange habe ich diese Schriftzeichen nicht mehr gesehen?«

Lüthje verstand kein Wort, aber immerhin so viel, dass sie erst mal ihre Fassung wiedergewinnen musste.

»In diesem Traum kam mein Vater zu mir mit einem Blatt Papier und sagte, dass ich das aufschreiben sollte. Auf dem Blatt Papier konnte ich mit einiger Anstrengung die Schrift meines Vaters erkennen, aber keinen Buchstaben lesen. Ich fragte ihn im Traum jedes Mal, was die Buchstaben bedeuten sollen, und er legte die Hand auf meine Schulter und sagte, das verstehst du noch nicht. Und hier in diesem Taschenkalender von 1947 finde ich die Lösung. Jedenfalls ein Stück davon. Hier, sieh mal. Diese Zeichen hier.«

Lüthje sah unter Sonntag, dem 27. Juli, zwei Zeilen mit unbekannten Schriftzeichen, V, U, e und f glaubte er zu erkennen, aber Kringel, überlange Linienschwünge, Fähnchenzipfel und Auf- und Abwärtshaken machten es unleserlich.

»Stenographie?«

»Ich erinnere mich dunkel, dass mir diese Schrift das erste Mal auffiel, als ich schreiben gelernt hatte. Ich sah, dass mein Vater schrieb, und fragte ihn, warum ich das nicht lesen kann. Ich hatte doch lesen gelernt, ob meine Lehrerin etwas verkehrt gemacht hatte. Er lachte und sagte etwas von einer Schrift, die keiner mehr kennt. Das ist es. Ich kann die Schrift meines Vaters erkennen, aber nicht lesen, das ist das, was ich geträumt habe. Aber was bedeutet dieses ›Das verstehst du noch nicht‹?«

»Mich interessiert mehr, was diese Hieroglyphen bedeuten.«

∗∗∗

Lüthje fuhr zum Taff24-Markt auf der gegenüberliegenden Seite des Kreisverkehrs an der Schleidörferstraße. Es war einer der üblichen Lebensmitteldiscounter von der Größe eines Fußballplatzes der Regionalliga, besetzt mit einer Kassiererin und einer Marktleiterin, die man kundenfreundlich an der Farbe des Arbeitskittels sofort identifizieren konnte. Es war später Vormittag, ein paar Hausfrauen wanderten kinderlos mit leerem Gesichtsausdruck die Regalreihen entlang. Hilly beschloss, sich nach Obst umzusehen, weil Lüthje dringend Vitamine brauche.

Die Marktleiterin füllte mit Handschuhen Fertiggerichte in der Gefriertruhe nach. Das Namensschild am Revers ihres weißen Arbeitskittels sagte, dass sie Frau Kaufhold hieß. Lüthje zeigte seine Dienstmarke und fragte nach der Verkäuferin, die die Polin hier am frühen Vormittag des Tattags, also am Mittwoch, gesehen hatte. Ein Kollege hätte schon mit ihr gesprochen. Frau Kaufhold brauchte nicht lange zu überlegen. Der nette Kripobeamte hätte sie selbst befragt, aber sie sei keine Verkäuferin. Das gebe es nicht in einem Taff24-Markt, setzte sie verächtlich hinzu. Sie sei Marktleiterin. Lüthje fragte, ob sie ihm noch mal die genaue Uhrzeit sagen könne, zu der sie die Polin hier gesehen hatte. Damit konnte Frau Kaufhold nicht dienen. Aber schließlich sei die Polin doch fast jeden Tag da gewesen. Das habe sie dem netten Kripobeamten auch gesagt.

Lüthje verabschiedete sich freundlich von der ehemaligen Zeugin und rief draußen Blumfuchs an. Frau Pawletkos Alibi hatte sich in Luft aufgelöst. Die Fahndung nach ihr musste intensiviert werden. Lüthje glaubte nicht, dass sie irgendetwas mit der Tat zu tun hatte. Aber sie wusste etwas mehr vom Umfeld, als sie gesagt hatte. Die Aussage über den Unbekannten, der an Margots Bett gesessen hatte, entsprach der Wahrheit. Den Rest hatte sie lieber verschwiegen, vielleicht weil sie nicht gut lügen konnte.

Das Fernsehteam von Nordfun ließ Lüthje durch den von ihm telefonisch instruierten Wachbeamten vor dem Haus der Roekkelsdorff auf die B 199 hinter Steinbergkirche Richtung Flensburg locken. Ein schwerer Verkehrsunfall mit mindestens zwanzig beteiligten Fahrzeugen, das wäre doch was für die. Es würde mindestens eineinhalb Stunden dauern, bis Nordfun wieder hier auftauchte, und bis dahin würde ihm sicherlich noch ein Gag einfallen.

Als Lüthje und Hilly im Haus waren, rief Fielspitz Lüthje auf dem Diensthandy an. Er hätte ein Ersatzmöbel für den Plattenschrank ausgewählt, und Lüthje könne sich jetzt mit der Spedition über einen Anlieferungstermin in Laboe verständigen. Es sei ein renommiertes Spezialunternehmen, das seine Sache verstehe, er würde sich immer dieses »Institutes« bedienen. Die Kosten übernehme er selbstverständlich.

Es roch wieder nach Chlor. Dazwischen mischte sich der Geruch von frisch gereinigten Flughäfen und Fährschiffen. Offensichtlich benutzte das Reinigungsunternehmen die gleichen Substanzen.

Hilly saß zusammengekauert auf dem betongrauen Wohnzimmersofa. »Eric, müssen wir hier sein? Es ist scheußlich, das Haus, die Möbel. Du weißt nicht, wie es hier für mich war, jedes Mal, wenn ich zu Besuch war in den Jahren. Ich habe nur einmal hier übernachtet. Danach bin ich immer ins Hotel gegangen, wenn ich sie besucht habe. Und dann dieser Vormittag. Wie lange ist das her, drei oder vier Tage?«

»Vier Tage.«

»Oder eine Ewigkeit. Oder wie gestern. Ich fühle mich so, als ob es gleich wieder passiert. Die Zeit ist eine kahlköpfige Betrügerin. Anthony Hopkins hat das in einem Film zu einem kleinen Jungen gesagt. Meine Freundin saß im Kino neben mir und sagte laut: ›Nein, sie trägt ein schickes Toupet und spannt dir jeden Mann aus!‹ Der ganze Saal hat Beifall geklatscht. Ich auch.«

»Hilly, wer hat deine Mutter ermordet?«

»Du meinst, wer sie getötet hat?«

»Ja, was sonst?«

»Ich weiß nicht. Eric, hilf mir.«

»In deiner ersten Aussage steht, du wärest mit dem Taxi hier angekommen, und als du Tür geöffnet hattest, wäre ein Mann an dir vorbeigestürzt und geflüchtet. Du hättest deine Mutter dann erdrosselt aufgefunden. Die Einzelheiten, ich meine Uhrzeit, Täterbeschreibung und so weiter, können wir uns sparen.«

»Erdrosselt?«

»Erdrosselt ist der rechtsmedizinische Oberbegriff. Hier haben wir den konkreten Fall des Erwürgens.« Sie sah ihn gequält an. Es war besser, das Thema nicht zu vertiefen. »Du wirst mir jetzt alles noch einmal mündlich schildern. Ich habe hier deine handschriftliche Aussage und werde sie mit dem vergleichen, was du mir erzählst, und nachfragen.«

»Aber reicht es nicht, wenn du es liest, geliebter Kommissar, für dich allein in deinem Dienstzimmer? Und mich hinterher ausfragst? Ich weiß, was dabei herauskommt, wenn ich hier darüber reden soll. Deshalb hab ich es aufgeschrieben. Ich rede doch nur Unsinn, wenn ich das alles noch einmal erleben soll. Es sind so viele Wahrheiten in meinem Kopf.«

»Es gibt hier nur eine Wahrheit. Hilly, wir müssen diese eine Wahrheit hier und jetzt herausfinden, weil wir nur diese eine Gelegenheit haben, morgen kann es zu spät sein. Dann hat man mich vielleicht schon suspendiert. Wir beide haben klassische Mordmotive, wie im Lehrbuch für Kriminalistik. Die Hexe, ja, auch für mich ist sie eine Hexe, hat uns auseinandergebracht, durch Tricks und Lügen, sie hat Fotos gestohlen, unsere Briefe abgefangen oder deine gar nicht abgeschickt, verbrannt, gelogen. Sie hat unsere Liebe zerstören wollen, und als du der Sache auf die Spur ge-

kommen bist, hast du mich gesucht, gefunden, und wir haben uns
an ihr gerächt. Nebenbei winkt ja auch noch dein Erbe. Wir haben
kein vernünftiges Alibi und allen Grund der Welt gehabt, ihr den
Hals umzudrehen. Nicht erschießen, nicht vergiften. Für das, was
sie getan hat, gibt es nur eins, den Hals umdrehen. Ich habe keine
Lust, dich im Gefängnis zu heiraten.«

»Eric, ich liebe dich. Ob ich schon Geld von meiner Mutter ab-
heben kann? Wenn wir nach Caracas übersiedeln müssen ...«

»Du bist also am Dienstagabend in Fuhlsbüttel gelandet. Und
dann?«

»Bin ich mit Busshuttle und Taxi ins Hotel am ZOB gefahren.
Am nächsten Morgen war ich mit dem Taxi ungefähr um neun
hier.«

»Was wolltest du hier?«

»In der Botschaft hab ich gesagt, dass ich mich um meine kranke Mutter kümmern musste. Stimmte auch irgendwie, das kannten die schon.«

»Warum bist gerade an diesem Dienstag gekommen?«

»Hab ich dir doch schon erzählt.«

»Bitte noch einmal.«

»Ich hatte deine Fotos in Southgate im alten Handtuch meiner
Mutter gefunden und die Zusammenhänge begriffen, was sie gemacht hat, dass sie uns getrennt hat, weil sie nicht ertragen konnte ... uns beide als Paar zu sehen, weil du doch deinem Vater, dem
Heinz, in den sie sich 1945 verliebt hatte, so ähnlich sahst. Plötzlich begriff ich alles. Ich wollte es ihr sagen, auch wenn sie mich
vielleicht nicht mehr verstehen konnte oder nicht erkennen würde. Ich wusste nicht, wie lange sie leben würde, sie war so alt, jeden Moment konnte sie sterben.«

»Hat dir hier jemand geöffnet?«

»Nein, ich habe einmal geklingelt. Dann habe ich aufgeschlos-
sen. Ich hatte immer einen Schlüssel.«

»Ist dir vor dem Haus oder auf der Straße etwas aufgefallen?«

»Nein.«

»Weiter. Du bist ins Haus gekommen. Und dann hast du gerufen?«

»Nein, irgendetwas war, aber ich wusste nicht, was. Es war
völlig still. Das war ja nicht normal. Meine Mutter hat sonst im-

mer Geräusche gemacht. Mit dem Arm auf das Bett geschlagen, ständig nach irgendjemandem gerufen, lamentiert, geschimpft, phantasiert. Oder mit irgendetwas geworfen, was gerade in ihrer Reichweite war. Manchmal ist sie auch allein aufgestanden und … ach!« Hilly machte eine wegwerfende Handbewegung.

»Es war also still. Noch mal: Hast du gerufen, nach einer Pflegerin oder einfach ›Ist jemand da?‹? Das macht man doch in so einer Situation.«

»Nein, ich kann es nicht erklären. Es herrschte Grabesstille, du spürst so etwas. Als ich diese breite Treppe hinaufging, wusste ich plötzlich, dass etwas Schreckliches passiert sein musste. Ich bin in ihr Zimmer gegangen. Die Tür war offen. Ich sah es schon, als ich noch im Flur war …«

»Du bist also in das Zimmer gegangen?«

»Ja.«

Lüthje wartete. Wartete, ob Hilly von allein aus der Starre erwachte, die sie gepackt hatte. Sie sah langsam auf, zur Zimmertür, die einen Spalt weit offen stand.

»Komm, Hilly, wir gehen jetzt beide da rein.«

»Ist sie weg … ich meine …?«

»Ja, alles. Auch das Bett, die Auslegeware und die Vorhänge sind weg, der Rest von einem Spezialunternehmen gereinigt. Der Duft der großen weiten Welt, von Flughäfen und Fährschiffen. Es wird dem Nachlass in Rechnung gestellt, das heißt, die Rechnung wird bei dir landen.«

Hilly stand mit einem Ruck auf, lief, riss die Schlafzimmertür weit auf und stellte sich mitten in das Totenzimmer. Im Zimmer waren nur noch die Anrichte mit den beiden Porzellanfiguren und das Bild mit dem Mädchen und dem Margarinebrot darüber. Durch die deckenhohe Balkontür knallte gnadenlos das Tageslicht und ließ das Zimmer größer und leerer erscheinen.

»Ich habe geschrien.« Hilly hielt sich die zur Faust geballten Hände vor den Mund, als hätte sie Angst, gleich wieder zu schreien. »Nicht vor Angst. Vor Wut. ›Du hast dich aus dem Staub gemacht! Du hast es gespürt, dass ich komme, dass wir kommen!‹ Vielleicht habe ich auch kein einziges Wort gesagt und es nur gedacht. Es war zu spät. Ich hatte mich doch so beeilt, in der Sekunde, in der ich alles begriffen hatte, habe ich meinen Koffer gepackt, den Flug gebucht und die ganze Nacht nicht geschlafen. Und trotzdem bin ich zu spät gekommen. Ich wusste nicht, wohin mit meiner Wut. Ich wollte sie zur Rede stellen, sehen, was sie überhaupt noch begreift oder aufnehmen kann. Und dann dich finden und mich mit dir vor ihr Bett stellen und sagen, sieh her, du hast es nicht geschafft. Wir haben uns wieder.«

Sie schluchzte und hustete. Aber sie weinte nicht. Lüthje stellte sich neben sie und legte den Arm um ihre zuckenden Schultern. Er musste ihr Zeit geben, den Schock, den sie in diesen Räumen erlitten hatte, zu verarbeiten. Aber sie hatten keine Zeit. Sie mussten weiterarbeiten. Er musste sie rausholen aus dem Loch. Ihr einen Weg zeigen.

»Wieso hast du gesagt oder gedacht: ›Du hast dich aus dem Staub gemacht‹? Und dieses ›Du hast es geschafft‹. Das hört sich so an, als ob sie Selbstmord begangen haben könnte. Hast du nicht erkannt, dass es kein Selbstmord sein konnte, sondern dass jemand sie erwürgt hat?«

»Ich hatte erfasst, dass ihr jemand den Hals umgedreht hat. Sofort. Aber im selben Moment habe ich diese Worte gesagt oder gedacht. Eric, ich weiß doch nicht, warum. Glaub mir, es war einfach so. Als ich hier vor ihrer Leiche stand, habe ich die weiße Porzellanfrau auf dem Stein so gedreht, dass sie zu ihr sah. Ich habe nicht mehr hingesehen. Frage mich nicht, warum ich das gemacht habe. Ich hatte kein Mitleid mit ihr. Ich war entsetzt, schockiert, das war alles. Keine einzige Träne. Ein bisschen schlechtes Gewissen, das war alles. Porzellanfrauen können das alles besser aushalten.«

Sie deutete auf die Zeichnung mit dem kleinen Mädchen mit der Stulle in der Hand. »Meine Großmutter hat mir erzählt, dass mein Großvater seine Tochter Margot nie aus den Augen gelassen hat, obwohl er sie nicht sehen durfte. Seine Familie hatte es verboten. Und er hat gehorcht, auch als seine Eltern tot waren. Dieses Mädchen mit der Margarinestulle ist meine Mutter. Nach einem Foto, das ihm meine Großmutter schickte, hat er das anfertigen lassen und damit seine Margarinewerbung in den Fünfzigern gestartet. Auf dem Bild hier fehlen nur die Schriftzüge, das wurde so in den Zeitungen und an der Litfaßsäule benutzt, sogar im Kino. ›Gesund von Anfang an, mit Roekkelsdorff-Margarine vom Gutshof‹. Da war meine Mutter ja schon in den Vierzigern, und niemand hat sie erkannt. Das Foto, die Vorlage, habe ich nie gesehen. Ich hab mal den Gedanken gehabt …« Sie nahm das Bild von der Wand und zog Lüthje am Arm aus dem Zimmer. Sie löste an der Rückseite vorsichtig den Pappdeckel aus den angerosteten Drahtstiften und nahm es heraus.

»Ich habe es doch geahnt, das ist es, jemand hat das Foto hinten in den Rahmen gesteckt!« Sie setzten sich nebeneinander auf das Sofa, und Hilly gab ihm das Foto und den Bilderrahmen. Es war ein vergilbtes, auf Karton aufgezogenes Foto. Nur Mutter und Tochter. Fein gemacht schauten sie distanziert in die Kamera, ungewohnt der Sonntagsstaat, in dem sie steckten, ungewohnt die Situation und die Umgebung. Im Hintergrund eine blasse Parklandschaft auf Stoff. Die kleine Margot stand auf der Marmorimitation einer altrömischen Bank, der Mutter sanft mit dem Körper zugewandt, höflich und lieb etwas nach oben schauend, zur Hand des Fotografen mit dem Vögelchen, nicht lächelnd. Eine Spur von Hoffung und Neugier leuchtete im kleinen Gesicht. Die Mutter, Hillys Großmutter, Mädchen und Frau, ernst, in einem hellen, gepunkteten Sommerkleid. Ein großer Hut verlieh ihr eine gewisse Würde und tauchte mit dem Schatten der breiten Krempe die Augen geheimnisvoll ins Dunkle.

»Meine Großmutter muss da ungefähr achtzehn oder neunzehn Jahre alt gewesen sein. Meine Mutter ungefähr drei. Das Foto muss also kurz nach dem Ersten Weltkrieg aufgenommen worden sein. Meine Großmutter war sechzehn Jahre alt, als sie das Kind bekam. Ein nichteheliches Kind mit sechzehn Jahren. Im Jahre 1915! Kannst du dir vorstellen, was das heißt?«

»Mutter und Tochter. Wo ist der Vater, der Roekkelsdorff?«

»Weit weg. Er hat ihnen manchmal Geld geschickt. Das Foto hat meine Großmutter machen lassen, um ihm zu zeigen: Sieh her, was wir von dem Geld gekauft haben, neue schöne Kleider für mich und unsere Tochter. Sie haben die gleiche Halskette, es könnten rote Perlen sein. Holzperlen, dafür reichte das Geld. Und hier! Meine Großmutter hat den Arm um die kleine Margot gelegt und drückt deren rechten Arm nach vorne. Damit der Vater auch das dicke Armband sieht.«

Hilly erzählte die Geschichte von der fünfzehnjährigen Haushaltshilfe Johanna Minz auf dem Roekkelsdorff'schen Familiengut, die sich am Tag der Mobilmachung, am 1. August 1914, dem blondgelockten neunzehnjährigen Alfred von Roekkelsdorff nach dessen monatelangem Werben im Kartoffelkeller hingab. Am 3. Mai 1915 kam Margot in einem Heim für gefallene Mädchen in Kiel zur Welt. Ein Jahr später erreichte den frischgebackenen Leutnant Alfred von Roekkelsdorff die Nachricht von der Vaterschaft an der Front. Ein weiteres halbes Jahr später erreichten Johanna Minz die erste heimliche Geldzahlung Alfreds und ein Brief. Die Eltern hatten Alfred mit Enterbung gedroht, falls er seine uneheliche Tochter auch nur besuchen sollte oder sonstigen Kontakt pflegte. Den Namen von Roekkelsdorff durfte die Tochter nicht tragen. Das war nur männlichen nichtehelichen Adelsabkömmlingen erlaubt. Zu dieser Zeit entstand das Foto.

»Wenn die Geldzahlungen ausblieben, zog meine Großmutter mit meiner Mutter durch Kiel und Umgebung und verkaufte Kurzwaren, Bürsten und Besen. Der Anblick der kleinen Margot hätte oft das Herz der Menschen erweicht, erzählte meine Großmutter, deshalb habe sie ihr auch immer ein paar Schnürsenkel und Garne in die Hand gegeben. Stell dir das vor, dieses kleine Mädchen erlebt täglich unzählige mitleidige Blicke, ihre Mutter verkauft, aber sie muss betteln, mit ihren Blicken, mit ihrer Armut. Wahrscheinlich hat meine Großmutter sie dabei auch besonders abgerissen gekleidet. Eigentlich ist alles, was danach von meiner Mutter ausging, konsequent daraus entstanden. Allein diese entsetzlichen Minuten, die ich immer alleine vor der Bank warten musste, wenn meine Mutter Geld abhob. Ich durfte es nicht sehen, was dort drinnen passierte, nie hat sie gesagt, wie viel sie hatte, wie viel sie abhob, wie viel etwas kostete. Mich wundert, dass ich überhaupt gelernt habe, mit Geld umzugehen. Oder vielleicht gerade deshalb. Ich glaube, dass meine Mutter immer wollte, dass ich mich so elend fühlte wie sie als kleines Mädchen, mit der Bürste und den Schnürsenkeln in der Hand. So hat mich meine Mutter noch gequält, als sie schon Millionärin war. Aber das war ja nur eine ihrer Verirrungen. Im Zweiten Weltkrieg hat meine Mutter eine große Liebe verloren. Meine Großmutter hat das mehr als einmal als Entschuldigung für die Gehässigkeiten meiner Mutter angedeutet. Er war Flieger, seine Familie hatte eine Porzellanmanufaktur. Diese Porzellanfiguren sind Geschenke von ihm. Und es würde mich nicht wundern, wenn der Flieger deinem Vater, also auch dir, ähnlich sah.«

»Eigentlich ist alles ganz einfach zu erklären. Deine Mutter hat nie gelernt, glücklich zu sein. Deshalb konnte sie es nicht ertragen, andere glücklich zu sehen, nicht einmal ihre eigene Tochter.« Lüthje gab ihr das Foto und das Bild zurück.

Er stand auf, atmete tief durch und ging zum Wohnzimmerfenster, das, wie alle Fenster in diesem Haus, eigentlich eine Balkontür war. Lüthje fiel auf, dass man von keinem Fenster aus sehen konnte, wer sich der Haustür näherte oder schon auf dem Grundstück war und an der Hauswand entlangging. Höchstens wenn man sich über den Balkon beugte. Fenster nach vorn gab es nur in zwei Zimmern auf der anderen Seite des Treppenhauses. Er schätzte die Entfernung vom Wohnzimmer oder vom Schlafzimmer bis dorthin auf mindestens fünfzehn Meter. Eine Überwachungskamera gab es nicht. Theoretisch konnte hier jeder kommen und gehen, wann er wollte. Auch die offene Schiebetür zum Pool war nur vom Balkon einsehbar. Nicht nur Göttsch konnte hier ein und aus gehen, wahrscheinlich war die Pooltür täglich, wenn nicht sogar in der Nacht, offen gewesen.

»Der nächste Satz in deinem Erinnerungsprotokoll lautet: ›Ich höre von unten ein Geräusch‹. Hat das einen Grund, dass du jetzt ins Präsens wechselst?«

»Stell nicht solche dummen Fragen, Eric!«

Er strich mit den Fingerkuppen über das Glas, von oben nach unten. Er hätte jetzt lieber mit den Fingernägeln auf dem Glas entlanggekratzt. Ob es wohl ein ähnlich grässliches Geräusch geben würde wie Fingernägelkratzen auf einer Schultafel?

»Ich muss es tun. Sonst stellt sie jemand anders. Ich bin hier kein Kriminalist, sondern ein Ertrinkender, der nach einem Strohhalm sucht, weil der Rettungsring erst in fünf Sekunden neben ihm ins Wasser klatscht. Was war jetzt mit dem Geräusch?«

»Den Rest, den du da gelesen hast, kannst du streichen, es stimmt alles nicht.«

Lüthje schluckte schwer. Die wievielte Version wurde das jetzt? Es war besser, gelassen zu bleiben. Er hatte diese Version beim kurzen Überfliegen ihrer Aufzeichnung heute Morgen sowieso für unwahrscheinlich gehalten. Was verbarg Hilly?

»Ich hatte Husvogt schon beim ersten Gespräch angelogen. Und dies mit dem Mann, genau gesagt, waren es wahrscheinlich zwei Männer, aber die habe nicht ich gesehen, sondern …«

»Hilly, ganz ruhig. Du bist also noch in dem Zimmer und hörst ein Geräusch. Und jetzt weiter, was passierte dann?«

»Eine Sekunde war ich starr vor Angst. Dann fiel mir der Besenschrank ein, und ich hoffte, dass er nicht vollgestopft war. Ich flog auf Zehenspitzen in die Küche und klemmte mich in den Besenschrank rechts hinter der Tür. Er war ziemlich voll, aber ich bin schlank genug, na ja, jedenfalls überwiegend, wie du weißt.«

»Nicht ablenken. Du bist jetzt im Besenschrank.«

»Die Tür konnte ich nicht ganz schließen, weil ich sonst keine Luft mehr bekommen hätte. Versuch mal, langsam und flach zu atmen, wenn du Angst hast! Ich hörte jemanden herumschleichen. Es wurde einen Moment still. Dann sprach jemand, undeutlich, eine Frau, dachte ich. Dann war da eine laute Katze. Alles vermischte sich, und ich dachte, eine große Katze kämpft mit einer Frau. Und die Katze siegt. Dann würde sie sich auf mich stürzen, sie würde mich am Geruch sofort aufspüren. Stattdessen hörte ich englische Worte, die immer das Gleiche sagten. *Now they're both dead, now they're both dead.* Ich kannte die Stimme und den Dialekt.«

»Mary Townsend«, stellte Lüthje fest.

Hilly nickte und sprach stockend weiter. »Ich hätte im Besenschrank bleiben sollen. Ich hätte so lange drinbleiben sollen, bis sie das Haus verlassen hat. Aber ich war irgendwie erleichtert, ich wusste ja nicht, was gerade passiert war. Als ich aus der Küche komme, steht sie plötzlich vor mir und will mich mit ihren blutigen Händen umarmen. Stell dir das vor, mit dem Blut meiner gehassten Mutter! Ich verstehe nicht, dass ich trotzdem irgendwie cool geblieben bin. Ich hab sie angeschrien, dass sie mich nicht anfassen soll, ihre Hände waschen muss und ihr das Waschbecken in der Küche gezeigt. Den Wasserhahn auf warm gestellt, ihr die Seife gezeigt, ein sauberes Handtuch für sie aus dem Schrank geholt. Ein sauberes Handtuch. Mein Gott. Sie hat die ganze Zeit fröhlich geplappert, mir die Hände hingestreckt, und ich habe gesagt: *No,*

Mary.‹ Das hat sich dann noch zweimal wiederholt. Auf ihrem Mantel war auch noch was, aber der hatte so ein komisches Muster, das fiel nicht auf, sie hat noch ein bisschen daran rumgetupft. Und sie war fröhlich wie ein kleines Kind, diese sicherlich über Sechzigjährige, du kannst dir das nicht vorstellen, vor dem Waschbecken hat sie getanzt, in die nassen Hände geklatscht und gesungen: ›*Ding-dong, the witch is dead, the witch is dead.*‹ Wir waren im Kindergarten, ich die Erzieherin und sie das ausgelassene Kind. Und ein paar Meter weiter lag die Hexe in ihrem Blut. Kennst du das Lied?«

»Nein, leider nicht. Du kannst es mir ja vorsingen.«

Hilly sah ihn erschrocken an. »Es ist aus ›The Wizard of Oz‹. Ich will das Lied nie wieder hören, geschweige denn singen.«

»Wie geht denn die Geschichte weiter?«

»›The Wizard of Oz‹?«

»Nein. Ich meine: Mary und die Kindergärtnerin.«

Sie sah ihn argwöhnisch an. »Irgendwie habe ich das Gefühl, du glaubst mir nicht. Aber du kannst mir glauben, dass mir das egal ist, weil ich die Wahrheit sage. Ich habe Mary erlaubt, meine Hände kurz, ganz kurz zu berühren, sie hat merkwürdigerweise darauf bestanden. Ich ahnte, dass meine Mutter schon tot war. Oder fast. Mary hat es vielleicht vollendet oder nicht, das weiß ich nicht. Ich habe es mir nicht angesehen. Aber konnte ich sie deswegen mit meiner Aussage ins Gefängnis bringen? Vielleicht hat sie ihren Tod doch letztendlich verursacht. Wie ihr Vater würde sie bis zu ihrem Lebensende im Gefängnis dahinvegetieren. Nur weil sie diese Hexe umgebracht hat? Ich habe ihr einfach gesagt, dass sie verschwinden soll. Ich würde eine Geschichte von einem flüchtenden Mann erzählen. Sie redete dann auf mich ein, sie wollte doch diese Spieluhr haben, von der ihr Vater ihr erzählt hatte, das war angeblich sein Vermächtnis, sein Auftrag an sie, die Uhr, die sie ihm aufs Grab stellen sollte. Ja, die Uhr, die du im Rucksack mit dir herumträgst.«

»Du hast mit Mary über die Uhr geredet?«

»In London. Wir haben in London darüber gesprochen, wie schlecht unsere Mütter waren oder sind und dass wir sie hassen. Was meinst du, wie gut sich Frauen verstehen, wenn es um den Hass auf Mütter geht! Aber *den* einen Gedanken haben wir nicht ausgesprochen, sondern nur vorsichtig gedacht: dass meine Mutter die Frau ist, in die ihr Vater bei Kriegsende in Kiel verliebt war und dass meine Mutter diese Spieluhr damals an sich genommen hat. Die du ja auch bei ihr, nein, die dein Vater in dem Radio gefunden hat.«

»Und ist Mary dann verschwunden, als du ihre Hände berührt hast?«

»Ja, sie hat mich so komisch angesehen, und dann ist sie die Treppe hinuntergegangen. Nicht gelaufen. Sie ist dabei langsam gegangen und hat, ohne sich noch einmal umzusehen, mit dem linken Arm gewinkt. Genauso wie in London, als sie die Rolltreppe am Piccadilly Circus nach unten fuhr.«

»Wie schätzt du Mary ein? Ist sie potenziell gewalttätig? Unberechenbar?«

»Sie ist sonderlich. Ich habe Angst vor ihr, und trotzdem fühle ich mich von ihr angezogen. Sie kommt mir vor wie ein Mensch mit Downsyndrom, aber sie hat nicht diese typischen Gesichtszüge. Wenn sie mit mir spricht, sieht sie immer auf einen Punkt schräg über mir. Vielleicht ist sie in ihrer Kindheit oft geschlagen worden. Stell dir vor, sie schien den Londoner Subwayplan auswendig zu kennen. Vielleicht ist ihre Behinderung irgendetwas anderes, ererbt oder erworben. Egal, sie ist, wie sie ist. Sie lebt in ihrer eigenen Welt, die mit unserer Realität weniger Schnittmengen hat, als ich dachte.«

»Ich wette, da ist eine Schnittmenge, in der der Täter vorkommt. Du weißt nicht, wie lange Mary schon im Haus war?«

»Nein. Meinst du etwa …«

»Vielleicht war es gut, dass du sie nicht danach gefragt hast.«

Er rief Blumfuchs an und beorderte ihn nach Moerksgaard zu Dittrich und Elena.

✳✳✳

Lüthje musste sich nichts Neues einfallen lassen, um das Fernsehteam loszuwerden. Es hatte tatsächlich einen Unfall auf der B 199 gegeben, etwas weiter in Richtung Glücksburg, nur mit drei Beteiligten, aber immerhin waren alle schwer verletzt. Auf die B 199 war in dieser Hinsicht immer Verlass.

Die Mühle »Zum russischen Ross« sah im Tageslicht längst nicht so erschreckend aus wie in der Dämmerung. Hilly hielt Dittrichs erschreckende Installationen für Kunst am Bau, und Lüthje freute sich, ihr ein paar Minuten später den Künstler höchstpersönlich in der Caféküche beim Reparieren des Waffeleisens vorstellen zu können. Dittrich und Elena waren begeistert von Lüthjes Bitte, seine wiedergefundene Jugendliebe für ein oder zwei Tage aufnehmen, sprich: *verstecken* zu dürfen. Das Haus des Paares war dafür ideal und hatte sich als Versteck in der Vergangenheit schon bewährt. Es war verwinkelt, und wegen der zahlreichen Anbauten sah es inzwischen aus wie aus riesigen Legoklötzen zusammengesetzt. Ein zwei Meter hoher Zaun und zahlreiche mit Messern, Heugabeln, Sicheln und Sensen bewaffnete Metallplastiken machten das Grundstück zur Festung. Hilly durfte Elenas neuen Tischkopierer für die Tagesspeisekarte mit einer Kopie der kryptischen Eintragung im Taschenkalender ihres Vaters einweihen. Lüthje schickte Blumfuchs mit der Kopie und genauen Anweisungen zurück nach Flensburg.

Hilly bedachte Lüthje, der sich verlegen aus ihren Armen befreite, mit Küssen und sorgenvollen Blicken, während Elena und Dittrich das »junge« Paar neugierig beobachteten.

»Die Liebe steht ihm gut«, tuschelte Elena Dittrich zu.

Malbek war im Dienst.

Lüthje fingerte eine neue SIM-Karte in das Privathandy und klingelte einmal durch. Nach ein paar Minuten meldete er sich.

»Warte einen Moment, ich habe hier gerade eine Leiche in einer Garage.« Lüthje hörte Malbeks Schritte. Malbek plauderte, als wenn ihn der Chef gefragt hätte, wie es vorangeht. »Der Leichenschauarzt war noch nicht da. Die Hautfarbe des Opfers lässt auf eine Kohlenmonoxidvergiftung schließen. Suizid oder Mord ist also alles noch drin. Was machen deine Gespenster so, Lüthje?« Malbek war jetzt offensichtlich ungestört.

Lüthje hatte absolut keine Lust, diesen Gesprächsfaden aufzunehmen. »Wie sieht es mit deinen Recherchen aus?«

»Du hattest recht. Das älteste Aktenzeichen ist sehr interessant, ohne dass ich sagen könnte, wir hätten schon ins Schwarze getroffen. 1975. Zwei Strafsachen, die auf merkwürdige Weise miteinander verflochten sind. Der erste Komplex rankt sich um fahrlässige Tötung im Straßenverkehr. Trunkenheitsfahrt. Der zweite Komplex um eine Entführung, Folter und so weiter. Bei der Trunkenheitsfahrt wurde eine Mutter mit ihrem zehnjährigen Sohn auf einem Zebrastreifen getötet, von einem Auto, das schon vor dem Zebrastreifen zum Stillstand gekommen war, auf das aber ein alkoholisierter Fahrer mit achtzig Stundenkilometern auffuhr und so das Auto vor ihm auf den Zebrastreifen schleuderte. Ein Familienvater hatte durch den Unfall seine Familie verloren, ein paar Tage später den Verursacher entführt und ihn eine Woche lang in seinem Weinkeller gefoltert. Nicht mit seinem Wein. Der Mann war Physiklehrer, also einfallsreich. Nach einer Woche hat die Kripo den Entführten mehr tot als lebendig im Keller gefunden.«

»Herzlichen Glückwunsch den Kollegen von damals. Eine ganze Woche. Was ist mit dem Profil? Welche Namen sind im Spiel?«

»Josef Deumenrode hieß der Familienvater und Entführer, Herwich Mischlich der besoffene Autofahrer und das Opfer der Entführung. Beide sind also Täter und Opfer zugleich. Aus der Hauptakte geht hervor, dass der Mischlich mit 1,6 Promille im Wahlkampf unterwegs war. Er kandidierte als Neuling für den Landtag.«

»Worin bestand die Juztierung?«

»Die Staatsanwältin hat gegen den Mischlich einen Strafantrag gestellt, der ungewöhnlich milde war. Dabei war er einschlägig vorbestraft. Ferner hat sie merkwürdige Ermittlungen angestellt, seine Verdienste, Belobigungen, Zeugnisse, Zeugen, die ihm dankbar sind für irgendetwas. Damit hat sie sogar Mischlichs Verteidiger in den Schatten gestellt. Die Anklage soll ja auch in die Richtungen ermitteln, die den Angeklagten entlasten könnten. Aber das steht nur im Gesetz, und wir beide freuen uns manchmal darüber. Hier war es exzessiv. Und plumps, das Urteil fiel noch niedriger aus als der Strafantrag. Man glaubt es nicht, aber als strafmildernd wurde berücksichtigt, dass der Angeklagte Mischlich ein kulturell engagierter Mensch sei. Inwiefern, stand da nicht. Und jetzt der Hammer: Danach gab es ja ein Verfahren wegen Entführung gegen Deumenrode, er soll den Mischlich entführt und gefoltert haben. Rat mal, was der Deumenrode gekriegt hat?«

»Zehn Jahre?«

»Lebenslänglich! Du hast recht, zehn Jahre wären eigentlich die Höchststrafe gewesen.«

»Mit welcher Begründung haben die ihm lebenslang verordnet?«

»Es gibt ein Gutachten, das der Nebenkläger, also der Mischlich, herbeigezaubert hat. Der Deumenrode sei eine Gefahr für die Allgemeinheit. Deumenrodes Prognose sei grottenschlecht. Da war es am Ende lebenslänglich. Fünfzehn Jahre Mindestverbüßungsdauer hat das Gericht festgesetzt. Und jetzt der eigentliche Hammer.«

»Na?«

»Der Deumenrode war nicht vorbestraft. Sie hätten ihm nur ein paar Jahre aufbrummen dürfen.«

»Der Mann könnte noch irgendwo einsitzen. Wir müssen ihn finden. Das dürfte nicht so schwierig sein. Der Name sagt mir im Moment aber nichts.«

»Ich soll dir von Jette bestellen, du sollst dich bitte bei Maren melden. Sag mal, was ist denn mit euch los?«

»Wenn sie mit Jette darüber telefonieren kann, wird sie mich auch direkt anrufen können!«

»Oha, vergiss nicht, ich hab dir nur die Botschaft überbracht! Ich will mich doch nicht einmischen.«

»’tschuldigung. Aber ich kann das im Moment nicht brauchen. Es geht um mehr, als die Damen ahnen. Behalt das für dich. Dittrich und Elena haben einen weiblichen Logiergast. Auch das ist *top secret!*«

»Ui, könnte es sein, dass das Ganze etwas mit deinen Gespenstern zu tun hat?«

»Malbek, Spökenkiekerei kann ich im Moment am wenigsten gebrauchen. Mir steht das Wasser Oberkante Unterlippe. Tschüss.«

Lüthje fingerte die SIM-Karte aus dem Gerät, knickte sie und warf sie in den Wassergraben neben der Straße. Sie war verbraucht. Für den nächsten Anruf würde er eine neue brauchen. Umständlich und teuer, aber sie mussten an alles denken.

Ein paar Minuten später klingelte das Diensthandy. Lüthje nahm das Gespräch an, ohne auf die Nummer zu sehen. Es war Maren.

»Eric, wie geht es dir?« Ihre Stimme klang zärtlich, aber sie war Lüthje plötzlich völlig fremd geworden.

»Den Umständen entsprechend.«

»Und wie sind die Umstände?«

Das hörte sich so an, als ob Maren dabei die Lippen geschürzt hätte, so wie sie es immer machte, wenn sie es besser wusste, als die Frage vermuten ließ. Irgendjemand musste irgendetwas ausgeplaudert haben. »Ich habe keine Zeit zum Plaudern. Ich melde mich. Ich muss jetzt zu meinem Vater. Bestell bitte Sophie liebe Grüße von mir.«

»Geht es deinem Vater schlechter? Kann ich irgendetwas für dich tun? Soll ich mitkommen? Ich habe heute frei. Wir könnten uns auf dem Parkplatz bei Haithabu treffen.«

Ach du lieber Himmel, das fehlte noch. Irgendwie passte Maren nicht mehr in sein Leben. Er musste es ihr nur ehrlicherweise höflich sagen. Aber nicht heute. Bestimmt aber, wenn er den Fall gelöst hatte. Oder wenn man ihn ausgebootet hatte. Wenn alles zusammenbrach. Lüthje spürte, wie das bisschen Energie, das er noch in sich spürte, durch das Telefonmikrophon aufgesaugt, über mehrere Funkmasten weitergegeben, sich in Marens Telefon sammelte und sie auflud. Ihre Stimme wurde immer fester und ihm immer flauer.

»Ich bin schon kurz vor Eckernförde.« Eine Notlüge. »Grüß Sophie von mir. Ich melde mich bald. Tschüss.« Er brach die Verbindung ab, räusperte sich ungefähr zwanzig Kilometer lang und machte ein paar Anläufe, den Vormittag mit Hilly am Tatort gedanklich zu ordnen.

Er hatte Hilly geduldig zugehört, um zu begreifen, warum jemand dieser Margot den Hals umgedreht hatte, die ihr Leben staunend und neugierig begonnen hatte und in Hass und Einsamkeit ins Alter gegangen war. Irgendwann war der Mörder in ihr Leben getreten, hatte nicht ihr Geld, sondern nur ihren Tod gewollt. Lüthje wusste, dass sich Täter und Opfer manchmal fatal ähnlich waren. Nicht im Äußeren, aber im Innersten.

Der Lieferwagen der Spedition Hackbarth-Transporte wartete wie vereinbart vor dem Haus auf Lüthje. Er wollte vermeiden, dass sein Vater die Leute mit der Begründung wegschickte, der Empfänger sei nach Bayern verzogen.

Er bat die Leute, noch ein paar Minuten zu warten. Die beiden Transporteure nickten verständnisvoll.

Als Lüthje die Hand auf die Klinke der Außentür zum Souterrain gelegt hatte, umgab ihn schon der harzige Geruch des Kolophoniums. Er war über die Jahrzehnte in alle Ritzen des Hauses eingedrungen, in jeden Teppich, jedes Möbel, jeden Vorhang, das Geschirr, sogar auf den Dachboden, wahrscheinlich strömte dieser Geruch sogar in die Umgebung aus, über die Mauern, Türen und Fensterrahmen, den Dachstuhl und den Schornstein. Das Haus ist wahrscheinlich unverkäuflich. Lüthje erschrak über den Gedanken. Er war einfach ziemlich mit den Nerven fertig.

Sein Vater empfing ihn wieder über den Arbeitstisch gebeugt, ohne sich zu ihm umzudrehen, übergangslos, als sei sein Sohn nur gerade für ein paar Minuten aus dem Werkstattzimmer gegangen. Aus dem Emud-Radio brabbelte leise BBC.

»Wadde mal, Junge, kannst du mir die Pinzette von der Wand reichen? Ich kann hier jetzt … nein, die lange rechts, danke. Hab heute Morgen einen Bericht auf NDR Info gehört, was die Historiker über das Kriegsende in Kiel herausklamüstert haben. Dass ich nicht lache. Ich war damals auf der Siegesfeier bei den Briten.«

Lüthje versuchte, einen interessierten Gesichtsausdruck zu machen. Wer weiß, was das jetzt für eine Geschichte werden würde.

»Weil der General Eisenhower doch vor sieben Uhr nicht geweckt werden wollte, wären die Russen beinahe eher in Kiel gewesen, Schleswig-Holstein und Dänemark wären heute russisch. Wir hätten zur DDR gehört. Es sei dem entschlossenen Vormarsch der Briten nach Kiel zu verdanken, dass es nicht so weit kam. Aber in Wirklichkeit hat der Major Hibbert sich mit seinem Whiskey durchgesetzt. Sonst wäre doch der Russe eher in Kiel gewesen. Ich hab das doch alles schon auf der Siegesfeier von John und Tom gehört.«

»Vater, ich hatte dich angerufen wegen dieses Plattenschranks, die Spedition wartet vor dem Haus. Ich dachte, wir könnten den Plattenschrank hier vor die alte Ofenöffnung stellen, das Emud-Radio kommt drauf, und schon können wir uns ein paar von den Schallplatten mal anhören. Eine 78er Nadel hab ich auch mitgebracht.«

Sein Vater hob langsam den Kopf und drehte sich zu seinem
Sohn um, ohne die Arbeitsbrille hochzuklappen. »Die sollen ihre
Füße abputzen, Frau Jasch gibt mir sonst wieder die Schuld.«

Die Transporteure waren Profis. Nach fünf Minuten stand der
Plattenschrank an dem vom Kunden gewünschten Platz, und nach
weiteren fünf Minuten hatten sie die in einem gepolsterten Be-
hälter transportierten Schallplatten einsortiert. Alphabetisch nach
Titeln geordnet. Die Schallplatte mit dem zerkratzten Etikett hatte den ersten Platz bekommen, ganz vorne.

Sein Vater hatte von den Aktivitäten nicht viel mitbekommen.
Er lötete in die geliebten Dämpfe gehüllt, feilte und bohrte. Lüthje kam es so vor, als ob sein Vater am tiefsten atmete, wenn die
Dämpfe ihn am dichtesten einhüllten. Sein Vater setzte eine Röhre mit ihren Kontaktstiften in gerade gebohrte Löcher ein. »Ja, die
hat verspielt.«

Das bedeutete, es passte. Eigentlich gehörte eine Radioröhre
mit ihren Kontaktstiften in eine spezielle Röhrenfassung. Stattdessen schob sein Vater Isoliermaterial in die Löcher und presste
die Kontaktstifte dazwischen. Das ergibt keinen Sinn, dachte
Lüthje.

»Ich lege jetzt eine Schallplatte auf, Vater.« Er drückte am
Emud-Radio die Phonotaste, zog die erste Schallplatte aus der
Hülle und legte sie behutsam auf den Plattenteller.

Ein Tanzorchester spielte Swing. Ein Sänger sang den Titel des
Liedes wie eine Ansage, dann folgten fast eine Minute lang instru-
mentale Variationen des Themas, offensichtlich um den Paaren
Zeit zu geben, sich zwischen den Tischen zur Tanzfläche durch-
zuschlängeln. Lüthje hatte das in den alten Filmen der Marx Bro-
thers gesehen.

»Wo hast du das her?« Sein Vater stand plötzlich neben ihm,
die Arbeitsbrille hochgeklappt mit großen Augen auf die Platte
starrend.

Erst jetzt nahm Lüthje wahr, was der Mann eben als Titelansa-
ge gesungen hatte.

So she's left me for the leader of a swing band …

Da war die Melodie des … »Bo be do, bo be do …«, das sein Vater gesummt hatte, solange Lüthje denken konnte.

Sein Vater nahm die Arbeitsbrille ab, setzte seine Alltagsbrille umständlich auf und kniff die Augen zu.

»Wadde mal!« Er griff plötzlich zur rotierenden Schallplatte.

Lüthje hielt seinen Arm fest. »Du kannst doch nicht die rotierende Schallplatte unter der Nadel hervorziehen. Du würdest sie zerkratzen!«

»Genau das wollte ich sehen!«

Lüthje hielt sie seinem Vater vor die Nase, sodass er das Etikett sehen konnte, ohne die Schallplatte anzufassen.

»Das ist sie. Mein Gott, das ist sie. Was will denn der Mischlich jetzt hier? Lebt der denn noch? Na ja, der war ja noch jung, damals.«

»Was sagtest du, Mischlich? Wer ist das?«, fragte Lüthje behutsam.

»Das ist der Schrank, es ist der Plattenschrank aus dem Walkerdamm. Stand der denn ... ach, Quatsch, den hatten wir doch auf der Feier im ›Reichshallen‹. Wie kann das angehen?«

Lüthje rief Fielspitz an, bedankte sich überschwänglich auch im Namen seines Vaters und ließ sich die Herkunft des Plattenschrankes aus Fielspitz’ Perspektive am Telefon schildern, während sein Vater nachdenklich immer wieder über das gealterte Walnussfurnier strich. Irgendwie glich es der faltigen Haut auf den Handrücken seines Vaters.

»Der Antiquitätenhändler hat den Schrank von seinem Vater, der ihn samt Inhalt in den fünfziger Jahren aus dem Inventar des Gewerkschaftshauses in der Kieler Legienstraße gekauft hat«, erklärte Lüthje seinem Vater nach dem Telefonat. »Die brauchten Geld und haben ihr antikes Mobiliar verscherbelt.«

»Das ›Reichshallen‹ war im Haus der Arbeit, da haben sie den Schrank einfach vergessen«, sagte sein Vater und beobachtete, wie sein Sohn die Schallplatte wieder auflegte.

Er hatte seinem Vater kein Wort geglaubt, aber irgendwie hörte sich alles schlüssig an. Gab es diesen Namen Mischlich so häufig?

»Wen meintest du mit dem Namen Mischlich?«

Sein Vater erzählte ihm eine Geschichte von einem verlassenen Mietshaus am Walkerdamm, der verwüsteten Wohnung, von Tom und John, die ihm das Lied vorsangen, dem Hitlerjungen Misch-

lich, der zum Küchenfenster der Wohnung hochsah, der seiner
Mutter jeden Morgen auf der Geige »An der schönen blauen Donau« vorspielte, während sie ihrem vermissten Mann und ihren
ältesten Söhnen das Frühstück machte, obwohl die doch an der
Ostfront gestorben waren. Und der erschossenen Familie im Keller des Hauses im Walkerdamm.

»Warum hast du nicht früher davon erzählt?«, fragte Lüthje.

»Ich hatte es vergessen«, antwortete sein Vater, ratlos mit den
Schultern zuckend. »Wo ist meine Arbeitsbrille?«

»Wieso hat der Mischlich zur Wohnung hochgesehen? Hat er
dich gesehen?«

»Gott sei Dank nicht!«

»Glaubte er, die Geister der Toten am Fenster zu sehen? Ich
frage mich … Ach egal, ist vielleicht nicht so wichtig. Weißt du,
was aus dem Mischlich später geworden ist? Ich meine, ist er vor
Gericht gekommen wegen dieser Geschichte?«

»Ich hab gewartet, dass ihn jemand drankriegt, ich hab gewartet, dass es in der Zeitung steht oder im Radio kommt. Aber nein.
Ist ja viel im Sande verlaufen damals. Vor Gericht gekommen ist er
dann doch mal. Aber später, viel später. Und da ist die Brille, ich
hab sie jedenfalls nicht aufs Regal gelegt. Wegen einer anderen Geschichte, betrunken war er, hat eine Mutter mit Kind totgefahren.
Stand groß in der Zeitung. Ich meine, wir hätten damals sogar darüber gesprochen.«

Damit war er gemeint, der Sohn, der Kommissar, aber Lüthje
hielt den Mund. Er konnte sich jedenfalls nicht an den Namen erinnern.

»Und dann dieses Märchen von der armen Geisel. Arschloch!«
Lüthjes Vater hatte einen hochroten Kopf und fuchtelte mit der
Brille herum. »Wahrscheinlich selbst inszeniert, um Wählerstim-
men zu sammeln. Und dann hat er den Namen gewechselt. Die
Leute haben ihm das Theater doch nicht geglaubt. Keiner wollte
ihn wählen.«

»Was?«

»Na ja, er hat den Namen seiner Frau angenommen, das war
sein Künstlername als Politiker. Oder so. Wittfuß. Dass ich nicht
lache, Roekkelsdorff! Dass ich nicht lache. Alle verstecken sich
heute hinter ihren neuen Namen! Geh mi af!«

Herwich Wittfuß. Lüthje fiel plötzlich auf, dass es irgendwie nach Unschuld klang. Jedenfalls besser als Herwich Mischlich.

Sein Vater war jetzt guter Laune, er schien sich an der Flut der Erinnerungen, die er seinem Sohn heute präsentieren konnte, zu berauschen. Und sie lauschten gemeinsam dem Text. Sein Vater hörte ihn seit über sechzig Jahren das erste Mal wieder.

Vater und Sohn lachten, wie sie es schon seit Ewigkeiten nicht mehr gemacht hatten. Miteinander gesungen hatten sie noch nie. Plötzlich wechselte Vater Lüthjes Stimmung. Er seufzte und setzte sich schwerfällig auf seinen Arbeitsstuhl.

»Mein Gott, Junge, es war eine schöne Zeit. Und gleichzeitig ganz schrecklich.« Er hatte Tränen in den Augen.

»Papa, du hast sie doch wiedergesehen. Warum ist es trotzdem nichts geworden mit euch?«

Sein Vater wandte sich ab und sah in den Nachmittagshimmel. Schönwettercirruswolken standen wie aufgemalt in vielen Kilometern Höhe über der Förde. Die Nadel rutschte in der Schlussrille hin und her. Es war kein Automatikspieler. Lüthje legte den Tonarm zurück.

»Nichts geworden?« Da war sie wieder, die Falte, die sich von der Stirn zur linken Nasenwurzel tiefer grub, das kurze Aufglühen der Augen, die mit einem ängstlichen Flackern seinen Sohn streiften.

»Junge, ich hab zwei Menschen auf dem Gewissen. Tom und John. Wenn ich nicht abgehauen wäre, hätte ich wenigstens noch Tom retten können. Ich hab nur Margot gesehen. Und im entscheidenden Moment haben auch Tom und John nur sie gesehen, alle haben wir sie angestarrt, und die beiden haben die Waffe vergessen, die sie mit den Händen umschlossen hielten. Und dann ging der Schuss los, einfach so. John war tot und Tom lebenslang im Gefängnis. Deshalb konnte es nichts werden mit Margot und mir. Wir sind beide weggelaufen, unser ganzes Leben, und haben es verdrängt. Jetzt sitze ich hier und habe überlebt.«

Er beugte sich über seinen Arbeitstisch und begann, in frisch gebohrte Löcher mit einer Pinzette Isoliermaterial zu stopfen. »Mutter und ich hatten Anfang 1947 eine Wohnung im Dachgeschoss des alten Hotel Laboe am Dellenberg zugewiesen bekommen. Im Sommer logierte zwei Stockwerke unter uns Margot

Minz mit ihrem Mann, dem Hellmuth Wiese. Einen Urlaub im aufstrebenden Ostseebad, sie konnten sich das damals schon leisten. Er war ja Diplomingenieur. Ist leider nicht alt geworden. War ein netter Kerl. Er verstand viel von Elektronik.«

»Hillys Vater«, sagte Lüthje. Sein Vater antwortete nicht. 1947. Der Taschenkalender. Die verschlüsselte Eintragung. Hillys Traum. *Das verstehst du noch nicht.*

»Er musste den Urlaub früher abbrechen, Siemens brauchte ihn. Er war ja später im Wehrbeschaffungsamt tätig, man fing früher, als viele wissen, mit der Wiederbewaffnung an.«

Der Vater drehte das Chassis um und fing an zu löten. Lüthje presste sich mit den Rücken an die geschlossene Zimmertür. Von hier sah es aus, als würde sein Vater Zigarre rauchen.

»Am 7. April 1948 wurde Hilly geboren. Du kamst im selben Jahr zur Welt, fast genau ein halbes Jahr später, am 15. Oktober 1948.«

Das Kolophonium zischte, der Rauch verwirbelte langsam im Sonnenlicht.

»Im Sommer 1957 konnten wir in dieses Haus hier einziehen, Neue Heimat hieß die Wohnungsbaugesellschaft für die vielen Flüchtlinge. Deine Mutter war ja aus Ostpreußen. Im Sommer 1962 kam Margot mit ihrer Tochter und ihrem Mann wieder nach Laboe, sie hatte sich bei der Kurverwaltung unser Zimmerangebot ausgesucht. Sie hatte meinen Namen auf der Liste gesehen. Du wirst dich erinnern. Dies war das Gästezimmer, vorne die Waschküche hatten wir als Küche ausgebaut. An der Kellertreppe hast du Hilly das erste Mal gesehen, als sie gerade aus dem Zimmer hier kam. Ich hab euch vorgestellt. Wie ihr euch angesehen habt, oh mein Gott ...« Er legte sein Werkzeug weg und drückte den Handrücken an die Stirn, als hätte er Fieber.

Lüthje war es plötzlich, als ob sein Vater ihn an die Hand nahm und in einen Nebel hineinführte. Konturen wurden sichtbar. Bilder tauchten vor ihm auf, Gesichter, vergessene Stimmen, Abendsonne, die Schatten, die die untergehende Sonne auf den von Fußspuren übersäten Strand warf, millionenfach kleine Krater, die millionenfach Schatten warfen, die Wärme des Sandes an den Fußsohlen in der kühlen Abendluft, der Sonnenölgeruch des Strandkorbes, das Kribbeln beim Abstreifen des Sandes von den Fußsohlen, alles, überhaupt alles war in ein sanft kribbelndes Gefühl getunkt. Hillys Gesicht.

»Was ist, Junge? Was siehst du?«

Sie waren sich jetzt nahe wie nie zuvor.

»Geht schon wieder. Erzähl weiter.«

»Margot hat mich damals gefragt, als ob sie Konversation machen wollte, wenn man sich nach so langer Zeit so plötzlich gegenübersteht. Sie suchte ein Radio mit Plattenspieler, was ich da empfehlen könnte. Da hab ich ihr den hier empfohlen.« Er wies mit einer Zange auf das Emud-Radio. »Ich kannte das Modell aus der Funkschau. Wir sind zu Rudi Thons Geschäft mit Werkstatt unten am Buerbarg gegangen, der hatte sich alleine selbstständig gemacht, eigentlich wollte er mich dabeihaben. Dreihundertzwanzig Mark hat er verlangt, jetzt fällt es mir wieder ein. Ein Freundschaftspreis. Am nächsten Morgen hat er es geliefert, hier unten haben wir es ausprobiert. Daher kennst du es.«

Der gelbe Stoff der Lautsprecherabdeckung. Wie das blonde Haar der Schönen auf der Lackschachtel.

»Margot hatte sich nach dem Einkaufsbesuch bei Rudi Thon bei mir untergehakt, und wir sind den Strandweg am Arsenal Richtung Heikendorf gegangen. Sie wollte mich wieder verführen. Aber ich habe sie diesmal zurückgewiesen. Wegen Mutter. Die lag doch im Krankenhaus. Das wollte Margot wohl ausnutzen.«

Lüthje versuchte dieses eine Wort zu finden, das ihm sein Vater plötzlich so nebenbei vor die Füße geworfen hatte, das allem, was er gerade erzählt hatte, eine zweite Bedeutung gab.

»Diesmal? Was meinst du genau mit ›diesmal‹?«

»Im Sommer 1947 hab ich Margot nicht zurückgewiesen.«

»Ja und? Was ist daran schlimm?«

»Hilly ist meine Tochter. Sie ist deine … Halbschwester.«

»Aber, aber, das geht doch gar nicht, sie hatte doch einen Vater!«

»Der liebe Kerl hat die Vaterschaft anerkannt.«

Lüthje gab ein langes, gequältes Stöhnen von sich.

»Du siehst blass aus, Junge.«

Lüthje lehnte zusammengekauert an der Tür und vergrub das Gesicht in den Händen.

✳✳✳

Hundertzwanzig Minuten später saß Lüthje auf Bahnsteig drei des Neumünsteraner Bahnhofs und wartete auf den ICE 834 aus Berlin über Hamburg, planmäßige Ankunft neunzehn Uhr zweiundvierzig.

Lüthje hätte sich lieber eine Woche verkrochen, um abzuwarten, wann nach dem Blitzschlag der Knall folgte. Sein Vater hatte ihm erzählt, wie er und Margot die Trennung der verliebten Halbgeschwister planten und durchführten. Er hätte seinem Vater so viel kriminelle Energie nie zugetraut. Post abfangen, anvertraute Post nicht einwerfen, gefälschte Postkarten mit kurzen verletzenden Sätzen, die durch Hillys Vater berufsbedingten Umzüge und den damit verbundenen mehrfachen Adressenwechsel ausnutzen, Telefonnummern sperren lassen und das gebetsmühlenartige »Männer sind so, merk dir das« und »Frauen sind sprunghaft und undurchschaubar«, so ist die Liebe, so ist das Leben und der Gang der Welt. Lüthje hatte seinem Vater schweigend zugehört und auf sein wiederholtes »Versteh mich doch, Junge« nicht reagiert. Angeblich hatte Mutter von allem nie etwas erfahren. Die kurz aufkeimende »Hoffnung«, dass dieses Geständnis seines Vaters vielleicht nur ein unerwartet fortgeschrittenes Stadium dementen Verfalls ankündigte, machte Lüthjes innere Stimme zunichte, die ihren Sitz in seinem Hinterkopf zu haben schien und schon seit Tagen nur vage und jetzt klar und deutlich sagte, dass das Puzzle nun zusammenpasste. Unverständlich noch, aber auch unüberhörbar.

Das Einzige, was jetzt wirklich klar war, war, dass Kriminalhauptkommissar Lüthje nicht nur mit der Tochter der Ermordeten geschlafen, mit ihr ein Mordmotiv und kein Alibi hatte, sondern zur Abrundung auch noch Inzest begangen hatte. Halbgeschwister wurden vom Strafgesetzbuch so behandelt wie »richtige« Geschwister.

Mitten in die Katastrophe hinein hatte sein Handy geklingelt, und Lüthje war noch nie so froh gewesen, Jettes Stimme zu hören, als Stimme aus der Außenwelt, die ihn daran erinnerte, dass immer noch nicht alles verloren war. Schließlich wussten bisher nur sein Vater und er davon. Und bald Hilly.

Jette hatte mit ihren Beziehungen zum Pressesprecher der Landesregierung einen Interviewtermin mit dem viel beschäftigten

Innenminister Herwich Wittfuß bekommen. In Berlin hatte Wittfuß den erkrankten schleswig-holsteinischen Ministerpräsidenten im Bundesrat vertreten und mit einer Rede zu einer Entschließung des Bundesrats zur Modernisierung der Bund-Länder-Finanzbeziehungen für Wirbel gesorgt. Das Interview könne im ICE zwischen Hamburg und Neumünster stattfinden. Jette hatte Lüthje gesagt, er solle in Neumünster auf dem Bahnsteig auf sie warten, dort werde sie das Interview beendet haben, den Zug verlassen und Lüthje Sitzplatznummer und Wagennummer sagen. Bis Kiel gehöre der Wittfuß dann ihm. Lüthje hätte sie küssen können.

Der ICE war pünktlich. Um neunzehn Uhr einundvierzig wickelte er sich wie eine Schlange aus dem Dickicht der Gleise und fuhr mit laut rauschendem Triebwagen in den Neumünsteraner Bahnhof ein. Lüthje wartete verabredungsgemäß an der Treppe. Jette kam ihm mit aufreizendem Hüftschwung und viel zu kurzem Rock auf hochhackigen Pumps entgegen, stolperte direkt vor ihm. Er fing sie mit einem Arm auf. Eine Sekunde später hatte er einen Notizzettel in der Hand, und sie stöckelte hüftwackelnd die Bahnsteigtreppe hinab. Schön, dass es hier keine Rolltreppen gab. Der Anblick tat seinem viel zu niedrigen Blutdruck gut.

Wagen siebenundvierzig, Platz sechsundneunzig. Es war natürlich die erste Klasse. Der Minister saß in Fahrtrichtung in einem vom übrigen Wagen abgetrennten Besprechungsabteil mit zwei gegenüberliegenden Sesseln.

Lüthje öffnete die Glastür und setzte sich mit einem höflichen »Sie gestatten doch« Wittfuß gegenüber. Wittfuß gestattete nicht.

Lüthje zeigte seine Dienstmarke und stellte sich mit »Kriminalhauptkommissar Lüthje« vor.

»Ich leite die Ermittlungen in der Mordsache Roekkelsdorff. Sie sind mir aus den Unterlagen und von Ihrem Herrn Staatssekretär persönlich als der Betreuer der Ermordeten benannt worden. Leider waren Sie bisher nicht bereit, meinem Dezernat einen Gesprächstermin mitzuteilen. Sie haben jetzt natürlich die Möglichkeit, zu schweigen. Dann werden wir in Kiel mit einem Dienstwagen zur Kripo fahren und eine förmliche Vernehmung durchführen. Das kann Stunden dauern. Die Kollegen sind informiert und stehen bereit. Oder aber wir unterhalten uns, bis wir in Kiel sind. Das sind nur neunzehn Minuten. Sie werden sehen, ich bin ein umgänglicher Gesprächspartner.«

Das mit den bereitstehenden Kollegen war gelogen, verfehlte aber nicht die beabsichtigte Wirkung. Wittfuß schnappte nach Luft, wie ein Fisch auf dem Trockenen.

»Das ... das ist von langer Hand vorbereitet. Sie stecken doch mit dieser Journalistin unter einer Decke. Das ist ein Komplott. Verlassen Sie sofort mein Abteil. Ich muss arbeiten.«

Er deutete auf das Laptop auf dem Klapptisch. Lüthje hatte Wittfuß von den wenigen Pressefotos und Fernsehberichten anders in Erinnerung. Man hatte ihn offensichtlich von seiner Schokoladenseite aufgenommen. Er war vollschlank, der Kopf viel zu schmal, als sei er als Säugling einmal mit dem Kopf zwischen Tür und Wand geraten, die Nase zu lang und dabei auch noch spitz zulaufend, die Augen zu eng stehend und knopfartig. Er hatte das Gesicht einer Ratte. Der Inbegriff von Morbidität und Gier. Die Kurzhaarfrisur versuchte diesen Eindruck in die Richtung dynamisch, cool, kompetent zu lenken. Richtig störend war das Zucken der rechten Augenbraue.

»Haben Sie sich verletzt?«, fragte Lüthje in mitfühlendem Ton und beugte sich vor.

Wittfuß hatte dicht unter seinem rechten Auge ein schmales hautfarbenes Pflaster. Er sah aus dem Fenster.

»Das ist nichts«, sagte er und strich dabei über das Pflaster, als würde er es wegwischen.

»Das hätte leicht ins Augen gehen können«, sagte Lühtje und starrte weiter gnadenlos auf das Pflaster.

»Mir ist beim Geigespielen die E-Saite gerissen. Das ist alles.«

»Ich wusste nicht, dass Geigespielen eine so gefährliche Sache ist.«

»Ich bevorzuge Drahtsaiten. Es passiert schon mal.«

Lüthje sah auf die sehnigen Hände des Geigenspielers. »Würden Sie mir gelegentlich etwas vorspielen?«

»Wenn es Sie von irgendetwas überzeugt, gerne.«

»Wie lange spielen Sie schon Geige?«

»Noch nicht lange genug. Ein ganzes Menschenleben ist nicht genug. Mein Gott, was reden Sie denn? Was wollen Sie ...« Er hielt inne und sah Lüthje zum ersten Mal direkt ins Gesicht. »Sie heißen auch Lütje, nicht wahr?«

»Lüthje mit h.«

»Sind Sie mit meinem Staatssekretär verwandt?«

»Nein. Wieso?«

»Sagten Sie nicht eben, dass er Ihnen persönlich mitgeteilt hat,
ich sei der Betreuer? Wann und wo soll das gewesen sein?«

»Er hat mich am Tag nach dem Mord zu einer Audienz ins Innenministerium gebeten und mir mit üblen Konsequenzen gedroht, für den Fall, dass ich Sie da nicht raushalte. Hat er Ihnen
keine Vollzugsmeldung gegeben?«

Wittfuß sah auf die Uhr. Die Augenbraue zuckte. »Wenn Sie
noch weitere Fragen haben, sollten Sie sich beeilen. Jetzt sind es
noch sechzehn Minuten bis Kiel.«

Der Einfelder See wischte am Fenster vorbei. Lüthje hatte ein
paar bewegungslose Angler in ihren Booten wahrgenommen.

»Ich meine, wir haben uns mal auf einem gesellschaftlichen
Event auf dem Land gesehen. Da waren Sie noch einfacher Land-
tagsabgeordneter und mitten im Wahlkampf. ›Global denken, regional lenken‹ hieß doch die Devise, richtig?«

»Richtig, und mit dem Motto haben wir gewonnen.«

»Den Wahlkampf haben Sie gewonnen. Aber die Ihnen zur
Verwaltung anvertrauten Millionen Ihres Schützlings verloren.
Genauer gesagt, Sie haben sich mit dem Vermögen der Ermordeten an der Börse verzockt. Wir haben es auch ohne die Bank herausbekommen. Am Vortag des Mordes war der Kurs im Keller.«

Regional gelockt, global verzockt. Irgendein Banker von der
Landesbank hatte es ihm schmackhaft gemacht. Man kannte sich,
eine gute Provision war für den Banker herausgesprungen. So wurden Seilschaften geflochten.

»Was soll das? Ist Ihnen entgangen, dass wir eine weltweite Rezession haben? Was kann ich dafür? Das kommt aus heiterem Himmel.«

Der Herr hat's gegeben, der Herr hat's genommen. Amen.

»Von mir kriegen Sie keine Absolution, Herr Wittfuß. Außerdem scheinen Sie überhaupt kein religiöser Mensch zu sein, ich meine, so kein bisschen ins Jenseits gewandt. Sie zeigen nicht einmal der
Form halber Trauer über den Tod der von Ihnen Betreuten.«

»Nun ja, warum sollte ich Ihnen was vormachen? Ich bin ehrlich, das ist alles.«

Der ICE verlangsamte das Tempo.

»Haben Sie ein Alibi für den Tatvormittag, Herr Wittfuß?«

»Natürlich. Ich habe Geige gespielt.«

»Wo? Wann?«

»Zu Hause. Den ganzen Vormittag.«

»Hatten Sie Gäste?«

»Nein, ich habe geübt. Man hat mich in der Nachbarschaft gehört.«

Lüthje blies die Backen auf und ließ die Luft pfeifend entweichen. »Ihr Staatssekretär wollte sich wegen des Alibis mit mir in Verbindung setzen. Hat er mit Ihnen nicht darüber gesprochen?«

Wittfuß machte einen blöden Gesichtsausdruck, er schien seine Nasenspitze anzusehen, war aber wohl nur sehr nachdenklich. Wahrscheinlich begriff er gerade, dass sein Staatssekretär ein intrigantes Schwein war. Lüthje war es recht.

»Sagen Sie mir, wo sich Mrs. Gilbert aufhält. Ich muss mit ihr sprechen.« Wittfuß versuchte, wieder Land zu gewinnen.

»Sagen Sie mir, wo sich Frau Pawletko aufhält.«

»Wer soll das sein?«

»Ihre Geliebte. Sie haben sich doch seit Langem mit den polnischen Pflegerinnen im Pool amüsiert, deshalb haben Sie doch diese Pflegemafia engagiert. Würde mich interessieren, wo Sie die Kontakte herhaben.«

»Das sind ganz üble Beschuldigungen, die jeglicher Grundlage entbehren.«

»Ja, sehr übel. So wissen Sie wenigstens, was Ihnen blüht, wenn Ihr Staatssekretär die Hunde auf Sie hetzt.« Am Fenster huschten die alten Güterschuppen vor Kiel vorbei. Wittfuß' Augenbraue schwieg, aber sein Unterkiefer schob sich mahlend vor.

»Ach, ehe ich es vergesse: Kennen Sie dieses schöne Stück?« Lüthje legte die Uhr auf den Klapptisch und drehte sie in Schwung.

»Woher haben Sie das?« Die rechte Augenbraue zuckte etwas höher zur Stirn hin. Es funkelte böse und gierig in seinen Augen.

»Kennen Sie es?«, fragte Lüthje

»Ich glaube, es gehörte Frau von Roekkelsdorff.«

»Wie kommen Sie darauf?«

»Sie hat es erwähnt, mehrfach davon erzählt.«

»Sie haben es im Haus jahrelang gesucht und nie gefunden.«

»Ich dachte, es sei Ihrer Phantasie entsprungen.« Er blickte gebannt auf die Uhr, deren Drehungen langsamer wurden.

»Ist es irgendwie auch. Und es hat sich irgendwann auch Ihrer Phantasie bemächtigt. Sie hat erzählt, dass die Uhr sehr alt und geheimnisvoll sei. Eine Spieluhr, die ihr Wesen widerspiegelte. Die macht, was sie will. Margots Phantasie hat dafür gesorgt, dass sie wiederauftaucht.«

»Margot?« Wittfuß' Augen folgten jeder Drehung. Komischerweise zuckte dabei die Augenbraue nicht. Vielleicht war es so etwas wie Hypnose. Nur noch drei Minuten.

»Ist Ihnen das zu persönlich, wenn ich so von ihr spreche?«, fragte Lüthje.

»Seien Sie vorsichtig!« Wittfuß hob die Hand, um sie auf die Uhr zu legen. Lüthje war schneller und packte zu. Wittfuß' Hand schlug auf Lüthjes Handrücken und zuckte zurück.

»Sie ist jetzt wieder aufgezogen. Wollen Sie den Herzschlag der Uhr hören?« Lüthje beugte sich vor und versuchte ihm die Uhr gegen den Kopf zu halten.

Wittfuß schreckte entsetzt zurück und presste sich in den Sitz.

»Hören Sie auf damit! Was fällt Ihnen ein?«

Die Gleise fächerten sich in der Einfahrt in den Kieler Bahnhof auf. Die Gablenzbrücke schwebte über ihnen nach hinten weg, die Fördespitze, die Hörn und weiter hinten riesige bunte Metallkästen, Fährschiffe und Kreuzfahrer am Kai, die die Häuser überragten. Der Zug hielt lautlos.

»Ich werde Ihnen keine Ruhe lassen, auch wenn Sie mir die Dienstmarke wegnehmen. *Herr Mischlich*«, zischte Lüthje.

Wittfuß' Augen schienen nach innen zu sinken, sein Blick flackerte, die Nase wurde noch länger, noch spitzer, die Augenbraue tanzte. Er sah plötzlich uralt aus. Sogar die Haare schienen sichtlich auszubleichen. Lüthje hatte den Eindruck, dass der Name Mischlich wie ein Projektil gewirkt hatte, das sich in die böse Seele dieses Mannes bohrte. Es war der richtige Zeitpunkt, um nachzulegen.

»Seien Sie vorsichtig, Herr Wittfuß. Schönen Gruß an Ihren Herrn Staatssekretär.« Lüthje steckte die Uhr in seinen Rucksack und verließ den Zug.

Das war ein leichtes Spiel gewesen, dachte Lüthje. Zu leicht.

Er beobachtete Wittfuß, wie er ausstieg, den Bahnhof verließ, zum Parkhaus am ZOB ging. Er zog keinen Trolley hinter sich her, sondern trug zwei Motorradpacktaschen.

Sechzehn Minuten später verließ ein Motorradfahrer mit schwarzem Helm und getönter Sichtblende auf einer schweren Maschine die Ausfahrt des Parkhauses Richtung Kaistraße.

Sechster Tag

Lüthje stieß sich den Kopf und fluchte. Er hatte im Büro übernachtet. Unter dem Schreibtisch. Er war zunächst auf dem Schreibtischstuhl eingeschlafen, die Füße auf dem Schreibtisch. Aber da zog es im Nacken vom undichten Fenster.

Sein Handy klingelte. Als er abnahm, hörte er die Stimme vor der Tür und im Handy fast synchron sprechen. Husvogt sagte, dass auf der Rendsburger Eisenbahnbrücke eine Frau mit offensichtlichen Suizidabsichten stehen würde, auf die die Personenbeschreibung der gesuchten Mary Townsend passte. Lüthje schloss die Tür auf und sah den entgeisterten Husvogt an.

»Guck nicht so blöd! Hol mir zwei Brötchen und einen Pott starken Kaffee aus der Kantine. Wenn's geht, Fischbrötchen. Ich geh mich unten duschen. Du fährst mit Blumfuchs sofort zur Brücke, ich hol noch jemanden ab und komm nach. Ruf die Kollegen in Rendsburg an, sie sollen außer der Vollsperrung der Brücke nichts, aber auch gar nichts unternehmen. Und gib mir durch, ob wir zur Nord- oder Südseite kommen sollen.«

Es gab Matjesbrötchen, weil man Lüthjes Vorlieben in der Kantine kannte. Den Kaffee stürzte er im Büro herunter, die Brötchen genoss er langsam während der Fahrt. Er spürte, wie seine Lebensgeister wieder erwachten. Der gestrige Tag schien jetzt weit weg und unwirklich, so wie ein böser Traum.

In Moerksgaard wehrte er alle Fragen, die von Elena und Dittrich auf ihn einprasselten, mit stoischem Schweigen ab und zog Hilly in den Wagen.

Husvogt gab über Funk durch, dass sie zum Nordpfeiler der Brücke kommen sollten, in der Nähe der Schiffsbegrüßungsanlage. Auf der Fahrt setzte er Hilly kurz ins Bild.

»Wir wissen nicht, wie sie da raufgekommen ist und warum sie da runterhüpfen will. Vielleicht hängt es damit zusammen, dass sie aus einem Versteck heraus Zeugin oder Täterin des Mordes geworden ist … jedenfalls war sie frühmorgens da. Sie wird um das Haus deiner Mutter herumgeschlichen und durch die offen stehende Pooltür reingekommen sein. Das Weitere muss sie uns erzählen.«

»Ich muss zu ihr. Ich muss mit ihr reden«, sagte Hilly.

»Was? Du? Das kommt überhaupt nicht in Frage.«

»Ich hab mit Elena diesen Schuhkarton mit Fotos durchgesehen und ihr ein bisschen davon erzählt. Übrigens hat sie von dir geschwärmt und mir dringend ans Herz gelegt, dich endlich zu heiraten. Aber dafür ist jetzt sicherlich nicht der richtige Moment.« Sie sah ihn schüchtern von der Seite an.

»So kann man das sagen, ja.« Er lachte sogar ein bisschen. Das erste Mal seit einer Ewigkeit.

Hilly suchte in ihrer Handtasche herum. »Eric, in Southgate habe ich in den Sachen von meiner Mutter ein merkwürdiges Foto gefunden, das mir gestern Abend wieder in die Hände fiel. Irgendwie hatte ich es vergessen oder verdrängt.« Sie hielt es Lüthje hin, der einen kurzen Blick darauf warf und sich dann wieder auf den dichten Verkehr auf der B 77 konzentrierte.

»Ich wette, du hast überhaupt nichts registriert auf dem Foto. Ich werde es dir beschreiben.«

»Moment. Lass es mich versuchen. Es ist ein rechteckiges Foto. Kleinformat mit gezähntem Rand, schwarz-weiß, fünfziger oder sechziger Jahre. Es zeigt ein Denkmal aus hellem Stein, einen Obelisken, vielleicht Marmor. Drum herum sind Stufen. Hinten so etwas wie ein Pult. Aber weg vom Obelisken. Hinten sieht man, glaube ich, Landschaft, aber das habe ich nicht richtig wahrgenommen.«

»Sehr gut. Jahrzehntelange Erfahrung im polizeilichen Sehen. Deshalb verzeihe ich dir, dass du die Person auf dem Bild nicht wahrgenommen hast. Hast du das Lenkrad im Griff?«

Lüthje sah sie kurz fragend an.

»Du kannst es dir nachher ansehen. Du fährst sonst in den Graben, und zum Anhalten haben wir keine Zeit. Da ist eine untersetzte Frau auf den Treppen dieses Denkmals und sieht in eine platte, irgendwie leere Landschaft, an dem Pult vorbei, wie du es nennst, es ist wohl eine Gedenktafel. Eine untersetzte Frau mit kurz geschnittenen Locken.«

»Du meinst …«

»Du sollst auf die Straße schauen! Ja, es ist Mary. Aber jünger, viel jünger. Vielleicht ist es auch ein Geist. Weil sie so durchsichtig aussieht auf dem Bild. Es ist ein unheimliches Bild. Wie aus einem alten, traurigen englischen Roman.«

»Wer hat dieses Foto wo gemacht?«

»Woher soll ich das wissen?« Hilly betrachtete wieder nachdenklich das Foto. »Das Denkmal, der Obelisk, das ist englischer Stil, ein typischer Gedenkstein. Ja, meine Mutter war manchmal, wenn sie in Southgate bei uns zu Besuch war, tagelang allein verreist. Sie hat nie von ihren Reisezielen erzählt. Wie kommt Mary nur auf dieses Foto? Wenn sie es überhaupt ist.«

»Erzähl mir was über den Wittfuß, den Betreuer deiner Mutter. Alles, was du über ihn weißt.«

»Er war Justiziar in der Immobilienverwaltung meines Großvaters, als der die Margarinewerke mit allen Rechten, vor allen Dingen dem Markennamen, an den Schweizer Konzern verkauft hat. Fünfundsechzig Millionen brachte ihm das ein. Davon hat er Immobilien gekauft. Als meine Mutter erbte, hat sie ihn dort als schmucken, Erfolg gewohnten Wirtschaftsjuristen kennengelernt. Er war sehr viel jünger als sie, aber sie war noch attraktiv, als sie schon fast siebzig war. Ich weiß nicht, ob sie jemals was miteinander hatten. Man sagte, er hätte eine Schwäche für ältere Frauen. So etwas soll ja mit dem Verhältnis zur Mutter zusammenhängen.«

»Sagt dir der Name Mischlich etwas?«

»Ja, stimmt, so hieß er damals, dann hat er irgendwann den Namen gewechselt, den Namen seiner damaligen Frau angenommen, die sich kurz danach auch von ihm scheiden ließ. Den Namen hat er weitergeführt. Vielleicht hatte er was ausgefressen. Woher kennst du den Namen Mischlich?«

»Ich habe von Berufs wegen verschiedene informelle Informanten. Erzähl weiter von Wittfuß und deiner Mutter.«

»Auch sie hatte eben immer gerne ein paar Männer um sich, die um sie warben, jeder war für etwas in ihr zuständig. Das war also auch schon 1945 und wer weiß wie lange so. Dein Vater, Tom, John, mein Tony, Gott hab ihn selig, und Göttsch, Wittfuß und wer weiß noch. Aber sie hat deinen Vater nie vergessen und irgendwann die Uhr in das Radio gelegt. Allen hat sie von der Uhr erzählt, das war schon immer so, sie hat sogar erzählt, wem sie schon davon erzählt hat, es war wie eine Manie. Und dabei hat sie immer so getan, als sei der Mann, den sie gerade vor sich hatte, der Einzige, dem sie ihre Seele öffnen würde.«

»Der Wittfuß müsste jetzt also Mitte siebzig sein. Und fährt noch Motorrad. Alle Achtung. Erzähl mehr von ihm.«

»Damit hat er meine Mutter auch früher schwer beeindruckt. Na ja, das tun auch andere in seinem Alter. Die Mutter meiner Freundin Susan ist zweiundsiebzig und fährt noch immer ihre alte 250er BSA von 1966.«

»Thema Wittfuß!«

»Entschuldige. Ich mag ihn nicht. Also, er war in derselben Partei wie mein Großvater und hat dort eine entsprechende Protektion erhalten. Da haben sie sich wohl auch kennengelernt. Er ist da die Karriereleiter einfach hochgefallen, auch als mein Großvater schon lange tot war. Ratsherr, Kreisvorsitzender, Landtag, dann war er mal in Bonn im Kanzleramt und so weiter. Eines Tages bekam ich in London Post vom Amtsgericht Schleswig, dass für meine Mutter ein Betreuer für die Bereiche Finanzen und Aufenthaltsbestimmungsrecht eingesetzt werden müsste. Meine Mutter wäre mit Herrn Herwich Wittfuß einverstanden, ob ich dagegen Einwände hätte. Es war mir so was von egal!«

»Er hat das Geld an der Börse verzockt. Ich schätze, es sind aber noch ein paar Millionen über. Von über zweihundertfünfzig!«

»Eric, das reicht doch für uns beide!«

Der Verkehr vor Rendsburg wurde dichter, und er schaltete das Blaulicht ein.

Drei Notarztwagen standen bereit. Polizeioberkommissar Büssenschütt von der Rendsburger Polizei begrüßte Lüthje mit einem bedeutungsvollen Kopfnicken, das zu einem wild gestikulierenden Mann in dunkelblauem Trenchcoat mit gelbem Schal wies.

»Reese regelt das hier. Das ist seine Brücke. Und seine Leute haben Mist gebaut«, flüsterte Büssenschütt Lüthje zu.

Der Trenchcoat kam mit forschen Schritten auf Lüthje zu. »Oberregierungsrat Reese von der Wasser- und Schifffahrtsdirektion Nord in Kiel. Ich nehme an, Sie sind der zuständige Dezernatsleiter der Kripo aus Flensburg. Und Sie sind sicherlich die Psychologin.« Er nickte Hilly freundlich zu. Sie nickte ernst zurück und ging zur Brücke.

»Wir bekamen heute Morgen von Ihrer Einsatzleitstelle einen

Anruf, dass ein Schiffsmechaniker auf dem Containerschiff Henneke Rambow eine Frau mit einem Koffer auf der Brücke gesehen hatte, als sein Schiff schon passiert hatte und er sich noch mal zur Brücke umwandte. Die Schiffsbegrüßungsanlage nebenan im Restaurant Brückenterrassen ist ausgeschaltet. Wir haben die Bahnstrecke zwischen Neumünster und Flensburg in beiden Richtungen sperren lassen. Ein Schienenersatzverkehr mit Bussen ist eingerichtet. Die Schwebefähre unter der Brücke hat ihren Betrieb eingestellt, der Schifffahrtsverkehr durch den Kanal muss natürlich weiterlaufen. Die Lotsen sind aber informiert. Die Frau könnte ja das Wasser verfehlen und auf einem Schiffsdeck landen. Vielleicht hat sie es sogar darauf abgesehen. Leider wird das norwegische Kreuzfahrtschiff ›Fram‹ in ungefähr dreißig Minuten Richtung Kiel passieren. Das wäre eine hässliche Angelegenheit für die Passagiere.«

»Ich danke Ihnen für den ausführlichen Bericht, Herr Reese. Wie ist die Frau auf die Brücke gelangt?« Lüthje sah Blumfuchs und Husvogt am Brückenpfeiler mit zwei Männern diskutieren.

»Die Tür zur Wendeltreppe im Brückenpfeiler war nicht geschlossen. Das ist noch nie passiert. Vermutlich …«

»Noch nie? Woher wollen Sie das wissen? Aber es ist jetzt keine Zeit, das zu diskutieren. Das wird ohnehin Gegenstand der Ermittlungen sein. Ich danke Ihnen.«

Lüthje wandte sich wieder Büssenschütt zu. »Wie sieht es oben aus?«

»Sie geht zwischen den Gleisen hin und her, manchmal setzt sie sich auf die Gleise. Wenn sich einer von uns nähert, geht sie zum Geländer und macht Anstalten herunterzuspringen. Das Spiel haben wir jetzt ein paarmal durch. Dann kam ja Ihre Order, nichts mehr zu unternehmen.«

Hilly kam zurück. »Eric, sie ist es. Eindeutig. Sie hat sogar ihren Koffer dabei. Ich geh da hoch.«

»Bist du verrückt? Das ist viel zu gefährlich. Eine Psychologin aus Kiel ist unterwegs.«

»Dann kann es zu spät sein. Das weißt du. Denk doch mal nach. Ich bin hier die einzige Person, die sie kennt. In London hat sie mir gesagt, dass ich eine richtige Freundin für sie bin. Sie spricht Yorkshire-Dialekt, die Psychologin wird sich ihr überhaupt nicht verständlich machen können. Willst du erst eine Dolmetscherin einfliegen lassen, obwohl sie hier vor dir steht?«

Lüthje schnaufte wortlos.

»Es ist unsere und ihre einzige Chance, Eric. Da drüben die Arbeiter am Brückenpfeiler, die mit deinen Leuten reden, die können mir doch erklären, wie ich gefahrlos da hochkomme. Das kann doch nicht lebensgefährlich sein.«

»Wir werden sehen.« Lüthje fasste sie am Arm. »Komm.«

Es waren zwei Wartungsarbeiter, die einen Job als »Sisyphus« auf der Brücke hatten. Sie entfernten den alten Korrosionsschutz der Stahlbauteile und brachten einen neuen dickeren Korrosionsschutzanstrich auf. Gleichzeitig tauschten sie jede der Millionen Nieten gegen Schrauben aus rostfreiem Stahl aus. Wenn sie in vielen Jahren fertig waren, würden sie von vorne anfangen müssen. Sie kannten sich auf der Brücke also aus.

»Junge Frau, mit den Schuhen können Sie aber nicht da hoch!«

Der Jüngere der beiden nickte dem anderen zu, der fasste hinter die Ecke des Betonfundamentes und hatte plötzlich zwei Stiefel in kleiner Größe in der Hand.

»Wir sind auf Psychologinnen eingerichtet. Das ist schließlich nicht das erste Mal hier.«

Während Hilly sich in die Arbeitsstiefel zwängte, wies der Ältere sie ein. »Ich hoffe, Sie sind fit. Die Wendeltreppe im Brückenpfeiler hat einhundertachtundsiebzig Stufen. Seien Sie vorsichtig, überall kann es glitschig sein. Gehen Sie nicht auf den Schienen, da liegt jeder mögliche Schiet, den die Leute auf der Brücke rauswerfen. Steigen Sie nicht in den Wartungsgang unter der Fahrbahndecke. Das ist wie ein Käfig. Und außerdem wird Ihnen da schwindelig. Und überhaupt, gucken Sie nicht nach unten. Hier ist ein Sprechfunkgerät, den Knopf hier drücken, dann hören wir Sie. Nur für alle Fälle. Wir sind dann wie ein Blitz bei Ihnen. Viel Glück.«

Hilly sah Lüthje kurz an und begann den Aufstieg. Lüthje lief zum Wagen und holte sich das Fernglas. Nach ungefähr fünf Minuten tauchte Hilly oben am Brückengeländer auf und winkte ihm zu. Sie ging dann weiter zur Brückenmitte. Lüthje hörte sie Marys Namen rufen. Offensichtlich versuchte sie, mit Mary zu sprechen, die jetzt am Brückengeländer in der Brückenmitte zu sehen war. Sie waren noch etwa zwanzig Meter voneinander entfernt. Zehn. Fünf. Plötzlich versuchte Mary über das Geländer zu klettern. Hilly redete und redete. Mary verharrte regungslos und sah nach unten. Lüthje senkte das Fernglas. Ein riesiges Containerschiff der Maersk-Line glitt auf der Fahrt nach Brunsbüttel unter der Brücke durch. Lüthje hob das Fernglas wieder. Hilly ging langsamer. Nur noch drei Meter. Mary schüttelte heftig den Kopf. Hilly blieb stehen. Kam näher. Gleich würde sie Mary anfassen können. Hilly gestikulierte. Sie diskutierten. Mary lächelte plötzlich, lachte, stieg vom Geländer und ging auf Hilly zu. Sie umarmten sich. Sie hatte es tatsächlich geschafft.

***

Marys Locken waren von Schweiß verklebt, die Kleidung schmutzig, sie stank, sie musste mehrere Nächte im Freien verbracht haben. Hilly dolmetschte die ärztliche Untersuchung, der Notarzt untersuchte Mary, fand jedoch keine akuten körperlichen Störungen. Den Vorschlag des Arztes, sich zwei Tage stationär im Krankenhaus zur Beobachtung einweisen zu lassen, lehnte sie mit minutenlangem Kopfschütteln ab. Schließlich wurde Hillys Kompromissvorschlag vom Notarzt und von Mary akzeptiert: Transport im Notarztwagen nach Flensburg, bei begleitendem ausführlichem Check durch den Notarzt. Lüthje fuhr hinterher.

In Flensburg wurde Mary in der Dienststelle von einer Beamtin zu den Duschen und zur Kleiderkammer geführt, die für solche Fälle in fast allen Größen etwas bereithielt. Danach stärkte sie sich ausführlich in der Kantine. Sie hatte sich zwischendurch zur Aussage bereit erklärt.

Hilly und Lüthje warteten im Besprechungszimmer.

»Wie hast du sie da runtergeholt?«, fragte Lüthje.

»Ich weiß es nicht, noch nicht. Morgen vielleicht. Ich muss darüber nachdenken. Jetzt werde ich ihre Aussage dolmetschen.«

»Ich darf dich nicht als Übersetzerin bei einer förmlichen Vernehmung benutzen. Ich habe einen Dolmetscher aus Kiel angefordert.«

»Dann macht eine unförmliche daraus! Wie lange wird es dauern, bis der da ist? Der würde auf jedem Satz, den Mary sagt, bis zur Unkenntlichkeit herumkauen. Du hast doch gesagt, dass jede Minute kostbar ist! Außerdem sehe ich deinem Gesicht an, dass du das Gleiche wie ich denkst. Hach, ich liebe diesen Gesichtsausdruck.«

»Reißen Sie sich zusammen, Mrs. Gilbert, es geht los.« Es hatte geklopft.

Mary erschien in Begleitung einer Beamtin, die auf Lüthjes Zeichen hin den Raum verließ. Er setzte sich mit dem Rücken zu den Fenstern. Hilly saß mit Mary auf der anderen Seite des großen Besprechungstisches in der Mitte des Raumes. Lüthje verstand, dass Hilly Mary erklärte, worum es bei diesem Gespräch gehen werde.

Es schien Probleme zu geben. Mary schüttelte mehrfach den Kopf und sah Lüthje ängstlich bis wütend von der Seite an.

»Sie stellt Bedingungen«, sagte Hilly.

»Was?« Lüthje unterbrach sie unwirsch.

»Moment. Ich erkläre es dir. Sie will nicht, dass du ihre Worte hörst, sie will mit mir flüstern.«

Lüthje schnaufte und versuchte ruhig zu bleiben. »Was soll das?«

»Sie hat Angst, dass du ihr alle Worte, die sie sagt, stehlen würdest. Wenn sie alles gesagt hat, würde sie nie mehr sprechen können. Das, was ihr an Worten verblieben wäre, also die Worte, die sie hier nicht benutzt hätte, würden nie für eine normale Unterhaltung ausreichen.«

Lüthje stand auf und sah am Fenster auf das leer geräumte Grundstück, auf dem noch vor ein paar Tagen die Puppenhausruine gestanden hatte.

»Eric, ich habe schon versucht, sie dir zu beschreiben. So ist sie eben. Außerdem finde ich, dass es eigentlich ein sehr kluger Gedanke ist. Denk doch mal nach. Wenn du ihr die Worte wirklich stehlen könntest, bliebe für die Umgangssprache wirklich nicht viel übrig.«

»Ich halte das für einen Trick. Aber irgendwie nicht dumm, da hast du recht. Du hast doch sicher einen Kompromiss parat.«

»Sie wird mir ihre Antworten ins Ohr flüstern.«

»Okay. Dann können wir ja endlich anfangen. Was wollte sie auf der Brücke?«

Flüstern.

»Ich wollte zu meinem Vater und ihm erklären, dass ich die Uhr nicht finde. Ich habe sie nicht bei der Frau gefunden. In Schlössern und Museen auch nicht. Ich konnte nicht mehr«, übersetzte Hilly.

»Warum ist sie nach Deutschland gekommen?«

Flüstern.

»Moment, Hilly. Wieso flüsterst du eigentlich auch, wenn du mit ihr sprichst?«

»Weil sie bei der Antwort sonst nicht flüstern kann. Das war ihr sehr wichtig. Entschuldige.«

»In Gottes Namen. Mach weiter.«

Flüstern und Tuscheln.

»Ich muss für meinen Vater die Uhr suchen, die ihm von Hillys Mutter gestohlen wurde, als er jung war. Ein Hitlerjunge mit dem Namen Miss Leach hat sie danach vielleicht Hillys Mutter gestohlen. Das Glück hatte ihn verlassen. Wenn ich ihm die Uhr auf sein Grab stelle, könnte es sein, dass er wiederaufersteht. Und das würde meine Mutter hoffentlich zu Tode erschrecken.«

»Mein Gott, was für eine krause Geschichte. Marys Mutter lebt also noch?«

»Nein, sie ist tot.«

»Wie kommt sie auf deine Mutter?«

»Wir haben uns in London über unsere Mütter unterhalten. Danach hat sie angenommen, dass es meine Mutter sein muss, von der ihr Vater gesprochen hat. Es stimmte ja auch. Es war Zufall, dass wir uns getroffen haben. Alles andere lief zwangsläufig.«

»Moment, du fragst sie das alles gar nicht.«

»Weil ich die Antworten weiß. Sie würde dir das Gleiche erzählen. Nur in ihren Worten.«

»Ich verstehe, was du meinst. Wie hat sie das Haus deiner Mutter gefunden?«

Erst Flüstern, dann Zischeln.

»Sie hat von mir gewusst, dass meine Mutter einen bekannten Nachnamen trägt, reich ist und in einem großen Haus wohnt. Da hat sie sich durchgefragt.«

»Wie denn? Von Kiel nach Schleswig?«

Tuscheln.

»Ich versuche jetzt wörtlich zu übersetzen. Sie sagt: Ich habe
sehr viele Menschen gefragt. Viele hundert. Passanten, Schaffner,
auf dem Bahnhof, auf den Straßen, auch Polizisten. Viele hundert.
Ich habe immer nur den Namen Roekkelsdorff gesagt. Eine alte
Frau hat mich nach Schleswig geschickt. Ich fuhr mit dem Bus
nach Schleswig. In Schleswig habe ich in der Einkaufsstraße alle
Passanten gefragt. Bis ich an der großen Kirche war. Dort habe ich
einen alten Küster getroffen, der hieß Hartmut. Das hat mir gefallen. Der kannte die Adresse in Schleswig. Er hat mir die Adresse
aufgeschrieben. Dann habe ich mich bis zum Morgengrauen in einem Hotel ausgeschlafen. Die Menschen waren sehr freundlich.
Ich habe ein Taxi genommen und dem Fahrer den Zettel gezeigt.«

»Also ganz einfach. Warum bin ich nicht selbst darauf gekommen«, sagte Lüthje perplex. »Wie ist sie ins Haus gekommen? Um
wie viel Uhr?«

Flüstern.

»Durch die offene Seitentür am Schwimmbad. Es war sieben
Uhr fünfzehn. Mit Uhrzeiten kennt Mary sich gut aus. Sie trägt
eine ziemlich große Armbanduhr, wie du siehst.«

Es sah etwas lächerlich aus. Wie ein kleiner Spielzeugwecker.

»Ab jetzt übersetzt du bitte in mundgerechten Bröckchen. Was
hat sie im Haus erlebt?«

Flüstern, Tuscheln, Zischeln, Tuscheln.

»Ich wollte die Uhr. Ich fing unten an zu suchen. Als ich zur
Treppe kam, hörte ich von oben eine Männerstimme. Er kam plötzlich die Treppe herunter. Ich versteckte mich unter der Treppe. Er
ging ins Schwimmbad und duschte sich. Ich schlich nach oben.«

Göttsch. Der saß am Bett bei Margot und duschte sich zwischendurch. Vielleicht eine alte Gewohnheit, nur dass er früher
nicht nur am Bettrand gesessen hatte.

»In einem Zimmer sah ich eine uralte Hexe im Bett liegen. Die
sah mich an und lachte schrecklich. Ich wollte sie still machen – ja,
so hat Mary sich ausgedrückt –, aber ich hörte, wie unten zwei
Männer miteinander sprachen. Sie stritten sich. Sie kamen näher.
Ich versteckte mich in dem Besenschrank in der Küche. – Mein
Versteck, Eric, da war ich danach auch drin! – Ein Mann hat das
Haus verlassen.«

»Durch welche Tür?«

Wispern.

»Das weiß ich nicht.«

»Weiter.«

Tuscheln, Flüstern, Zischeln.

»Ich konnte aus dem Schrank bis zum Schlafzimmer der Hexe hinübersehen – der Mann hatte eine Geige bei sich und spielte darauf. Ein lustiges Lied, das ich auch schon einmal im Radio gehört habe.«

An der schönen, blauen Donau.

Flüstern, Zischeln, Raunen, Flispern und wieder Raunen. Irgendetwas stimmte nicht. Mary nickte plötzlich und zischelte.

»Die Geige machte plötzlich ping, die Musik hörte auf. Der Mann schrie, die Hexe lachte. Sie lachte fürchterlich. Der Mann schimpfte, brüllte. Es wurde einen Moment still. Und dann – hier hat Mary eben die Pause gemacht und war durcheinander, sie hat plötzlich von ihrer Mutter gesprochen. Ich habe sie gefragt, ob sie weitererzählen wollte, was passiert ist, und dann hat sie Folgendes gesagt: Der Mann hat die Hexe gewürgt, bis sie still war. Ich hörte ihn die Treppe hinunterlaufen. Dann war ich mit der Hexe allein.«

Es klopfte an der Tür. Blumfuchs schob seinen Kopf durch die Tür, sah auf die beiden Frauen und dann fragend zu Lüthje.

»Ich bin in einer Minute wieder da«, sagte Lüthje zu Hilly und ging mit Blumfuchs auf den Flur.

»Es betrifft die Übersetzung der kryptischen Schrift aus dem Taschenkalender, die Eintragung von Sonntag, dem 27. Juli 1947. Hier ist eine E-Mail von Frau Jahn vom Flensburger Stenographenverein mit der Übersetzung.« Er reichte Lüthje die Mail. »Sie selbst konnte es nicht übersetzen und musste einen Experten auf Bundesebene bemühen, der nicht unbedingt in Erscheinung treten möchte. Wir könnten aber jederzeit nachfragen.«

Guten Tag, Herr Kriminaloberkommissar Blumfuchs,
es handelt sich (wie von mir vermutet) um das Stolze-Schrey-
System. Die Übersetzung lautet:
»Bis hierhin lief der letzte Reiseurlaub. Im Urlaub verließen …
ist sowieso Quatsch, also durch damit!«
Freundliche Grüße
Anke Jahn

»Ich konnte ermitteln, dass die Stolze-Schrey-Schrift Anfang des letzten Jahrhunderts entwickelt wurde. Sie wurde sehr bald von der heute bekannten Einheitskurzschrift abgelöst. Während der Nazizeit war sie verboten, weil sie als Geheimschrift galt.«

»Danke, Blumfuchs. Übrigens, du kannst Jette Rasmussen jetzt Husvogts Material geben.« Lüthje sah den Flur entlang. »Du weißt, was ich meine. Auf dem verabredeten Weg.«

Als Lüthje ins Zimmer zurückkam, wurde weder geflüstert noch getuschelt oder geflispert. Es herrschte Stille. Mary saß mit gesenktem Kopf und gefalteten Händen da.

»Ist was?«, fragte Lüthje.

»Eigentlich nicht. Wir wurden eben unterbrochen, als Mary sagte, dass sie mit der Hexe allein war. Was sie jetzt weiter gesagt hat, lässt sich am besten so übersetzen: Die Hexe hatte sich in meine Mutter verwandelt, weil meine Mutter noch lebte. Das hat die Hexe nämlich gewusst. Da hab ich meine Mutter erwürgt. Mary hat jetzt eine Frage an dich, die du ihr ganz ehrlich beantworten sollst.«

»Ja. Natürlich.«

»Sie fragt, ob sie jetzt an den Galgen kommt.«

Mary war es also, die den untauglichen Mordversuch unternommen hatte. Bei der Aussage brauchte man sicherlich keine DNA-Spuren mehr abzugleichen.

»Du kannst sie beruhigen. Unser Gerichtsmediziner hat zweifelsfrei festgestellt, dass der Tod schon eingetreten war, als Mary ihren untauglichen Mordversuch unternahm. Damit wird der Versuch einer Straftat bezeichnet, der von vornherein zum Scheitern verurteilt ist, weil der Täter sich entweder eines untauglichen Mittels oder eines untauglichen Objektes bedient. Im Klartext: Es war Mord an einer Leiche. Das könnte aber trotzdem bestraft werden. Eine Ausnahme sieht das Strafgesetzbuch für den Fall des groben Unverstandes vor. Davon können wir in Marys Fall wohl ausgehen. Ein psychiatrisches Gutachten würde ihr Schuldunfähigkeit attestieren.«

»Ich werde einfach übersetzen, dass die Hexe schon tot war und dass sie deshalb keine Schuld trägt, ist das okay?«

»Okay, und sag ihr, dass es keinen Haftgrund gibt, sie aber zunächst das Land nicht verlassen darf und für weitere Vernehmungen zur Verfügung stehen muss.«

Flüstern, Murmeln, und plötzlich sagte Mary so laut und langsam, dass es auch Lüthje verstehen konnte, mit schreckensweit aufgerissenen Augen: »Then she is still alive.«

***

Hilly hätte sich lieber mit Mary zusammen im »Friesischen Hof« in Flensburg einquartiert, um auf sie aufzupassen. Lüthje hatte das mit einem einfachen »Bist du verrückt?« vom Tisch gewischt und sie nach Moerksgaard gebracht. Er genehmigte ihr, Mary im Hotel anzurufen, »Aber wirklich nur einen Anruf«, und diagnostizierte bei Hilly in scherzhaftem Ton ein Helfersyndrom im Anfangsstadium.

»Mary ist nicht entmündigt, räumlich und zeitlich orientiert und lehnt jede psychologische oder ärztliche Behandlung ab. Außerdem ist sie weder für sich noch für andere eine Gefahr.«

Damit war das Thema für Lüthje vorerst erledigt. Hilly machte sich Sorgen, weil Mary die fixe Idee hatte, dass ihre Mutter noch am Leben sei. Lüthje versprach Hilly, die Umstände des Todes ihrer Mutter bei der Polizei in Yorkshire abzufragen.

Danach fragte sie ihn nach dem Ablauf seines Besuches bei seinem Vater aus. Er umschiffte das Thema, indem er ihr ausführlich die Geschichte des Plattenschranks und des Herwich Mischlich alias Herwich Wittfuß erzählte.

Hilly schien mit ihren Gedanken woanders zu sein und lenkte das Gespräch sehr schnell wieder auf das Foto mit der jungen Mary am Obelisken, das nach ihrer Meinung eine »geheime Botschaft« enthalten könne. Lüthje verbot ihr, das Foto Mary gegenüber zu erwähnen, und versprach, einen Scan des Fotos an die Yorkshire Police mitzuschicken.

»Eric, ich dachte, das hast du schon längst gemacht?«, sagte sie und kniff ihm in die Backe.

Malbek war wieder nicht in seinem Wohnmobil.

Lüthje setzte fluchend eine neue SIM-Karte ein. Er erreichte Malbek im Büro in Kiel.

»Malbek, es brennt. Ich habe den Mischlich gefunden. Ich verdächtige ihn des Mordes. Nicht wegen dieser alten Geschichte in den Akten, die du gefunden hast. Sondern im Roekkelsdorffffall. Wenn ich ihn überführen kann, bin ich aus der Scheiße raus. Aber es ist ein harter Knochen.«

»Wieso?«

»Er hat den Namen gewechselt. Er heißt jetzt Wittfuß.«

»Moment, das ist mir ein bisschen viel auf einmal. Könnte es sein, dass du auch übermüdet bist?«

»Der Mischlich wurde laut Akte gefoltert, von dem Deumenrode. Hast du den ausfindig machen können? Der sitzt doch vielleicht noch oder schon wieder irgendwo ein. Ich habe ein paar Fragen an ihn.«

»Der Name taucht in keiner Datenbank auf. Nur als Aktenname. Aber nicht als Häftling. Spurlos gelöscht. Eine besondere Art von Juztierung vielleicht.«

»Vergiss deinen Papierkram. Du wirst mich zu deinem Hohepriester der Nachrichtenkunst führen, von dem du mal erzählt hast. Dein Freund aus dem Knast.«

»Die Wege des Herrn sind unergründlich«, antwortete Malbek.

Auf dem kleinen Tisch an der Tür zum Besucherzimmer in der Neumünsteraner Justizvollzugsanstalt lag ein Stapel auflagenstarker Zeitungen und Zeitschriften. Der Stuhl für den Wachhund blieb leer. Irgendwie hatte Fröbe es geschafft, Lüthje und Malbek allein empfangen zu dürfen, was sicher damit zu tun hatte, dass die beiden Kriminalhauptkommissare es eilig hatten und jeden aufkeimenden Widerspruch an der Pforte mit Androhung gnadenloser Konsequenzen erstickten.

Malbek stellte Lüthje vor, als sie sich am Tisch gegenübersaßen. Die Kommissare hatten das Licht des großen Fensters im Rücken, der Gefängnisinsasse saß im Gegenlicht.

»Freut mich, Sie kennenzulernen, Herr Lüthje. Den ›Kommissar‹ lasse ich beiseite, sonst kommen wir durcheinander.« Er nickte Malbek zu und kicherte glucksend. Er wandte sich an Malbek.

»Warum kommst du nicht allein, mein Sohn?« Er suchte in der Brusttasche seines Flanellhemdes im Holzfällerdesign herum. Lüthje war von Malbek vorgewarnt. Man durfte ihm nie Feuer anbieten. Dann wurde er böse. Fröbe »rauchte« ausschließlich kalte Zigarrenstummel. Niemand wusste, woher er sie hatte. Fröbe hatte

Macht und Einfluss über die Gefängnismauern hinaus. Die Sache mit den exklusiven Zigarrenstummeln war nur ein Beispiel unter vielen.

Malbek hatte nicht viel von Fröbe erzählt, obwohl er in Malbeks »dunklen Jahren« im Gefängnis sein Mentor und Beschützer gewesen war. Fröbe hatte ihm geholfen, die acht Jahre zu überleben. Malbek hatte viel dazugelernt.

Fröbe sah aus wie Gert Fröbe in den Nachkriegsjahren, schlank, an der Grenze zur Magerkeit. Fröbe saß lebenslänglich, und das seit über dreißig Jahren. In dieser Zeit hatte er ein komplexes und einträgliches Unternehmen aufgebaut, das mit wertvoller Ware handelte. Informationen. Fröbe war nicht zimperlich. Jeder »Neuzugang« im Bau wurde von seinen Leuten »klar gespült«. Wenn dabei Nachrichten geliefert wurden, die eigentlich von einem anderen Lieferanten (»Nachrichtensprecher«) hätten geliefert werden sollen, wurde dieser Lieferant auf Fröbes Anordnung »geprüft«. Eine für den Lieferanten sehr unangenehme Prozedur, die, je nach dem theoretischen Wert der nicht gelieferten Nachricht, eine unfreiwillige Heroinspritze oder einen hässlichen Arbeitsunfall in der Anstaltswerkstatt nach sich ziehen konnte. Das Ohr unter der Stanze, der Arm an der Kreissäge, der Daumen unter dem Lufthammer. Zuverlässige Nachrichtensprecher mit guten Kontakten zur Außenwelt hatten einen Sonderstatus. Aber wer hoch steigt, kann tief fallen. Das Prinzip galt nicht nur in der Außenwelt.

»Lüthje ist mein Freund«, sagte Malbek. »Du weißt, wie er mir geholfen hat. Jetzt steckt er in der Scheiße. Oberkante Unterlippe.«

Fröbe rollte seinen Zigarrenstummel im Mund und wandte sich Lüthje zu. »Du hast meinem Sohn aus der Scheiße geholfen, Lüthje. Dann bist du auch mein Freund. Noch kein Sohn für mich wie Malbek. Aber immerhin ein Freund meines Sohnes. Was kann ich für dich tun?«

»Ich muss einen Josef Deumenrode sprechen.«

Fröbe sah ihn mit großen runden Augen an, stand auf, der Zigarrenstummel fiel ihm aus dem Mund auf die Tischplatte, rollte zum Rand und fiel auf den Boden. Er drehte sich um, ging zur Tür, blieb dort stehen. Er kam wieder zurück und setzte sich.

Langsam, noch langsamer als vorhin, wühlte er in seiner Hemdtasche. Lüthje und Malbek sahen ihm gebannt zu. Er holte drei Zigarrenstummel heraus, legte sie nebeneinander auf den Tisch und betrachtete sie sorgfältig. Schließlich steckte er den links außen in die schon von seinen Mundmuskeln passend geformte Öffnung. Die anderen verstaute er wieder in seiner Hemdtasche. Er schien seine Fassung wiedergewonnen zu haben.

»Er hieß Deumen*rode*«, sagte Fröbe in belehrendem Ton. Lüthje fiel ein, dass Fröbe Lehrer gewesen sein sollte. Malbek hatte es irgendwann einmal erwähnt. »Die Betonung liegt auf der zweiten Silbe. Deumen*rode*.«

»Er *hieß*? Ist er tot? Sie kannten ihn?«

»Unter Freunden duzt man sich. Er ist gestorben. Was wolltest du ihn fragen?«

»Er hat einen Mann mit dem Namen Herwich Mischlich vor über dreißig Jahren entführt und gefoltert. Aus Rache. Dieser Mischlich trägt jetzt einen anderen Namen.« Lüthje sah Malbek an. Malbek nickte. Das hieß: Du kannst, du musst jetzt alles auspacken.

»Der Mann heißt jetzt Wittfuß. Ich verdächtige ihn des Mordes an der vierundneunzigjährigen Roekkelsdorff.«

»Ich habe davon gehört.« Fröbe kaute mit langen braunen Zähnen genussvoll auf dem Zigarrenstummel herum.

»Aber ich habe nichts vor Gericht Verwertbares gegen ihn in der Hand. Er droht mir durch seinen Lakaien, seinen Staatssekretär. Ich bin ihm gestern auf den Pelz gerückt. Er könnte an Informationen kommen, die mich völlig erledigen, beruflich und persönlich. Aber ich weiß, wo seine Sollbruchstelle ist. Sie wurde 1945 in seine Seele eingebaut. Diese Bruchstelle will ich angreifen. Es ist meine letzte Chance, um ihn wegen des Mordes an der Roekkelsdorff dranzukriegen.«

»Beruflich und persönlich will er dich fertigmachen?«

»Ja. Es ist auch seine letzte Chance.«

»Endlich«, sagte Fröbe und lachte. »Endlich.«

Lüthje und Malbek sahen sich an.

»Was meinst du, Fröbe?«, fragte Malbek.

»Lüthje, was wolltest du Deumenrode fragen?«

»Ob Mischlich unter Folter gestanden hat, im Alter von vierzehn Jahren, im April 1945 in Kiel im Keller eines Mietshauses im Walkerdamm auf Befehl eines SS-Mannes eine fünfköpfige Familie mit der Maschinenpistole erschossen zu haben. Ich habe noch einen Zeugen. Einen indirekten. Meinen Vater. Aber ich will ihn aus verschiedenen Gründen da nicht reinziehen. Verstehst du, Fröbe, ich will den Wittfuß weichklopfen. So lange, bis er einen Fehler macht.«

»Ich kann dir versichern, er hat es dem Deumenrode erzählt. Nicht gestanden.« Fröbe nahm den Zigarrenstummel aus dem Mund, rollte ihn zwischen Daumen und Zeigefinger hin und her und beobachtete interessiert, wie schwarze Tabakkrümel auf den Tisch bröselten. »Er hat es einfach so nebenbei erzählt. Deumenrode wollte es eigentlich gar nicht hören.«

Malbek beugte sich vor und flüsterte. »Fröbe, ich weiß, dass du ein Meister der Informationsbeschaffung bist. Ich habe selbst davon profitiert. Ich habe nie nachgefragt, wie du im Einzelnen an Informationen kommst. Es spielte keine Rolle, weil nur die Information wichtig war. Aber jetzt möchte ich es wissen. Hier, schreib es auf. Damit die Wachhunde es nicht durch ein verstecktes Mikro hören können.« Er schob Fröbe ein Stück Papier und einen Stift hin. »Ich glaube, es müssen nur drei Wörter sein.«

Fröbe wollte zum Stift greifen, hielt in der Bewegung inne und sah Malbek mit verengten Augen an. Dann Lüthje. Er warf den Stift auf den Tisch und lehnte sich zurück.

»Stimmt. Was ändert das?«

»Ich glaube, ich habe hier etwas verpasst.« Lüthje wanderte ärgerlich zwischen Malbek und Fröbe hin und her. »Wovon redet ihr?«

Malbek verschränkte die Arme, sah Lüthje mit hochgezogenen Augenbrauen an, nickte übertrieben in Richtung Fröbe und ließ gleichzeitig mehrfach ein stummes »Mmm?« von sich.

Lüthje begriff langsam. »Du meinst, *er* ist …?«

Malbek nickte. Fröbe war Josef Deumenrode.

»Warum hast du ihn gefoltert?«, fragte Malbek.

»Warum? Ich wollte ihn leiden sehen. Genugtuung, sagten die vornehmen Herren vor dem Duell dazu und meinten Rache. Den Wunsch nach Rache, den kennt ihr beiden doch auch. Stellt euch vor, er hatte meine Frau und mein Kind getötet, mein Leben. Fahrlässig!« Fröbe lachte glucksend auf, verschluckte sich. Er saugte ein paarmal gierig am Zigarrenstummel. »Das hat ihm das Gericht später attestiert. Ich wusste doch, dass es so kommen würde. Es war ein Fehler von mir, dass ich ihn gleich nach dem Unfall entführt habe. So stand er bei seiner Verhandlung als Wrack vor Gericht. Er hat ordentlich auf die Tränendrüsen gedrückt. Der Staat konnte mir nicht die Genugtuung geben. Ich habe sie mir im Keller geholt, indem ich ihm beim Leiden zusah. Das Schlimme ist nur, dass die Rache süchtig macht. Du willst mehr, es hört nie auf. Deshalb würde ich es wieder tun. Diesen Mann leiden sehen. Lüthje, ich zähle auf dich.«

»Was macht man, wenn das Objekt der Rache sich für immer der Rache entzogen hat, aus dem Staub gemacht hat?«, fragte Lüthje. »Was macht man mit dem angebrochenen, unfertigen Gefühl, das sich nur noch in unerfüllbaren Phantasien ausleben kann?«

Fröbe nahm seinen Zigarrenstummel aus dem Mund und hielt ihn nur ein paar Zentimeter vor sein Gesicht, zwischen Daumen und Zeigefinger, ließ ihn wartend schweben, ein bisschen weiter links, dann wieder rechts.

»Du musst dich entscheiden, Lüthje. Auf Rache verzichten oder der Rache folgen. Der Mittelweg ohne Entscheidung sieht so aus: Du lavierst dich durchs Leben, jeden Tag, jede Sekunde, in jedem Atemzug. Hast keinen anderen Gedanken als die Rache, weil du nicht verzichten willst. Du weißt, dass dein Leben eigentlich schon vorbei ist. Plötzlich und unerwartet kommt dir der Gedanke, dass du ihm folgen musst, dem Objekt deiner Rache. Du musst dich auch aus dem Staub machen, um ihm zu folgen. Dann ist dein Leben zu Ende. Mein Rat ist: Wenn sich das Objekt deiner Rache aus dem Staub gemacht hat, dann verzichte. Sonst stirbst du auch. Ich hatte Glück. Ich hatte meine Rache, jetzt habe ich hier mein Reich und meine Ruhe.«

Er schob sich den Stummel entschlossen ins Gesicht. »Mischlich hat auf dem linken Arm eine Längsnarbe, neben der Pulsader. Ich wusste, dass er Geige spielt. Ich hörte, die Ärzte haben ihn wieder repariert. Lass dir von ihm vorspielen und sprich ihn dabei auf die Narbe an. Ob es nicht schmerzhaft war. Erinnere ihn an die Rasierklinge vor seinem rechten Auge. Ich hörte, es

hat sich für immer in sein neurologisches System eingebrannt.«
Er kicherte glucksend.

***

Alle aktuellen Adressen der Mitglieder der schleswig-holsteinischen Landesregierung und vieler anderer prominenter Zeitgenossen waren natürlich in der geheimen »Munitionskiste« gespeichert, aus der Jette Lüthje schon vor dem ICE-Interview mit den entsprechenden Daten einschließlich Wochenenddomizil versorgt hatte. Wittfuß' Terminkalender wies eine freie Stelle auf, die sie sich vorsichtshalber hatte reservieren lassen, was nun aber überflüssig war, weil sie ihr Interview mit Wittfuß schon im ICE gemacht hatte. Wittfuß war in sein Haus in Kiel-Stift gefahren, angeblich ein Erbstück seiner 1968 bei einer Norwegenwanderung abgestürzten ersten Ehefrau Edda, in dem er nach seiner Scheidung allein lebte. Es war das zweite Reihenhaus am Ende des Elbinger Wegs, umgeben von makellos gepflegtem Garten, unauffälligem Buschwerk, Goldregen und englischem Rasen. Auf der gegenüberliegenden Straßenseite stand ein Dienstwagen der Polizei mit einem Beamten, der eine langweilige Nachtschicht vor sich hatte.

Malbek parkte seinen Dienstwagen mit demonstrativ aufgestecktem Blaulicht direkt dahinter.

Lüthje öffnete die Wagentür und hielte plötzlich inne.

»Roekkelsdorff ist Minz. Fröbe ist Deumenrode. Wittfuß ist Mischlich. Wieso heißt der Hitlerjunge *Miss Leach*?«, sagte er wie zu sich selbst.

»Was ist los, Lüthje? Du hast das, was die Amerikaner den Tausend-Yard-Blick nennen. Miss Leach. Mieslich. Mischlich? Meinst du so etwas in der Richtung? Wer nennt sich denn Miss Leach?«

»Mein Vater hat Tom und John vom Hitlerjungen Mischlich erzählt. Im Laufe der Jahre ist daraus der Hitlerjunge Miss Leach geworden. Ich hoffe nur, dass … ach, vergiss es einfach. Ich muss jetzt dem Wachhund da vorn was zu fressen geben.«

Lüthje griff sich seinen Rucksack und seine Laptoptasche von der Rückbank, stieg aus und klopfte dem Beamten an die Seitenscheibe. Er war eingenickt.

»Wir haben wichtige Akten für den Herrn Minister.« Der Wachhund hob müde die Hand zum Gruß und nickte. »Verstehe.«

Er wollte nicht einmal Lüthjes Dienstmarke sehen. Lüthje überquerte die Straße und winkte Malbek zu, der verabredungsgemäß im Wagen warten sollte.

Links neben dem Hauseingang war ein großes Motorrad unter einer Abdeckplane abgestellt. Der Motor strahlte noch Wärme aus.

Lüthje klingelte zweimal, dann noch zweimal, damit es dringend klang. Wittfuß öffnete die Tür, hatte eine Schrecksekunde, als er Lüthje erkannte, holte Luft, aber Lüthje war schneller.

»Schöne Grüße von Herrn Deumenrode, er schickt mich mit wichtigen Unterlagen.« Lüthje wies auf seine Laptoptasche unter seinem linken Arm. »Alles streng vertraulich. Sie gestatten.« Und schon stand Lüthje im holzgetäfelten Flur. Nachgedunkelte Kiefer, wahrscheinlich schon jahrzehntealt, es roch nach Reinigungsmitteln und Kartoffelsuppe mit Knoblauch. Die heimliche Heimat eines Ministers. Offizielle Gäste empfing er hier wahrscheinlich nicht.

»Was?« Der Minister sah ihn erschreckt an, atmete heftig, die Augenbraue zuckte ein paar Sekunden. Wittfuß war fast einen Kopf größer als Lühtje, was er im ICE nicht wahrgenommen hatte. Lüthje schloss die noch offene Haustür und nahm sich vor, nicht immer auf Wittfuß' Augenbraue zu schauen, entweder weil sie gerade zuckte oder aber in Erwartung des nächsten Zuckanfalls. Wahrscheinlich bemerkte Wittfuß selbst das Zucken überhaupt nicht mehr, weil es, wie Fröbe es ausgedrückt hatte, für immer in sein neurologisches System eingebrannt war.

»Es ist ein Zeitdokument, das wir uns gemeinsam bei Licht besehen sollten. Wir haben bei unserem letzten Gespräch übereinstimmend feststellen müssen, dass Ihr Staatssekretär nicht ganz zuverlässig ist, was die Kommunikationsinfrastruktur Ihres dienstlichen und außerdienstlichen Umfeldes betrifft.«

Diese Sprache war Wittfuß vertraut. Lüthje bemerkte eine Entspannung in dem großen Körper, die Stirn glättete sich. »Ich möchte, dass wir uns wie vernünftige Menschen unterhalten, damit wir uns trotz unterschiedlicher Ausgangspunkte auf eine gemeinsame Verfahrensweise einigen können, die unseren bilateralen Interessen gerecht wird.«

»Treten Sie näher.« Wittfuß hatte den ersten Schrecken über-
wunden und glaubte, die Situation im Griff zu haben. Er drückte
auf die Fernbedienung auf der Sessellehne und schaltete den Flach-
bildschirmfernseher aus. In der Durchreiche zur Küche stand ein
halb volles Bierglas vom Typ Tulpe mit Schaumkrone. Frisch eingeschenkt. Kartoffelsuppe mit Speck und Gameshow mit Bier.
Der gemütliche Feierabend eines Ministers zum Anfassen. Die tiefe Schlichtheit seines Gemütes war im Wahlkampf wohl gut rü-
bergekommen. Er brauchte sich da nicht zu verstellen. Wo er doch
in Berlin nach Jettes Informationen im Hilton gewohnt hatte und
Brüstchen vom Schwarzfußhähnchen an Walnusssoße und danach Cocktails hatte hinunterwürgen müssen.

»Bevor wir uns das Dokument ansehen, möchte ich mich von
Ihren Geigenkünsten überzeugen.« Lüthje lachte gekünstelt. »Bitte verstehen Sie mich richtig. Ich komme nicht als Musiksachver-
ständiger, sondern als loyaler Kripobeamter, der sich von der
Schlüssigkeit Ihrer Angaben überzeugen möchte. Sie sagten mir
bei unserem gestrigen Gespräch, dass Sie während der Tatzeit hier
im Hause geübt haben. Wir müssen schrittweise vorgehen, um das
zu verifizieren. Kann ich mich setzen?«

»Äh ja, natürlich.« Wittfuß war ganz Ohr.

Der Mann war nicht dumm. Er war schlau. Aber dabei von
schlichtem Gemüt. Eine Mischung, die Lüthje in seinem Beruf des
Öfteren bei Prominenz aus Wirtschaft und Politik angetroffen
hatte, die gerne mit leeren Sprachhülsen um sich warf, wie Kamel-
le beim Karnevalsumzug in Marne.

Wittfuß' Nerven lagen blank. Er fragte sich wahrscheinlich, ob
das hier mit rechten Dingen zuging. Er hatte Angst, einen Fehler
zu machen, wenn er Lüthje rauswarf oder sogar den Wachhund
vor seinem Haus zu Hilfe holte. Er hatte sich offensichtlich entschlossen, Lüthje vorerst gewähren zu lassen, um zu sehen, was
der wirklich in der Hand hatte. Die Deckung war noch offener, als
Lüthje gehofft hatte. Aber ein waidwundes Tier war gefährlich.

»Darf ich Ihnen etwas zu trinken anbieten? Whiskey, Bier?«

Oh ja, ein Duburger Bock oder ein Fördepils, wenn Sie eins
dahaben. »Nein danke, ich bin im Dienst.«

Das Wohnzimmer war mit hellen skandinavischen Holzmö-
beln der Siebziger ausgestattet, links stand ein deckenhohes Bü-

cherregal, eingerahmt von zwei mannshohen, für den Raum völlig überdimensionierten High-End-Lautsprechern, dazwischen stand ein Esstisch vor einer Durchreiche. Auf dem Tisch lag ein offener Geigenkoffer, daneben eine Violine und ein Streichbogen. Wittfuß öffnete eine Blechschachtel und strich den Bogen mit einer hellbraunen Paste ein, die Lüthje bekannt vorkam.

»Was machen Sie da?«, fragte Lüthje.

»Ich mache den Bogen mit Geigenkolophonium geschmeidig, es ist ein veredeltes Baumharz. Man trägt es zur Verbesserung der Spielbarkeit auf die Rosshaare des Streichbogens auf. Das Spiel wird präziser, ausdrucksstärker, das Instrument klingt voller, der Musiker hat das Gefühl, dass er das Zusammenspiel von Bogen und Saite nach Belieben beherrschen kann. Ein Katalysator, der den künstlerischen Prozess erblühen lässt.«

Kolophonium, ein Katalysator auch in der Musik. Ob sein Vater das wusste? Lüthje rückte sich einen Sessel zurecht und nahm Platz. Das Leben hielt in diesen Tagen viel für ihn bereit. Ein Minister spielte für ihn auf, eine Privatvorstellung nur für ihn, den geneigten Kriminalhauptkommissar, weil der Minister den Ästheten herauskehren wollte, die erste Stufe zum ersehnten Alibi. Er spielte das gleiche Spiel wie damals als Folteropfer vor Gericht. Lüthje war hier Mittel zum Zweck. Wenn Wittfuß Lüthje nicht von seiner angeborenen Unschuld überzeugen konnte, würde er ihn sehr schnell beiseiteräumen.

Lüthje sah sich unwillkürlich um. Er hatte plötzlich das Gefühl, dass jemand hinter ihm stand. Aber es waren nur seine überreizten Nerven und der Schlafmangel.

Wittfuß ging zum Regal und legte den Tonarm eines altmodischen Plattenspielers auf, der in einem Schallplattenschrank stand. CDs schien Wittfuß nicht zu besitzen. Vielleicht in seinem Wochenendhaus. Mit einem Ruck klemmte Wittfuß sich die Geige unter das Kinn.

»Johann Strauß, Opus 314, An der schönen blauen Donau«, kündigte er steif und salbungsvoll an. Er stellte sich in Positur, Rattennase und Geige gleichermaßen erwartungsvoll erhoben.

Das Orchester begann mit einem sanften Vorspiel. Wittfuß stand immer noch starr und still in Positur, während das Orchester dem Strom der Donau folgte, das Motiv über den Wellen tanzen ließ. Es flatterte, jubilierte, drängte. Aber Wittfuß' Geige folgte dem Strom der Musik nicht. Er hatte zunächst seinen langen, schlaksigen Körper in den Knien hin und her gewiegt, unentschlossen den Takt suchend, mit dem Streichbogen über den Saiten herumstochernd, den Rhythmus imitierend, dann sehr schnell aufgegeben, weil er zu sehr mit Bogen und Geige kämpfte, die Einsätze verpatzte, Spitzen setzte, wo keine waren. Er verfehlte ein paar Noten, schwamm den Harmonien verzweifelt hinterher, übertrieb das Gefühl, bis es erschöpft vor der nächsten Welle zerriss. Die Landschaft, durch die die Musik grüßend floss, sah er nicht mehr, wenn er sie denn überhaupt je wahrgenommen hatte.

Lüthje zog sich die Brust zusammen, je länger er den mehr und mehr unkontrollierten Bewegungen des Oberkörpers zusah, Wittfuß' Geigenspiel verursachte ihm Kopfschmerzen, die Augenbraue ging schon beim Beginn des Spiels gar nicht mehr in die natürliche Stellung, das Auge blieb zugekniffen.

Und als die Donau schluchzend und jauchzend die Stromschnellen passierte, erkannte Lüthje, dass der Geiger ein Ertrinkender war, der um sein Überleben spielte. Sieht mich denn keiner, hört mich denn keiner, hier bin ich, hier in den reißenden Fluten, die zu saugenden Strudeln verwirbeln. Die erhobene Rattennase und die emporgereckte Geige entsprachen der Körperhaltung des vierzehnjährigen Herwich, der seiner Mutter fiedelnd hinterherrannte, verzweifelt um Aufmerksamkeit, Zuwendung, Liebe kämpfte, während diese den Schemen ihrer Toten hinterherputzte und -räumte. Irgendwann musste der Hass auf seine Mutter gekommen sein, den Wittfuß dann beim Reißen der E-Saite wie einen Blitz auf die greise Margot projizierte.

Schlussakkord. Wittfuß knickte kurz und zackig in der Hüfte ab, eine ungeschickte Verbeugung.

Lüthje klatschte müde Beifall. »Es muss schwer sein, das mit dieser Narbe zu spielen, am linken Arm?«

»Ach, das ist nur eine Frage … woher wissen Sie?«

»Ich kenne die Akte. Ich weiß sehr viel über Sie.«

»Ich bin nicht behindert, nur weil man mich gefoltert hat.«

»Aber tagelang eine Rasierklinge vor dem Auge, das muss doch schrecklich für Sie gewesen sein!«

»Das ist lange her, vergessen und vergangen. Der Täter hat seine gerechte Strafe bekommen.«

»Nett, dass Sie mich an den Grund meines Besuches erinnern. Entschuldigen Sie, ich bin noch ganz in Ihrer musikalischen Vorführung gefangen. Nein, Sie haben es wirklich nicht leicht gehabt im Leben. Aber gehen wir chronologisch vor.«

Lüthje stand auf, streckte sich, ging zum Plattenregal und ließ die Finger über die Umschläge wandern. Er zog eine Platte heraus, nahm sie aus dem Umschlag. Er hatte es geahnt. Der Blick zum Küchenfenster im Walkerdamm, von dem sein Vater ihm erzählt hatte. Lüthje sah auf eine Schellackplatte mit dem auf beiden Seiten zerkratzten Etikett.

»Sammeln Sie alte Schallplatten?«

Lüthje wandte sich zu Wittfuß, der misstrauisch sein Treiben am Plattenregal beobachtete. Der leicht gekrümmte Rücken, ein Haltungsschaden im Anfangsstadium, fiel Lüthje jetzt auf. Er hatte gedacht, die gebeugte Haltung würde zum Musizieren mit der Geige gehören. Das geduckte Misstrauen, das über Jahre in der Abwehrhaltung eingefroren war. Vielleicht war es auch das Gewicht des Maschinengewehrs und des Patronengürtels über den Schultern des Hitlerjungen Herwich Mischlich, das ihn lebenslang verfolgte. Wahrscheinlich trat jetzt im Alter all das, was das Leben dieses Menschen ausgemacht hatte, stärker in der Körperhaltung nach außen.

Wittfuß stand an der geschlossenen Terrassentür, die Hände auf dem Rücken, als ob er heimlich den Türgriff suchte. »Nein. Nur ein paar sentimentale Jugenderinnerungen.«

»Ich hatte es mir gedacht.« Lüthje nahm seine Laptoptasche, zog die Schellackplatte seines Vaters zwischen zwei dicken Pappdeckeln heraus und ließ die Schallplatte neben die andere Schallplatte gleiten. Er hob sie beide auf und hielt sie nebeneinander in die Höhe, ging auf Wittfuß zu. »Sehen Sie, es ist dieselbe Handschrift. Auf beiden Schallplatten jeweils vier parallele Linien, die in einer steilen Welle aufsteigen, oben nervös zittern und das Zittern spiralförmig zur Mitte hin fortsetzen. Dort hören sie abrupt auf. – Soll ich einen Arzt rufen, Herr Wittfuß alias Herwich Mischlich?«

Wittfuß' Gesicht hatte grünlich graue Flecken bekommen, die

Gesichtsmuskeln erschlafften. Seine Stimme war gebrochen, eine Oktave tiefer: »Wer sind Sie?«

»Wer sind *Sie*? Sehen Sie in den schwarzen Spiegel, wen sehen Sie da, den Herwich Wittfuß oder den Herwich Mischlich?« Lüthje hielt ihm die beiden Schallplatten direkt vor das Gesicht.

»Ich weiß nicht, wovon Sie reden.«

»Ich rede vom Mai 1945, von der Wohnung in Kiel, Walkerdamm, Ecke Hopfenstraße. Hat Ihnen jemand das Maschinengewehr im Keller gehalten, wo konnten Sie es abstützen, wer war Ihr Komplize? Sie konnten es doch kaum auf der Schulter schleppen, wie konnten Sie es dann im Keller halten, als Sie den Befehl zum Töten bekamen? Es hängt Ihnen immer noch schwer über der Schulter. Sie haben einen lebenslangen Haltungsschaden. Ein paar Tage später sind Sie im Walkerdamm wieder an der Wohnung vorbeigekommen. Sie haben zum Küchenfenster hinaufgesehen, dem einzigen Fenster dieser Wohnung, das zur Straße ging. Ich habe einen Zeugen. Er hat Sie vor dem Haus vorbeigehen sehen. Der Zeuge meint, Sie hätten hinaufgesehen, ob dort die zerschossenen Gesichter und Körper erscheinen, die Familie, die Sie ausgelöscht haben. Der SS-Mann neben Ihnen hat Sie angeschrien, Sie sollten gefälligst wegsehen, weil das auffallen könnte.«

»Wer sind Sie?«

»Ich sehe Sie in diesem Moment mit den Augen des Zeugen. Ich habe mir den Blick genau beschreiben lassen. Es war Angst und Neugier, sagte er. Darüber habe ich viel nachgedacht.«

»Verschwinden Sie. Raus!«

»Nicht an die getötete Familie im Keller haben Sie gedacht, nein. Sie fragten sich, ob es nicht möglich wäre, noch eine Platte aus dem Plattenschrank zu stehlen. Das Verbotene lockte, diese Schallplatten, deren Titel niemand lesen durfte. Der Besitz dieser Schallplatte hätte Ihren frühen Tod bedeuteten können. Sie waren, sind unfähig, das Grauen über das Erlebte, das Grauen vor sich selbst zu fühlen. Haben Sie dafür eine Entschuldigung oder wenigstens eine Erklärung?«

Wittfuß schwieg.

»Der Zeuge konnte die letzte Schellackplatte mit einem zerkratzten Etikett retten. Ist auf Ihrem Exemplar auch ein englischer Swingtitel drauf?«

»Alles Vermutungen, Lügen! Wie alt ist Ihr Zeuge eigentlich? Wenn er denn überhaupt noch lebt.«

»Doch. Er hat solche wie Sie überlebt. Fast dreißig Jahre später haben Sie den Mord gestanden. Unter Folter, werden Sie sagen …«

»Das ist gelogen. Und außerdem … ich war vierzehn Jahre alt, pah!«

»Stellen Sie sich vor, was für ein Fressen das für die Presse wäre. Ich freue mich schon jetzt auf Ihre gerichtlich erfochtenen Gegendarstellungen. Sie wären richtig im Gespräch. So wie jetzt nach Ihrer Rede vor dem Bundesrat in Berlin. Sagen wir, so ähnlich.«

»Sie drohen mir. Ich kann Sie jetzt auf der Stelle festnehmen lassen.«

»Ich bin gleich fertig. Gleich wissen Sie alles, was ich weiß. Das ist es doch, was Sie daran hindert, mich hier entfernen zu lassen, stimmt's? Ich werde Sie jetzt daran erinnern, was am Todestag im Hause Margots passiert ist. Als Sie eintrafen, war Werner Göttsch schon da. Er war immer ganz früh da, mit dem ersten Bus. Er hat sich an Margots Bett gesetzt, mit ihr geredet wie immer. Er hat sich geduscht und gebadet und sich wieder zu ihr gesetzt. Als Sie kamen, hielt er Ihnen die Seite aus der Zeitung vor, die den Absturz der Wertpapiere meldete, in die Sie fast das ganze Vermögen Ihrer Betreuten angelegt hatten. Margot hatte Göttsch schon vor Jahren davon erzählt, und er hatte den Kurs täglich in den Zeitungen verfolgt. Als Göttsch Ihnen den Zeitungsartikel vor die Nase hielt, kam es zum Streit. Er verließ das Haus, Sie spielten Margot ›An der schönen blauen Donau‹ vor. Allerdings ohne Orchester. Sie wusste es wie immer zu schätzen. Das war es, was Sie an ihr so schätzten. Die E-Saite Ihrer Geige riss. Sie war sehr stark beansprucht von der schönen blauen Donau. Vielleicht waren Sie nach dem Streit mit Göttsch auch etwas außer Kontrolle geraten. Die Saite schlug Ihnen eine Wunde ausgerechnet unter dem rechten Auge, nicht dem linken, was doch näher lag.«

Wittfuß strich sich wieder unbewusst über das Pflaster.

»Es muss furchtbar geschmerzt haben, es war ein Schock, Sie sahen das Blut auf Ihrer Hand, dann auf Margots Bettdecke. Sie lachte über Ihren Schmerz. Sie wurden wütend. Sie hörte nicht auf zu lachen. Ihre Mutter lachte Sie aus, die Mutter, die Ihre Liebe immer zurückgewiesen hatte. Sie lag plötzlich wehrlos vor Ihnen, eine Greisin, sie lebte noch immer. Sie packten mit aller Kraft zu. Es dauerte länger, als Sie dachten, es wollte nicht enden. Dann endlich war sie still. Sie wachten auf, legten Ihre Geige sorgfältig in den Instrumentenkasten und flüchteten unauffällig durch die offene Pooltür.«

»Das können Sie einem Filmproduzenten erzählen, aber nicht einem Staatsanwalt, geschweige denn einem Richter.«

Lüthje verkniff sich den Triumph, seine Zeugen zu erwähnen. Mary und erst recht Hilly gingen Wittfuß nichts an. Es würde ihn nur auf sehr dumme Gedanken bringen.

Außerdem machte Lüthje sich nichts vor. Mit dem, was er da im Detail präsentierte, konnte er tatsächlich keinen Richter hinter dem Ofen hervorlocken. Wenn Mary vor Gericht aufträte, würde Wittfuß' Verteidiger einen Spezialisten für Yorkshire-Dialekte von irgendwoher einfliegen lassen und die Zeugin überzeugend ver- speisen. Einen psychiatrischen Gutachter auftreten lassen, der nachwies, dass sie an Halluzinationen litt und selbstmordgefähr- det war. Was Lüthje selbst nicht bestreiten würde.

»Ich beschlagnahme hiermit Ihre Schallplatte im Zuge von Vor- ermittlungen. Sie können dagegen Beschwerde einlegen. Das wä- re mir sehr recht, weil es die Dinge in Gang bringen würde.« Lüthje packte beide Schallplatten ein.

»Ich werde darüber nachdenken.« Wittfuß keuchte. Es schien ihm nicht gut zu gehen.

»Ich kann warten«, sagte Lüthje, als er das Haus verließ. Das war gelogen, hörte sich aber gut an.

Er warf sich erschöpft in den Beifahrersitz.

»Na? Wie war's?«, fragte Malbek.

»Jetzt fühle ich mich besser.«

***

»Aufwachen, Lüthje, wir sind da!« Malbek schüttelte ihn an der Schulter.

»Was? Wo?«

»Du hattest deinen Wagen hier auf dem Parkplatz der Kripo

abgestellt und wolltest damit zurück nach Flensburg. Aber du fingst gerade an, herzhaft zu schnarchen. Wie hält Hilly das eigentlich aus?«

»Na, du bist ja erstaunlich gut informiert!«

»Ich schlage vor, ich fahr jetzt einfach weiter nach Moerksgaard. Du kannst in meinem Wohnmobil schlafen, ich geh zu Jette rüber.«

»Schlafen?«

Malbek stieß Lüthje in die Rippen. »Ne, sie wollte heute einen neuen Kasten Duborger Bock mitbringen. Magst du eins mittrinken?«

Lüthje ließ sich überreden. Jette wohnte in einer reetgedeckten Landarbeiterkate zweihundert Meter neben Malbeks Grundstück. Sie drückte ihm einen Schmatzer auf die unrasierte Backe, zog ihn zu ihrem Laptop und wies stolz auf den Bildschirm.

»Ich wollte es dir gerade mailen. Ist in der Ausgabe morgen. Die ist jetzt schon in der Auslieferung.«

Der Bildschirm zeigte die erste Seite der Sydslesvig Tidende als pdf-Datei.

Kieler Minister verzockte fremde Millionen an der Börse
Exklusiv-Bericht von Jette Rasmussen

Sie hatte ihre Story und vielleicht noch mehr. Sie prosteten sich mit Duborger Bock zu.

Als Lüthje sich kurze Zeit später schon im Wohnmobil in der Schlafkoje eingerollt hatte, wählte er Hillys Nummer, nur um ihr gute Nacht zu sagen. Er machte den Fehler, ihr auch zu sagen, wo er war. Sie legte sofort auf. Da Elena und Dittrichs Haus nur dreihundert Meter entfernt war, lag sie nach fünf Minuten neben oder vielmehr an ihm. Die Koje war nur achtzig Zentimeter breit.

Siebter Tag

Am nächsten Morgen hatten Elena und Dittrich alle zum Frühstück eingeladen. Sie hatten sich gerade an den großen, reich gedeckten Tisch gesetzt. Das Buffet bot Speck, Rührei, Bratei, gekochte Eier, Toast, frische Brötchen, Pfannkuchen, Müsli, Kaffee, Tee, alles, was das Herz begehrte. Dittrich hatte eine Stunde lang an der Saftpresse gestanden. Lüthje kaute gerade genüsslich an einem Brötchen mit Elenas Brombeermarmelade, als sein Handy klingelte.

Mit dem Handy am Ohr ging er in den Flur. Husvogt erzählte ihm, dass sich der Syndikus der Grundstückseigentümerin der »Roten Laterne«, Nordgrund Holding, soeben gemeldet hatte. Ein Herr Dr. Pappritz.

»Er sagte, dass die Anweisung zum sofortigen Abriss der Ruine ›Rote Laterne‹, vom Aufsichtsratsmitglied Herrn Herwich Wittfuß an den Projektleiter und von diesem direkt an das Abrissunternehmen in Flensburg gegangen sei. Da Herr Wittfuß sich seit einiger Zeit in der Angelegenheit persönlich engagiert habe, sei betriebsintern darin auch nichts Ungewöhnliches gesehen worden. Es sei Herrn Dr. Pappritz ein persönliches Bedürfnis, die Ermittlungen zu unterstützen, und die Polizei könne jetzt wohl auch die Mitarbeiterbefragungen einstellen, die ja ständig die betrieblichen Abläufe stören würden. Aalglatt formuliert. Vorher haben sie gemauert. Verstehst du den plötzlichen Schmusekurs?«

Lüthje ging wieder zur Esszimmertür und sah Jette grinsend an.

»Hast du schon die Sydslesvig Tidende von heute gesehen?«, sagte er laut, dass alle mithören konnten. »Sie kennen die Schlagzeile und lassen ihn fallen wie eine heiße Kartoffel.« Lüthje ging wieder in den Flur und senkte die Stimme. »Husvogt, kümmere dich um den Haftbefehl für Wittfuß. Ich glaube, ich kann mir jetzt wenigstens ein frisches Brötchen gönnen. Unterrichte die Kollegen in Kiel, ich mache mich gleich auf den Weg. Falls der Haftbefehl noch nicht durch ist, reicht es allemal für eine vorläufige Festnahme.«

»Moment, Chef, noch was. Wir haben eine interessante Antwortmail von der Yorkshire Police bekommen. Das Foto ist eindeutig am Monument … Moment, ich muss noch mal sehen … das heißt Marston Moore Battlefield Monument, gemacht worden. Ein paar Kilometer vor Tockwith, dem Wohnort der Mary Townsend. Die Person auf dem Foto ist Mary Townsend in jungen Jahren. ›Beyond any doubt‹, heißt es in der Mail. Das Foto könnte von 1972 sein. Und nun halt dich fest, Chef!« Lüthje stand an der Tür und sah Hilly an. Sie sendete ihm einen Luftkuss. Lüthje schmatzte lautlos zurück. »Gegen Mary Townsend hat es 1972 ein Ermittlungsverfahren wegen Mordverdachts gegeben. Ihre Mutter war mit Marys Verlobtem in der Nähe des Denkmals mit dem Motorrad unter ungeklärten Umständen tödlich verunglückt. Das Verfahren gegen sie wurde eingestellt. Die Yorkshire Police findet das Foto sehr interessant, es sei nicht ausgeschlossen, dass es am Tag des Motorradunfalls gemacht worden ist. Es würde beweisen, dass Mary Townsend sich zur Unfallzeit am Unfallort aufgehalten haben könnte, was sie jedoch immer bestritten hat. Die fragen sich, ob sie das Verfahren nicht jetzt wieder aufrollen können. Sie wollen deshalb wissen, wer das Foto gemacht hat.«

»Schreib denen schon mal vorab, dass die Fotografin vor ein paar Tagen ermordet wurde. Aber nicht von Mary Townsend.«

Als Lüthje sich wieder an den Tisch gesetzt hatte und nach dem Brötchen griff, klingelte Malbeks Diensthandy. Er nahm das Gespräch an und stand vom Tisch auf. Nach ein paar Sekunden sagte er: »Wir sind schon unterwegs.«

Zwei Minuten später saßen sie in Malbeks Dienstwagen auf dem Weg nach Kiel-Stift. Als sie die Hügelkette vor Fleckeby durchfuhren, rief Blumfuchs an.

»Ich weiß schon Bescheid«, sagte Lüthje knapp.

Die Ecke Insterburger Weg/Elbinger Weg war ein Gemenge von Blaulichtern, Flatterbändern und weißen Kapuzengestalten der Spurensicherung, die wie Druiden mit gesenkten Köpfen einen rituellen Tanz aufführten, um böse Geister zu vertreiben. Anwohner standen hinter den Fenstern oder im Vorgarten und sahen interessiert zu. Lüthje hätte es nicht gewundert, wenn sie Beifall geklatscht hätten.

Polizeioberkommissar Söth informierte Malbek und Lüthje.

»Motorradunfall. Die Notärzte konnten nur noch den Tod des Fahrers und der beteiligten Passantin feststellen. Wir haben eine Zeugin, die den Unfall angeblich gesehen hat. Sie wollte gerade eine Frau verjagen, die in einem Busch neben ihrer Garagenausfahrt saß.« Er deutete auf ein etwa hundert Meter entferntes Haus im Elbinger Weg.

»Die Frau soll plötzlich aufgestanden sein, als sich von links ein Motorrad mit großem Tempo näherte. Als das Motorrad nur noch etwa fünfzig Meter entfernt war, ist sie auf die Straße gelaufen. Mit einem Koffer in der Hand. Das Motorrad hat nicht mehr ausweichen können, die Frau ist durch die Luft geschleudert worden. Der Fahrer ist nach dem Unfall ebenfalls durch die Luft geflogen und etwa dort hinten ...« Er machte eine unsichere Handbewegung. »... äh, aufgeschlagen. Die Zeugin musste mit dem Notarztfahrzeug ins Krankenhaus transportiert werden. Der Schock. Kann man sich vorstellen. Das Motorrad können Sie von hier aus nicht sehen, es liegt dort hinten rechts in einem Vorgarten, jedenfalls der größte Teil davon. Es soll dem Minister Wittfuß gehören, sagten uns mehrere Anwohner, der wohnt dahinten am Ende des Elbinger Weges. Das ist zutreffend, die Fahrzeugpapiere, die wir in der Motorradtasche gefunden haben, bestätigen das. Bei der getöteten Passantin handelt es sich höchstwahrscheinlich um eine britische Staatsangehörige ...« Er sah in sein Notizbuch. »... Mary Townsend, wohnhaft in Tockwith. Die Kleider, die Sie überall auf der Straße und auf den Büschen rumliegen sehen, stammen aus dem zerfetzten Koffer.«

»Aber sind das nicht drei Leichen?«, fragte Lüthje und deutete auf die drei weißen Kunststoffplanen, die von der Spurensicherung über den Leichen als Sichtschutz ausgebreitet wurden. »Ist das etwa ein Kind?« Lüthje deutete auf ein kleineres Objekt, nur ein paar Meter vor ihnen.

Der Beamte drückste herum. »Sie sehen vielleicht, dass der Körper des Fahrers vor dem zerstörten grünen Zaun da rechts liegt. Wir haben das Unfallgeschehen bisher so weit rekonstruieren können, dass der Fahrer gegen den Zaun geschleudert wurde, mit dem Kopf zwischen zwei Zaunspitzen eingeklemmt wurde, dann ist der relativ massige Körper durch die Fliehkraft weitergeschleudert worden, und der Kopf ...«, er schluckte, »... ist im Zaun hängen geblieben. Mit dem Helm natürlich. Dann ist der Helm mit dem Kopf vom Zaun hinunter auf die Straße gerollt.« Söth atmete schwer.

»Die Wucht des Aufpralls. Aber wie ist das möglich? Der Elbinger Weg ist doch nicht so lang. Kann man denn auf der kurzen Strecke so beschleunigen?«

»Das Motorrad ist … war eine BMW R 100 S. In den Achtzigern gab's die, glaube ich. Die hatten auch schon satte siebzig oder achtzig PS. Wenn der dahinten am Anfang des Elbinger Wegs Vollgas gibt, dahinten, wo der Wendhammer ist, kommt der als Kanonenkugel hier an, mit hundert oder so. Der hätte die Abzweigung in den Insterburger Weg gar nicht mehr gerafft. Wenn Sie mich fragen, es sieht so aus, als ob hier einer nicht gewusst hat, wie es weitergeht. Aber warum ist die Engländerin mit dem Koffer ihm dann in den Kurs gehüpft?« Polizeioberkommissar Söth sah nachdenklich auf die Abdeckplanen.

Lüthje nahm Malbek beiseite und sagte leise: »Ich muss mit Hilly sprechen.«

»Nimm meinen Wagen. Ich hab hier noch zu tun. Ich lass mich heute Abend nach Hause kutschieren.«

∗∗∗

Lüthje versuchte sich zu entspannen. Er schaltete das Radio ein. Malbek hatte NDR Info programmiert. Nachrichten jede Viertelstunde. Eine Meldung über den geplanten Bau eines neuen Fähranlegers im Kieler Hafen. Die Verhandlungen über einen neuen Tarifvertrag im öffentlichen Dienst waren vorerst gescheitert. Es gab eine Sekunde Stille. Dann die nächste Meldung. Frisch auf den Tisch der Sprecherin.

Der schleswig-holsteinische Innenminister Herwich Wittfuß ist am frühen Morgen in Kiel mit seinem Motorrad tödlich verunglückt. Wie die Polizei mitteilte, übersah er eine Fußgängerin beim Überqueren der Fahrbahn. Beide erlagen noch an der Unfallstelle ihren schweren Verletzungen. Wie aus gewöhnlich gut unterrichteten Kreisen verlautete, soll der bisherige Staatssekretär Arnulf Lütje als Nachfolger im Gespräch sein.

Darauf hatte Arnulf also gewartet. Dass sein Chef sich selbst aus dem Staube machte. Irgendwie musste er es geahnt haben. Er kannte ihn ja auch schon ein bisschen länger. Und jetzt fackelte er nicht lange. Man würde noch viel von ihm hören.

Auf Lüthje wartete jede Menge Papierkram. Das Verfahren würde eingestellt werden, Grundlage des Einstellungsbeschlusses der Staatsanwaltschaft würde sein Bericht sein. Niemand anderes würde ihn schreiben. Er hatte es geschafft, seine Vergangenheit, seinen Vater und alles, was seine Beziehung zu Hilly ausmachte, herauszuhalten. Rechtzeitig bevor jemand anderes darin herumgewühlt hatte. Er würde sorgfältig an dem Bericht feilen. All die persönlichen Verwicklungen würde er einfach weglassen können. Alles eine Frage der Perspektive.

Allerdings gab es noch ein paar offene Fragen, die er jetzt mit Hilly klären musste.

Im Autoradio steckte eine CD. Was hörte Malbek so?

Es war ihm vertraut, aber es klang anders als vor ein paar Tagen, als er sich mit Malbek auf die Suche nach den Spuren der »Juztierungen« machte, die sie schließlich zu Deumenrode und Mischlich führen sollten. Das Emud-Radio, der junge Eric Lüthje mit der Sonnenbrille, die Puppenhausruine, die Trümmer des Lebens von Margot Minz und Werner Göttsch unter sich begraben. Es war der Beginn seiner Ermittlungen in dem Fall der Margot von Roekkelsdorff alias Margot Minz und gleichzeitig der Beginn seiner Reise in die eigene Vergangenheit, die seine Gegenwart und seine Zukunft ausmachte. Die ihm fast abhandengekommen wäre.

Lüthje hörte jetzt Dinge, die er vor ein paar Tagen nicht gehört hatte, diese sieben Tage, die ihm jetzt wie eine Ewigkeit, ein Leben im Leben vorkamen. Der Geräuschteppich war gewebt aus Gauklertrommeln, Hexenflöten und irrlichternden, klagenden Stimmen …

And just like you and me, they're tryin' to find
a way, find a way, find a way home.
Don't blow your tomorrows, don't throw away your love,
you've got to be as wise as a serpent, harmless as a dove.

Draußen schwebten die herbstlich gefärbten Waldgruppen zwischen abgemähten Feldern vorbei, gefolgt von Stränden, Buchten, Menschen am Strand, Menschen am Steuer, an den Ampeln saßen sie eine Armlänge neben ihm, gehetzt, gelangweilt, lachend, Tränen zurückhaltend. Über allem ein schleswig-holsteinischer Himmel mit Wolken, die jede Minute ihre Form oder das Tempo ändern konnten, mit dem sie über allem gleichgültig hinwegjagten. Manchmal, so wie heute, verweilten sie und sahen sich das unverständliche Treiben da unten gerne auch mal genauer an.

Erinnerung war vor allem und zuerst ein Gefühl. Lüthje fühlte Ruhe in sich aufsteigen und winkte den Wolken zu.

***

Er hatte sie noch nie weinen sehen. Er spürte ihren Schmerz körperlich.

Als er die Arme um sie legte, riss sie sich los und schluchzte: »Mary hätte es mir doch sagen müssen, was sie vorhatte. Es ist meine Schuld. Ich wollte ihr das Leben retten. Aber sie hat es nicht angenommen. Das konnte ich doch nicht wissen, nicht wahr, Eric, woher sollte ich das denn wissen?«

»Wieso soll das deine Schuld sein?«

»Doch, ich hätte es wissen müssen. Auf der Brücke. Als ich ihr das Leben rettete. Du hast mich hinterher gefragt, wie ich es geschafft habe, sie überredet habe, nicht zu springen. Ich glaube, ich habe dir gesagt, dass ich darüber nachdenken müsse. Ich war zu erschöpft, zu verwirrt, vielleicht war es auch die Ahnung, dass es ein Fehler war ...«

»Was hast du angestellt?«

»Ich musste Mary auf der Brücke versprechen, dass ich ihr helfe, den Hitlerjungen Miss Leach zu finden. Weil ...«

Lüthje stöhnte auf. Er hätte es wissen müssen, spätestens bei Marys Vernehmung, als sie von ihrem Vater, der Uhr, Margot und dem Hitlerjungen Miss Leach sprach.

»... weil sie die Uhr nicht bei meiner Mutter gefunden hatte und ihre Suche in Museen und Herrenhäusern vergeblich war, war es wohl, wie ihr Vater angeblich erzählt hatte. Der Hitlerjunge Miss Leach hatte sie meiner Mutter gestohlen und musste im Besitz der Uhr sein. Der Wittfuß steht doch im Telefonbuch mit Adresse. Ich habe sie im Hotel angerufen. Du hattest mir erlaubt, sie dort anzurufen …«

»Ja, aber …«

»Ich habe Mary gefragt, was sie mit der Adresse wollte, und da hat sie mir gesagt, dass sie den Miss Leach besuchen wollte, um mit ihm zu sprechen. Ein Minister kann auch gut Englisch, hat sie noch gesagt. Wenn ich ihr gesagt hätte, dass du die Uhr beschlagnahmt hast, hätte ich Angst um dich gehabt, Eric. Der Minister war mir doch egal, ich mochte ihn weder als Mischlich noch als Wittfuß. Wie konnte ich wissen, dass sie sich ihm einfach auf der Straße in den Weg stellen will?«

»Es ist nicht das erste Mal in meinem Berufsleben, dass ich erlebe, wie dicht Selbsttötung und Fremdtötung beieinanderliegen. Und es ist immer wieder das Gleiche, man merkt es erst, wenn es zu spät ist. Leider hat mir bisher noch nie jemand sagen können, wie man da eingreifen kann, bevor es zu spät ist. Sonderbar, dass Mary jemanden mit in den Tod genommen hat, der ihrem Vater 1945 einmal fast begegnet ist. Oder *ist* er ihm begegnet? Auch das wird für immer ein Geheimnis bleiben. Wann hast du eigentlich das erste Mal von Miss Leach auf Mischlich geschlossen?«

»Als wir nach Rendsburg zur Brücke fuhren, hast du mich nach Wittfuß und meiner Mutter ausgefragt. Da hast du mich daran erinnert, dass er früher den Namen Mischlich trug. Ich hatte es eigentlich schon vergessen.«

»Ich hätte den Mund halten sollen. Komm, nimm einen Mantel, wir fahren ein Stück.«

»Wohin?«

»Du wirst es dann sehen.« Sie fuhren an der Mühle vorbei in südlicher Richtung.

»Wenn ich Marys Leben so überdenke …«, sagte Hilly, als sie durch ein Meer von gelbbraunen Stoppelfeldern fuhren. »Wo hat es angefangen, was hat die Kette der Ereignisse in Gang gesetzt, die zu ihrem Tod führten? Ich glaube, es begann mit diesem merkwürdigen Kampf der Männer um meine Mutter und die Uhr im Mai 1945. Was wirklich geschah, werden wir nie erfahren. Wo ist die Uhr überhaupt?«

Lüthje wies auf die Rückbank. »Sieh nach, ob sie noch im Rucksack liegt.«

Sie holte ein kleines Stoffbündel aus einer Innentasche des Rucksacks und wickelte die Uhr aus.

»Was willst du damit machen?«, fragte Lüthje. »Sie gehört doch jetzt dir. Sie ist ein Vermögen wert. Ich kenne einen Antiquitätenhändler, der sich dafür interessiert, er würde sicherlich eine seriöse Schätzung machen.«

»Ich habe eine andere Idee.« Sie wickelte sie wieder ein und legte sie in den Rucksack zurück. »Erzähl ich dir später.«

»Das Foto von Mary am Denkmal wird wohl auch für immer ein Geheimnis bleiben.« Er erzählte Hilly von der E-Mail der Yorkshire Police.

»Ich habe dir von den geheimen Exkursionen meiner Mutter in England erzählt. Dabei muss sie das Foto gemacht haben. Tom hatte ihr sicher erzählt, dass er in Yorkshire zu Hause war. Hat sie ihn gesucht? Unwahrscheinlich ist das nicht. Hat sie mit Mary gesprochen, als sie am Denkmal war? Wusste sie, dass es Toms Tochter war? Wir werden es nie erfahren. Vielleicht hat Mary ihren Namen genannt, meine Mutter hat nach dem Namen ihres Vaters gefragt, und Mary hat sich umgedreht und ist gegangen. Meine Mutter ging in die andere Richtung, ein paar Sekunden später fuhr ein Motorrad an ihr vorbei, ein junger Mann, eine ältere Frau auf dem Sozius, sie hat ihnen bestimmt eine Weile nachgesehen. Wie ist sie überhaupt dahin gekommen? Ein Taxi? Ein Mietwagen? Mit dem Bus? Zu Fuß? Es lebt niemand mehr, der darüber Auskunft geben könnte. Was wird die Yorkshire Police jetzt machen?«

»Sie wird die Unfallakte für immer schließen. So wie ich die Akte Roekkelsdorff und Göttsch für immer schließen werde, wenn ich die Abschlussberichte geschrieben habe. Hilly, ein letztes Geheimnis haben wir noch. Aber ich glaube, das können wir jetzt gemeinsam lösen.«

Sie sah ihn ängstlich an.

»Ich weiß nur nicht so recht, wo ich anfangen soll. Also, lies erst mal.« Er zog die Mail von Frau Jahn vom Stenographenverein aus der Jackentasche.

Langsam, ungläubig las sie es vor. »»Bis hierhin lief der letzte

Reiseurlaub. Im Urlaub verließen ... ist sowieso Quatsch, also durch damit!‹ Im Urlaub verließen ... sie die Geister! Was meinst du, Eric, wollte er da eigentlich an der Stelle weiterschreiben?«

»Richtig. Aber vielleicht waren ihm die Geister in der Stolze-Schrey-Schrift gerade nicht geläufig?«, schlug Lüthje vor.

»Klingt unwahrscheinlich.«

»Genau, er wird es gewusst haben. Ich weiß, was er damit meinte.«

»Na, den ständigen Streit mit meiner Mutter.«

»Das Auslassen der Geister war fast ein Freud'scher Weglasser. Damit muss ein tiefes Problem für ihn verbunden gewesen sein. *Mein* Vater war der Geist. Dein Vater hatte in diesem *Reiseurlaub* irgendwie erfahren, dass mein Vater ein Geist der Vergangenheit war, dass es erst zwei Jahre her war, nämlich 1945, dass Margot mit ihm eine Beziehung gehabt hatte. Aber es sollte noch schlimmer kommen. Er war so verletzt, dass es der letzte Reiseurlaub sein sollte. Margot hat ihn 1947 mit meinem Vater betrogen. Diese Eintragung im Tagebuch ist ein Indiz dafür, dass er es gewusst hat. Das sind die Tage in denen du gezeugt wurdest.«

»Du weißt das alles.« Hilly fragte nicht. Sie stellte fest.

»Mein Vater hat es mir erzählt. Aber es sollte für deinen Vater noch schlimmer kommen.«

»Seit wann weißt du es?« Hilly presste ihre Fäuste vor den Mund, als wollte sie hineinbeißen, um nicht aufschreien zu müssen.

»Vor ein paar Tagen hat mein Vater es mir erzählt. Eigentlich hat er nur einen Satz mit vier Worten gesagt. Du musst ihn aussprechen, weil du es schon lange wusstest, aber mir verschwiegen hast.«

»Wir beide sind ... Halbgeschwister«, sagte sie und sah ihn erschrocken an, als ob sie es erst eben erfahren hätte.

Lüthje lachte. Gestern hätte er noch vor Entsetzen darüber schreien können. »Bis gestern war meine größte Angst, dass mir die Ermittlungen aus der Hand genommen würden, diese Episoden im Leben deiner Mutter ans Tageslicht kommen und sich jemand daranmachen würde, unsere Gefühle zu zerfleischen. Unsere Fotos hätten in allen Zeitungen gestanden. Wir hätten uns nicht mehr auf die Straße getraut. Es war knapp. Wann hast du es erfahren?«

»Meine Mutter hat es mir gesagt, nachdem mein Vater gestorben war und ich Tony kennenlernte. Als ob es nicht gereicht hätte, den Kontakt zu dir zu kappen. Sie wusste, dass sie mich damit noch mehr quälen konnte. Aber es war mir egal. Nein, egal nicht, aber du weißt, was ich meine. Ich wusste, dass ich dich noch immer liebte.«

»Und dann kam dieser wiederkehrende Traum.«

»Ja, stimmt, woher weißt du das nun wieder?«

»*It was just an inspired guess*. Aber es ist doch relativ einfach. Sieh mal, deine Mutter hatte dir von 1947 erzählt. Du wusstest außerdem, dass dein Vater Taschenkalender führte. Du hast irgendwann in diesen Kalendern diese unbekannte Schrift deines Vaters gesehen. Dein Unterbewusstsein hat die Schrift mit der von dir verdrängten Information über deinen leiblichen Vater verknüpft. Weil du dich damit in deinem weiteren Leben nicht auseinandersetzen konntest, kam der Traum als wiederkehrende Mahnung deines Unterbewusstseins an die fehlende Bewältigung. Und die unverstandene, traumatische Trennung von mir.«

»Und woher weißt du das nun wieder alles?«

»So ein bisschen Psychoanalytik sollte man als Kripomann schon draufhaben.«

»Wie hat deine Psyche, dein Unterbewusstsein denn das mit uns so verarbeitet?«

»Ich bin mit keiner Frau klargekommen!«

»Ich muss sagen, das finde ich eigentlich ganz okay von deiner Psyche.«

✳✳✳

»Woher wusstest du, wo ich jetzt unbedingt hinwollte?«

Sie rutschte auf dem Sitz herum und plapperte aufgeregt wie ein kleines Kind drauflos, als Lüthje in Kiel hinter der Gablenzbrücke nach links am Bunker in die Werftstraße auf das Ostufer der Kieler Förde einbog.

»Kannst du dir das hier als Mondlandschaft vorstellen?«, fragte Lüthje. »Ein Krater neben dem anderen. So muss das im Mai 1945 hier ausgesehen haben, als deine Mutter und mein Vater sich hier irgendwo über den Weg gelaufen sind.«

»Eric, mein erster Anruf bei … ich sage jetzt bewusst, *deinem* Vater. Das war nicht nur, weil ich zu dir wollte. Ich wollte wissen, ob es noch nicht zu spät ist, ich wollte die Stimme meines leiblichen Vaters hören. Das erste Mal in dem Bewusstsein, dass es die Stimme meines Vaters ist und du es auch weißt. Eric, es ist *unser* Vater.«

»Klingt doch komisch, oder?«, sagte Lüthje nachdenklich.

»Wir werden uns daran gewöhnen. Wir dürfen uns nur nicht verplappern, wenn Fremde dabei sind. Ich könnte ja das Wort ›Schwiegervater‹ einüben. Haben wir uns als Minderjährige eigentlich strafbar gemacht?«

Lüthje schüttelte den Kopf.

»Und du? Wegen Verführung Minderjähriger?«

Lüthje schüttelt wieder den Kopf. »Wer hat hier wen verführt? Außerdem war ich doch auch minderjährig. Beim ersten Mal war ich noch nicht einmal sechzehn. Wir hätten ja Kinder kriegen können.«

»Und jetzt?«

»Sind wir strafmündig. Aber so alt, dass wir keine Kinder mehr kriegen können.«

»Aber wir machen uns strafbar, wenn wir miteinander schlafen, Eric. Jedes Mal.«

»Wieso?«

»Hast du es schon vergessen, dass wir Halbgeschwister sind?«

»Halbgeschwister? Mein Gott, wie kommst du denn auf *die* Idee!« Er lachte.

Außer ihnen und ihrem gemeinsamen Vater gab es ja niemanden mehr, der das wissen konnte. Sie kniff ihn in die Backe.

»Eric, bist du mir böse, dass ich dich verführt habe, gleich als wir uns wiedersahen, und dir nicht gesagt habe, dass wir miteinander verwandt sind?«

»Nein, weil wir danach in Malbeks Wohnmobil miteinander geschlafen haben und *ich* dir da verschwiegen habe, dass ich es inzwischen von meinem Vater erfahren hatte. Wir sind also quitt.«

Sie fanden Vater Lüthje über seinen Werkstatttisch gebeugt. Es roch nach Kolophonium, aber das Werkstattzimmer war nicht verräuchert wie sonst. Wahrscheinlich hatte Frau Jasch gerade nach dem Rechten gesehen.

»Junge, sieh dir das an, ich bin gerade fertig«, sagte er, ohne sich umzusehen. Er hatte nicht bemerkt, dass Lüthje nicht allein war.

»Papa, ich habe jemanden mitgebracht. Willst du sie begrüßen?«

Der Alte tauschte umständlich die Werkstattbrille gegen die Weitsichtbrille aus, drehte sich dann zögernd zu Lüthje um. Er kniff die Augen zusammen, sah ungläubig Hilly an, in seinem Gesicht arbeitete es, die Augen weiteten sich, der Mund öffnete sich, aber er blieb starr und stumm.

Hilly stand neben Lüthje und hielt ängstlich mit beiden Händen seine rechte Hand umklammert. Auch sie bekam kein Wort heraus.

»Es ist Hilly«, sagte Lüthje, um den Bann zu brechen. Es half. Vater Lüthje öffnete zitternd die Arme, schwankte. Hilly lief auf ihn zu, fing ihn auf. Sie lagen sich in den Armen und schluchzten um die Wette.

»Es reicht jetzt wirklich«, sagte Lüthje und versuchte den Kloß im Hals herunterzuschlucken. »Sonst heul ich auch gleich. Ich schlage vor, dass wir ein wenig am Strand spazieren gehen.«

Hilly und Vater Lüthje nickten wortlos, sie wischte abwechselnd ihm und sich die Tränen von den Wangen. Sie hakte sich bei ihm unter, und sie gingen nach oben, um seinen Mantel zu holen. Lüthje blieb allein im Werkstattzimmer. Auf dem Tisch stand das, womit sein Vater gerade fertig geworden war. Es war dieses merkwürdige Gebilde, das Lüthje erst für eine Revuetreppe gehalten hatte, dann für eine Tribüne. Jetzt hatte es die Größe eines Röhrenradios, und es war auch mit Röhren bestückt. Aber es hatte eine Metallplatine, die in vier Ebenen wie eine Revuetreppe aufstieg. Die letzte Stufe der Treppe hatte Ähnlichkeit mit einer Siegertribüne. In die Treppenstufen waren Röhrenfassungen gebohrt, in die Röhren aller Größen und Fabrikate eingesetzt waren. Auf jeder Stufe zählte Lüthje zehn bis fünfzehn Röhren. Oben auf der Siegertribüne stand, soweit Lüthje das beurteilen konnte, nicht die größte, aber die seltenste und vielleicht schönste Röhre, die sein Vater aus seiner Sammlung ausgesucht hatte. Es war eine ungebrauchte britische »Cossor Neon Tuning Indicator Röhre«, nur zehn Zentimeter lang und zwei Zentimeter im Durchmesser, innen war ein Metallstab, der aus zwei ringförmigen Lochscheiben herausragte, die Lüthje irgendwie an die Ästhetik des Films »Metropolis« erinnerte.

Sein Vater hatte die Röhre in den Nachkriegsjahren in irgendeiner Schublade auf der Werft gefunden, als die Briten schon abgezogen waren. Mit der Röhre könne er die Signalstärke eines Senders sichtbar machen, ähnlich einem »magischen Auge«, wie man derartige Anzeigen in Röhrenradios nannte, hatte er Lüthje erklärt. Es war die wahrscheinlich weltweit letzte ungebrauchte Cossor mit der Katalognummer 3184. Lüthje hob das Chassis vorsichtig an und betrachtete die Unterseite des Gerätes. Sein Vater hatte dort eine komplette Schaltplatine mit hunderten von Lötstellen angebracht, die nach einem systematischen Schaltplan angeordnet schienen. Er setzte das Chassis wieder ab. Auf der rechten Seite des Chassis war ein großer Kippschalter angebracht. Lüthje konnte der Versuchung nicht widerstehen und legte ihn um. Es funktionierte. Alle Röhren begannen zu glimmen, zuerst kaum wahrnehmbar, nach einer Minute schien die Betriebsspannung erreicht zu sein. Und in diesem Moment stieg im Glastubus der Cossorröhre, die über allem thronte, ringförmig ein neonfarbener Leuchtring auf und ab. Als Lüthje die beiden von oben die Treppe herunterkommen hörte, schaltete er das geheimnisvolle Gerät ab. Die Röhren glühten noch nach, als er das Zimmer verließ.

»Papa und ich wollen ein wenig am Strand spazieren gehen, Eric. Du darfst zugucken. Von Weitem.«

Vater Lüthje zwinkerte seinem Sohn übermütig zu.

Sie parkten in der Reventlowstraße in der Nähe des Rathauses. Von dort aus waren es nur hundert Meter bis zur Strandpromenade. Lüthje setzte die beiden ab und fuhr bis zum Parkplatz am Ehrenmal, um hier auf sie zu warten. Nach ein paar Minuten stieg er aus und setzte sich auf eine Bank, von der er die Strandpromenade bis zur Schwimmhalle im Sichtfeld hatte.

Welchen Sinn konnte dieses merkwürdige Gerät haben? Was hatte sein Vater sich gedacht? Sollte er ihn fragen? Wahrscheinlich wusste er es selbst nicht. Denn das Gerät war ja mehr als ein Gerät. Irgendwie stammte es aus einer anderen Welt.

Nach einer Viertelstunde sah er Vater und Tochter um die Ecke am Strandhallencafé langsam auf ihn zukommen. Vater Lüthje führte den Stock in der linken Hand, spielerisch tänzelnd berührte er damit den Boden, als würde er den Stock nicht mehr brauchen. Er war im Alter kleiner geworden und nur einen halben Kopf größer als Hilly. Lüthje nahm zum ersten Mal die Ähnlichkeit mit ihrem Vater wahr, die perfekte Lüthjenase, nicht zu kurz, nicht zu breit, eigentlich unauffällig, die großen Augen, die hoch angesetzten Augenbrauen, die Grübchen am Kinn und das sanft gelockte Haar. Ja, Hilly war eine typische Lüthje.

Sie hatte sich an seinem rechten Arm untergehakt, den Oberkörper und das Gesicht ihm zugewandt, nur manchmal ein kurzer, umherschweifender Blick, der alte Erinnerungen durstig aufsaugte. Lüthje fragte sich, wie es möglich war, dass er keine geschwisterlichen Gefühle für Hilly hatte. Schließlich hatte er ja eine Schwester und das war Rita. Aber Hilly war eine Frau und keine Schwester. Ob sie Rita die Geschichte erzählen sollten? Aber wozu sich darüber jetzt den Kopf zerbrechen. Es gab eben alles, was es gab. Punkt.

Beim Abschied versuchte Vater Lüthje, seine Kinder gleichzeitig zu umarmen, und sagte: »Na, früher wart ihr aber schlanker!«

Bei der Abfahrt aus dem Bergfriede winkte er wie schon tausende Mal in den Rückspiegel, und als Lüthje in den Buerbarg einbog, sah er gerade noch im Rückspiegel, wie sein Vater sich abwandte und ins Haus zurückging. Plötzlich fiel ihm ein Name für das geheimnisvolle Gerät ein. Es war ein Radioröhrenaltar.

Hilly war noch aufgeregter als auf der Hinfahrt. »Er hat sogar den Ton nachgemacht, den sein Frequenzgenerator machte! Erinnerst du dich auch noch an das alte Ding? Fünfhundert Hertz, sagte er, das seh ich noch genau vor mir, wie er mit dem Finger auf die Anzeige tippte. Das war die Tonhöhe, die das Nebelhorn hatte, drüben am Bülker Leuchtturm. Er freute sich immer so, dass ich mich als Mädchen für Elektronik interessierte. Er hat den Generator noch irgendwo stehen, dann wollen wir nächstes Mal die fünfhundert Hertz zusammen anhören. Stell dir vor, das alte Nebelhorn …«

Epilog

Lüthje fuhr Hilly am nächsten Morgen nach Hamburg zum Flughafen. Sie hatte für ihre Mutter eine Urnenbeisetzung mit einem schlichten Kreuz in Auftrag gegeben. Eine Trauerfeier sollte es nicht geben. Irgendwann wollte sie vielleicht mit Lüthje das Grab besuchen.

Hilly wollte mit ihren Verbindungen von der Botschaft in London aus Marys Überführung nach Yorkshire organisieren und die Beisetzung im Grab ihres Vaters in Tockwith durchsetzen. Mary schien keine Verwandten mehr zu haben. Zur Beerdigung wollte Lüthje nachkommen. Außerdem wollte Hilly ihre Arbeit bei der Botschaft kündigen, das Haus in Southgate verkaufen und nach Schleswig-Holstein übersiedeln. Alles Weitere war offen, sie gingen in den Gesprächen viele mögliche Varianten durch, legten aber nichts fest. Sie hatten plötzlich Zeit.

Vor dem Eingang zur Sicherheitskontrolle küssten sie sich.

»Ich habe Angst vor dieser Uhr, Eric, aber für meine Mutter war es offensichtlich eine wichtige Erinnerung an eine große, gescheiterte Liebe. Für sie beide. Dein Vater hat es mir gestanden. Wenn es einmal so weit ist, dann gib sie ihm mit ins Grab. Ich habe mit ihm darüber bei unserem Spaziergang gesprochen.«

Fielspitz würde also das Nachsehen haben. Lüthje würde ihm berichten, was die Eigentümerin der Uhr entschieden hatte.

»Vergiss nicht, wie sehr ich dich liebe«, rief Hilly laut und verschwand hinter der Sicherheitskontrolle.

Lüthje ging zur Rolltreppe, die zur Aussichtsterrasse des Flughafens führte. Er wollte Hillys Abflug verfolgen.

Er drängte sich an den Reisenden mit ihren Gepäckbergen vorbei, die sich in die Schlangen an den Abfertigungsschaltern einreihten. Als er auf der Rolltreppe nach oben fuhr, schaltete er sein Handy wieder ein. Ein Anruf ohne Nachricht auf der Mailbox wurde angezeigt. Brotmann. Lüthje rief zurück.

»Frau Jasch hat ihn gefunden und mich gleich angerufen«, sagte Brotmann. »Der Rettungshubschrauber hat ihn nach Kiel gebracht. Eine Lungenembolie. Ich bin sofort rüber, die Notaufnahme ist ja gleich um die Ecke von meinem Institut. Dr. Prell hat mich ins Bild gesetzt. Er war noch bei Bewusstsein, als ich kam, aber dann ging es sehr schnell. Er hat nicht gelitten. Er hat noch etwas gesagt, ich habe es aufgeschrieben, warte einen Moment ...« Es raschelte. »... ›Kommt bald nach, aber lasst euch Zeit.‹ Das waren die Worte. Er hat mich dabei nicht angesehen. Es tut mir so leid, Eric. Ich hoffe, du bist mit deinem Mist aus dem Gröbsten raus.«

»Bin ich, Herbert, bin ich. Ich erzähl dir alles, wenn wir uns das nächste Mal auf dem Bunker treffen.«

Als Hillys Flugzeug als Punkt mit dem dunstigen Blau des Himmels verschmolzen war, sagte Lüthje leise: »Ich verzeihe dir, Vater.«

Auf der Rolltreppe nach unten füllten sich seine Augen mit Tränen. Zuerst brummelte er leise vor sich hin, aber als er das Meer von Reisenden in der riesigen Abfertigungshalle mit festen Schritten durchquerte, wurde seine Stimme lauter, und er sang es so, wie er sich einen swingenden Kirchenchoral vorstellte,

Bo be do, bo bo be do ...
Though you broke my heart in two,
And she left me sad and blue,
I'll be waiting here for you ...
bo be do bo bo be do ...

Nachwort

Die im Roman in der »Fielspitz-Sammlung« beschriebenen Uhren wurden 1975 in der Ausstellung »Gemessene Zeit – Uhren in der Kulturgeschichte Schleswig-Holsteins« im schleswig-holsteinischen Landesmuseum auf Schloss Gottorf gezeigt. Die im Roman beschriebene Standuhr mit zwei Ziffernblättern steht heute im Städtischen Museum Flensburg mit der Inventarnummer 27223. In der Objektgeschichte heißt es: »Die Uhr stammt aus dem ›Haus Altona‹ in der Jürgenstraße Nr. 69 in Flensburg, in der sich ein Kolonialwaren-Geschäft, eine Bäckerei und eine Gastwirtschaft und private Wohnräume befanden. Die Uhr stand im Wohnzimmer, an der Rückseite war ein zweites Ziffernblatt angebracht, das durch eine Öffnung in der Wand im Laden sichtbar war. Die Uhr ist in alten Hauspapieren von 1802 als schon vorhanden beurkundet.«

Die Kunst, Taschenuhren vollständig (einschließlich des Uhrwerks!) aus Elfenbein zu fertigen, erreichte im 19. Jahrhundert ihren Höhepunkt. Sie wurden wegen ihres fast lautlosen Ganges geschätzt. Im 17. Jahrhundert kam es zwischen dem Zarenhof und dem Gottorfer Hof zum Austausch von wertvollen Uhren, darunter auch Taschenuhren, die aus Elfenbein gefertigt waren. Danach verlor sich die Eiform der Taschenuhr, und es wurde nur noch die heute bekannte runde Form gefertigt. Es soll auch Taschenuhren mit zwei Ziffernblättern gegeben haben. Sie gelten jedoch als verschollen.

Dank an:

– Thomas Gore, der im Jahre 2006 mit anderen Mitgliedern der T-Force Kiel besuchte. Der Besuch fand statt im Rahmen eines von der ZEIT-Stiftung und der Firma Hugo Hamann geförderten historischen Forschungsprojektes, das die Vorgänge bei der Besetzung Kiels durch die britischen Truppen im Mai 1945 klären sollte. Die Ergebnisse des Projektes wurden von Renate Dopheide in Band 83 der Gesellschaft für Kieler Stadtgeschichte veröffentlicht.

Thomas Gore erzählte bei dem Besuch zufällig von einer Schallplatte, die sie in einer verlassenen Wohnung in Kiel fanden. Es war ein englischer Song. Er erzählte weiter: »And so we had music. The problem was that there was only one English record. This record was very popular and it was played over and over. That's why I still can hum the melody to this day, while at that time I was twenty years old.«

Er sang ein paar Zeilen. An den Titel des Songs konnten er und seine Kameraden sich nicht mehr erinnern.

– Malcolm Laycock, BBC Radio 2, der mir anhand der unvollständigen Textzeilen den Titel und Interpreten des Liedes nennen konnte. Er lautet: »So you left me for the leader of a swing band«, die Originalaufnahme stammt vom 6. Juli 1938, gesungen von Sam Costa und The Six Swingers, und wurde nie wieder auf einer LP oder CD veröffentlicht. Eine ähnliche Interpretation des Liedes kann man jedoch inzwischen in einer Version von Kay Kysers auf CD hören.

– Morten, der wieder mit dem Sachverstand eines erfahrenen polizeilichen Fahnders in Schleswig-Holstein sämtliche polizeirelevanten Zusammenhänge in diesem Roman gründlich durchgesehen hat und trotz vieler dienstlich bedingter Nachtschichten immer hellwach meine unzähligen Fragen beantwortete.

– Anneliese und Tom Gilbert für die grenzenlose Gastfreundschaft während meiner Londonaufenthalte in den vergangenen Jahren.

– Jürgen Mahrt und Hans-Joachim Erb für die Informationen zum Kieler Ostufer 1945, insbesondere Hans-Joachim für die baulichen Details des U-Boot-Bunkers Kilian.

– Jörg Wagner für die Hinweise zur Sprache der U-Boot-Fahrer.

– Anke Jahn vom Stenographenverein Flensburg, die mir den Spezialisten zur Stolze-Schrey-Schrift vermittelte, dessen Name ungenannt bleiben soll.

– Heidi Reippurt aus Århus für die Beantwortung meiner Fragen zu Geigensaiten und Streichbogen.

– Frau Thoma und Herrn Tegethoff von der Wasser- und Schifffahrtsdirektion Nord in Kiel für Auskünfte zu alten Schallanlagen in der Kieler Förde.

– Thomas Lorenzen, dessen Muttersprache das Angeliter Platt ist.

– Rita, die sich in die Geschichte einfühlte und mich zum Überdenken anregte.

– Meiner Tochter Ronja, die mir wieder bei Recherchen, Fragen zur Psychologie und mit dem Hinweis auf das Buch »Irren ist menschlich« weiterhalf.

Und nicht zuletzt Dank meiner allgegenwärtigen Muse, die ab und zu um die Ecke lunzt und fragt, ob ich einen Tee möchte.

Dietmar Lykk
TOTENSCHLÜSSEL
Broschur, 416 Seiten
ISBN 978-3-89705-586-5

»Die Spannung steigert sich bis zum Schluss, und es gibt einen Showdown im Dom, bei dem auch die Kronleuchter von der Decke krachen.«
Der Nordschleswiger

»Ein an Spannung kaum zu übertreffender Roman. Für jeden Schleswig-Holsteiner und alle, die packende Kriminalromane lieben, ein absolutes Muss.«   Moin Moin

Dietmar Lykk
TOTENSAND
Broschur, 256 Seiten
ISBN 978-3-89705-749-4

»Lykk recherchiert ordentlich, seine Ortskenntnisse machen Spaß und er kennt seine Protagonisten genau. ›Totensand‹ ist ein Krimi mit Ostseefernwehpotential.«   taz

»Ein genial durchdachtes Buch von einem großartigen Autor.«
Der Nordschleswiger

www.emons-verlag.de